Ilaria Pasqua

Il GIARDINO DEGLI ARANCI

Il confine dei Mondi

Nativi
Digitali
Edizioni

I edizione cartaceo: aprile 2016

© tutti i diritti riservati

Nativi Digitali Edizioni snc

Via Broccaindosso n.16, Bologna

www.natividigitaliedizioni.it

info@natividigitaliedizioni.it

ISBN: 978-88-98754-48-9

seguici su:

Direzione artistica copertina a cura di Federico Bicocchi:

kenneth.bicocchi103@gmail.com

Illustrazione in copertina a cura di Gloria Gambino:
gg.gloriagambino@gmail.com

Contatti Ilaria Pasqua
www.ilariapasqua.net
Profilo Facebook
Profilo Twitter
Profilo Linkedin

I parte – Il Mondo di Nebbia

Il Mondo di Nebbia, dove Aria e il fidato amico Henry vivono e frequentano un liceo come tanti altri ragazzi, nasconde dei segreti inquietanti, come incubi che prendono forma e sono in qualche modo collegati ai Cinque Sacerdoti, misteriosi individui che controllano la città. Aria non è però una ragazza come tutte le altre: in quel mondo ha la sensazione di "girare a vuoto", e dentro di sé sospetta che dietro ai suoi incubi ci siano verità dimenticate... sarà l'incontro con Will, che come lei sembra frustrato e insoddisfatto da quella realtà, a rivelarle che tutto quello in cui credeva prima è nient'altro che un'illusione. Qual è la verità dietro quel mondo? Chi sono i Cinque? E in che modo Aria ha il potere di cambiare tutto? La strana brigata di Aria, Will ed Henry, unita da una forte amicizia (ma non solo), recupererà la memoria del loro "vero mondo", da cui hanno deciso di fuggire in seguito alla morte di Dan, fratello di Will nonché fidanzato di Aria. Proprio nel Giardino degli Aranci, attraverso la chiave di Aria sigilleranno il mondo di nebbia, con l'obiettivo di superare gli ostacoli che li separano dal ritorno, ancora molto lontano...

II parte – Il Mondo del Bosco

Dopo il Mondo di Nebbia, una nuova dimensione attende Aria, Will e Henry, in cerca di nuovi indizi sulla chiave in grado di riportarli alla loro realtà. Il mondo del bosco però non è dei più ospitali: ci sono due schieramenti che continuano a farsi guerra senza un motivo apparente, e la società sembra del tutto arretrata, le donne non hanno potere e sono sottomesse agli uomini, spesso violenti e brutali. Non proprio il posto ideale per una come Aria, che proverà a modo suo a cambiare le cose. Ma, con il passare dei giorni, non sarà invece proprio quel mondo a cambiare i ragazzi? Nel mentre, Lucas e Wade arrivano nel Mondo di Nebbia alla ricerca dei loro figli, imbattendosi nei Cinque Sacerdoti, che sembrano avere un conto in sospeso proprio con Lucas...

Aria, Will e Henry, tre ragazzi costretti a una missione sempre più pericolosa e sempre più lontani da quei giorni pacifici dove vivevano in armonia, iniziano a chiedersi se sono veramente in grado di farsi carico di un fardello così pesante. Aria e Henry riescono infine a superare anche il mondo del bosco, ma non senza pesanti sacrifici: i loro amici Peter e Loren sono morti, e Will si trova ferito e bloccato. E mancano ancora tre mondi...

Capitolo 1

La donna dai lunghi capelli biondi stava attraversando un infinito tunnel buio. Con le mani strette al petto, l'espressione decisa e allo stesso tempo fragile, spingeva un piede dopo l'altro verso la luce, un puntino minuscolo in fondo a quel percorso, all'apparenza interminabile, di ansie.

I sussurri alle sue spalle non accennavano a smettere. Erano risate, rantoli, respiri. E qualcuno continuava a chiamare il suo nome come se non sapesse altre parole.

"Eloise", diceva con voce sempre più strozzata, "Eloise, sono qui".

E la donna dai lunghi capelli biondi chiudeva gli occhi, serrava le labbra, mentre la mano dell'oscurità la spingeva a voltarsi.

"Eloise".

Ancora una risata, era l'Ombra, sempre lei, cercava di trarla in inganno. Riconosceva quel suo tono senza intonazione, quell'acutezza improvvisa quando la risata stava per spegnersi, e i brividi che le provocava. Il suo corpo non poteva ingannarla. Quella voce, se così si poteva chiamare, la terrorizzava oltre ogni cosa.

"Eloise".

E lei pregava sotto voce, "Fa che arrivi in fondo al tunnel", ripeteva tra i sussurri, "Amore mio, ti prego, smettila di chiamarmi".

Nessuno l'aveva avvertita, neanche l'Ombra, ma sentiva che non doveva girarsi, né ora né mai.

Era la paura che fissava il suo sguardo solo di fronte a sé, verso la luce. Alle spalle si era lasciata una terra senza gioia, piena di dolore e di patimenti. Le profondità degli inferi. Il luogo a cui le anime appartenevano, ma lei non poteva lasciarlo lì. No, non poteva.

"Eloise", chiamava ancora, e l'Ombra, nascosta dal buio, aggrappata alle rocce aguzze, la tentava, così lei finì con il girarsi molte volte verso le pareti laterali, la voce la intimoriva, se la sentiva addosso, era come un macigno di paure, di compiacimento, godeva delle sofferenze, e aspettava solo che lei diventasse sua. Ma Eloise procedeva decisa, in tutta la sua vita non era mai stata tanto convinta come in quel momento. Era l'amore a spingerla, lei sicura non lo era mai stata. Era facile ingannarla e manipolarla, facile trascinarla nel fango.

Lui però era morto, affogato nel fiume in un pomeriggio assolato e silenzioso, aveva visto il suo corpo galleggiare incastrato tra i rami. Ed era stato troppo. La disperazione l'aveva spinta a essere il bersaglio dell'Ombra.

"Eloise".

"No".

"Eloise, sto tanto male, aiutami". Lo sentì cadere a terra.

"Cosa?", e si voltò di colpo. La voce rise, rise felice, lei si tappò le orecchie, scossa dal terrore, aveva capito, sapeva di non doversi girare, eppure l'aveva fatto. Stupida. L'Ombra l'aveva ingannata, come tutti gli altri prima di lei, anche se i suoi sensi l'avevano avvertita. La voce continuò a ridere, facendo tremare le mura della grotta che si richiuse ai suoi piedi, gettandola indietro, fuori, sotto la luce.

"No, ti prego", implorò lei.

La macchia scura smise di ridere, "Ti sei voltata, lui non ti ha seguito".

"Ma... mi avevi detto che..."

"Un patto è un patto".

La donna crollò in ginocchio incapace di controbattere e pianse profondamente prostrata, affondando nel suo dolore.

Il maligno l'aveva solo illusa, come faceva con chi non era abbastanza attaccato alla vita.

"Alzati", lei obbedì, e scomparve con l'Ombra in una terra desolata e nebbiosa, senza luce.

***

Aria si svegliò un po' intontita, con gli strascichi di quello strano sogno. Individuò subito il volto di Henry.

"Ehi".

"Finalmente, stavo iniziando a preoccuparmi".

Si tirò su a sedere, era umido e quasi buio, rabbrividì. "Dove ci troviamo?", per un attimo aveva dimenticato ciò che era da poco successo, era rimasta a vagare in quel sogno, quella donna aveva un'aria così familiare, era solo un'impressione, e l'Ombra... era proprio quella che conosceva. Pensò per un attimo che poteva essere la vecchia, ma *non può essere, è vecchia, e poi l'Ombra non ha detto che lì non invecchia chi... chi... è destinato? Nessuno è destinato a niente*, si disse nervosa tastandosi quel maledetto vestito che ancora aveva addosso. Ma non era quello il momento di pensarci.

"Mi hai sentita? Ho detto che siamo in una cella".

"In una cella".

"Sì, ci hanno catturato subito. Era come se sapessero che saremmo arrivati".

"Ma come…"

"È possibile? E chi lo sa," sbuffò stanco "Stai bene comunque?"

Aria annuì e osservò il suo palmo, le tre foglie nere erano al loro posto, mentre le altre due se ne stavano lì, pronte per essere conquistate. Poi si ricordò di colpo di Mary e la cercò con lo sguardo, era in un angolo e stringeva le ginocchia al petto.

"Mary", chiamò subito, ma lei non rispose, le lanciò solo un'occhiata carica di risentimento.

"Lasciala stare", sussurrò Henry, "Si… riprenderà".

Non ci credeva veramente.

Solo in quel momento Aria si ritrovò davanti il quadro completo della situazione, le informazioni le erano arrivate lentamente, ma ora tutto il peso di ciò che era successo le era crollato addosso.

Loren era morta, anche Peter, e Will…

Henry l'abbracciò, sapeva benissimo a cosa stesse pensando perché aveva avuto un sussulto, "lo troveremo".

"Sì, lo so", rispose lei e si tirò su divincolandosi, "Bene, cerchiamo di capire dove ci troviamo", non ci poteva proprio pensare, avrebbe perso la sua lucidità e non era il caso. Osservò tutt'intorno. Le pareti erano alte e rocciose, come se la cella fosse stata scavata in una caverna, era poco ampia, sì e no cinque metri, ed era trascurata, sporca, come tutte le celle che si rispettino. Dall'altro lato un ampio cancello di ferro, fitto, con solo uno spiraglio: un piccolo spazio rettangolare in quel momento chiuso.

Henry la seguì, ancora stordito. Mary, invece, non si era mossa.

"Appena siamo spuntati qui, tu non ti svegliavi e dei tizi erano già pronti ad accoglierci" sussurrò. "Non abbiamo avuto tempo di capire dove ci trovassimo, o che tipo di mondo fosse. L'unica cosa certa è che ci fissavano con grande attenzione, e dopo sembravano sapere ogni risposta. Conoscevano i nostri nomi".

"Stai scherzando?", chiese Aria a bocca aperta.

"Perché dovrebbe?", disse la voce di Mary che si alzò e si andò a frapporre tra Henry e lei.

Aria allungò le mani verso le sue trecce ma lei si scansò. Il suo sguardo era diverso, così diverso.

"Henry ha detto la verità", si limitò ad aggiungere, poi camminò fino all'unica finestra che si apriva sulla parete, dando loro le spalle. Le sbarre scure e incrostate davano all'ambiente un'aria antica.

"Dalle del tempo", sussurrò Henry quando vide l'espressione colpita sul volto dell'amica.

Che mi aspetto da lei? Ha appena perso... non riusciva nemmeno a dirlo, perché pronunciare il suo nome l'avrebbe riportata ancora una volta lì, davanti all'albero in fiamme, tra cadaveri e follia, a quella terribile conclusione. Alla consapevolezza di aver fatto un errore, alla certezza che doveva essere lei e solo lei ad avvicinarsi a quel maledetto tronco e impedire ai suoi amici di morire.

Scosse la testa più di una volta sospirando, il fiato tremava tra le sue labbra, poi alle loro spalle un suono secco ruppe il silenzio. A terra era comparsa una scodella con tre piccoli panini dall'aria malforme. Nessuno di loro aveva fatto caso alla fessura in basso, quella per il cibo a quanto pareva. Aria era stata presa in contropiede, non aveva nemmeno avuto il tempo di chiamare il loro carceriere, di cercare un qualche dialogo, era ancora scossa, e moriva di fame. Così raccolse la scodella, e con lo stomaco brontolante, un brontolio che non riusciva a nascondere, si avvicinò a Henry che sorrise, "Prendi prima tu, Aria".

"Vai tranquillo, mica scappa tanto".

Un altro brontolio, ora una risata più accesa di Henry.

"Henry insomma...", poi mise su un'espressione malinconica e pensò a qualcosa sospirando, Aria aveva capito che era tornato indietro a quei momenti felici, e non poteva permettergli di perdersi, non ora, così scoppiò a ridere massaggiandosi la pancia, era una risata sommessa, a labbra strette, Henry rise con lei, "Sei sempre la solita", e prese un panino senza esitazione.

"Non c'è niente da ridere", urlò Mary.

Aria si limitò ad avvicinarsi con la scodella, "Mangia". Lei scosse la testa.

"Mary, mangia forza", disse con un tono più autoritario, ora doveva essere lei a occuparsi di Mary, visto che Loren... il pensiero si rimpicciolì velocemente, ma il suo fantasma continuava a tormentarle il cuore.

Mary sbuffò, strappò con un gesto rapido il panino e si andò a sedere più distante da loro.

Aria era piena di angoscia, Mary non voleva più parlarle, era sconvolta in una strana maniera.

"Mi dispiace davvero per...", le parole le morirono in gola, "Per quello che è successo. Non pensare che me ne sia dimenticata. Ti prometto che farò di tutto per portarti al sicuro".

"Sai che me ne importa di quello che dici", urlò lei. Le spalle della ragazzina tremarono silenziosamente e si strinsero ancora di più tra loro.

Aria non poteva avvicinarsi, sapeva che Mary l'avrebbe cacciata via, e non sarebbe riuscita ad affrontare quel rifiuto. Sapeva bene che forse non le sarebbe mai passata, ma ciò che più la distruggeva era il pensiero di non vederla più sorridere, e di sapere che la colpa era sua. Quando Will e Henry le avevano consigliato di lasciarle stare lì, nella loro terra, lei aveva opposto un categorico no. Ed ecco quali erano stati i risultati. Non era riuscita a salvare nessuno, sentiva di aver perso anche Mary per colpa di quell'incendio.

"Aria, mangia anche tu", disse Henry rompendo il suo panino in due, stava aspettando che anche lei iniziasse. Aria si sedette accanto a lui, sull'unica brandina malconcia della cella, e mangiarono insieme, come ai vecchi tempi. Ma quanto erano diversi da allora, non potevano fare a meno di pensarci. Entrambi si erano persi nei ricordi. Henry pensava a loro due accucciati in corridoio a fare merenda.

Aria pensava invece a loro quattro, seduti al parco intorno al vecchio tronco, a dipingere e pranzare, sotto il caldo sole d'agosto, o a gennaio, quando faceva così freddo che il tronco era ghiacciato e tutt'intorno era bianco, così bianco che i confini delle cose sbiadivano. Per loro ogni occasione era buona per dirigersi al parco, se si concentrava poteva sentirne ancora l'odore. Chiuse solo un attimo gli occhi, si sentiva agitata, e sapeva che Henry l'avrebbe percepito solo con un colpo d'occhio, doveva calmarsi. Osservò con gli occhi della sua mente il giardino, respirò a fondo i profumi, ricordò con precisione il lago, proprio al centro del parco, era bellissimo seguire la fila di fiori ai margini della strada sterrata e ritrovarsi lì. E nei giorni di temporale era ancora più emozionante. I fulmini dividevano in due il cielo e il lago sembrava inghiottirli, così come faceva con le gocce che puntellavano la sua superficie. Uno spettacolo indimenticabile. Chissà se a qualcuno piaceva quanto piaceva a lei? Henry trovava abbastanza inquietante che Aria fosse attratta da una cosa del genere, ma lei non se ne preoccupava, le metteva tranquillità. In quei momenti pensava a quanto fosse forte la natura, e che favore faceva a lasciar vivere lì gli esseri umani insieme a lei. E poi... erano ottimi soggetti per i dipinti.

"Stai sorridendo", sussurrò Henry, non come a lamentarsi, era solo un'osservazione che gli era sfuggita dalle labbra.

"Sì, bei pensieri", disse solo, spezzando in due il panino. Aprì gli occhi e trovò Henry perso di colpo nei suoi, strusciava le dita sul muro, lentamente, con metodo, cercava di capirne il materiale, ne era certa. Come sempre toccare le cose era il suo pallino, si meravigliò che non l'avesse ancora fatto. Forse era successo e lei non se ne era accorta. Quante volte, al parco, mentre stringeva in mano un sudoku con l'altra tastava il terreno? Sempre, era chiaro quanto lo tranquillizzasse. *Ognuno ha le sue fisse*, si diceva, e poi era sempre un buon motivo per prenderlo in giro quando lui lo faceva con lei.

Il panino era integrale, carico di cereali. Non li amava molto integrali, preferiva quelli classici, su cui si poteva spalmare una gran quantità di burro senza sentire il sapore dei semini in bocca, ma quello, stranamente, non le dispiaceva. Forse a pensarlo non era tanto lei ma il suo stomaco.

Una volta mangiato avrebbe avuto forse la lucidità giusta per capire la situazione e fare qualcosa di utile, sentirsi di nuovo importante, ora non ci riusciva, era troppo scossa, e lo stesso valeva per i suoi compagni di viaggio. Henry continuava a tastare il muro, pensando a tutt'altro, fissava fuori da quella piccola finestra sbarrata con occhi incerti, stringendo con forza il bordo della brandina.

Aria poggiò la mano sulla sua, e lui si voltò di scatto.

"Torneremo a prenderlo", disse nuovamente la ragazza, si doveva convincere di questo. In quel momento aveva dimenticato le litigate, le arrabbiature, non voleva ricordarle perché la facevano sentire in colpa, forse la rabbia era stata la causa della sua indecisione, forse se fosse stata meno testarda ora Will sarebbe lì con loro, a proseguire il viaggio. Ma in quel momento si sentiva proiettata in avanti e trattenuta indietro. Doveva andare avanti, e desiderava tornare indietro da lui, e la cosa peggiore era che nessuno era certo che sarebbe stato possibile invertire il percorso...

Questo tragitto non era un cerchio, ma di certo una linea. Rabbrividiva al pensiero, sentiva le foglie della chiave grattare la superficie della sua pelle, premette più forte la mano su quella di Henry, cercando di togliersi dalla mente quel fastidio, senza riuscirci. La chiave era sempre lì, non si poteva ignorare.

Buttò giù l'ultimo pezzo di pane fissando le spalle di Mary che non si muovevano di un soffio, era immobile, persa in un mondo che non era quello.

Aria si aggirava come un gatto in trappola, tentava di riflettere ma la testa le si annebbiava di colpo, solo con grande difficoltà riusciva a schiarirla e a ritrovare il filo dei suoi pensieri.

Dopo quel tozzo di pane che aveva ingurgitato, ci mise ore intere a riprendersi, a tornare operativa. Henry non si era alzato, aveva semplicemente aspettato che ritrovasse se stessa e le sue intenzioni, senza distrarla, senza sapere bene come prendere l'iniziativa; credeva che tanto, prima o poi, i tizi che li avevano imprigionati li avrebbero liberati per interrogarli. Ma Aria, chiaramente, non lasciava mai l'iniziativa agli altri, e all'improvviso si gettò con energia contro la porta, iniziò a sbattere i pugni a ritmo, con forza ma con calma, non voleva far pensare di essere caduta nel panico, lei doveva dominare anche quella situazione.

"Ehi, c'è nessuno?", disse dopo un paio di pugni. "Pensavo voleste avere delle informazioni da me, invece non mi sembrate interessati", altra scarica di pugni, "Beh, mi spiace per voi. Credo che mi chiuderò nel silenzio e mi godrò questa bella vacanza. È tanto che non dormo", continuò sprezzante, non aveva paura, come sempre. Pensava *vogliono qualcosa da noi, da me, quindi perché non tentare di dettare le regole? Difficilmente non mi riesce.*

Aria non fece in tempo a sedersi che lo scatto della porta annunciò la prossima apertura. Henry schizzò in piedi e per la prima volta Mary si girò verso di loro.

Li accolse con il solito sorriso beffardo impresso sul viso, ma tanta stanchezza addosso, temeva che non sarebbe stata incisiva quanto avrebbe voluto, ma doveva pur tentare.

"Che hai in mente?", chiese Henry un po' spaventato dalle iniziative alla cieca dell'amica.

"Niente di avventato".

"Lo spero proprio".

"Un po' di fede".

"Come sempre", rispose Henry guardandola con uno sguardo teso. Mary l'aveva raggiunto, si accosto a lui, ben lontana da Aria. Lei l'aveva notato ma non era il momento di risolvere quella questione.

La porta si aprì con un terribile scricchiolio; un uomo sulla cinquantina, grande e grosso, vestito di abiti poco curati, fece il suo ingresso con aria decisa.

"Bene, vedo che siete tutti svegli", disse.

"Da un pezzo", ribatté Aria, "Era ora che veniste, voglio vedere il vostro capo, e subito", si avvicinò lentamente alla porta. L'uomo rimase un po' interdetto dall'atteggiamento di Aria.

"Insomma? Facciamo una cosa di giorno", continuò lei incalzando.

L'uomo non rispose, ma sparì nel corridoio, lasciando al suo posto un mingherlino con uno strano casco storto in testa e un fucile vecchio stile.

"Non tirare troppo la corda", sussurrò Henry in pensiero.

"L'ho mai fatto?", rispose Aria con un vago sorriso impresso in viso.

"Sei sempre la solita", commentò lui guardandola più rilassato.

"Tranquillo, ho intenzione di uscire di qui tutta intera".

"L'importante è solo che TU esca tutta intera, non importa se Henry, o io, moriremo", commentò Mary con durezza.

"Mary, ho capito che sei arrabbiata, ma non dire cretinate".

"Non mi sembra il momento, ora", disse Henry.

"Non sarà mai il momento", rispose Mary guardando vagamente verso il muro, persa di nuovo in un pensiero. Henry sospirò, non sapeva proprio cosa fare con lei.

L'omone si affacciò e lasciò degli abiti puliti insieme a una bacinella carica d'acqua, Aria prese in mano il vestito con una smorfia, "Ehi", iniziò a chiamare, "Voglio un paio di pantaloni", urlò decisa, sentì mormorii dietro la porta, ma dopo poco qualcuno li lanciò dentro.

Poteva essere felice solo per il fatto di potersi togliere quel vestito di dosso? Era ridicolo, eppure la cosa la rasserenava, sentiva di rindossare i panni di se stessa.

"Fate prima voi, ragazze", disse Henry infilandosi in un angolo e dando loro le spalle.

"Mary", chiamò Aria conciliante, ma non rispose, così iniziò prima lei. Si sfilò il vestito strappato con un mormorio di soddisfazione, si lavò per quanto poteva, sciacquandosi il viso per rinfrescare i pensieri, poi si infilò il paio di pantaloni di stoffa leggera e una maglia bianca e larga.

Quando i fruscii finirono, Mary si avvicinò e iniziò a cambiarsi, come se Aria non esistesse. La cosa fece alla ragazza uno strano effetto. Poi fu il torno di Henry. Aria e Mary presero a fissare la porta, pensando entrambe che quel mondo doveva essere un posto povero, o forse era semplicemente questo il trattamento che veniva riservato ai prigionieri. Ma loro che razza di prigionieri erano?

Nello stesso momento in cui Henry finì di vestirsi, l'omone entrò come se lo avesse saputo, e fece segno ai tre di seguirlo. Il mingherlino chiudeva la fila, mentre loro seguivano la guardia lenta e goffa lungo un intrigo di corridoi apparentemente mal costruiti, e mal gestiti.

Ora Aria sentiva la tensione prenderle la schiena e scuoterle lo stomaco. Prese fiato un paio di volte. Alla fine dell'intricato cunicolo, una stanza che separava dall'ingresso, una porticina in legno.

Quando uscirono fuori dalla prigione si coprirono gli occhi, la luce era troppo intensa. I mormorii di tantissime voci li costrinsero ad aprirli velocemente, ancor prima che si abituassero.

Si ritrovarono in uno spiazzo di terra scura, circondati dai cittadini di quel nuovo mondo, forse poco avanzato, di nuovo. Alcuni stringevano delle asce. Poi lo notò, al centro dello spiazzo c'era un piccolo trono in ferro battuto dall'aria molto pesante. Quattro uomini robusti ai suoi lati, e un ometto anziano in piedi, con un grande anello sul dito.

Allungò lo sguardo oltre lo spiazzo, e si dovette subito ricredere sulle primissime intenzioni. Vide molte case sparpagliate, o immaginava fossero case, erano cubi grigi scuri dall'aspetto rigido, su un lato si aprivano delle piccole finestre, dall'altro nulla, una parete liscia. Questi cubi erano posti in piano, non c'erano montagne o colline. Era una vasta, piatta terra dall'aria poco ospitale. Non c'erano campi, frutti o verdure ovunque, come nel mondo di Merrick, era perlopiù brullo, e poco adatto a sopravvivere. Almeno quella era l'impressione che Aria aveva avuto prima che l'uomo accanto al trono non la distraesse da queste considerazioni, richiamando la sua attenzione. Lo fissò poi si accorse che era rimasto in piedi.

Aria poggiò gli occhi sul trono e vide all'improvviso un... ragazzino seduto comodo e sicuro, quasi annoiato. Il mento poggiato su una mano.

La fissava con la testa reclinata come se la stesse studiando, o lo avesse appena fatto. I capelli castani a caschetto, gli occhi piccoli e curiosi, vestito con una tunica bianca e un paio di sandali. Ad Aria fece una strana impressione. Si avvicinò con sicurezza mentre la gente intorno continuava a mormorare incuriosita e spaventata, forse pensando che potessero essere pericolosi. Si stringevano intorno a quel ragazzino e Aria a ogni passo perdeva determinazione. Le faceva uno strano effetto. Henry la seguì, mentre Mary restò immobile a braccia incrociate. Aria aveva visto in prima fila un altro ragazzino biondo che la fissava con un'intensità diversa, dietro a lui una donna dai capelli castani. Li osservò entrambi e ne fu certa: li aveva già incontrati.

"Sei tu...", mormorò lei con poca incisività, tornando subito con gli occhi sul ragazzino.

"Il capo, volevi dire. Non è così?", ma non la lasciò rispondere, "Non c'è nessun capo qui. Siamo solo io e il mio popolo".

La sua voce era fine ma potente, decisa, proprio come il suo sguardo. Quando aveva parlato il suo popolo, come lo aveva chiamato lui, si era chiuso in un silenzio carico di rispetto.

"Come vuoi", disse Aria nervosa, chissà perché il modo di fare di quel ragazzino la infastidiva, forse era la reazione del "suo" popolo a irritarla.

"Cosa vuoi...".

"Da voi? Nulla. Parlare".

"Parlare", ripeté Aria perplessa. Lanciò un'occhiata a Henry e Mary che non si mossero, sembravano stranamente tranquilli.

Lui si aprì in un sorriso deciso e poi si alzò in piedi, il vecchio accanto al trono si girò sul dito il grande anello e lo seguì con lo sguardo.

Quello avanzava e Aria sentiva di voler indietreggiare, ma non lo fece. Strinse forte il pugno con le chiavi come a proteggerle, e lo fissò. Si era guardata intorno con attenzione ma non aveva scorto il giardino, si guardò intorno di nuovo, *dove si nasconderà? In uno di quei cubi grigi?* Lo pensò velocemente, giusto nel tempo di un battito di ciglia, perché il ragazzino richiedeva la sua attenzione. Era così gracile eppure così presente, come se calamitasse le energie delle persone intorno a sé. Una strana sensazione. Le persone sorridevano, ma Aria non ci riusciva, c'era qualcosa che la metteva in allarme, e che le aveva impedito di attaccarlo. Era l'unica a sembrare tesa.

"Interessante davvero", disse il ragazzino fissandola. "Parlare, sì", disse di nuovo sovrappensiero, quando fu a pochi passi da lei. Henry le si era tirato accanto, mentre Mary si ostinava a guardare il cielo, completamente disinteressata dalla scena.

"Tranquillo", disse il ragazzino a Henry che avrebbe potuto schiacciarlo con facilità. Era decisamente più alto. Si calmò ma non si allontanò di un millimetro dall'amica.

"Io non voglio parlare".

Aria sentì che Henry aveva sospirato, forse era il caso di parlare. *Voglio solo andare via...*

"Solo andare via di qui, nient'altro", il ragazzino continuò il pensiero di Aria come se la leggesse dentro.

Lei si ritrasse.

"Tranquilla, non ho nessuna brutta intenzione".

"Perché allora quest'arena?", la prima cosa che l'aveva infastidita era il pubblico. *Questo ragazzino vuole dare spettacolo*, pensò.

"Non è un'arena, è il mio..."

"Popolo, sì, l'hai già detto. Che cosa vuoi?", continuò ritrovando la sua solita sfacciataggine.

"Aria...", disse Henry che voleva certamente mitigare i toni e trovare un punto di contatto, come faceva sempre.

"Niente Aria", rispose lei senza nemmeno guardarlo, non riusciva a distogliere gli occhi dal ragazzino. Aveva un'aria così... pura, e allo stesso tempo quell'immagine si scontrava con altre, sentiva che non era sincera come voleva far vedere. Eppure ispirava grandezza e sembrava diffondere calma tra tutti i presenti con cui scambiava sguardi continui, come fossero un'unica, grande persona.

Le chiavi le bruciarono il palmo e lei trattenne una smorfia di dolore, *cosa succede?* Sembrava volessero avvertirla.

"Io invece voglio parlare", urlò Mary avvicinandosi con passo deciso e superando Aria che la prese per la spalla, lei se la scrollò di dosso e ripeté, "Io voglio parlare, non puoi trattenermi".

"Mary!", urlò Aria come a volerla sgridare.

"Mh", fece il ragazzino con le braccia lungo i fianchi.

Mary la guardò con odio. Aria prese una delle sue trecce con delicatezza.

"Non mi toccare", disse ritirandosi, notò qualcosa, lì tra la folla, lasciò Aria e Henry e si avvicinò a un uomo, "prestamelo", l'uomo guardò prima il ragazzino che annuì, poi lasciò un coltello nelle sue mani e Mary con gesto plateale strinse entrambe le trecce tra le dita e se le tagliò di netto.

Aria sussultò.

"È chiaro ora?", disse fissando Aria e porse il coltello con il braccio morbido.

Era chiaro. La sua Mary non esisteva più. Henry sospirò. Mary lasciò cadere le trecce tagliate a terra. Ora aveva un caschetto che le ricopriva appena le orecchie.

Il ragazzino non si era scomposto, sembrava aver già compreso.

"Non parlerò con nessuno di voi", sussurrò il ragazzino.

Aria lo guardò, "Parla con me se proprio hai qualcosa da dire", disse cambiando idea. Smise di guardare Mary cercando di ritrovare il controllo.

"Non finché non vi chiarirete".

"Insomma, non abbiamo tempo da perdere!", urlò Henry stranamente spazientito.

"Henry", si limitò a dire l'amica. Non smetteva di fissare gli occhi del ragazzino, la profondità di quello sguardo la bloccava, c'era qualcosa lì in fondo. Il suo popolo si fece silenzioso.

"Riportateli dentro".

Aria non era riuscita a chiedere nulla, eppure voleva sapere cosa si nascondeva dietro quello sguardo sicuro. Si voltò solo un istante, mentre la guardia grassa li trascinava dentro senza troppa fatica. Il ragazzino si era avvicinato, sussurrò solo: "Chiaritevi, o non sopravvivrete", ma non sembrava aver parlato, nessuno se ne era accorto. Solo lei.

Chi diavolo era quel ragazzino? Non aveva chiesto nemmeno il suo nome, e il loro incontro era stato perlopiù inutile. Disordinato, poco incisivo. Aria non era riuscita a essere decisa come al solito, il palmo le bruciava e le girava la testa come non le era mai successo.

Si tastò la fronte con la punta delle dita e cercò di riordinare i pensieri, "Chiarire", aveva detto.

"Ehi, stai bene?", Henry si sentiva quanto più inutile, non sapeva cosa dire, cosa fare, era stanco, e non la smetteva di pensare a Will, nelle mani di Merrick o in quelle del fuoco. *Si sarà salvato dall'incendio?* Pensava, *riusciremo mai a raggiungerlo? E la mia famiglia... riuscirò mai a salvarla?* Aveva cercato di non pensarci in quei lunghi giorni, ma quel senso d'impotenza che provava in quelle ore, ancora più forte del solito, lo stava schiacciando a terra e non si sentiva più così convinto di ciò che stavano facendo. *E poi Aria... sembra così terribilmente stanca, ha lo sguardo spento, la carnagione ancora più chiara del solito.* Non riusciva a smettere di fissarla, e Mary non riusciva a smettere di infastidirsi per quegli sguardi. Aveva nascosto Loren in un angolino, aveva focalizzato tutta la sua attenzione su Aria. Era di odio che si stava nutrendo. Meglio l'odio che qualsiasi altro sentimento penoso. Se avesse pensato ad altro si sarebbe spezzata, e ormai doveva andare avanti.

Il ragazzino fissò le schiene dei tre mentre sparivano nella prigione. Stavolta quel suo sorriso compiaciuto era scomparso, era serio e teso. La folla intorno a lui rimase in silenzio, poi si disperse. L'uomo anziano si avvicinò mestamente, senza smettere di girare il suo enorme anello sul dito scarno.

"Signore, torniamo dentro", disse, "Non raccoglieremo niente di buono".

"Non ancora", mormorò il ragazzino senza nome sorpassandolo con calma, "Non ancora" poi si avviò verso uno dei cubi grigi che riempivano il paesaggio d'inquietudine. Il vecchio si affrettò a seguirlo.

***

"Bella mossa, Aria", disse Mary calcando bene il suo nome. Non appena furono dentro non riuscì a stare in silenzio.

Aria era rimasta per un secondo confusa, forse ancora aggrappata alle parole del ragazzino e a quello strano incontro.

"Mary, per favore", mormorò Henry.

"Ma perché la devi sempre difendere? Ci farà ammazzare tutti, lo sai?", urlò.

Aria si avvicinò alla finestra ignorando le urla di Mary e la voce più pacata di Henry che tentava di calmarla. Guardò fuori, verso il cielo, c'era qualcosa, una sensazione che doveva assolutamente afferrare, qualcosa di necessario che si sarebbe rivelato indispensabile, ma cosa? E cosa riguardava? Il ragazzino?

La mano riprese a bruciare ma la ignorò.

"Non finché non vi chiarirete", aveva detto il ragazzino che veniva trattato come un Dio. La folla ammutoliva quando lui prendeva la parola. E nessuno si azzardava ad aggiungere altro, ma non era un'atmosfera negativa quella, non c'era terrore, o paura. Era armonia. Eppure lo sguardo di quel ragazzino non riusciva a scollarselo di dosso. *Non finché non vi chiarite. Che importanza ha per lui il nostro riappacificarci? Che ci sarà sotto?*

"Ehi, mi stai sentendo? Maledetta…", sussurrò a labbra strette quando si rese conto che no, non l'aveva ascoltata, non fino a quel "Maledetta".

"Mary, ora ne ho abbastanza, stai zitta", urlò Henry per la prima volta perdendo la calma. Lei ne rimase sconvolta, tornò tremando dalla rabbia al suo solito angolo, gli diede le spalle e non si mosse.

Maledetta. Forse lo sono per davvero. No, niente pensieri negativi.

La mano continuava a bruciare senza sosta, così fu costretta a osservare il palmo che cercava di chiamarla.

"No", sussurrò, era spuntata dal nulla un'altra foglia.

"Che succede?".

Aria sospirò e allungò la mano verso la sua direzione, "Guarda con i tuoi occhi".

"Quella non c'era".

"Eh, no. Proprio no", rispose Aria. *Ci risiamo.* Si andò a sedere lì dove i raggi del sole illuminavano obliquamente il muro. *Un altro patto è stato stretto.*

"Oltre a questo allora..." iniziò Henry.

"Abbiamo altre due realtà da attraversare".

"Tre in tutto".

"Ancora tre, maledizione", sussurrò Aria con le labbra tremanti lasciandosi quasi andare alla disperazione. *Se dovessero aumentare ancora... non so se riuscirei a resistere.*

Henry poggiò la mano sulla sua, "Vedrai che ce la faremo".

"Ma certo che ce la faremo. Chi ha mai detto il contrario?", disse Aria sforzandosi di sorridere. Henry fece lo stesso, "Costi quel che costi".

"Non ci sarà nessun costo stavolta, lo giuro", disse decisa Aria fissando le spalle di Mary che si erano mosse a quelle parole.

Ma per ora non c'era proprio niente che potesse ristabilire l'equilibrio fra loro due, e forse era normale, il tempo passato da quella tragedia era così poco, il dolore scaldava ancora la pelle e il cuore di entrambe. Aria non si azzardava nemmeno a pensarci, non sarebbe riuscita a togliersi da quella situazione se l'avesse fatto. Ora doveva pensare a portare Henry e Mary in salvo, loro si fidavano di lei e non voleva deluderli.

Aveva osservato bene tutto ciò che si muoveva sullo sfondo del ragazzino. Quel mondo era diverso dagli altri due, sia del suo che quello di Merrick, ma avevano una cosa in comune: il giardino degli aranci. *E dove diavolo è questa volta?* Si chiese di nuovo, *nascosto in uno di quei cubi o lì dietro da qualche parte?*

"Senti Mary", disse poi d'istinto, "So che ce l'hai con me ma dobbiamo collaborare se vogliamo andare via di qui", sussurrò avvicinandosi, si piazzò alle sue spalle, "Se il ragazzino vuole che noi chiariamo..."

"Io non voglio parlare con te", urlò senza voltarsi.

Il cuore di Aria si stringeva a ogni parola che usciva dalla bocca di Mary che prima tanto le piaceva ascoltare. Quella vivacità, la giovinezza, la speranza, l'affetto. Ora non c'era più niente di tutto quello in lei, ed era colpa sua. La morte di Loren le aveva strappato via tutto, era rimasta nuda con il suo dolore, nascosto dietro quell'odio spropositato che non riusciva a farla ragionare.

"Ascolta. Puoi continuare a odiarmi se vuoi, ma dobbiamo dimostrare a quel ragazzino che tutto è a posto, ora. Così parlerà con noi e capiremo dov'è il giardino".

"È l'unica cosa da fare, ha ragione lei, Mary".

"Quando mai ha torto per te, Henry?"

"Non ricominciare, per favore", mormorò Henry esasperato. "Per andare via di qui dobbiamo seguire le regole di questo posto. Il ragazzino è il capo qui, vuole la pace tra noi per chissà quale motivo, e noi gli daremo ciò che vuole", disse deciso lui.

"Esatto", Aria non aggiunse altro, era troppo stanca per parlare. Una strana nebbia appiccicosa le riempiva la testa di nulla.

"Lo farò, ma non vi aspettate altro da me", disse ad alta voce, poi l'abbassò, "Fra me e lei niente tornerà a posto… mai".

Mai. Ha ragione, mai. Non mi perdonerà mai.

Si abbandonò per un istante alla nebbia della sua mente e si sentì più rilassata, ma si destò subito.

Tornò a sedersi e poggiò stancamente la testa contro il muro.

Henry si sedette silenziosamente al suo fianco e con la sua mano fece scivolare la testa della ragazza sulla sua spalla. Lei abbozzò un sorriso e si addormentò.

Capitolo 2

In quella landa buia che erano diventati i suoi incubi vide Will. Le dava le spalle e, nonostante lo chiamasse a gran voce, lui si ostinava a non voltarsi. "Will", diceva, senza riuscire ad aggiungere altro, non riusciva a scusarsi perché ancora sentiva di non essere in torto, ciò che era successo nel mondo di Merrick era stato reale.

"Will, vuoi voltarti maledizione?", urlò poi, ma niente da fare. Will iniziò a premere le dita verso il basso, senza motivo. Un rumore secco di ossa che scrocchiavano fece rabbrividire Aria che non riusciva a capire.

Crack, crick, crack, crick, crack.

Accanto a lui comparve un'altra schiena, ancora più familiare. Aria non riusciva a muoversi, se ne stava impalata e fissava dolorosamente le spalle e i colli conosciuti di Will e Dan.

Non era buio, né giorno. Era una strana atmosfera sospesa ad avvolgerli. La ragazza non riusciva assolutamente a rendersi conto di quale fosse realmente l'aspetto di ciò che la circondava, gli occhi erano legati a quelle due schiene e a quelle parole non dette, a quel silenzio che bucava il cielo. Ai chiarimenti che continuavano a non arrivare.

Due schiene, due crack continui, allo stesso tempo netti e confusi. Sembrava il gracchiare di due rane malate, schiacciate a terra da una scarpa che solo ogni tanto si sollevava per farli respirare.

Aria si coprì le orecchie, il suono non faceva altro che aumentare, i due iniziarono a parlare, ma lei non riusciva a sentire, erano solo dei sibili sovrastati da quel crack senza interruzione.

Così Aria lo fece: girò la schiena a entrambi, e lontano, in quello sfondo senza forma, un bambino se ne stava seduto su una panchina, ad Aria appariva familiare. Fissava in avanti mentre copriva una piccola buca di terra con il piede, distrattamente, ma con calma e metodo.

Eppure quella visione la opprimeva, il palmo le bruciava e il sudore iniziò a scenderle dalla fronte, come se avesse un terribile caldo, e invece sentiva freddo, un gran freddo. Sentiva il peso di qualcosa di non identificabile sulle spalle, era solo un'ombra, non quella che l'aspettava nella landa desolata nascosto dalla nebbia, ma quella che rifletteva le paure di ognuno di loro.

In quel momento avrebbe voluto solo correre via, ma sapeva di non potere. Le chiavi sulla mano erano un monito, una possibilità. E una gabbia.

Bruciavano così tanto ora che intorno non vedeva, né sentiva più nulla se non quel dolore sordo, quel fuoco che le mangiava la pelle.

"Non c'è scampo", disse una voce, "Correrai a vuoto per tutta la vita se..." Ma si svegliò, ansimando.

Henry le porse dell'acqua. Qualcuno aveva lasciato una brocca e dei bicchieri intagliati rozzamente. L'acqua era fresca e accogliente. Aria ne aveva proprio bisogno, bevve tutto d'un fiato mentre il sudore le si asciugava sulla fronte raffreddandola. Una scarica di brividi scosse la sua schiena, non capì se per l'improvviso freddo o se per quell'incubo.

Non si voltavano, si disse Aria. *Ed era tutto così reale.* La sensazione del fuoco che bruciava era ancora viva sul palmo, lo osservò attentamente, passando un dito su quelle linee nette. Non era cambiato nulla, l'albero aveva le stesse tre foglie ben evidenziate, colorate di un nero scuro, mentre le altre erano piccole e rinsecchite, o almeno era così che lei le vedeva. Una di quelle foglie rinsecchite rappresentava il mondo della donna che aveva perso la testa e del bambino che dondolava in altalena, in eterno. Una invece il mondo dei Cinque, dove sua madre, sua nonna, la signora Frost, Cecile, la famiglia di Henry erano intrappolati. Poi c'era il mondo di Merrick... continuava a chiudere la mente a quel pensiero.

Doveva aver dormito tutto il pomeriggio perché fuori il sole era scomparso.

"Non è venuto nessuno?"

"Se intendi il ragazzino con le manie di onnipotenza, no, non è venuto. È passato solo l'armadio con l'acqua".

Aria abbozzò un sorriso, era proprio quello lo scopo di Henry. Nonostante fosse preoccupato per la loro sorte (si erano cacciati di nuovo in una brutta situazione e lui era nuovamente imprigionato) ciò che più lo impensieriva era lo stato di Aria. Sembrava la solita, eppure appariva più spossata, attraversata da una strana irrequietezza che non le apparteneva. E poi, anche se aveva dormito l'intero pomeriggio, era come se non avesse nemmeno chiuso gli occhi. Aveva le occhiaie e non sembrava affatto riposata.

Aria pensò la stessa cosa, nello stesso momento. *Non mi sento per niente meglio dopo questa dormita. Sarà colpa di quell'incubo?* Non le importava ora, non voleva analizzare, a cosa poteva servire? Forse si sarebbe dovuta soffermare sulla voce, "Non c'è scampo", aveva detto, "Correrai a vuoto per tutta la vita se...", *se cosa? Se niente, al diavolo.*

Scattò in piedi, "Mary, pronta?"

Lei si voltò senza guardarla, annuì vagamente, non sembrava aver riposato molto. Fra tutti e tre quello nello stato migliore era Henry, si era completamente ripreso dalle ferite del mondo di nebbia, ed era carico.

"Voglio parlare", urlò Aria verso la porta. Non aggiunse altro.

Mary si avvicinò alla porta, "Vogliamo parlare".

"Insieme", aggiunse lei dopo averle lanciato un'occhiata. Ma i due sguardi non si erano incrociati. Ormai era una rarità.

L'armadio non ci mise molto a raggiungere la porta, sembrava essere in attesa della loro chiamata.

Vennero subito scortati fuori.

Aria cercò di ignorare il suo stomaco brontolante. Henry l'aveva sentito e a tratti abbozzava un sorriso. Il suo pensiero finiva per volare subito alle rilassate colazioni, alle mattine al parco di quei giorni lontani che sembravano appartenere a un'altra vita. Avrebbe lottato per riaverli indietro, anche se non sarebbero comunque mai stati gli stessi. Dan era morto. Da quando aveva iniziato a ricordare, da quando Will e Aria erano stati catturati dai Cinque, il ricordo di Dan era tornato prepotentemente nella sua testa. Quel giorno lui era fuori città e non si sarebbe mai perdonato di non essere stato accanto a Will e Aria nel momento esatto in cui era successo. Anche dopo non era riuscito a fare molto. Aveva avuto modo di pensarci a lungo, in quei lunghi giorni in cui era stato intrappolato nell'infermeria. Credeva di averlo anche sognato. Ma ora doveva pensare ai vivi.

Nello spiazzo di poco fa, era presente solo il ragazzino questa volta. Uno strano odore di erba bagnata solleticò il naso di Aria che se ne accorse subito, non solo quella, ma anche odore di bruciato, rami secchi, terra, non capiva con chiarezza. E dove si trovava tutto questo? Non riusciva a individuarlo.

"Inutile che lo cerchi", disse il ragazzino seduto sempre su quella sedia. Il vecchio, con la sua solita falsa calma, girava quell'anello sul dito, spostando lo sguardo da Aria agli amici, poi al ragazzino.

"Qual è il tuo nome?", disse Aria rompendo gli indugi.

Il ragazzino sorrise, "Mi chiamano Sun".

"Sun", ripeté lei poco convinta. "Cos'è quest'odore?", non poteva fare a meno di chiederlo. Il vecchio spostò il peso da un piede all'altro, mentre il ragazzino si tirò in avanti poggiandosi sui gomiti. In quel momento appariva tremendamente pesante, i braccioli della sedia scricchiolarono, nonostante, a detta di Aria, non dovesse pesare più di una quarantina di chili, *a essere generosi*.

"È il motivo per cui sei qui, Aria".

Aria si irrigidì, ma senza darlo a vedere. Era stata impeccabile nel nascondere la sua sorpresa, ma al ragazzino non si poteva nascondere nulla, "Stai tranquilla. Vogliamo la stessa cosa, ma prima, dimmi…", osservò Mary.

"Sì, ci siamo chiarite", mentì Aria. Mary fece una vaga smorfia, ma si aggrappò al braccio di lei.

"A me non sembra". Le scrutò a fondo, come se potesse vederle dentro.

Lo sguardo di quel ragazzino la infastidiva.

"Nessuno di noi mente", disse Henry fintamente calmo. Quando il ragazzino lo fissò si rilassò di colpo.

Tornò su Aria, "La tua strada è ancora lunga e i dubbi sulla riuscita della tua missione, se così possiamo chiamarla, sono molti", disse abbozzando un sorriso, "Ma tu sei tenace".

Che ne sa di ciò che voglio?

"So molte cose", disse il ragazzino scendendo dalla sedia.

Aria si mise in allarme, non riusciva a inquadrare quel maledetto ragazzino dal nome assurdo. Si spostò davanti a Mary come a proteggerla.

Il ragazzino sorrise, "Niente paura", annunciò sicuro, "Il vostro legame è forte, nonostante tutto", li fissò intensamente e la tensione sembrò sciogliersi. Mary si staccò da Aria, poi non si mosse, non comunicava nessun timore. Era tutto così strano, perché era solo lei quella agitata? I due amici sembravano imbambolati, ma Aria non aveva tempo di preoccuparsene, doveva agire per tutti.

L'odore di bruciato si fece più intenso, eppure non si era alzato fumo, da dove proveniva?

"Insomma, che cosa vuoi? E cosa sai?"

"Ti racconterò qualcosa di me, così smetterai di avere dei dubbi".

"Signore", disse il vecchio cercando di intervenire.

Uno schiocco di dita del ragazzino e quello fece un passo indietro come incantato.

"Avanti, ti ascolto", rispose come se fosse da sola. Henry continuava a tacere, era inutile prendere la parola al posto di Aria.

"Noi, io e il mio popolo", fece indicando il vecchio e i cubi grigi, "Proveniamo da un mondo in completo disfacimento. Odio, avidità, e cecità sono ciò che caratterizza quella che è la società a cui appartengo, o meglio appartenevo. Ma noi siamo certi che presto verranno puniti, e quando succederà, al momento opportuno, guiderò il mio popolo verso la rinascita. Torneremo alla nostra patria e lì tutto ricomincerà da capo".

"Con la tua guida, immagino", disse Aria sprezzante.

"Sono stato eletto dal mio popolo. Il mio popolo mi ha scelto".

"Sei solo un ragazzino", disse Aria con maggiore disprezzo.

Il vecchio trasalì, facendosi pallido come un lenzuolo.

"Puoi pensarla così, se preferisci".

"Non fare il superiore".

"Non tento di farlo, so solo con certezza che presto capirai". La guardò con due occhi che la inchiodarono a terra. Non riusciva a leggerlo, era come se il suo corpo si estendesse sopra e sotto di loro, cingendoli. Era una strana sensazione. *Come si dice di Dio? Che è in ogni luogo.* Non poteva fare a meno di pensare che quel ragazzino era in ogni luogo, anche nella sua mente. La leggeva. Ogni respiro per lui era una conferma.

"La fermezza e il coraggio che dimostri sono motivo di stima", disse il ragazzino, "Ma senza il mio aiuto Will rimarrà dov'è, e la landa desolata che nel profondo temi, ti inghiottirà, e con te anche il tuo amico Henry e la piccola Mary". Aria spalancò gli occhi e guardò i suoi compagni, nessuno appariva sorpreso. Il ragazzino era serio, si portò l'indice sulle labbra, delicatamente, con un'eleganza che sembrava fuori tempo, appartenente a un'epoca lontana, "Sh", fece.

Henry e Mary non sembravano aver sentito. Ma il ragazzino aveva parlato, ne era sicura.

"Non ti allarmare, è la tua forza a far stare in piedi chi ti circonda", disse ancora. Sembravano precipitati in un mondo in cui solo loro due potevano intendersi.

"Parla pure liberamente. Siamo io e te ora", tutt'intorno era immobile, i suoi amici fissavano dritti davanti a sé, il vecchio aveva smesso di girare l'anello ingombrante sul dito. L'odore di bruciato era sparito nel nulla.

"Te lo chiedo di nuovo: che cosa vuoi?", *non mi farò intimorire da te.* Sapeva che avrebbe sentito anche i suoi pensieri.

"Vorrei che collaborassimo. Io voglio che tu prenda la chiave, Aria. Voglio che tu raggiunga il tuo obiettivo finale".

"E perché mai?", non riusciva a capire.

"Perché io non posso farlo. Nonostante sia un candidato, non posso abbandonare il mio popolo. Quando avrai la chiave, avrò la certezza che il mondo che ho creato con l'Ombra resterà aperto, pronto per il giorno del giudizio".

"Che diavolo di religione è la tua?"

"Non ho inventato niente".

"Questa tua visione distorta dove pensi che ti porterà? Anche se prendessi la chiave e il mondo non si chiudesse su se stesso, come diavolo pensi di uscire di qui?" *E soprattutto... quale giorno del giudizio? Il nostro mondo resterà esattamente dov'è e non cambierà mai.*

"Verrà il momento".

Perché gli sto dicendo queste cose? Si lasciò sfuggire senza riuscire a impedirlo. *Potrebbe impedirmi di raggiungere la chiave.*

"Oh, no. Non succederà. Avrai ciò che vuoi. Le tre che hai già raccolto richiamano le altre".

"Che cosa…", cercò di smetterla di stupirsi, ma iniziò a perdere la calma, quello sapeva veramente troppe cose.

"Noi sapremo aspettare. Ma il vostro tempo non è tanto. Vuoi prendere la chiave?"

Aria annuì.

"Bene, però devi sapere prima una cosa… sarà un bel po' complicato".

Aria non fece in tempo a chiedere spiegazioni che si ritrovò di nuovo nella cella con Henry e Mary.

"Cosa…" fece guardandosi intorno.

Henry stava sventolando le mani davanti a lei. "Eri imbambolata", disse solo.

"Quando siamo rientrati?"

"Pochi minuti fa".

"E…"

"E ha detto che dopo cena ci farà uscire e ci porterà nel posto che cerchiamo. A quanto mi sembra di aver capito, sa benissimo cosa vogliamo e non intende intralciarci".

"Te l'ha detto lui?"

"Sì… in uno strano momento. Il tempo sembrava essersi fermato e nessuno di voi si muoveva".

"Mh", Aria era perplessa, che senso aveva parlare separatamente? Era un modo per mostrare la sua potenza e impedirci di osteggiarlo? *Non mi sembra abbia dato informazioni diverse.*

"Anche a te?", chiese Henry.

"Sì, stesse sensazioni".

"Ci ha parlato nello stesso momento ma in tre diversi… non so neanche come spiegarlo, come diavolo avrà fatto?", disse Henry sinceramente colpito.

"Ormai non mi sorprendo più di niente".

"È successo anche a te, Mary?", chiese Henry mentre la ragazzina s'incastrava i capelli corti dietro le orecchie. Il suo viso era teso e pensieroso.

"Sì", si limitò a dire Mary, vagamente. "Ha detto le stesse cose", aggiunse sbrigativa.

Aria la osservò attentamente ma lei distolse subito lo sguardo, stavolta c'era qualche cosa di diverso, non poteva imbrogliarla. La ragazza lanciò un'occhiata a Henry che si era accorto della stessa cosa, poi insistette, "Di preciso cosa ti ha detto?".

Mary non rispose, si avvicinò all'unica finestra, le braccia intrecciate al petto.

"Mary, per favore. Non essere così ostinata", disse Henry a mo' di rimprovero. Le sue critiche le sentiva eccome, Mary si strinse nelle spalle, irrequieta. Poi si voltò verso di lui, la sua aria decisa lo fece sussultare e sentire di colpo indeciso. Quello sguardo era completamente diverso.

"Ha detto che stasera ci indicherà la direzione per prendere la chiave, poi ci lascerà andare", disse con decisione, scandendo bene le parole. Eppure Aria aveva la sensazione che non fosse tutto lì, ma era inutile, non avrebbe aggiunto altro. Tornò al suo solito posto e si sedette.

Nello stesso momento da sotto la porta comparve una nuova ciotola con pane e stavolta anche formaggi, e un'altra con abbondante frutta.

"Stavolta vogliono nutrirci per bene, eh", disse Aria intendendo anche altro.

Henry sospirò, "Qualcosa non mi quadra".

"Già", Aria ne era sicura, c'era qualcosa che non andava, era solo una sensazione, e poi le chiavi sulla pelle ricominciavano a bruciare non appena si soffermava sul pensiero. Quel ragazzino non gliela raccontava giusta, sembrava tutto troppo facile. Sarebbe stata sull'attenti.

Aria e Henry si lanciarono uno sguardo esaustivo e presero i loro panini. Mary si alzò e raccolse il suo senza aprir bocca, stavolta non aveva guardato nemmeno Henry.

I due amici aprirono in due i panini e infilarono le fette di formaggio. Quel gesto ricordò ad Aria innumerevoli cose: la gita con Dan alla fattoria, quel magnifico pranzo sdraiati sul prato accanto al fieno, e la cena con Will nella casetta di legno che lui non sembrava voler più lasciare.

Questi ricordi le provocarono sentimenti contrastanti, vagavano dalla nostalgia all'angoscia, alla rabbia, al senso di colpa. Un miscuglio di sensazioni che cacciava e abbracciava con tutte le sue forze. Ma i ricordi ora la sfiancavano, e così gli incubi. Anche se erano giorni che ormai era lontana dal mondo di nebbia, tenere dentro di sé gli incubi era straziante, sentiva quel nuovo e allo stesso tempo vecchio peso che aveva rinnegato per anni interi. La coscienza pesava, l'inconscio sopprimeva. Interiorizzare tutto era faticoso. E il suo fisico sembrava non ricordare ancora bene come si faceva. *Henry sembra così tranquillo, invece. Sarà colpa delle chiavi se sento ogni cosa così pesante?* Si chiese azzannando un panino. *Sì, deve essere così. È il peso di tre mondi che mi porto dietro.* Ne fu consapevole per la prima volta solo in quell'istante. Rimase col panino a mezz'aria, gli occhi sgranati verso un punto sconosciuto.

"Ehi, tutto bene?"

Henry non smetteva di chiederlo, non poteva far altro che assicurarsi che stesse bene, non aveva il potere di aiutarla più di così, era deprimente. Aria non si era accorta di quanto l'amico sospirasse. Non sopportava di essere così inutile. *Forse Will sarebbe riuscito a fare molto di più.* Finiva per lamentarsi. E si sgridava in continuazione perché a tratti saliva una sorta di contorto sentimento d'invidia e fastidio. Ma Henry faceva presto a scacciarlo via, non sarebbe mai stato quel tipo di persona. Accarezzò il muro e si soffermò sulle piccole insenature tra le pietre. Era un modo come un altro per calmarsi. Un modo tutto suo.

Vorrei qualcosa di più sostanzioso da mangiare, pensò Henry affamato, *come un po' di carne, mi sembra una vita che non ne mangiamo.*

Se stasera riusciremo ad andare via, come credo, avremo bisogno di più energie, chissà come sarà il prossimo mondo... pensò in sintonia Aria, sentiva ancora lo stomaco brontolare per l'insoddisfazione, ma più forte di questo era una strana inquietudine a non darle pace.

Passarono pochi minuti da quel pensiero che la porticina si riaprì facendo scivolare dentro una nuova scodella, c'era della carne sminuzzata dentro, cotta alla brace e servita solo con un filo di olio. Aria la prese tra le mani e la osservò con attenzione, era proprio carne. Lanciò un'occhiata a Henry, sorpresa, ma lui lo era di più, "Come hanno fatto a sentirmi?" balbettò, "l'ho solo pensato", poi scosse le spalle e tornò con gli occhi su quella carne, tutti e due esitavano.

"Siamo in un mondo senza segreti, a quanto pare", sussurrò Aria tornando verso Henry.

Lui non rispose, utilizzarono il resto del pane per raccogliere la carne. E le cose sembrarono già assumere un colore migliore.

Aria iniziò a girare per la stanza come un'anima in pena, si stava facendo buio e più la luce calava più sentiva il cuore rimbalzarle in gola, era agitata perché non aveva avuto nessuna informazione, ma più perché aveva anche la responsabilità dei suoi amici. Quando era con Will si sentiva al sicuro, sapeva che non avrebbe dovuto badare a lui, ma con Mary e Henry le cose erano diverse. Henry poteva solo dargli la sicurezza della sua amicizia, un appoggio sincero. Sapeva bene che si sarebbe buttato nel fuoco per lei, ma in quel caso non aveva bisogno di questo, ci voleva la sveltezza di pensiero e d'azione di Will, la sua calma contagiosa, la loro sintonia.

Sospirò rumorosamente, gli mancava da morire.

Scosse la testa un paio di volte e tornò in sé.

La porta in quel momento si aprì con un cigolio stridente, l'ometto magro con il casco storto li fissò senza dire una parola, mentre i tre sfilavano fuori.

L'armadio era fermo nel corridoio, la lieve luce illuminava solo la sua grossa figura la cui ombra si stagliava contro il muro dissestato.

Aria prese fiato e si sentì pronta al nuovo incontro, "Un po' complicato", aveva detto il ragazzino. *E vediamo quanto sarà realmente complicato*, si disse continuando a scuotere la testa a intervalli regolari. Lungo il corridoio buio Aria abbassò la testa, non riusciva a non volare col pensiero da Will, forse a causa dell'imminente pericolo, quando ci si avvicinava a un momento critico ognuno avrebbe voluto con sé le persone più care. E lei, come chiunque in quella situazione, voleva Will.

Henry poggiò le sue mani sulle spalle della ragazza e non la lasciò andare per tutto il tragitto, le stringeva forte. Aria alzò la testa e ritrovò il suo normale ritmo.

Quando uscirono non si notò troppo la differenza. Fuori era buio quasi quanto dentro. C'era solo la luce della luna a lanciare lievi sprazzi sul terreno.

"Ben trovati", disse Sun, in piedi a pochi metri da loro. Il vecchio con il suo anello era sempre dietro di lui, come un'ombra incollata alle spalle del ragazzino che si limitò a guardare prima di tutto le due guardie. La ragazza sapeva che potevano ascoltarsi in quella particolare maniera. Ma accadeva proprio a tutti? O era solo il ragazzino a essere dotato di questa strana sensibilità? *Non voglio chiamarla in nessun'altra maniera*, pensò.

"Siamo stati baciati dal signore", rispose lui nella sua candida tunica.

"Non è stato il signore, ma l'Ombra a darvi questo dono, sei un'ipocrita", disse Aria.

"Aria, lascia stare".

"Ne ho avuto abbastanza di gente che m'intralcia", borbottò arrabbiata lei. Henry sbuffò.

Il ragazzino prese una borsa dalle mani del vecchio che fece per avanzare, poi la portò a passo leggero a Mary. Esitò prima di lasciarla andare, e forse sarebbe rimasto ancora così se Aria non avesse parlato, "Possiamo andare", aggiunse lei, e il ragazzino diede loro le spalle e iniziò a camminare verso uno di quei cubi. Mary strinse con apprensione la sua piccola borsa, ricordo di un passato ormai lontano.

Aria, Henry e Mary lo seguirono, le due guardie restarono alcuni passi dietro di loro.

"Hai tanta rabbia dentro", il ragazzino osservava le loro ombre allungarsi sul terreno brullo.

Aria non rispose.

"Hai lasciato indietro qualcuno di molto caro".

Aria sussultò.

"Ma vedrai che lo raggiungerai presto. Bastano tre chiavi, ancora".

"Fatti gli affari tuoi".

"Tu, Aria, credi in qualcosa?"

"Non di certo in quello in cui credi tu", disse aspramente.

"Dovresti, non c'è potere più grande".

"Non c'è ipocrisia più grande. Tu hai stretto un patto con l'Ombra, e lo sappiamo tutti e due. E l'Ombra rappresenta tutto l'opposto di ciò che veneri".

"A volte bisogna passare per strade oscure per raggiungere un obiettivo".

"Chi ti dà il diritto di considerarti il nuovo messia? Chi ti dà il diritto di giudicare gli uomini del nostro mondo?"

"Ti senti presa in causa? Io non ti giudico, non giudico nessuno. Non sono io a farlo ma lui".

Aria si ritrasse leggermente, "E tu pensi di parlare a suo nome? Questo non credi che sia presunzione?", disse saccente, credeva di averlo in pugno, ma lui era sempre un passo avanti.

"Io rispecchio la sua volontà, e parlo a nome del mio popolo, è questa la mia forza".

La luce della luna illuminava la metà del suo viso, e in quel momento ad Aria apparve come una carta imprecisa, un jolly che può essere usato in moltissimi modi diversi. Non le sembrava che il ragazzino fosse limpido come tentava di dimostrare. Strinse la mano e le chiavi iniziarono a bruciare, le sembrava di sentire in lui una piccola fiammella di preoccupazione, non era così convinto, forse anche lui aveva paura di come sarebbero andate le cose.

"Non sei così sicuro, vero? Hai convinto quella gente a seguirti, ma non sai se riuscirai a portarli dove hai promesso. La rinascita potrebbe non avvenire mai".

Lui si mostrò sorpreso, e per la prima volta si voltò verso di lei. Ora camminavano fianco a fianco. Henry e Mary si limitavano a tacere, seguendoli.

"Per mano del possessore della chiave", si aprì in un sorriso.

"Cosa intendi?", chiese sinceramente lei, doveva capire.

"La caduta di queste realtà, farà barcollare l'altra. E l'uomo avrà ciò che si merita. È ciò che l'angelo biondo mi ha confessato quando ho stretto il patto di salvezza".

"Angelo, patto di salvezza, ma di cosa stai parlando? Non dire cretinate. Aspetti qualcosa che non accadrà, ti sei fatto ingannare, illuso. Questi mondi non sono più collegati al nostro".

"E tu allora, come pensi di tornarci?"

Aria sussultò di nuovo, un groviglio di angoscia le chiuse la gola, come aveva fatto a non pensarci? Aveva preso per vere solo le parole della vecchia, ma poteva fare altrimenti?

"Come ci siamo arrivati, ce ne andremo", disse decisa. *E saranno le chiavi a guidarci.*

"Ma non ne conosci il prezzo. Il risultato del tuo desiderio potrebbe essere distruttivo per il posto in cui vuoi tornare".

Aria strinse la mano a pugno, "Sono certa che non è così", poteva solo sperare questo, perché sennò avrebbe dovuto accettare l'altra possibilità completamente cancellata dalle loro menti: che non fosse possibile andare via di lì.

"L'uomo si merita di morire".

"Nessun uomo si merita di morire", rispose lei.

"L'uomo di oggi si merita di sparire, sì", disse come a convincersi. "Le chiavi hanno il potere di rovesciare l'ordine costituito".

"Perché non sei stato proprio tu a occupartene?"

"Te l'ho detto, mia cara Aria, non posso abbandonare il mio popolo".

"Questa è una scusa", mormorò lei.

Il ragazzino sembrò rallentare il passo fino a fermarsi, lo stesso fece Aria, che si voltò a guardarlo. Lui la fissò intensamente, poi chiese, "Come fai a desiderare di tornare in un mondo che ti ha fatto tanto soffrire?", e riprese a camminare, a passo leggero. Superarono i cubi grigi in cui la gente, presupponeva Henry, dormiva. Il ragazzo allungò una mano per accarezzare il muro, era ruvido e freddo. Intanto osservava i passi incerti di Aria e di quel ragazzino che catturava il suo sguardo come una calamita.

Aria continuava a non rispondere, lo sguardo del ragazzino si era fatto stranamente dolce e intenso.

"Perché è casa", disse infine lei.

"Una casa che ti ha dilaniata".

"Desidero lo stesso tornare. Tutto questo" indicò intorno a sé, "Non è naturale, anzi, è contro natura, e tu lo sai".

"Per raggiungere un obiettivo a volte si devono attraversare strade impreviste".

"L'hai già detto. E comunque se l'obiettivo è in fondo a una strada sbagliata, non è un giusto obiettivo", rispose lei, e lui sembrò colpito, si prese una mano nell'altra. Poi continuarono a camminare, in silenzio.

Fu Henry a interromperlo, "Quanto manca ancora?", non sapeva perché ma sentiva addosso una strana agitazione, era così distratto che non si stava preoccupando nemmeno di Mary. Era per lei che fino a quel momento aveva evitato di prendere la parola, di parlare con Aria. Aveva paura che il rapporto s'incrinasse a tal punto da non essere più recuperabile. Il suo silenzio in questo momento di crisi era la cosa migliore. Ogni volta che finiva per parlare, Mary lo guardava con profonda rabbia e costernazione insieme, la infastidiva, e finiva per tornare a essere una ragazzina odiosa, così diversa da quella che conoscevano. *Forse, in questo silenzio, le cose torneranno a posto tra loro. Forse troveranno le parole giuste per riunirsi, per comprendersi.* Si sentiva quasi un impiccio e perciò taceva. Ma in quel momento, il disagio era troppo forte. Avevano superato almeno cinque di quei cubi grigi, ed era come se ne sentisse il peso sulle spalle, come se riempissero di materia l'aria che respirava.

Nessuno aveva risposto, "Ho detto: quanto manca ancora", chiese con un tono che non gli apparteneva.

"Poco", disse il ragazzino senza guardarlo, sembrava circondato da una strana aura, una polvere che veniva giù dalla luna. Henry strattonò Aria per le spalle, all'improvviso. I quattro interruppero il loro cammino.

"Che diavolo ti prende, ora?", urlò Aria infastidita, notò che la sua voce era uscita flebile, un rantolo affaticato. Rimasero un minuto a fissarsi mentre la ragazza sembrava cercare di recuperare il fiato, come se avesse appena corso.

"Aria, c'è qualcosa che non va", disse Henry guardandosi intorno.

Mary raccolse le mani al petto e guardò nella stessa direzione di Henry, "È tutto così calmo", sussurrò solo.

Il ragazzino aveva inclinato la testa, e li osservava come fossero bestie rare, incuriosito. La luce ora gli copriva le spalle, il viso era perlopiù coperto dal buio. Poi parlò, "Non c'è niente che non va. Questo è il silenzio del mio mondo. Un silenzio pieno", spiegò lui.

Henry si guardò di nuovo intorno e si premette un palmo sul petto.

"Ehi, so quello che faccio", sussurrò Aria stringendogli il gomito piegato. Lui annuì.

"Proseguiamo, non abbiamo tutta la notte", urlò Mary come se sapesse esattamente quanto tempo li separasse dal luogo d'arrivo. Superò i due ma si immobilizzò sulla linea di terra che calcava il ragazzino, come se non potesse andare oltre. Sun, serio, riprese a camminare. Aria proseguì accanto a Henry, camminavano spalla a spalla, sfiorandosi appena. Aria sembrava aver capito che l'amico aveva bisogno di lei.

Ogni tanto si scambiavano un'occhiata rassicurante. Henry continuava a osservare quello strano luogo pesante, ma la vicinanza con l'amica lo rilassava. Ora era lui a sorreggerla con il suo sguardo. Infatti, più camminavano più Aria si sentiva stanca. Stringeva la mano delle chiavi a pugno con energia. E sembrava che tutta la sua concentrazione, tutta la sua forza fossero utilizzate per questo scopo. Stringeva, stringeva, quasi senza guardare davanti a sé.

Dove stiamo andando, pensava senza sosta. Si sentiva qualcosa che le bloccava la gola, era quella pesantezza che Henry percepiva addosso. A lei bloccava il respiro. Si sentiva così stanca. Le ginocchia erano indolenzite, le gambe pesanti e aveva di nuovo una tremenda fame.

Pensò a suo padre, a sua madre e a sua nonna. Poi a Loren, Peter e… Will.

"Sono tutti dove li hai lasciati", disse il ragazzino senza voltarsi.

"Non ti permettere mai più di entrare", balbettò Aria quasi stremata.

"Non sai con chi hai a che fare", commentò Mary come se non fosse dalla sua parte. Aria ne rimase colpita.

Da quel momento in poi notò delle strane occhiate di Mary verso il ragazzino. Serrava le labbra e se le mordeva, come se stesse riflettendo su qualcosa di importante.

Ma Aria non poteva occuparsi dei capricci di Mary in quel momento. Stesso pensiero di Henry, che continuava a camminare spalla a spalla, cercando di infonderle una tranquillità che non possedeva.

Erano tutti e due in allarme, e allo stesso tempo avevano le difese sotto le scarpe.

Aria si ricordò di colpo dove aveva già visto il ragazzino biondo e la donna castana che aveva notato prima e abbozzò un sorriso che non si riusciva a capire se fosse un ghigno o altro.

Il ragazzino si voltò di scatto verso di lei, "No".

"Sì", rispose Aria, era convinta che l'avrebbe ascoltata, "Il tuo popolo non ti apprezza come pensi. E sono diventati bravi a mentire", disse ad alta voce.

"Non ti permettere".

"È questo il popolo eletto?"

"Perché me l'hai fatto vedere?", sussurrò lui. Sembrava aver perso di colpo il controllo della situazione.

"I tuoi uomini non sono degni più degli altri. Ognuno mente. È la natura dell'essere umano. Non ne esiste uno perfetto. Non sei perfetto nemmeno tu", disse lei.

Il ragazzino cercò di ritrovare la tranquillità interiore, ma sembrava essere andata persa.

"Che succede Aria?" Azzardò Henry, ancora più teso.

"È presto detto: quando eravamo nel mondo di nebbia, o forse in quello di Merrick, non riesco a ricordarlo chiaramente, ho sognato un ragazzino biondo, insieme ad altre persone. Erano nel giardino degli aranci e io con loro", disse Aria facendo una breve pausa, il piccolo Dio di quel mondo faceva finta di non essere interessato, "Solo che quello non era il nostro giardino degli aranci. Il biondino e, suppongo, i genitori, si aggiravano alla ricerca di qualcosa, e quando mi hanno vista hanno chiesto spiegazioni sulla mia presenza".

Il ragazzino sorrise di colpo, "E tu, da un altro mondo, eri lì", disse, Aria non capì cosa volesse insinuare, eppure si fermò ad aspettare una spiegazione.

"Non te ne preoccupare", aggiunse guardandola negli occhi, "È una semplice conferma di quello che già sappiamo", poi guardò Mary che si ritrasse leggermente.

Aria non voleva passargli di nuovo le redini, "Non lo sapevi, non è vero? Che la tua gente era scesa nel giardino senza che tu ne sapessi niente..." lo guardò con un sorriso beffardo, "questo conferma che non hai il controllo sul mondo come pensi, e che il tuo popolo non ha fiducia in te".

Quello si irrigidì appena, "Dovrà averla se vorrà sopravvivere".

"Il ricatto, ora?", disse Aria con un ghigno, "Magnifico, sei proprio ciò che mi aspettavo fossi".

"Tu vuoi che io sia questo, perché non credi, credi solo in te stessa, sei un classico essere umano pieno di paure", si era fermato.

"Non mi aggrapperò all'ombra di qualcosa che non esiste perché ho paura. Sono solo le nostre forze quelle che contano", rispose lei. "Ho fede solo in me".

"Prima o poi lo cercherai. Perché di fronte al dubbio dell'esistenza c'è bisogno di un bene superiore".

Il ragazzino non aggiunse altro e riprese a camminare. Aria e gli altri lo seguirono. La ragazza grattava con la punta delle dita sulla superficie delle chiavi, cercando di calmare un formicolio che non le stava dando pace. Se non bruciava, tremava, formicolava, cercava di richiamare in ogni modo la sua attenzione, o forse la tormentava perché era costretta a subire il peso dei mondi che avevano attraversato.

Henry era taciturno, continuava a osservare la strana agitazione di Mary, ben mascherata: si contorceva una mano nell'altra, tormentandosi le dita una a una. Così rimaneva in allerta e non si stava curando della conversazione intrattenuta da Aria e dal ragazzino dai dubbi scopi.

Di colpo quei miseri e anonimi cubi grigi sparirono, inghiottiti nel buio, e Aria riuscì a vedere chiaramente davanti a lei, rallentò il passo per lo spettacolo imprevisto: una sterminata landa desolata di terra, senza erba né fiori, né alberi. Era il nulla, anonima e brulla come appariva tutto. Senza nessun tipo di sfarzo.

"Non ti sorprendere", disse il ragazzino fermandosi, poi riprendendo il passo, "Noi non abbiamo bisogno di nulla, solo della nostra fede".

Aria si sforzò di non pensare a nulla, era sfinita e non aveva voglia di parlare ancora con quel ragazzino che la confondeva ogni volta che poggiava gli occhi su di lei. Nonostante le sue vaghe perplessità, riprendeva il controllo con una capacità invidiabile, tanto rapidamente che Aria dubitava di essere riuscita a farlo barcollare. Il ragazzino sorrise, e Aria tentò di chiudere la sua mente a ulteriori intrusioni. Ma a cosa poteva pensare che fosse meglio di quello? Dietro non si era lasciata altro che sofferenza, e davanti? Ancora il nulla.

Fu in quel momento che Aria sentì un suono familiare, era il battito di un cuore che iniziò ad accompagnare i suoi passi, da quanto non lo seppe dire. Era nell'aria, nella terra, come ogni volta che si stava avvicinando al giardino. Pure qui, immancabilmente, il battito era presente. E ad Aria sembrava di vivere una sorta di déjà-vu. Il palmo bruciava, l'aria tutt'intorno era immobile, e lei non riusciva a staccare gli occhi da davanti a sé. Come le scorse volte, nel petto iniziò a farsi strada un senso di pace e allo stesso tempo di inquietudine. Il suono del battito l'abbracciava e la spingeva a proseguire, il bisogno di raggiungerlo le metteva ansia. Non si sarebbe fermata per niente al mondo. Se qualcuno l'avesse fatto, lei sarebbe stata capace di passarci sopra. Eppure, non aveva ancora capito di chi fosse quel cuore, era il cuore del giardino stesso? Della chiave nascosta? Sembrava volerle sempre comunicare qualcosa che non riusciva assolutamente ad afferrare, come se parlasse una lingua rara. Lei tentava di comprenderne le parole, il senso, ma le arrivavano solo sentimenti confusi. Così proseguiva e basta.

La sensazione che il giardino fosse vivo e quasi pensante non l'abbandonava mai. Il ragazzino la stava guardando mentre si avvicinavano a ciò che sembrava un'enorme buca luminosa. Aria cercò di allungare la vista per rendersi conto della larghezza, ma non riuscì ad arrivarci.

Anche Henry allungò il collo, mentre la giovane Mary sembrava esitare a ogni passo. Più volte Henry dovette rallentare per aspettarla. Aria si era ormai tirata avanti, accanto al ragazzino, e stringendo la mano a pugno proseguiva senza esitazione. Notò una lunga fila di guardie tutt'intorno. Era incredibile che la ragazza non se ne fosse accorta, l'unica cosa che aveva notato era il bordo del precipizio, nient'altro. I suoi occhi avevano saltato ciò che era inutile vedere.

L'enorme voragine era larga circa una decina di metri, coperta dal velo della notte che sembrava volerla far sparire, senza riuscirci; dentro era luminosa come se avesse fatto suo il sole. Il buio intorno era denso e l'aria improvvisamente asciutta e fredda, quasi secca. Aria tossì un paio di volte infastidita, come se avessero appena oltrepassato una barriera invisibile, e fossero entrati in un nuovo mondo. Anche Henry e Mary tossirono con lei, solo un paio di volte. Poi presero tutti un gran respiro che sapeva di terra ed era ruvido come sabbia. Il suono del battito si era fatto più intenso, ma Aria non se ne accorse troppo, distratta com'era a cercare di comprendere i movimenti del ragazzino, le sue più profonde intenzioni, lo vedeva stranamente irrequieto, e questo l'aveva messa in allarme.

Henry si voltò indietro, verso i cubi grigi che si perdevano in lontananza, separati da loro solo da un'immensa distesa di erba bruciata e giallognola.

Le guardie intorno al precipizio erano anonime, come i cittadini della città. Aria aguzzò la vista quando individuò qualcuno. Il ragazzino si voltò insieme a lei, poi fece segnò di seguirlo. La ragazza sapeva già cosa sarebbe successo.

Si fermarono davanti all'uomo che sussultò. Aveva riconosciuto Aria, e Aria lui. Non si vedevano da quel lontano sogno, o forse tanto lontano non era, in cui l'uomo si aggirava col ragazzino biondo, la donna castana e altri per il giardino. Si erano scambiati solo parole piene di sorpresa e diffidenza. Poi Aria era svanita nel nulla.

"Come hai fatto a scendere?" chiese Sun con voce ferma, nascondendo una nota di curiosità.

"Cosa dice, signore?"

"Come hai fatto a scendere".

Poi Aria notò Henry fissare la voragine, Mary si era stretta le mani al petto.

"Non l'ho fatto, signore".

"Non mentire", disse calmo.

"Cos'è che ci nascondi?", chiese Aria scorgendo una certa ansia nel ragazzino, ma quello distolse lo sguardo.

"Non la prendi perché non puoi, è questo il tuo segreto", un piccolo sorriso compiaciuto sulle labbra di Aria, aveva indovinato, "Probabilmente non puoi nemmeno scendere. Per questo ti serviamo noi".

"Non è come credi, ma su una cosa hai ragione, io non posso scendere", disse accigliato.

Aria cercò di interpretare quel suo silenzio prolungato, senza riuscirci.

Gli uomini intorno al giardino non si muovevano di un millimetro, come delle statue ben addestrate.

Fissò la voragine come facevano Henry e Mary che erano incantati da quella luce. Sentì dentro la sua pelle il battito di quel cuore, e poi il profumo lieve delle arance, delle foglie. Il giardino era proprio lì sotto, tanto in basso che non era distinguibile chiaramente, strinse il pugno ignorando le persone che la circondavano, doveva trovare un modo per scendere.

"Com'è possibile?" disse il ragazzino sgranando gli occhi. "Non riesco più a leggere altro che vaghi stati d'animo", sussurrò, poi si avventò sull'uomo che l'aveva tradito, come fosse tutta colpa sua se aveva perso credibilità e non riusciva più a percepire nulla degli altri.

"Da quanto? Quanto tempo è passato da quando hai tentato?", urlò stavolta, mentre le guardie intorno sembravano distogliere lo sguardo.

Il colpevole si guardò i piedi un secondo, "È passato moltissimo tempo. Lo giuro".

"E voi? Voi non l'avete fermato", disse guardandole.

"Era un momento in cui c'erano di turno solo poche persone", ammise l'uomo, mentendo. "Ma mi dica, se non avesse pensato che qualcuno avrebbe potuto raggiungerlo alle sue spalle, perché avrebbe messo le guardie?"

Il ragazzino sgranò gli occhi mentre i tre nuovi arrivati erano ancora concentrati su quel piccolo sentiero che strisciava intorno alla voragine come un serpente annoiato, come un girone dei dannati che scendeva all'inferno, eppure il giardino non era l'inferno, ma forse il paradiso.

"Io...", disse con voce inferma.

Aria ora si voltò verso di lui, "Se avessi creduto nel tuo popolo non avresti messo le guardie", mormorò, "Tu non sei ciò che credi. Sei solo un essere umano come noi", sembrava incantata, come se non fosse lei a parlare, eppure ogni singola lettera era sua.

Il giardino intrappolato dalle credenze di un popolo. Sono sicura che il giardino non si faccia raggiungere perché crede sia sbagliato il motivo che li ha condotti qui, il motivo per cui vogliono prendere la chiave. Piuttosto aspetterà che il tempo scada.

"Io ho sempre spinto per un clima di fiducia reciproca".

"Ma ha messo le guardie".

Il ragazzino si sforzò di leggere la sua mente, senza riuscirci, si era chiusa. Qualcosa era cambiato.

"Non siamo un solo organismo che risponde al suo nome. Siamo persone", le indicò acquistando sempre maggiore sicurezza, "Abbiamo anche noi una voce e delle opinioni".

"Silenzio, ora. Non siamo qui per questo", disse scosso.

"Siamo qui proprio per questo. Non siamo i soli a pensarlo. E poi lei signore… non può raggiungere la chiave, quale profeta è escluso da qualcosa di così importante?"

"Cosa dici? Io posso prenderla, solo che non spetta a me questo passaggio", lo disse con una tale forzata chiarezza che a tutti vennero i dubbi.

"Signore…"

"Basta così", disse Aria, "Noi scendiamo", guardò l'uomo che aveva incontrato nei suoi sogni deglutire ansioso, poi si diresse senza nessuna indicazione verso il sentiero che scendeva dal lato destro della voragine, solo quando si avvicinò di alcuni metri riuscì a notare che sulla parte di muro si aprivano moltissime porticine buie.

Il ragazzino parlò come se avesse già dato l'ordine, "Ora prestate attenzione a quei piccoli buchi neri", poi serrò le labbra, Mary si voltò a guardarlo.

"Cosa saranno?", mormorò Henry.

"Non temere. Passeremo", disse Aria tranquilla senza distogliere lo sguardo.

Le guardie si voltarono tutte verso di loro, erano curiose di osservare la loro discesa, sempre se…

"Nessuna credenza ci blocca", sussurrò Aria, "Nessun falso profeta", prese fiato lei imboccando la stradina, si appoggiò quasi subito alla parete. *Spesso persino loro non si accorgono di sbagliare.* Se avesse guardato in quel momento il ragazzino negli occhi avrebbe scorto quello. Forse dubbio, ma non poca convinzione in ciò in cui insisteva a credere.

"Aria, possiamo andare con calma", disse Henry.

"Il tempo non è tanto", ribatté lei quasi incantata, guardava dritta nella buca, quel battito rimbombava dalle sue fondamenta. Mary proseguiva attaccata a Henry.

Di fronte alla prima porticina, rallentarono involontariamente. Aria si voltò per guardare al suo interno, serrò le labbra. Da quel vuoto d'oscurità uscì una ventata d'aria fredda che somigliava a un sospiro. Le gelò le ossa. Senza neanche voltarsi afferrò il polso di Henry che si era fermato.

"Non esitare", mormorò.

Mary prese fiato e strinse i pugni.

Proseguirono, Aria lasciò andare Henry. "La nostra motivazione è salda", disse lei a bassa voce. Le gambe si facevano più pesanti man mano che scendevano. Lontani, come echi, i mormorii di sorpresa delle guardie, lo sguardo intenso del ragazzino che si era messo così sui margini della voragine da rischiare di cadere.

Le intenzioni di Aria non vacillavano, era solo il suo corpo a cedere a tratti. Si dovette fermare spesso per poggiarsi al muro. Ogni girone che scendevano diventava più faticoso, come se quelle porticine buie risucchiassero energia. La loro.

Anche Henry e Mary sembravano provati, ma meno di Aria. Loro non portavano altri pesi che il loro corpo e la loro coscienza. Aria invece il peso degli altri mondi, la coscienza di tutte le persone che si era lasciata alle spalle. Non poteva pensare a Will, né ai suoi genitori, perché il senso di perdita l'avrebbe fatta vacillare, e non avrebbe superato un'altra di quelle buche nel muro.

Oltre alle energie, ad Aria sembrò risucchiare ogni sentimento positivo, più scendeva, più vedeva buio, ma lei non si distraeva, seguiva con tutta se stessa il suo cuore e lo coordinava a quel battito che si faceva sempre più forte.

"Non moriremo", sussurrò Mary come a farsi coraggio.

"No, non succederà. In questi mondi non si muore", disse Henry.

"Nel giardino degli aranci si muore", mormorò Mary e i suoi occhi si persero. Henry le prese le guance, "Non volare via. Resta qui. Non pensare. Cammina e basta".

Mary si aggrappò al suo braccio quando lui riprese a camminare, e non lo lasciò più andare. Aria si era fermata di spalle, ad aspettare che la raggiungessero.

L'uomo, il ragazzo biondo, la donna castana che aveva visto poco prima e prima ancora nei suoi sogni, erano riusciti a scendere perché in quel momento avevano abbandonato quel loro credo che li aveva condotti lì, in quel mondo. Per questo erano riusciti a raggiungerlo.

Ma il ragazzino credeva sempre in ciò che diceva, nonostante tutti i segni gli mostrassero il contrario, lui non avrebbe smesso di credere che era nel giusto. Quell'ottusità la faceva innervosire, ma si rendeva conto che spesso anche lei era proprio così.

Avevano percorsi sette cerchi, ne restavano poco meno, Aria alzò gli occhi e vide la linea di terra che li separava dal ragazzino e dagli altri uomini, distante, quasi un segno nel cielo. Le piccole teste spuntavano curiose.

Il giardino ha trovato uno strano posto per nascondersi, si disse Aria riprendendo fiato. Il battito ora sembrava rimbombare in quella cavità, come se si trovassero all'interno di un corpo vivo e stessero andando incontro al punto centrale del suo organismo, quella sensazione appiccicosa bloccò i suoi passi più di una volta. Sentiva caldo, e a tratti faceva fatica a respirare.

Un altro giro, il sentiero si sgretolò ai lati, ma era ancora abbastanza largo da percorrerlo con tranquillità. Ora proseguivano in fila indiana. Mary, attaccata alla maglia di Henry, teneva stretta al petto la sua borsa, apparentemente indecisa se aprirla o meno.

Aria sentiva il suo corpo pendere verso un lato, il lato delle chiavi.

"Le chiavi ti indeboliranno sempre di più", disse una voce nella sua mente, non c'era bisogno di alzare gli occhi verso quei punti per capire chi fosse.

"Pensavo che almeno qui non potessi scocciarmi", rispose realmente infastidita.

La voce non aggiunse altro, ma le parole erano rimaste dentro Aria. *Lo so bene*, si ripeteva, *lo so bene, ma che alternative ho?* Strinse i denti e sperò di non crollare prima di arrivare a destinazione. Poi si fermò di nuovo, più scendevano e più aveva bisogno di pause, non credeva che il suo fisico si fosse così debilitato. Era anche quel mondo di credenze che respingeva ad appesantirla? Poteva essere così, forse era anche quella realtà che la stava rigettando. Eppure a Henry e Mary non era successo, loro stavano bene.

A un certo punto, mentre rifletteva su questo nuovo pensiero, si sentì sollevare da terra.

"Cosa diavolo...", Aria stava già scalpitando ma il suo corpo sembrò rilassarsi subito.

"Riposa un po'. Ti porto io".

"Ma Henry", commentò Mary con un profondo fastidio.

"Non ora, Mary", disse con tono autoritario, "Non accetterò un no, stavolta".

Aria sbuffò, poi abbozzò un sorriso e chiuse gli occhi, lasciando cadere la testa sulla spalla dell'amico, "Grazie", mormorò.

Scesero per un altro paio di giri, Aria sapeva di pesare ma Henry non emetteva un fiato, "Mi ricordo quel giorno in cui ti eri messa a litigare col nostro capitano", sussurrò Henry, vedendo che Aria aveva aperto gli occhi. "L'avevi umiliato".

"Già, e poi mi ero presa una pallonata in pancia. E mi avevi portata in braccio, proprio come oggi".

"Allora lo sapevi".

"Ero cosciente della cosa ma…"

"Sei sempre la solita".

"Dopo ciò che avevo fatto, farmi portare in giro in braccio non era il massimo della gloria".

"Non sei per nulla cambiata, a parte il peso".

"Henry!"

"Che c'è? Mica crederai di pesare come un bambino di dieci anni, poi con tutto quello che ti mangi, mi sorprendo di essere riuscito anche solo ad alzarti".

Aria si finse arrabbiata, poi ridacchiò. Henry era riuscito nell'intento di farla rilassare. Di nuovo.

"Ormai ci siamo quasi", avevano imboccato l'ultimo giro. Aveva sorpassato le porte buie senza esitare, e quello sbuffo d'aria non gli aveva impedito di proseguire. Aria rivedeva l'amico di sempre, quello deciso. Era certa che durante quel lungo viaggio avesse perso molto di ciò che era, molta decisione e sicurezza. Messo davanti al dubbio totale e alla sua completa impossibilità di aiutare, Henry si era… spento. Ma in quel momento, con Aria in braccio, era tornato in sé. E lei sapeva quanto avesse bisogno di aiutare. Molto spesso era così arroccata su se stessa da non accorgersi di nulla, ma nel mondo di Merrick aveva capito questo suo fastidioso modo di essere ed era decisa a cambiare.

La gente può cambiare, no? Si disse mentre proseguivano, alla fine non ne era così convinta.

Mentre si avvicinavano lo sentiva, quel familiare profumo del giardino, e la presenza ostinata di quel battito. Era come tornare a casa, e allo stesso tempo rappresentava per Aria un luogo da cui fuggire. Questo dualismo non si risolveva mai in una maniera o nell'altra, rimaneva costante. E lei, costantemente provava entrambe le sensazioni. Strinse la mano che bruciava.

"Eccoci", sussurrò Henry quando la discesa terminò. Lasciò andare Aria che si rimise in piedi. Mary era rimasta indietro, ancora sul viottolo scosceso.

Il giardino era quello di sempre. La terra brulla e senza vita si interrompeva di colpo lasciando spazio a un prato verde intenso, e agli alberi. Aria si chiedeva come potesse essere sopravvissuto in condizioni del genere, quello era un mondo che non poteva ospitare la natura, completamente ostile. La terra era scura e morta, i frutti non crescevano. Eppure il giardino era lì, splendente come sempre, circondato oltre che dal suo solito alone magico, dal muro di stradine che lo abbracciava, soffocandolo.

Aria avrebbe voluto liberarlo. Si addentrò lì come se non esistesse più nessun altro oltre lei e quel profumo. Tra gli alberi il battito era più forte che mai, e quell'ombra che sempre si nascondeva tra i tronchi, era anche lì. Sentì un senso di oppressione gravarle sul petto, ma era niente in confronto al desiderio di andare via da quel posto.

Henry e Mary la seguirono. Il tronco stavolta era ai margini, Aria ci mise più del solito a trovarlo, con passo trascinato, lo raggiunse. Respirò il suo odore inconfondibile, poi si voltò verso Henry che le fu accanto in un istante. Non voleva perdere tempo, poggiò la mano delle chiavi sul tronco e la strappò via, barcollando. Le ginocchia si piegarono, e fu Henry a sorreggerla in quel momento che le ci volle per assestarsi.

Aria non cadde, ritrovò l'equilibrio e si fermò a osservare la foglia ingrandirsi, lasciandone ora solo tre da completare.

"Non potrai mai reggere il peso delle chiavi, ci vuole una forza di volontà, una forza interiore che nessuno possiede", le disse la voce del ragazzino, poteva arrivare anche lì.

Aria alzò gli occhi ma non poteva vederlo bene, era sempre un puntino distante, ma il colore bianco della tunica sembrò stranamente risaltare sullo sfondo buio. Il cielo sembrava averli inghiottiti.

Non rispose, non era una cosa che poteva mettere in discussione, ce l'avrebbe fatta.

"Come fai a desiderarlo con tale intensità? Non lo capisco, il tuo desiderio di tornare. Io al posto tuo forse avrei desiderato morire, o restare nel mondo di nebbia", aggiunse poi Sun che riusciva ancora a raggiungerla.

"Perché sei un vigliacco, falso profeta" un sorriso di scherno impresso sul viso, "Quello è il posto che mi spetta. Non ci si può rifugiare da nessuna parte, ciò che sei ti inseguirà sempre", vide con la coda dell'occhio Mary armeggiare con lo zaino, estrarre qualcosa, ma la concentrazione su Sun era totale.

"C'è una verità a cui non sei arrivata, ma io la vedo ora, chiaramente. Tu hai paura degli altri. Vai avanti per testardaggine, senza ascoltare ciò che te stessa sta cercando di farti capire, ma posso darti una mano io".

"Tu non mi conosci", disse Aria balbettando, scossa dalle sue parole, voleva aggiungere qualcos'altro quando sentì sotto il petto una forte fitta, abbassò lo sguardo sul coltello che l'aveva trapassata, poi su Mary che la fissava con mani tremanti, lo zaino rovesciato a terra.

"Cosa...", mormorò Aria, la vista sfocata. Henry la sorresse e prese a parlarle prima con agitazione poi con calma, ma lei non riusciva a sentirlo. Rimbombava solo la risata del ragazzino dentro di sé.

"Perché?", chiese lei senza parlare.

"Mi bastava che prendessi la chiave, ma il piano che l'Ombra ha per te non si deve realizzare, sarebbe un problema insormontabile".

"Io voglio solo tornare a casa", mormorò senza quasi sentire le sue ultime parole, il viso contratto in una smorfia, la mente aperta a qualsiasi intrusione.

"È vero" disse il ragazzino soddisfatto, "In parte".

"Aria" balbettava Henry con la fronte imperlata e gli occhi sgranati dallo spavento che tentava di controllare.

"Questo non basta", urlò poi Aria guardando in alto, strappò il coltello di netto e lo lasciò cadere a terra con le mani insanguinate e tremanti, il ragazzino sembrò sorpreso per la sua forza di volontà, "Vada come vada, ora so che non riuscirai ad arrivare alla fine", disse con un mezzo sorriso. "Senza fede..."

Aria s'inginocchiò e, dopo aver lanciato un'occhiata a Henry, poggiò il palmo a terra, l'altro stretto sulla ferita che l'amico tentava di non far sanguinare. E in quel momento, aveva notato qualcosa, nonostante la vista annebbiata: sulla radice un segno netto, come di un graffio, non aveva potuto però considerarlo come avrebbe voluto. Henry aveva fatto giusto in tempo ad afferrare Mary, ancora sconvolta.

"Fede...", mormorò Aria a denti stretti. Alzò gli occhi nella direzione del ragazzino, *ho l'impressione che ci vedremo ancora, falso profeta,* pensò senza volerlo, mentre si premeva la mano libera sulla ferita aperta. La presenza del ragazzino scomparve.

In un istante il giardino, la voragine luminosa, quell'odore di aranci e terra secca, mescolati insieme, il battito, era tutto sparito. Si ritrovarono tra la nebbia della landa desolata, "Via", sussurrò solo Aria, "Via", ripeté ancora, e subito il panorama intorno mutò.

Capitolo 3

Si ritrovarono in un nuovo luogo dal cielo plumbeo che rifletteva le sagome senza volto di due persone, forse ragazzini, a giudicare dalle loro voci gracchianti e strafottenti che tagliavano l'aria. In lontananza rumori di lotta che avevano avuto appena il tempo di notare, cessarono all'improvviso.

"Ai vostri posti", disse uno.

"Che cosa diavolo fai? Non puoi interrompere così la partita", urlò l'altro.

"Intrusi", disse solo.

Aria vedeva sfocato, la mano di Henry pressava con energia la ferita mentre Mary vomitava accanto a loro, cercava di rialzarsi ma scivolava ogni volta.

"Sbrigati, dammi qualcosa, un pezzo di stoffa", disse a Mary.

"Io non…"

"Cerca in quel maledetto zaino!", urlò Henry che aveva perso la calma come non aveva mai fatto. Aria continuava a fissare quei due volti cercando di definirne i confini che si disperdevano tra le nuvole, come fantasmi su uno schermo che non esisteva. C'era calma tutt'intorno. Quello scenario aveva qualcosa di familiare, erano in quel momento al centro di una piccola piazza polverosa, nascosta tra prefabbricati malconci dai diversi profili, sembrava un molo. Se si concentrava, poteva sentire il suono dei gabbiani e il rumore delle onde che s'infrangevano sulla banchina.

"Tienila in alto", ordinò Henry a Mary.

La porta di uno dei prefabbricati cigolò faticosamente, ma dentro non c'era nessuno. Henry stava legando un pezzo di stoffa strappata intorno alla ferita mentre Mary teneva in alto la maglietta. Il taglio non smetteva di sanguinare e Aria era diventata pericolosamente pallida.

"Ehi, voi", urlò uno dei ragazzi dalle nuvole.

Henry non si curò di loro ma Mary sgranò gli occhi sorpresa, dove si trovavano? E quei due ragazzi in cielo?

"Pensaci tu", disse l'altro sparendo di colpo.

"Mh, sempre io il lavoro sporco", schioccò le dita e dal fondo della piazzetta comparvero sei uomini vestiti di nero con giubbotto antiproiettile, scarponi spessi, casco e un fucile ben puntato su di loro, come se ce ne fosse bisogno.

"Aria, ce ne dobbiamo andare di corsa", disse Henry. Mary lanciava occhiate distrutte verso di loro senza aprire bocca, ed era meglio così perché Henry avrebbe potuto fulminarla.

Quando provarono ad alzarla lei lanciò un urlo soffocato e scivolò sulla terra sbriciolata.

Non fecero in tempo a muoversi che quegli uomini li raggiunsero, Henry allungò un braccio a protezione di Aria mentre con l'altro la sosteneva, Mary non lasciò la presa.

I sei, come robot, senza dire una parola eseguirono gli ordini silenziosi dei ragazzi, ora uno, in cielo.

Due presero Aria fra le urla di Henry che non voleva separarsi da lei. Mary non fece storie, ancora inebetita, le mani bianche e sporche di sangue, come la sua maglietta. Iniziò a strusciarsele addosso freneticamente, senza rendersi conto che era ovunque.

Gli uomini che non sembravano avere una voce, o degli occhi, coperti da un paio di occhiali da sole scuri, li trascinarono di nuovo lungo la strada che avevano appena percorso.

Henry evitò di scalciare per non peggiorare la situazione, ma avvertiva la mancanza di forze, la presa dei due che lo scortavano era solida come una morsa di ferro, il passo deciso. Sembravano telecomandati, l'impressione era straniante.

Aria trascinava i piedi segnando un solco sul terreno e stava sveglia a malapena, i capelli neri riversi sul viso, nessuno stava sostituendo Henry nel premere la ferita e il sangue le continuava a macchiare la stoffa che forse non era stretta abbastanza. Henry la guardava con profonda apprensione.

Alla fine della stradina, in un angolo in cui il mare non arrivava, un edificio quadrato e senza finestre si stagliava sullo sfondo grigio. Era incredibile che non si sentisse più il mare, eppure doveva essere lì, nascosto dietro i prefabbricati dall'aria distrutta, era come se qualcuno avesse fermato il tempo. E i due faccioni in alto erano spariti, come se fossero fatti proprio d'aria.

Henry si sentiva più confuso di quanto non fosse negli altri mondi, perlomeno lì era stato qualcosa di fisico ad accoglierli, e tutto era tangibile: c'era un ragazzino che si sentiva onnipotente, uomini, prigioni. Mentre qui? Un molo che sembrava funzionare a comando, sei uomini che non sembravano respirare, e due ragazzi che comparivano in cielo su nuvole fumose.

Cercò di afferrare una sensazione su quel luogo, e ci riuscì in un istante di lucidità: *finto, fasullo*, si disse sforzandosi di guardare intorno, *tutto appare così finto*.

"Stop", disse una voce giovane rimbombando ovunque, era sempre quel ragazzo a parlare, come se urlasse in una scatola. "Non muovetevi", disse ancora. Aria ciondolava trattenuta in piedi dagli uomini mentre Mary fissava impaurita Henry che tentava di non mostrare turbamento, sforzandosi di stare ben dritto e con i sensi all'erta.

Di fronte a loro una grigia linea bianca venne tracciata nell'aria da mani invisibili, le lunghe righe andarono a formare un quadrato intersecandosi, poi divennero tangibili. In un istante i tre ragazzi si trovarono di fronte a una struttura dalle mura nere e lisce, senza finestre. Solo due porticine ai due estremi. Henry e Mary rimasero senza fiato per la sorpresa, Aria tentava di tenere alta la testa senza riuscirci, non era chiaro se si fosse accorta di quel prodigio.

Le porte, inizialmente di legno, vennero trasformate in puro acciaio sotto i loro occhi.

"Femmine a destra", disse la voce, "Maschio a sinistra".

Gli uomini si separarono trascinando nell'edificio i loro prigionieri.

"No", urlò Henry preso dal panico, "Aspettate", ma era troppo tardi, anche allungando il collo non sarebbe più riuscito a vedere le ragazze. Mary si era sforzata di non emettere un sibilo.

Nell'ampia stanza rettangolare non c'era nulla. I quattro uomini le scaricarono proprio al centro, dove una fioca luce le illuminava, e uscirono. Aria crollò in ginocchio premendosi la ferita, ora di nuovo vagamente cosciente, mentre Mary non aveva il coraggio di muoversi, né di superare la linea di luce che le tratteneva in un piccolo cerchio. Delle fonti di luce nuove comparvero piano piano ad illuminare la stanza, da sinistra a destra, poi un tavolo in legno, una sedia con una bottiglia di liquore, un barile in un angolo, un quadro con un vecchio pescatore.

"Ma sei scemo? Che è questo schifo?"

"Cosa vuoi, fatti gli affari tuoi".

"Amico mio, manchi proprio di fantasia". Le voci dei due ragazzi presero a rimbombare in cielo.

"Non sono affari tuoi, ci devo pensare io? Allora non scocciarmi".

"Sei un disastro, quadri con pescatori? Barili? Ma ti prego, persino le atmosfere dei giochini anni '70 erano meglio di così".

La seconda voce sbuffò, mentre l'altra continuava a prenderla in giro. Aria alzò il naso e cercò di capirne la direzione. Mary era paralizzata dal terrore.

"Ora ci penso io", disse sempre la voce sprezzante, e in un attimo il tavolo in legno fu sostituito con uno in ferro battuto, al posto del pavimento sempre in legno un altro dalle mattonelle lucide, il quadro del muro sparì, lasciando spazio a un armadietto di liquori e…

"Basta così! Fermati, è il mio scenario, maledizione".

"Vuoi le ragazze anche?"

"No, io…"

"Ormai l'hai detto, sono tue. Io prendo lui. Good".

"No, senti, hai capito male".

"Affar tuo".

"Sei un… bastardo".

La seconda voce iniziò a fischiettare, quando Aria si alzò in piedi con grande fatica, la fronte carica di goccioline di sudore, gli occhi annebbiati, e prese la parola, "Cosa volete?"

"Non urlare, stupida, ti sentiamo benissimo", si poteva riconoscere per quel tono sfacciato e presuntuoso, la voce profonda e ruvida, ma giovane. L'altra invece era squillante, fastidiosa, e sembrava appartenere a un ragazzo molto più piccolo dell'altro, ma doveva essere solo un'impressione. Aria era riuscito a gettare un'occhiata e aveva avuto modo di appurare che erano entrambi ragazzi di circa sedici anni, forse meno.

"Non è tua, non rispondere al posto mio".

"Se stai zitto cosa posso farci?"

"Ragazza, tizia, signora, le domande le facciamo noi".

"Mi sembrate piuttosto confusi".

"Confusi? Figuriamoci. Controllale, su".

"Ho detto che ci penso io, la vuoi smettere di intervenire? Due dentro".

Ad Aria veniva quasi da ridere, quei due non stavano facendo una bella figura. Mentre pensava a questo, due uomini, forse gli stessi di prima, ma non avrebbe saputo confermare visto che erano tutti uguali, la presero per le braccia tenendola ben ferma. Aria lanciò un lamento.

"Diamo un'occhiata".

"Ce n'è bisogno? È ferita, non vedi?"

"Stai zitto".

La fasciatura era ormai zuppa di sangue e sentiva freddo. L'unica cosa che emanava calore, tenendola sveglia e attenta, era la sua mano con le chiavi.

"Fuori", disse la voce squillante, e i due obbedirono. Aria cadde in ginocchio tossendo.

Mary finalmente si piegò su di lei, ma rimase con le mani a mezz'aria, indecisa, spaventata.

"Dove avete portato il mio amico?", disse poi Aria, in un lampo di lucidità.

"Preoccupati di te stessa piuttosto. Così è inservibile", mormorò al compagno.

Aria si piegò in avanti; il taglio, con tutti quegli scossoni, si era strappato ancora di più. Aria aveva la nausea ed era convinta di stare per svenire.

Successe qualcosa che lei non si aspettava: la voce di Mary urlò di aiutarla. "Per favore", supplicò prendendole le spalle e aiutandola a sdraiarsi, "Non la fate morire". Tremava tutta, e la voce rispecchiava il suo stato d'animo disfatto, era pallidissima. Nonostante fosse profondamente arrabbiata, Aria e Henry rimanevano il suo punto di riferimento per tutto, tutto ciò che le rimaneva.

"Ma allora parla", disse uno dei due ragazzi.

"Per favore".

Aria strinse la mano che Mary teneva sulla sua spalla, era fredda e sudata, "Tranquilla", disse.

Mary non la guardò, iniziò a singhiozzare, i capelli corti che le nascondevano il viso.

Aria non aveva la forza di aggiungere altro, ma pensò che forse sarebbe riuscita a farsi perdonare da lei. Desiderava sistemare almeno quello.

"Non c'era bisogno di fare tutto quel casino", disse uno.

Aria fissò la fredda luce del soffitto che si faceva man mano più sfocata, stava cedendo.

"Ehi, sbrigati", disse la voce profonda. "Quando muoiono e si rialzano sono meno forti, lo sai", sussurrò poi. La ragazza era quasi convinta che sarebbe morta, strinse debolmente la mano a pugno e perse coscienza, mentre la piccola Mary si appallottolò nell'ombra, sola e spaventata.

Il fascio di luce sopra di loro s'intensificò all'improvviso, colpendo Aria che si sentì man mano meglio, riprese i sensi e poggiò una mano sulla ferita che si stava richiudendo come per magia.

Lo strappo quasi netto della pelle che si ricuciva la svegliò del tutto da quel torpore, tra i versi di stupore di Mary lei si rialzò, il raggio perse d'intensità e la stanza rimase in penombra. Tolse la fasciatura e confermò con gli occhi ciò che aveva già sentito: non aveva più un graffio, eppure si sentiva ancora debole e spossata. Rimase alcuni istanti a fissare il palmo, come se stesse aspettando che tra le linee della chiave saltasse fuori una risposta tanto a lungo aspettata.

La ragazzina rimase rannicchiata, non aveva il coraggio di alzare gli occhi dalla punta delle sue ginocchia, Aria fece qualche passo verso di lei tastandosi ancora la ferita, come se la sensazione di quel taglio fosse rimasta, ma era solo un'ombra, ciò che invece era ancora con lei fu la sorpresa, la delusione.

"Mi hai pugnalata", sussurrò Aria quando si trovò di fronte a lei. La prese di colpo per le spalle e con la forza la costrinse ad alzarsi in piedi e a guardarla negli occhi.

"Mi hai pugnalata", disse di nuovo stringendole le spalle, Mary gemette tentando di distogliere lo sguardo ma l'altra le afferrò il mento e la costrinse di nuovo a guardarla.

Le due rimasero in silenzio, il viso a pochi centimetri l'una dall'altra.

"Mi dispiace", disse infine in un sussurro debole come le sue convinzioni. Sapeva di aver compiuto un gesto imperdonabile e si sentiva in fiamme per il senso di colpa, cosa le era saltato in mente? Che mostro era diventata? Uno che sa pugnalare un altro essere umano. Mary non riusciva a pensarci, ma la causa di tutto era comunque lei.

Quando Aria la lasciò libera e le voltò le spalle, lei disse, "È colpa tua", era facile abbandonare tutte le colpe sulle sue spalle, "tutta colpa tua. Guarda cosa mi hai fatto diventare", alzò le mani tremanti mentre la penombra la inghiottiva lentamente.

"Io?", rispose Aria, "Prenditi le tue responsabilità, ragazzina", disse duramente. Lei rimase immobile, con le mani sospese all'altezza del petto, pensierosa, poi si spense, e raggiunse il lato opposto a quello di Aria che aveva smesso di guardarla. *Mi ha pugnalata,* continuava a pensare, *la colpa è davvero mia? L'ho spinta io a farlo?,* si sedette a quel tavolo che era comparso su un lato, *al diavolo, non ho tempo per star dietro anche a questo.* Non se ne poteva occupare, c'era il nuovo mondo da studiare, e lei, a causa di quella ferita che le aveva offuscato la mente, non era riuscita a notare nulla. Solo le voci dei due ragazzi erano forti e chiare nella sua testa.

Due ragazzi, rifletté lei. *Che cosa stiamo facendo qui? Henry starà bene?*

Quando si alzò di scatto, nel punto in cui la ferita era scomparsa ebbe una fitta fastidiosa, si piegò su se stessa alcuni momenti.

"Che ti dicevo? Non è ancora al 100%", disse la voce profonda.

"E va bene, aspettiamo".

Aria si voltò di scatto nelle direzioni da cui le voci provenivano, destra, sinistra, sopra... il problema era che non sembravano esserci direzioni precise, e anzi il suono sembrava insito nell'aria, tutt'uno, come se i ragazzini fossero loro stessi quell'ambiente.

Ad Aria vennero improvvisamente i brividi. Toccò di nuovo il punto in cui il coltello era penetrato e aspettò con pazienza che la smettesse di provare quelle piccole fitte, non si sentiva ristabilita pienamente, così come la voce aveva prontamente annunciato, ma non era solo il taglio il problema.

Il gesto stesso lo era. Era ferita nell'anima, stranamente insicura, e la nuova chiave sulla pelle sembrava aver aggiunto un carico insospettabilmente pesante sul suo essere, tre chiavi riusciva a gestirle, quattro sembravano troppo, come avrebbe fatto a prendere anche quella di quel mondo?

Arretrò fino al muro e si lasciò scivolare a terra, nel buio. Non vedeva più Mary e non le interessava. Rimase a occhi chiusi a riposare, stringendo le dita di una mano nell'altra, cercando di bloccare il tremore, nella certezza che, per il momento, non le avrebbero torto un capello.

Le stavano osservando, non ne capiva bene il motivo, ma sentiva i loro occhi su di lei. Avrebbe potuto sollecitare una risposta, in quel momento però desiderava solo riposare, ne aveva sempre più bisogno, la cosa non era un buon segno.

Chissà che ore sono? Si chiese quando riaprì gli occhi. *Che importa, in questi mondi il tempo è relativo, chissà quanti anni sono che non vivo in una realtà in cui il tempo scorre naturalmente. Ma alla fine, quanto è naturale il tempo? Quel bastardo fa come vuole, a volte corre rapido, a volte lento, chi dice che sia solo la nostra percezione?* Queste riflessioni la distrassero dai suoi veri pensieri per un bel po', sentiva Mary singhiozzare in un altro punto della stanza, ma non le interessava, non dopo quello che aveva fatto, *perché*, si diceva, *devo preoccuparmi di una persona che voleva uccidermi?* Ma sapeva in cuor suo che l'avrebbe sempre fatto. In parte ne capiva la motivazione, e sapeva che era stato il ragazzino a spingerla, promettendole chissà cosa.

Il ragazzino... cosa intendeva dire con le sue parole? Qual è il piano che l'Ombra non deve attuare? E io cosa c'entro? Noi abbiamo fatto un patto, non gli permetterò di rimangiarsi la parola. Ma alla fine... che possibilità ho di impormi su una presenza che ha creato tutto questo? Ho le chiavi, le chiavi faranno la differenza... ne sono certa. Eppure non era tranquilla, se le chiavi fossero un pericolo per l'Ombra, allora dovrebbe impedirle di prenderle, *quale sarà il fine ultimo del nostro patto? Non ho alternative che andare avanti, sono nelle sue mani, è questa la verità.*

Non ne sono certa, non sono certa di nulla. Qual è il piano che ha per me? Continuava a ripetersi, *cosa ne sa quel ragazzino? Sicuramente non sapeva di cosa stava parlando, è così. Io sono più forte dell'Ombra, perché ho un motivo, un obiettivo che mi spinge sempre in avanti. E lui cosa ha? Niente. Solo una landa deserta e i patti stretti con persone che hanno paura di tante cose oltre e forse di più della morte.*

La voce profonda interruppe i suoi pensieri, "Ora", disse, "Ora è a posto".

"E l'altra? Sembra debole".

"Ce la faremo andar bene", disse quello che ormai Aria aveva inquadrato come "Il capo". "Prendile su. Portale dagli altri".

Stavolta entrarono solo due uomini, come se non ci fosse bisogno di maggiori forze per trascinare due ragazzine. Sbagliavano. Non appena Aria vide lo spiraglio della porta, ci si lanciò contro, non sapeva cosa di preciso le era saltato in mente, era stato un colpo di testa istintivo e forse non troppo furbo.

"Riacciuffatela!", disse la voce più sottile. I due uomini si voltarono verso di lei, senza parlare, e con gesti meccanici cercarono di raggiungerla.

Aria vide l'esterno mutare sotto i suoi occhi, non c'era più il molo ma un alto muro, e lo stesso anche intorno.

"Non ti agitare. Perché ti agiti?", disse la voce profonda ridacchiando.

Sul muro si aprì una porta da cui entrarono altri quattro uomini.

"In sei solo per me?", urlò Aria, "Non siate ridicoli".

"Ci sta prendendo in giro".

"Decisamente", disse la voce profonda, "Mettetela al suo posto".

"Sono i miei soldati, quelli", rispose il compagno.

"Se non sai come si dominano…".

"Perché non venite voi? Vigliacchi". Nel frattempo Mary era sgattaiolata fuori silenziosamente dalla casupola, si guardava intorno senza capire come raggiungere Henry, perché la struttura in cui era sparito non era più al suo posto. Si stropicciò gli occhi come se non credesse a ciò che aveva davanti. Salvare Henry era il suo unico pensiero, e voleva farlo da sola stavolta.

Gli uomini vestiti di nero la immobilizzarono senza nessun tipo di problema, la loro stretta la fece contorcere per il dolore. Ma lei non fiatava. Era indecisa se utilizzare le chiavi per togliersi da quella situazione, ma a cosa sarebbe servito? Ormai aveva capito che in quel mondo gli uomini spuntavano come funghi, bastava che quelle due voci li chiamassero. Più si sarebbe opposta, più sarebbero stati gli uomini a contrastarla, e poi… l'ambiente sembrava cambiare a piacimento, secondo i gusti dei due. Tanto valeva fare finta di non avere nessun valore, e studiare meglio un modo per uscire di lì. Era da sempre un tipo impulsivo, ma in quei mondi aveva imparato come pazientare, aspettare il momento giusto per agire senza rischiare la pelle sua e di chi le stava intorno. Ma forse non aveva imparato abbastanza la lezione, visto ciò che era successo nel mondo precedente. La sua impulsività aveva spinto due persone alla morte, e una a perdersi. *Non è stata impulsività, ma il frutto di un piano, non è colpa mia se le informazioni che ci mancavano erano più importanti di qualsiasi altra cosa sapessimo. Se avessimo saputo… non ci avremmo comunque provato?* È questo ciò che si diceva, *se avessimo saputo il piano di Merrick sin dall'inizio, non avremmo comunque convinto Peter a prendere la spada per poter raggiungere il giardino? Non lo avremmo sacrificato? Will non l'avrebbe fatto, avrebbe cercato un'altra strada. Io invece… non avrei esitato.* Questo pensiero, mentre la trascinavano lungo il muro, la paralizzò, smise di scalciare, cercò Mary che aveva subito la sua stessa sorte. Le due stavano convergendo l'una verso l'altra, spinte dai loro aguzzini fantoccio. Si fissavano come se non volessero riunirsi.

Di colpo il muro sparì, comparve un tramonto standard, un po' opaco e poco convincente.

"Tramonto? Che originalità", commentò la voce profonda.

"Cosa vuoi? Toccava a me".

"Ma ti prego! Fai davvero pena".

"Lo vedremo. Iniziamo, forza!"

"Non subito".

"Paura, eh?"

"Figurati. Io ho una nuova e sana pedina, tu ti ritrovi con quelle due".

"…"

"Iniziamo con loro, chiaramente. Dobbiamo fare un po' di prove per capire in che settore inserirle".

"Chiaro. Ma io non ho ancora detto che voglio prenderle. Non puoi decidere tu".

"Già deciso".

"Facciamo così: una sfida, chi di noi due vince si prende il ragazzo. Ci stai?"

"Mi piace", disse la voce profonda che una volta tanto aveva dato retta al suo "coinquilino".

"Bene".

"Di solito ne salta fuori uno al mese, chissà come mai un gruppetto di tre?"

"È importante?"

"No, tanto meglio per noi. Mettile in quelli da valutare, poi decidiamo. Ma trattamento completo come tutti gli altri".

Aria e Mary vennero riunite e spinte fianco a fianco verso una direzione ben precisa: un piccolo sentiero di terra bagnata, in fondo una struttura che non avevano notato, in cima a una piccola collina spoglia. Furono spinte dentro, in un'anticamera quadrata dalle pareti bianche e scivolose, illuminate da una forte luce a neon. Poi sparirono.

Lì al centro ritrovarono Henry, in piedi e a braccia ben serrate sul petto.

"Henry", dissero Aria e Mary con il sollievo nella voce, andandogli incontro.

"Ragazze, meno male. Stai bene!" mormorò sollevato, pronto a chiedere come fosse possibile ma Aria lo bloccò.

"Da quanto sei qui?"

"Credo ore, sono stato in una struttura di legno che poi… lasciamo perdere, comunque dopo poco mi hanno portato qui".

Aria si guardò intorno, il neon era abbagliante, non riusciva a capire quanto fosse alta la stanza, notò solo, sul pavimento, proprio al centro, alcuni bocchettoni di scarico che tagliavano in due e poi in quattro lo spazio.

"Questi a che servono?", disse Aria impensierita.

Poi entrarono di nuovo una decina di quegli uomini. Con gesto preciso e sistematico, senza esitazione, senza umanità, presero le due ragazze per le braccia e iniziarono a spogliarle.

Mary iniziò a urlare senza sosta, rivedendo forse in quei gesti calcolati ma violenti le imposizioni di quel mondo che aveva lasciato, Aria non avrebbe usato le chiavi neanche in questo caso, aveva capito, "Ehi, non c'è bisogno. So spogliarmi da sola", urlò verso l'alto, notò che anche gli uomini di Henry si erano fermati.

"Lo stesso vale per me", disse lui lanciando una rapida occhiata ad Aria e poi andando a sistemarsi in un angolo, di spalle.

Un "Mh", e le mani degli uomini che erano dedicati a lei la lasciarono andare, e la osservarono, senza osservare, mentre toglieva un capo dopo l'altro, incurante dei loro sguardi.

"Fai lo stesso", disse verso Mary che aveva smesso di gridare. "Non temere".

"Non prendo ordini da te", urlò guardando Henry mentre si toglieva la maglia.

"È solo un consiglio. Fai un po' come ti pare", si voltò. Mary iniziò a spogliarsi lentamente, scrutando la faccia degli uomini-soldato; nessuna espressione, forse non li avevano nemmeno degli occhi.

Aria, Mary e Henry erano andati a occupare ognuno un quadrato dello spazio. Raggomitolati su se stessi aspettavano il prossimo passo. Aria guardava furtivamente il palmo per controllare che la foglia di quel mondo fosse ancora al suo posto, piccola e vuota come quelle dei mondi che mancavano. Una delle sue paure era che la realtà si chiudesse prima di avere la possibilità di uscirne. Evitava di pensarci, ma era sempre un pensiero fisso. Non sapere il tempo che restava la faceva diventare irrequieta, e mostrare tutta quella calma e pazienza diventava più difficile, anche perché lei non era una persona calma e paziente. Ma l'impulsività, in quelle situazioni, non pagava affatto, o almeno non sempre. Prima doveva capire a chi apparteneva quella realtà, chi erano i suoi nemici, poi avrebbe saputo cosa fare. Gli uomini sfilarono fuori, silenziosamente, come ombre.

Il getto uscì violento all'improvviso. I tre si irrigidirono al contatto con l'acqua fredda, si sentirono come attraversati da pugnali di ghiaccio. Henry poggiò la fronte contro il muro, ad Aria era mancato il respiro per un momento, ma ne approfittò per lavarsi i capelli, si tirò dritta, con gli occhi chiusi verso il getto. La piccola Mary tremava e si stava sempre più piegando in avanti.

"Mh", disse la voce profonda incuriosita, come se stesse gustando un dolce squisito.

"Puoi dirlo forte", disse l'altra, poi iniziò a ridacchiare.

Ora tutti e tre sapevano che i due li stavano osservando, anche lì. Ma come era possibile? Come prima erano presenti nella struttura di legno, ora erano pure lì, eppure non c'erano. Erano presenze immateriali? Oppure c'era qualche schermo nascosto, qualche videocamera invisibile? Aria si guardò intorno coprendosi il seno, fino a quando l'acqua smise di uscire sbilanciandola.

Mary non smetteva di tremare, premuta su una parete, Aria la cercò rapidamente con le mani per assicurarsi che stesse bene, evitò di guardare Henry e sapeva che anche lui avrebbe fatto lo stesso.

"No! Un altro po', dai", disse la voce fine e stupida.

"Non vuoi giocare?"

"S-sì".

"Allora basta così. Ci sarà tempo".

Dal muro di fronte a ognuno dei ragazzi, si aprì uno spiraglio, come un cassetto una porzione di parete lucida uscì delicatamente verso di loro.

"Prendeteli", disse la voce dominante.

Aria infilò le mani ed estrasse una maglia gialla e dei jeans neri, con un paio di scarpe da ginnastica dall'aria comoda.

"Perché gialla", mormorò Aria incuriosita da quel dettaglio.

"Così siete ben visibili", rispose la voce fine.

"Stai zitto!", rimproverò l'altra voce.

Aria abbozzò un sorriso di scherno, c'era qualcosa che forse poteva fare, ma non in quel momento.

Quando furono tutti vestiti, si voltarono l'uno verso l'altro, "Ebbene?", disse lei allargando le braccia e guardando in cielo, voleva riprendere in mano la situazione ora che si sentiva meglio.

"Cosa volete da noi?" domandò toccandosi i capelli umidi, non sembravano essere cresciuti nemmeno di un giorno, ora che ci faceva caso. Non erano mai cresciuti, proprio come lei.

Il soffitto sparì dal cielo in uno schiocco di dita, ora c'era solo un manto scuro a coprire le loro teste. Per un momento s'incantarono. E si sentirono come bambole nelle mani di ragazzini dispettosi. Henry era ancora attratto dai mille cambiamenti percettibili o meno, di quella realtà. Si piegò a toccare la terra umida e allungò il naso, forse alla ricerca di un profumo di aranci, dell'unico punto di riferimento, l'unica ancora di salvezza.

"Sì, suggestivo, d'accordo. Ma cosa volete da noi?"

"Noi...".

"Noi niente. Non rispondere. Non dobbiamo rendere conto delle nostre mosse alle pedine".

Pedine... Aria non fece in tempo a dire altro che gli uomini rientrarono da dove erano usciti, poi delle pareti non rimase più niente. Dei lievi soffi di vento provenienti dal mare scompigliarono i capelli dei tre ragazzi, bloccati in un luogo che non riuscivano a individuare, cambiava a una tale velocità, e così senza logica, da impedirgli di fissare dei punti di riferimento.

Il vento cessò di colpo, delle alte montagne si alzarono tutt'intorno a loro, intrappolandoli in una porzione di prato di una decina di metri circa. Tra gli alberi si aprì un sentiero in salita che conduceva chissà dove. Aria si sentiva irrequieta.

"Niente male", disse la voce profonda.

"Visto?" gracchiò l'altro.

"Non ti montare la testa".

"Prova a fare di meglio".

"Vedrai dopo. Su, forza", ordinò poi con quella voce da bambino agli uomini, e quelli, all'istante spinsero in avanti i tre amici.

Henry e Aria si lanciarono un'occhiata non appena imboccarono il sentiero, cercavano un punto d'appiglio negli occhi dell'altro, una rassicurazione, ma nessuno dei due in quel momento ne aveva.

Aria si sforzava di annusare in giro, ma l'odore dei pini copriva qualsiasi altra traccia, *e se in questo mondo il giardino degli aranci non esistesse? No, non è possibile, è sicuramente nascosto da qualche parte. Il giardino è ovunque, è il punto di contatto tra un mondo e l'altro.*

Si voltò decisa verso Henry e cercò di mostrare tutta la sua determinazione, la sua calma. Se la sarebbero cavata, ma aveva bisogno che tutti fossero tranquilli. Forse li avrebbero separati in fondo al sentiero, era per questo che, vista quella struttura in lontananza sempre più vicina, Aria aveva guardato Henry con una tale ostinazione. Lui annuì e alzò gli occhi in cielo alla ricerca dei due che in quel momento non c'erano, all'apparenza. I ragazzini dovevano essere nascosti chissà dove, e non l'avrebbero mai scoperto se avessero continuato a cambiare ambientazione ogni momento, a ogni battito di ciglia.

Era forse la confusione lo strumento con cui tenevano buone le persone di quel mondo? Ma dov'erano queste persone? Si sentivano soli. Era anche la stranezza di quel posto che sembrava disabitato ad agitarli oltre misura, non erano i ragazzini a spaventarli, ma quell'assenza.

La struttura era senza finestre all'esterno, o almeno così sembrò loro. Di fronte solo una porticina. Le pareti scivolavano nel terreno con ostinazione, piccole crepe le risalivano, inseguendosi. Dava l'idea di vecchio e sfruttato fino all'osso, come se fosse quello l'unico posto reale di quel mondo. Quell'edificio non doveva mai essere cambiato.

Aria si voltò d'istinto indietro per vedere la strada che aveva appena percorso, ma non esisteva più, il bosco veniva inghiottito man mano da un raggio scuro che li inseguiva. Era come se accendesse un riflettore sul nulla e lo facesse risaltare a discapito di tutto il resto.

"Fai qualcosa, così non mi piace", disse la voce profonda.

"Ok", e in un istante al posto del buio un prato che si estendeva all'infinito, fitto e netto come se fosse stato disegnato.

Era quello che facevano i due ragazzi, dipingevano a piacimento paesaggi, poi passavano un colpo di gomma e ricominciavano. Quella realtà era una semplice tela bianca senza colore. Ma qual era lo scopo di tutto questo? Aria non riusciva a vederlo, lo stesso Henry. Si chiedeva con insistenza, *cosa ci facciamo qui? E ora che succede? Cosa vogliono?*

Mary invece si era semplicemente annullata, Aria e Henry si erano quasi dimenticati di lei nel lungo percorso che li aveva portati a quell'edificio dall'aria consunta. La notarono solo quando parlò, "E ora?", mormorò preoccupata.

Aria e Henry, quasi sobbalzando, si voltarono di scatto verso di lei. Henry la prese per le spalle e la fece oscillare dolcemente, cercando di tranquillizzarla, non riusciva a parlare. Quella porticina nera e anonima poteva essere la porta dell'inferno. Di certo non era quella per il paradiso.

Le chiavi sul palmo di Aria si contrassero, e lei si guardò intorno, come se quelle volessero indicargli il giardino, o qualcosa di estremamente importante, ma non c'era nulla di tutto questo. Solo quando si voltò di nuovo verso la porta nera, un'ombra piccola e informe fece capolino dietro l'angolo, era anche lì, a osservarli silenziosa.

Per un momento Aria ebbe le vertigini, la testa iniziò a girare e il palmo le si infiammò. Si voltò istintivamente, i brividi sulla schiena, e lì, a pochi passi da lei, comparve un uomo che non doveva essere lì: Merrick, ritto in piedi con le braccia lungo i fianchi e lo sguardo gelido di sempre.

"Cosa...", disse lei cercando nella sua mente una spiegazione che non poteva esistere.

Merrick non parlava, se ne stava solo immobile, con la solita freddezza e quella presenza che intimorisce. Non Aria.

"Cosa ci fai tu qui?", la sorpresa la immobilizzò anche se una domanda si iniziò a insinuare prepotente, "Will sta bene?", avrebbe voluto chiedergli, ma non riuscì a pronunciare una parola.

Eppure lui sembrava averla sentita, perché disse, "Chissà. Chissà per quanto ancora".

Capitolo 4

"Cosa significa?"

"Significa ciò che tu vuoi farlo significare".

"Smettila di giocare", disse spogliandosi della sorpresa che quell'apparizione le aveva dato, si avvicinò a lui, ma quello sembrava essere sempre più distante, eppure non si era mosso di un millimetro.

"Che c'è, hai paura?"

L'uomo inclinò la testa, proprio come aveva appena fatto lei, come se fossero l'uno l'immagine dell'altra, "Io? Tu?"

Aria non riusciva a capire, "Parla chiaramente, cosa ci fai qui, tu non puoi essere qui", non aveva affatto paura, era l'assenza di Will che era tornata a colpirla, si sforzava di dimenticarlo, almeno fino a quando sarebbe stato necessario. Doveva andare avanti, sempre più avanti.

"No, non posso infatti".

Non lo faceva solo per se stessa stavolta, desiderava aiutare i suoi amici e tutti i prigionieri di quei mondi, o almeno del suo mondo, anche se non aveva ancora idea di come l'Ombra avrebbe onorato il patto.

"Ne sei certa?", chiese Merrick.

"Certa di cosa?" Non poteva averla ascoltata.

"Che è per gli altri più che per te stessa che lo fai?"

"Non ho nessuna intenzione di parlare con te, puoi anche tornare da dove sei venuto", e fece per dargli le spalle, ma si girò solo a metà, i pugni chiusi e il desiderio di porre quella domanda.

"Ti aspetta? Sì. Ma non sa che non tornerai mai più da lui. Sempre avanti, giusto?"

Aria indurì lo sguardo, "Non sai niente".

"Se lo dici tu" disse con una voce tagliente che si prendeva gioco di lei.

Aria sentiva il bisogno di liberarsi di un peso, le chiavi bruciavano e non la lasciavano respirare, "Se lo facessi solo per me, mi sarei già arresa".

"Non ammetteresti mai di averlo già fatto".

"Non mi sono arresa".

"Quanto credi in quello che stai facendo?"

"Quanto credo a ciò che mi ha promesso l'Ombra?", aggiunse Merrick, eppure era stata lei a parlare, sovrapponendosi alle sue parole. "È questa la domanda fondamentale", disse lui. E, dopo un momento di pausa che sembrò lungo quanto un battito d'ali, Aria sentì un calore bruciarle il viso, poi più nulla, vedeva solo Merrick, lontano a valle, le spalle rivolte verso il buio, mentre fissava un fuoco alto, che dalla distanza di Aria sembrava quasi un puntino. La fiamma sembrava innalzare una colonna di luce che tagliava l'oscurità in due. Merrick osservava a spalle tese, con la solita impassibilità che lo caratterizzava, mentre qualcosa bruciava. Aria fu a due passi, erano i resti di una casa a bruciare, sotto lo sguardo attonito, e mai visto, di Merrick, il suo. Sentiva quel profondo dolore, quel senso di smarrimento e di confusione che getta nel panico, in una gelida, imprevista immobilità chi lo vive. Le mancò il fiato. Poi uno scossone, uno degli uomini le stringeva una spalla senza parlare, gli occhiali neri, due buchi scuri.

"È danneggiata, è danneggiata", disse la voce esile.

"Aria, stai bene?", chiese Henry a pochi passi da lei.

Aria si guardò intorno, di fronte sempre quella porta nera, dietro... nessuno.

"Sì", disse annuendo lievemente mentre Mary faceva una smorfia infastidita. Quell'incontro imprevisto l'aveva scossa, e aveva capito quanto fosse solo un'immagine sfocata di sé, alla ricerca dei suoi stessi confini. L'assenza di Will, la morte di Loren e di Peter, erano stati un colpo più forte di quanto volesse ammettere, non era ancora riuscita a estrarre la lama dalla ferita, e i suoi dubbi, la sua improvvisa insicurezza contaminavano le chiavi che bruciavano sul palmo, in continuazione, come se volessero scappare via e mettersi al riparo da ciò che sarebbe successo.

"Good", il più sicuro sembrava ridacchiare.

"Dobbiamo giocarcela, non dimenticartelo".

"Sì, sì, così sarà. Ora dentro, metteteli negli *unknown*".

Gli uomini spinsero i ragazzi attraverso la porticina nera, Aria si lasciava trascinare senza opporsi, ancora persa tra le parole di Merrick, era stata una visione? Le sembrava di percepire ancora il calore del fuoco sulla pelle, lo stordimento di Merrick di fronte alla sua casa che si inceneriva pian piano sotto i suoi occhi. Le chiavi bruciarono, e lei tornò in sé non appena sorpassò la soglia.

Un container, un fienile, una baracca, furono quelle le prime impressioni che Aria ebbe di quel luogo buio e freddo, talmente buio che dovette abituare lo sguardo per riuscire a capire cosa si trovava a pochi metri da lei. Poi notò gli occhi preoccupati di Henry e capì.

Due lunghe gabbie correvano ai due lati, al centro solo un misero corridoio a separarle. Sembravano perdersi a vista d'occhio, ma forse era solo l'oscurità a dare quell'impressione. Gli uomini li spinsero in avanti, dal soffitto scavato una goccia d'acqua gelida cadde sulla sua fronte, facendola rabbrividire.

I piedi affondarono nella terra molla, un odore pungente di sangue fresco e secco le fece venire la nausea, e vide che per Henry e Mary era lo stesso. I due avevano cambiato colore non appena avevano raggiunto le gabbie. Solo in quel momento notarono delle lettere incollate sopra: dalla A alla F, le uniche a non avere un'indicazione erano le prime due che si fronteggiavano in silenzio.

Ogni tanto qualche lamento, e ancora zaffate di odore terribile, il freddo che arrivava a colpire le ossa, quel senso d'incertezza che li aveva accecati quanto il buio incombente. Uno stordimento diffuso che non li aveva mai abbandonati, e il peso delle chiavi, sempre più pressante, solo in quel momento si riuscì a rendere conto di qual era la reale situazione. I suoi pensieri si accasciarono l'uno sull'altro, mentre tentava di riprendere in mano le redini.

"Dove siamo?", ebbe il coraggio di chiedere, ora completamente strappata da quella visione, "E cosa volete da noi?", nessuno disse nulla, solo qualche mugolio confuso si fece spazio nell'oscurità.

"Parliamo", aggiunse poi, mentre gli uomini spinsero lei e Mary nella gabbia di sinistra, e Henry in quella di destra. Non le sembrava di dire altro, "Parliamo".

"Non parliamo con le pedine".

Aria si aggrappò alle sbarre fini e frastagliate che sembravano perdersi nel soffitto all'improvviso basso e opprimente.

"Ci dovete qualche spiegazione", urlò Aria con calma. Anche Henry era aggrappato alle sbarre e guardava l'amica con apprensione, "Non ce la daranno, Aria".

Aria lasciò le sbarre e si guardò intorno irrequieta. Non c'era nessuno oltre a lei e una Mary che era caduta di nuovo in quel trance, quella paralisi di angoscia. Aria la lasciò stare e tornò alle sbarre, cercò di allungare la testa e vide con più chiarezza le lettere che marchiavano ogni gabbia.

"Di nuovo prigionieri", mormorò Aria, "Che bisogno c'è? Tanto non possiamo andare da nessuna parte".

"Sono le regole del gioco", disse la voce sottile, quella che non resisteva a stare zitta.

"Taci, o no?"

"Mh".

"Good".

"Quando iniziamo?"

"Prima un po' di cibo".

"Stavolta fai porzioni uguali, imbroglione".

"Cosa vorresti insinuare?"

"Che i tuoi si sono nutriti di più".

"Dici così solo perché hai perso".

"Come…"

"Basta ora, cibo".

Aria e Henry erano ancora incollati alle sbarre quando gli uomini gli si piazzarono di fronte, aprirono la gabbia e lasciarono il piatto sulla destra, sfiorando poi la parete per accendere una piccola luce. Aria finalmente riuscì a osservare quel luogo che era molto più grande di quanto potesse immaginare, non era una semplice gabbia, ma un piccolo appartamento. Non il massimo del comfort in realtà: sulla parete destra un tavolino con due sedie, un paio di brandine che pendevano dalla parete laterale come un letto a castello senza piedi, un water. Sopra il letto, il tavolo e il water, una lampadina scarna pendeva dal soffitto.

Aria seguì gli uomini fino alle sbarre e ci si aggrappò con tale forza che si tagliò una mano, fissò di nuovo con attenzione le schiene di quegli uomini, il passo ritmico e falso, "Ehi scimmione", chiamò Aria, ma nessuno si girò, "Sono dei fantocci, ne sono sicura", sussurrò appena.

"Eh?", Henry si allungò per sentire meglio.

"Fantocci", disse lei agitando le mani.

A Henry sembrò venire un'idea: senza parlare iniziò a indicarsi il palmo.

Aria guardò le chiavi e scosse la testa, "No, non posso, non servirebbe". *Dobbiamo entrare nei meccanismi di questo mondo, come le altre volte. Capire qual è lo scopo dei ragazzi e poi cercare il giardino. Dove sei, giardino?*

"Mangia", disse Aria raccogliendo il cibo e porgendolo a Mary, non erano altro che due panini bianchicci all'apparenza vuoti, ma quando Aria lo morse, si accorse che era stato farcito con due grandi fette di prosciutto crudo e un'abbondante fetta di formaggio morbido, "Magnifico", quasi non ricordava più qual era il sapore del prosciutto. Sbafarono tutto in pochissimo tempo, e si sentirono subito meglio. Aria ora avrebbe voluto farsi una bella dormita, si sedette su uno di quei letti e si stiracchiò, era l'unica persona al mondo che riusciva a rilassarsi in una gabbia ignota di un posto ignoto, o almeno lo era stata sempre, prima di iniziare quell'avventura. Non fece nemmeno in tempo a sdraiarsi che una sirena risuonò nell'aria, qualcosa stava per cominciare. Aria vide l'ombra di Mary, ancora immobile di fronte alle sbarre, che si faceva sempre più sottile. Solo in quel momento capì che portarla con lei, strappandola al suo mondo, anche se non era propriamente il suo mondo, era stata una cattiva idea. Non poteva credere a ciò che aveva fatto, a Mary con quel coltello in mano. Le sembrava di sentire ancora il dolore per quella ferita.

I ragazzi si tesero.

"Cosa succede?", ebbe il coraggio di domandare Mary tirandosi con esitazione vicino ad Aria.

"Non lo so". Le due non si guardarono.

Il rumore della sirena si mescolò ai lamenti sconosciuti che provenivano dalle altre gabbie, erano versi di paura, poteva quasi sentirli arretrare verso il muro. Aria stranamente se ne sorprese, era stato talmente sordo il silenzio precedente, da aver creduto di essere soli, lei, Mary e Henry. E invece quelle gabbie dovevano ospitare altre persone.

Una luce spuntata dall'alto la illuminò, "Inizio con lei", disse la voce sottile. Mary la guardava affranta, stringendo una mano nell'altra.

"Vengo io al posto suo", urlò Henry dietro le sue sbarre, "Vengo io".

"Verrai anche tu, certamente", ribatté la voce profonda.

Le sbarre si aprirono e i soliti uomini li spinsero fuori.

"Con calma", si lamentò Aria, poi abbozzò un sorriso, "Finalmente sapremo che razza di mondo è questo".

"Cosa vorranno?", bisbigliò Mary attaccandosi al braccio di Henry.

"Non ne ho idea".

Guardarono ancora una volta la lunga sequenza di gabbie che sembrava perdersi a vista d'occhio, anche se non era così. Poteva vedere le lettere arrivare fino alla F, quindi presupponeva fossero sei prigioni. Doveva essere così se le cose avevano un senso logico.

Continuavano a non capire, ma l'attesa non durò a lungo.

"Portateli fuori", disse la voce esile che cercava di darsi un tono.

Furono portati alla luce del sole. Aria aveva sorpassato la soglia più velocemente degli altri, per evitare che gli uomini la toccassero, del resto non ce n'era bisogno.

Mary oppose una vaga resistenza, che era più una paralisi di paura, i piedi non volevano avanzare, infossati com'erano nel terreno. Henry l'aveva presa per il braccio incoraggiandola con lo sguardo, poco utile, anche lui non sapeva cosa si sarebbero trovati davanti, oltre quella soglia.

"Mh, non male", disse Aria ricaricando le batterie grazie alla luce del sole, la rasserenava, i suoi raggi erano così reali che quasi riusciva a sentirsi in un altro luogo. In cima ai gradini fuori casa sua, in quelle mattine di scuola in cui Dan, Henry e Will… l'aspettavano fuori in silenzio, progettando fughe al parco e mattinate insieme in mezzo al verde, senza bianche mura a stringerli in una morsa di noia, annebbiando i loro sensi. Erano giornate infuse di una gioia silenziosa, una pace serena. Aria ebbe un sussulto, quell'istante di serenità le si incastrò in gola e tornò giù, sparendo in un buio nulla.

"Cos'è questo?", mormorò Henry con una vena di sorpresa nella voce.

"Non ne ho idea", ripeté la ragazza. Rimasero immobili di fronte a questo ampio campo dalla terra bruciata, che terminava in una cittadina dalle mura diroccate. Il mare era scomparso, e così il sole, coperto all'improvviso da una nuvola fitta e pesante che sembrava gravare sulle loro teste, schiacciandole.

"Good", disse la voce.

"Non male, no?"

L'altro non rispose. L'immagine dei due ragazzi comparve sulle nuvole, come se fosse scivolata giù attraverso una breccia nel cielo.

I tre amici alzarono gli occhi a labbra serrate, ora potevano vederli bene in faccia, quei due ragazzini che non sembravano possedere un corpo, o forse, chissà, da qualche parte esisteva, nascosto in una stanza in cima a quel mondo.

"Allora? Cosa diavolo volete da noi?"

"Non essere così aggressiva, ragazza".

"Mi chiamo Aria", fissò i due volti in cielo, con grande decisione.

"Non ci interessa", disse la voce profonda.

Aria notò un luccichio, in alto, sopra l'edificio che ospitava le prigioni. Si concentrò ma non individuò nulla di preciso, forse solo una sensazione.

"È meglio se guardi avanti", la voce profonda voleva tutte le attenzioni.

Aria si ritrovò Henry addosso e quasi cadde a terra. Qualcuno lo aveva spinto contro di lei.

Solo in quel momento vide alcune persone fluire dalla porticina nera e fuggire verso la cittadina.

Erano persone normali, come loro.

"Muoversi. O vi faccio muovere io", disse ancora la voce profonda.

"Che disastro", urlò l'altro.

"Stai calmo".

La terra sotto i loro piedi iniziò a tremare, e i due fecero giusto in tempo a spostarsi prima che il pavimento esplodesse. Henry prese Mary per il braccio e insieme corsero tutti verso la cittadina.

"Separatevi. Questo è un tutti contro tutti. Non un'allegra scampagnata".

"Allora, quando iniziamo?" domandò la voce sottile, cercando di nascondere l'impazienza.

"Stai zitto?"

Una lama di pietra comparve dal nulla scagliandosi contro di loro. Henry fu costretto a lasciare la presa e cadde contro una catasta di legname.

"Henry", chiamò Aria guardandosi intorno.

Quando tentò di avvicinarsi un muro si innalzò tra loro, separandoli.

"Separati, ho detto".

Il muro si alzò ancora e ancora crollando su di lei, costringendola a correre verso il margine del campo calpestando l'erba secca che scricchiolava sotto i suoi piedi.

"Adoro l'effetto sorpresa!" urlò uno dei due, eccitato.

Mary la stava seguendo. Nessuna delle due però la smetteva di voltarsi per controllare che Henry stesse bene, anche lui era stato costretto a correre verso la cittadina. Un lato del viso sporco di terra, ma l'espressione che ostentava ostinazione.

"Potete fare ciò che volete, ma non riuscirete a separarci", disse fiondandosi verso Aria e Mary, le prese per il braccio e i tre continuarono a correre.

"Maledetto, te la faccio vedere…"

"Fai silenzio, stupido", disse l'altra voce.

"Non so se è una buona idea", sussurrò Aria all'amico che le correva a fianco, a una velocità trattenuta per evitare di perdere le ragazze anche se quelle continuavano a superarlo il più delle volte.

"Sfidarli?"

"Non sappiamo ancora sin dove possono arrivare. Stiamo al gioco", sussurrò.

"Nella cittadina dovrete per forza separarvi, care pedine", disse la voce profonda.

"Domani il gioco a squadre però".

"Che noia".

Aria, Henry e Mary si erano nascosti dietro la parete laterale di una casa che copriva con la sua presenza i raggi del sole. In quella zona di ombra cercarono di capire come proseguire.

"Combattete" disse impaziente la voce esile, "Combattete, maledizione!"

"Perdi troppo la calma, stupido" commentò la voce profonda, "Ci penso io".

Ci fu un lungo momento di silenzio, poi i ragazzi sentirono dei passi alle loro spalle. Era un uomo alto, testa rasata, una lunga cicatrice che correva da un orecchio all'altro attraversando la fronte con un accenno di rughe. Aveva in mano un lungo coltello arcuato.

"Ragazzi", disse Mary cadendo a terra.

Henry e Aria non se lo fecero dire due volte e corsero lontano dal muro proprio nel momento in cui la spessa lama tagliava in due l'aria.

"Non scappate" disse quell'uomo dallo sguardo inespressivo, "Fatevi uccidere".

"Sei stato tu?" esclamò la voce fine.

"A dire il vero no, ma va bene no?"

"Benissimo".

"Ah ah", rispose divertito.

Erano entrambi compiaciuti, "Su, cosa sapete fare… pedine?"

"Non so cosa… dove…" mormorò Aria con il fiatone, come se avesse ancora la ferita aperta. Era innaturalmente stanca. Si guardò la chiave sul palmo che non smetteva di darle il tormento.

"Stiamo alle regole, come abbiamo deciso", rispose Henry.

"Vuol dire…" disse colpita "Possiamo evitarli. Possiamo".

"Le tue pedine non si muovono, fai schifo come al solito come stratega" commentò la voce profonda.

"Io… io… no!"

Aria e Mary sentirono rimbombare una voce nella loro mente, "Sbrigatevi, maledette ragazzine o torco il collo al vostro amico".

La voce aveva urlato con una tale energia che le due si strinsero la testa tra le mani.

"Che avete?"

"Scappa" disse subito Aria, "Scappa via".

Henry lo fece e la ragazza vide a terra un coltello che si nascondeva tra due ciuffi d'erba. Non ci pensò due volte a prenderlo. Mentre Mary urlò all'improvviso.

"Va tutto bene," disse Aria con freddezza rigirandosi il coltello in mano, "Forza, stammi dietro. Ci penso io". *Possiamo evitarli*, cercava di ripetere, ma le due parole si perdevano in un bosco intricato di pensieri.

Mary si limitò ad annuire con gli occhi sgranati, Aria faceva paura, era pallida e aveva uno strano sguardo.

Sbucò dagli alberi fendendo l'aria con quel lungo coltello molto simile a quello con cui il tipo rasato aveva tentato di affettarli. Non si sentiva più lei. Era… accecata dalla rabbia e dalla voglia di farla pagare al mondo. E le chiavi… continuavano a pulsare, le sentiva scavarle il cervello, ma lei desiderava solo ignorarle.

Vide un ragazzo armato correre verso di loro in una piazza sgombra, era pronta ad affrontarlo.

I due giocatori dispersi nell'aria tutt'intorno soffocavano a stento una risata di eccitazione.

Volete vedere questo? Ve lo darò, allora. Pensò Aria stringendo con forza le mani intorno al coltello. Corse verso il ragazzo, non avrà avuto più di quattordici anni, tentennò subito, la mente si schiarì per un momento, ma non ebbe il tempo di pensare: qualcuno lanciò un coltello verso Mary colpendola al polpaccio, lei urlò. Aria si fermò per aiutarla ad alzarsi, ma nel frattempo il ragazzino era sopra di lei. Vide il sole coperto dal suo corpo, poi il sangue schizzarle in faccia. Gli aveva piantato il coltello in pieno petto, poi aveva raccolto quello a terra e aveva minacciato la donna che si stava avventando su Mary per finire il lavoro iniziato.

"Allontanati", disse con la voce che le tremava in bocca, mentre ciò che aveva mangiato continuava ad arrampicarsi pericolosamente fino alla gola.

Poi l'aveva avvertita ancora lanciando un altro urlo che la fece sbilanciare. Aria colse il momento e si gettò con tutto il corpo contro di lei, giusto il necessario per farla cadere all'indietro, raccogliere Mary e correre via, lontano da quella piazza, mentre il ragazzino rantolando moriva.

"Ahahahah, magnifico" urlò la voce profonda.

"È... è... è... mia!"

"No, è mia, stupido".

"No, l'ho detto prima io".

Le voci litigavano tutt'intorno, mentre Aria quasi non stava in piedi. Si poggiò al muro e si asciugò freneticamente le mani sporche di sangue sui pantaloni, si pulì il viso cercando di ignorare l'odore acre, ansimando rumorosamente mentre il palmo grattava, e Mary piangeva e tremava, sconvolta da ciò che aveva visto, dal dolore.

Sono pedine, si era detta Aria cercando un appiglio, *è un gioco. È tutto uno stupido gioco. Posso evitarli.* Ma quando il ragazzino gli era piombato addosso, era stata investita dal suo peso, dall'odore del suo sudore, dal dolore, era tutto reale. L'avrebbe uccisa, senza esitare, e lei non poteva evitare di difendersi. Era in completa confusione, tornò alla realtà solo dopo aver sentito la ragazzina piangere.

"Mary..." mormorò ancora pulendosi dagli schizzi, "Mary... stai bene?"

La ferita sanguinava tantissimo e non aveva nessuna intenzione di smettere, Aria non sapeva come bloccare il sangue, si chiedeva dove si fosse nascosto Henry, poi poggiò gli occhi sulla piazza attirata da un movimento. Il ragazzino ucciso si era alzato e aveva tentato di avvicinarsi alla donna che si era slogata una spalla durante la caduta, e che cercava di trascinarsi indietro.

Poi però era sopraggiunto l'uomo con la cicatrice che gli aveva tagliato la testa. E la donna era riuscita ad allontanarsi, allontanarsi tanto da non essere più una preda per lui... che si era girato da un'altra parte. La loro parte.

Aria non aveva tempo nemmeno di sorprendersi, tirò Mary indietro, il più indietro possibile, in modo che l'uomo... ma era troppo tardi, se non le aveva viste aveva sentito un rumore. Prese a correre verso quel vicolo in cui si erano nascoste. Allora le venne l'unica idea possibile.

"Mary, ti prometto che tornerò subito".

"No! Dove vuoi andare?" disse tremando, i capelli ormai corti inzuppati di sudore.

"Sh", disse facendole una carezza rapida, poi sparì tra i cassonetti dall'altra parte del vicolo.

Cicatrice avanzò con molta calma, girando il coltello nella mano piena di ferite. Aria sbirciò con attenzione quel corpo, era tutto una cicatrice. Si chiese da quanto tempo fosse... no, non voleva saperlo. Bastava lo sguardo iniettato di morte, il piacere che provava a infilare quel coltello nella carne umana. Aveva riso dopo aver staccato la testa al ragazzino. Avrebbe voluto calpestarla, Aria lo aveva sentito, ma l'intenzione era svanita subito, aveva alzato appena gli occhi verso il cielo, l'ordine dei ragazzini sicuramente glielo aveva impedito. Lui era nelle loro mani. Ma gli bastava se poteva uccidere. Questo sentiva Aria di lui.

Per questo si leccava le labbra nel vedere Mary inerme, sanguinante, pronta a morire, e a morire ancora e ancora e ancora. Avrebbe voluto ucciderla un'infinità di volte. Se ce ne fosse stata l'occasione l'avrebbe fatto.

"Ti ha abbandonata" mormorò con una voce cavernosa.

Aria non credeva potesse davvero parlare. Aveva le labbra secche e raggrinzite, e sembravano non ospitare nessuna lingua.

Mary tremò, balbettando "Henry… Henry".

E Henry non si fece attendere, sbucò dalla piazza e si parò di fronte a Mary. Cicatrice alzò il suo coltello e Aria restò paralizzata per un momento, presa da un attimo di indecisione. Non aveva di nuovo tempo per pensare. Schizzò fuori dal cassonetto e si lanciò su Cicatrice. Era così alto che riuscì a colpirlo al fianco, ma non era stato abbastanza, l'uomo se la scrollò facilmente di dosso.

Aria sbatté le spalle contro il muro opposto, mentre il suono del coltello che si era conficcato nella pelle dell'uomo la fece rabbrividire, le ricordò subito il dolore che aveva provato e un conato le salì in gola. Oscillò, pronta a cadere, ma di colpo Cicatrice le piombò addosso, morto.

Aria sbatté le palpebre più di una volta, per il dolore alla testa, per la sorpresa.

Henry era impietrito e fissava a terra l'uomo e Mary che continuava a premere il suo coltello nella pancia del cadavere, senza volerlo lasciare.

"Mary" chiamò Henry.

La ragazzina era inginocchiata con la gamba ferita allungata a terra, una piccola pozza di sangue continuava ad allargarsi sotto il polpaccio. Non toglieva le mani da quel coltello. Iniziò a singhiozzare appena, mentre le risate sembravano entrare e uscire dalla loro coscienza.

"Basta!" urlò Aria alzandosi in piedi, "Basta! Basta! Basta!"

Henry allontanò il coltello da Mary. Aria scavalcò il cadavere per raggiungere gli amici, si appoggiò a Henry e i tre si incamminarono verso la piazza, sfiniti. I due avevano finalmente smesso di ridere.

Un segnale acustico fortissimo squarciò l'aria.

"È finita" balbettò la donna dalla spalla ferita, ora in piedi.

E il ragazzino aveva di nuovo la sua testa sulle spalle, faticava ad aprire gli occhi.

I tre amici si tennero al margine, videro solo le persone riversarsi a frotte nella piazza, le magliette gialle sporche di sangue.

Solo in quel momento ripensò a ciò che aveva registrato con lo sguardo ma non con la mente.

"Henry?" disse Aria osservandolo.

Henry si guardò la maglietta e rabbrividì, poi scosse la testa pensando a ciò che l'amica stava pensando.

"Sono felice che tu non abbia dovuto farlo", sussurrò lei sempre più stanca, nascose le mani tremanti nelle tasche dei pantaloni, per non farle notare a Henry, ma era troppo tardi.

"Tu... sì?"

Aria guardava dritto davanti a sé, fingendo di aspettare notizie dai due piccoli demoni, o di sentire di nuovo quelle risate che ancora le rimbombavano in testa. Cercava di scacciare l'impressione del sangue di quel ragazzino addosso, ma ora che lo vedeva lì in piedi, a fissarla con quello sguardo vacuo, non poteva dimenticarlo. Poco prima era come se si fosse trasformata nella perfetta pedina che i due giocatori cercavano, come se fosse una stupida marionetta, era colpa loro? Di quel mondo? O sua? Presto avrebbero preso a uccidere le persone senza preoccuparsene?

Le sembrava di essere caduta in uno strano incubo e non riuscì a rispondere, ma Henry non voleva che lo facesse, allungò una mano e avvicinò la testa dell'amica alla sua spalla. Lei ci si nascose, mentre lui la circondava con il suo abbraccio. I capelli scuri e sporchi di sangue la nascondevano del tutto agli occhi degli altri.

Il cuore di Henry batteva a mille, per la frustrazione, per l'angoscia, per ciò che era appena successo. Non avrebbe mai potuto confessare invece che anche lui l'aveva fatto.

"Ora siamo nel gioco", sussurrò Aria riprendendosi. *Possiamo evitarli?* Pensò quasi ridendo dentro di sé. *Siamo nel gioco.*

Henry puntò il mento sulla sua fronte per farle capire che aveva sentito, e forse perché non riusciva ad aprir bocca. Mary si attaccò al suo braccio, le dita gelide.

Davanti a loro una folla di persone stanche con gli occhi verso il cielo, in attesa dei loro Dei.

Capitolo 5

"Non puoi ucciderli", disse il Quinto Sacerdote bloccando l'iniziativa troppo frettolosa dell'altro.

"Sì che posso" non smetteva di giocherellare con un coltello che aveva chiesto a una delle guardie ormai sparita dietro le porte. Non erano passate che poche ore da quando avevano intrappolato Lucas e Wade in quella stanza. Non riuscivano a fare a meno di fissare Lucas e allo stesso tempo cercavano di fuggire da quello sguardo che li riportava indietro, strappandoli da un presente senza sapore. Non erano mai stati tanto combattuti in vita loro.

"A cosa servirebbe? In poco si rialzerebbero. Lo sai che è così".

Il Secondo Sacerdote sbuffò irritato.

"La gente dovrebbe poter morire" mormorò il Quarto guardando fuori dalla finestra.

"Marcus" tentò di nuovo Lucas, "Abbiamo tanto da dirci".

"Non abbiamo nulla", disse calmo il Primo.

"Come sei arrivato a questo?"

"Dovresti saperlo bene".

Cercò le parole, ma aveva la lingua incollata al palato "In quegli anni, in quegli anni io…"

"Mi hai cercato, sì. Non fai che ripeterlo. Ora stai zitto".

"Lucas…" disse Wade con la fronte sudata, sfinito dalla sete e dalla fame, "Lascia stare".

"Bravo, ascolta il tuo amico. Lascia stare".

"Che stupidi", mormorò il Quarto, "Venire qui, e per che cosa poi? I vostri figli saranno morti, ormai".

Wade si irrigidì. Lucas non aveva ascoltato, impegnato a fissare a terra, lì dove Isaac era svenuto di nuovo.

"Dagli dell'acqua. Ti prego" pregò Lucas fissandoli uno a uno, "Lui non c'entra nulla".

Con un gesto uno dei Sacerdoti acconsentì.

"Vuoi parlare? Parliamo di quando mi hai chiuso la porta in faccia", disse il Secondo di colpo, come rinvigorito dalla loro debolezza.

"Lascia stare" commentò il Terzo.

"Lo vogliamo sapere, non è così?" continuò il Secondo guardando gli altri.

"Parla, Lucas. Dicci di quando mi hai voltato le spalle", poggiò gli occhi sul braccialetto che sbucava dalla manica di quello che era il suo più grande amico, tanto tempo fa. Fu preso da una collera che non riuscì a controllare. Si avvicinò lentamente a lui.

"Quello…" aggiunse il Secondo "mai più" ringhiò ancora senza smettere di fissarlo e con un colpo netto gli tagliò la mano. Il piccolo sole ora era a terra, bagnato dal suo sangue…

***

Erano tornati tutti nelle loro gabbie. Aria e Mary separate da Henry, come prima.

I due ragazzini avevano confabulato tra loro per decidere dove inserirli, A? B?

"Decisamente A" aveva detto quello dalla voce esile.

Ma l'altro era intervenuto con un'altra proposta che suonava come un ordine, "No, lasciamoli lì, non credi sia giusto? Separati dagli altri".

"Sì, hai ragione anche perché così possiamo controllarli meglio come ci ha detto…"

"Stai zitto. Possibile che non fai altro che parlare?"

"Detto chi?" aveva subito chiesto Aria.

Erano stati portati di nuovo in quei bagni.

"Perché riesce a sentire?"

"Perché urli".

"Ma lo sai che non c'entra nulla".

"Stupido, ma ancora non hai capito?"

"Ah, ho capito. Ce l'aveva detto".

"Ma allora sei stupido sul serio!"

"Fratello, dai. Non è che… è che…"

"Vuoi stare zitto?"

"… ok".

"Good" disse con un sospiro, cercando di ritrovare la calma.

Aria aveva continuato a tenere le orecchie ben piazzate in alto, intanto si spogliava meccanicamente. Cercava di non guardarsi intorno. Cercava di non puntare gli occhi sulle altre donne, compresa quella che aveva colpito alla spalla. Tutti si agitavano come fantasmi, nessuno sembrava cosciente di chi avesse intorno. Alla fine del gioco si erano semplicemente spente.

Aria aveva contato 9 donne, escluse lei e Mary. La maggior parte assomigliavano a Cicatrice, avevano il corpo ricoperto di vecchie ferite rimarginate. Perché non si erano assorbite del tutto?

Anche la sua era lì, ora che poteva vederla faceva fatica a dimenticare che era stata proprio Mary ad averla inferta, senza nessuna pietà. E quel giorno l'aveva fatto ancora, l'aveva conficcata con tale energia nella pancia di quel gigante da essere riuscita a piegarlo. Quanto era cambiata?

Il senso di colpa salì ancora una volta a strozzarla. Si voltò a guardare il suo corpo pallido mentre si insaponava distrattamente, poggiata al muro mentre il sangue scivolava giù dalla ferita, anche lei per nulla coinvolta in ciò che faceva. Chissà a cosa stava pensando. Un momento dopo si fissò le unghie ancora sporche del sangue e iniziò a tremare.

Aria sentì l'impulso di abbracciarla, ma non le riusciva. Riprese a lavarsi, mentre i due ragazzini, nascosti chissà dove, ridacchiavano ogni tanto, godendosi quello spettacolo.

"Detto chi?" continuava a ripetere Aria verso il cielo. Guardò Henry che era smarrito, scuoteva la testa come a dire che non aveva sentito niente. Poi continuò a sorreggere Mary che zoppicava vistosamente, mentre gli altri erano già del tutto guariti.

Perché lui non sente? Aria sbirciò la chiave, luminosa e bruciante come sempre e realizzò tutto. *Che stupida, sono sola.*

Subito dopo Henry la colpì delicatamente con il gomito, poi lasciò Mary camminare da sola. Era arrivato il momento di fare ciò che avevano deciso con un solo intenso sguardo poco prima: assecondare quei due ragazzini e restare a guardare. E prima che qualcosa di nuovo avesse inizio.

Aria prese fiato e gli diede una spallata facendolo quasi cadere a terra, "Sei un rammollito." disse con più convinzione possibile. "Non servi a nulla!" sbraitò, "a nulla!"

Mary si aggrappò alla spalla di Henry con sguardo interrogativo e spaventato, "Dopo", sussurrò lui spingendola delicatamente di lato, si appoggiò alla recinzione. I tre si fermarono lungo un sentiero sterrato comparso dal nulla, mentre gli altri proseguivano come corpi senza vita salendo lentamente, quasi allo stesso ritmo, chi in piedi da solo, chi appoggiato a quelle staccionate di legno che delimitavano la via fino in cima. Erano tutti vestiti di bianco, come purificati alla fine di una giornata.

"E tu allora?" disse con una voce agghiacciante Henry, "Ci hai trascinato qui, e non sappiamo come andar via".

Aria si sentì gelare, guardava gli occhi dell'amico e non trovava niente di consolante, "Mi... mi dispiace", disse all'improvviso, colpita. Sapeva bene che non era reale, solo una stupida farsa a uso e beneficio di quei due ragazzini fantasma eppure...

Il cielo sopra alle loro teste si riempì dei mormorii dei due osservatori che poi tacquero per godersi lo spettacolo. Un insopportabile odore di zolfo si alzò da terra e prese ad aleggiare intorno a loro.

"È tutta colpa tua!" urlò ancora. Le due voci ridacchiavano sommesse, avevano abboccato subito.

Come faceva a considerare quelle parole una finzione? Era la verità. Lo stomaco le si strinse, le chiavi continuarono a pulsare mentre davanti a loro quelle schiene bianche che si allontanavano sembravano lapidi appena ripulite dalla pioggia.

"È colpa mia, sì", mormorò, "Passo sempre sopra a tutto come un rullo e non ascolto mai nessuno. È colpa mia se siamo finiti qui, è colpa mia se Loren e Peter... è colpa mia se Will non è qui!" urlò con la voce che tremava di frustrazione e di rabbia. Sopraffatta di nuovo: dalla situazione, da se stessa, dalla chiave, da quel presente che non aveva nulla da dare, e da quel passato che non aveva più niente da promettere.

"Aria" chiamò Henry preoccupato, ma la testa della ragazza era già partita, seguiva quell'infinito loop di pensieri da cui non riusciva a uscire. Guardava a terra e muoveva la testa come a scacciare un fantasma.

"Interveniamo?" disse la voce esile.

"Lasciali fare. Sarà tutto più facile così".

"Aria", disse Henry senza resistere, "Aria ma cosa dici?" mormorò rendendosi conto di aver quasi urlato.

Lei sollevò appena il viso, la bocca una smorfia dolorosa "Perché quel giorno non mi hai chiesto di restare, perché non mi hai detto che errore stavo facendo?"

"Ti avrei fermata?"

Presa in contropiede rimase immobile, poi scosse con incertezza la testa.

***

"Salutare te è ancora più difficile" sussurrò Aria. Il sole stava calando rapidamente dietro gli edifici ma non era importante, Aria non voleva pensare che quella sarebbe stata l'ultima volta, l'ultima volta che l'avrebbe visto tramontare, lì dai gradini del portone di Henry.

Quante volte se ne erano stati lì seduti a quell'ora? A tutte le ore, ma soprattutto in quel momento, poco prima di cena.

"Sei sicura di quello che fai?" chiese lui calpestando una foglia sullo scalino.

Lei si limitò ad annuire.

"E pensi che nessuno di noi verrà con te?"

Aria scattò in piedi, "non dirlo nemmeno per scherzo".

"La tua reazione ti dovrebbe suggerire qualcosa, Aria. Che forse… che forse sai".

"Non dirlo", si sedette di nuovo, mollemente. L'odore di cucina etnica le solleticava il naso, puntò gli occhi verso il ristorante indiano all'angolo della strada. Era più facile che guardare in faccia lui.

Henry sospirò al suo fianco. Non sapeva cosa dire. Se non era riuscito Will a fermarla, come avrebbe potuto farlo lui?

Aria si alzò di nuovo, quel silenzio le stava stretto, le metteva i brividi e la faceva sentire… fuori posto, "Vado", disse velocemente, guardando a terra come una vigliacca.

Henry le prese le guance e la baciò sulla fronte, stava per dire qualcosa quando lei sputò fuori subito un: "È una mia decisione, nessuno deve intromettersi, nessuno deve sacrificarsi per me. Sappi che se vi ritroverò laggiù… vi prenderò a calci", e detto questo corse via. Si fermò solo all'angolo e urlò "vivi".

Henry restò immobile, voleva inseguirla, allo stesso tempo avrebbe voluto dirle tante cose, invece si lasciò cullare dal vento. Alzò lo sguardo verso una delle finestre di casa sua e aspettò che la madre lo chiamasse per la cena.

***

"Ma forse avresti dovuto", disse lei con un sorriso amaro. Poi si inerpicò per il sentiero, Henry non poteva dire niente, non poteva fare niente, si sentì di colpo come quel giorno. Si limitò a prendere Mary per le spalle e a continuare a fissare la sua schiena. I due camminarono a distanza.

In cima al sentiero, la schiera di persone era ferma in attesa che la porta venisse aperta. Aria guardava a terra ma non poté fare a meno di sentire. Il battito, ancora quel battito. Flebile eppure così vicino. Lo cercò intorno con circospezione, come rinvigorita.

È qui, è qui da qualche parte. Poi vide un luccichio smorzato, nello stesso punto del giorno prima, ma lì del giorno prima non c'era niente. La prigione sembrava una baita di montagna, per il divertimento dei due giocatori, sicuramente, e intorno solo delle siepi di spine scure che affondavano in pozze di fango rancido e puzzolente.

Tutti se ne stavano stretti su quella linea di terra dove il fango non arrivava, come se avessero paura di sporcare i loro abiti immacolati, l'unica gioia forse di quelle giornate di violenza.

La porta della baita si aprì, e il buio li inghiottì due a due. Aria era la penultima, da sola. Con la coda dell'occhio fissava quello spigolo, le sembrò di vedere una linea, come un contorno di uno spazio vuoto, poi il buio inghiottì anche lei.

Entrati dentro, i soliti scimmioni li separarono. Erano tanti puntini bianchi che si disperdevano, sparendo dietro le sbarre, in spazi senza luce.

Mary fissò la ferita sul polpaccio come se quella non fosse la sua gamba, vicino una scodella di minestra che ancora non aveva toccato.

"Ti fa male?" chiese Aria. Ma l'altra non rispose, passò le dita sottili sulla pelle intorno al taglio, talmente pallida da sembrare marmo.

Aria mangiò lentamente, così sovrappensiero da non rendersi nemmeno conto di cosa stava facendo.

"Aria" sussurrò Henry dall'altra parte, ma la sentì solo respirare, riuscì a scorgere appena i suoi contorni. Restò in attesa sperando che si facesse vedere.

Cosa intendeva, si chiese lui, con *"Ma forse avresti dovuto?"*, *non sarei riuscito, non sarei riuscito* continuò a ripetere. Poi si ricordò all'improvviso della ragazzina. Chiuse gli occhi per calmare i conati, senza riuscirci, si inginocchiò in un angolo e con il petto scosso vomitò così come aveva fatto in quel pomeriggio, quando aveva sentito il sangue caldo bagnargli le braccia, mentre la ragazzina moriva lentamente. Aveva lasciato quel coltello lì e mentre si riprendeva pensò che sarebbe stato più utile averlo dietro, ma tanto le armi erano sparite tutte, una volta nella piazza, alla fine della giornata. Opera di quei due, ma chi erano? E cosa sapevano? Cosa poteva fare per rendersi utile?

Si appoggiò al piccolo lavandino e si sciacquò la bocca per togliersi quel sapore acido e si bagnò il viso per tentare di eliminare la nausea e trovare la lucidità necessaria. Era stato costretto. Quante cose aveva fatto perché era stato costretto? E davvero non aveva potuto evitarle?

Un mormorio lo distrasse, cercò subito l'origine temendo fosse Aria, invece era la gabbia accanto. Una ragazzina con i capelli biondi si toccava la cicatrice che il coltello le aveva lasciato e allungava il viso tra le sbarre, per raggiungere quella poca luce che illuminava il piccolo corridoio che separava un lato delle prigioni dall'altro.

"Stai bene?" sussurrò Henry tirandosi avanti, il cuore immobile nel petto.

"Non fare quella faccia, non è colpa tua" rispose sorridendo, incredibilmente. Henry ne fu colpito. Era sicuramente più grande di quanto avesse immaginato, ma era così bassina da confondere le carte.

"Mi dispiace" mormorò lui tastando con curiosità la superficie del pavimento. Non perdeva mai di vista la cella di Aria dove tornava con lo sguardo ogni tanto.

"Sta dormendo" sussurrò lei.

Henry sospirò appena e quella ridacchiò della sua espressione sollevata.

"Prendi questo" disse poi facendo rotolare una piccola fiala di vetro a terra fino a lui. "Per la ragazzina. Il taglio non si rimargina", disse sicura.

Henry si chiese di nuovo come facesse a saperlo, piuttosto lodò il suo spirito di osservazione. *Sapranno già che non veniamo dal solito posto da cui vengono le persone ora rinchiuse qui?*

"Grazie", mormorò solo, "dove l'hai presa?"

"In giro", si prese in mano un'altra piccola ciocca e la scrutò senza guardarla veramente.

Ci fu un lungo momento di silenzio. Henry osservava il liquido della fialetta con grande attenzione.

"Stai attento perché domani potrei ucciderti" disse poi all'improvviso.

"Che?"

"Non fare quella faccia, sto scherzando".

"Non è molto divertente".

"Non hai tutti i torti," convenne lei, "comunque tranquillo. Qui siamo abituati", disse cambiando posizione.

"Da quanto sei qui?"

"Non ne ho idea. Ma non importa alla fine, no?" giocherellò con una ciocca di capelli. La sua carnagione era chiara quanto l'abito che indossava.

"Sai qualcosa di quei due?" poteva forse avere qualche informazione da lei?

"Mh".

"Se sai qualcosa… sarebbe molto utile".

"Per? Tanto è qui che rimarrai, sia tu, Henry, che la tua amica Aria".

Henry rizzò la schiena sorpreso, ma la ragazza si era già tirata indietro, nella zona d'ombra.

Che ne sa? Come fa a conoscere il nostro nome? La cosa lo fece rabbrividire, ma quando si poggiò al muro per stare più comodo si addormentò, la mano aggrappata alle sbarre.

***

Aria aveva chiuso gli occhi molto tempo prima ma non riusciva ad addormentarsi. Sentiva il pane con cui aveva accompagnato la minestra, in gola. Ma non era solo quello, la chiave bruciava ininterrottamente, la testa le pesava. Era sfinita.

Si sentì di colpo così sola in quel buio che si trascinò fino alle sbarre alla ricerca dell'amico. Lo sapeva che lui non pensava ciò che aveva detto. Era solo una recita che avevano messo in scena. Così forse i due ragazzini non si sarebbero accaniti contro di loro, non li avrebbero forse costretti a diventare l'uno il bersaglio dell'altro.

"Aria?"

"Pensavo dormissi".

"Anche io".

Aria trattenne a stento un groppo di disperazione, non ce la faceva più.

"Davvero", disse Henry, "Davvero sarei riuscito a fermarti?" la domanda era scivolata fuori senza che riuscisse a bloccarla. Si diede subito dello stupido, perché rivangare quelle vecchie storie? Ormai erano lì e dovevano pensare solo al presente. A trovare una via di fuga.

Lo sapeva di dover rispondere di no, per non fargli pesare quella scelta che alla fine era stata solo sua, invece annuì appena, infilando il naso tra le sbarre.

"Lo sai, no? Sei sempre stato il mio punto fisso", mormorò lei buttando fuori l'aria come se ogni parola le costasse una grande fatica. Henry non poteva non sentirsi felice per quelle parole, glielo si leggeva in faccia. "Non ti avrei comunque mai convinto".

"Forse… no" riuscì a dire. Anche se fosse stata una bugia che importanza avrebbe avuto?

"Lo vedi?"

"Ma forse ci avrei pensato molto di più. Lasciare te lì… è stata la cosa più difficile che abbia fatto".

"Non ci credo" disse lui ridacchiando, ma lo sapeva che era vero.

"Tu sei eccezionale". Era la prima volta che lo diceva ad alta voce, quante volte avrebbe voluto dirglielo?

"Sei quello saggio, il ragionevole. La persona a cui tutti si affidano. Sei… Henry" disse scuotendo appena le spalle.

"E tu Aria".

"Io non sono niente".

"Aria. Che cosa ti prende?"

Ma lei si era già tirata indietro. La ragazza bionda sorrise appena, si piegò su se stessa tenendosi stretto il petto, e poi si allontanò dalle sbarre, scomparendo del tutto alla vista.

Il peso dei mondi è troppo per me, non sono abbastanza forte per sostenerlo, pensò in quel momento di dormiveglia. *Henry, lui ce la farebbe, senza riserve…*

La struttura sembrava attraversata da un respiro calmo che si alternava a un altro. *Sembra come… come se un gigante dormisse di fronte la porta,* si disse stupidamente Aria risvegliandosi appena.

Era intorpidita, con una parte di sé era rimasta sveglia, agganciata agli avvenimenti di quel pomeriggio, li riviveva a oltranza sentendoli più veri e più irreali insieme, con un'altra si stava perdendo di nuovo nel sonno.

"Sei sola" disse una voce, Aria aprì gli occhi nella cella ma non vide nessuno, solo Mary che dormiva stringendo le ginocchia al petto, così raggomitolata da sparire.

La porta della cella si aprì. Aria si guardò intorno confusa. Anche l'ingresso dell'edificio si era spalancato. Una luce intensa si era fatta largo ovunque, le celle erano vuote, e la ragazza capì subito.

Si alzò poggiandosi al muro e uscì dalla cella, con più indecisione del previsto raggiunse l'ingresso e sorpassò la soglia.

Si ritrovò di fronte a un lago, lo guardò incantata, lo conosceva, sì che lo conosceva. Girò appena la testa verso sinistra e lo vide, se ne stava seduto sulla panchina a scavare una buca con la punta del piede. Non poté fare a meno di raggiungerlo. Anche quel ragazzino aveva già visto, era successo due volte.

Si sedette accanto a lui. Aveva di nuovo quell'aria triste e confusa.

"Sei sola" disse di nuovo.

"Sola" mormorò lei seguendo il suo sguardo fino al lago. Non smetteva di fissare la superficie che rifletteva la luce del sole. Continuava a non girarsi verso di lei, come se non volesse vederla.

Aria sospirò, nonostante quella magnifica giornata, in quel parco che amava tanto da farle male, si sentiva in ansia.

Il ragazzino allungò il braccio e lei guardò dove stava puntando il dito.

Una persona stava affogando. Aria si alzò lentamente, sembrava... sembrava sua madre.

"Mamma?" urlò perplessa, il panico si alzò veloce come un colpo di vento. Accanto a lei comparve sua nonna, la signora Frost, la sua vecchia vicina di casa, la sua compagna di scuola del mondo di nebbia, Cecile, l'informatore Isaac che l'aveva aiutata a capire... tutt'intorno si stava riempiendo di persone. Aria corse verso il bordo calpestando le aiuole e sporgendosi sempre più col petto che le doleva. C'era suo padre, c'erano... tutte le persone del mondo di nebbia, proprio tutte. Facce conosciute su corpi che si dimenavano, affondando.

"Aria" iniziò a urlare sua madre, "Aria" urlò Isaac.

"Aria!"

"Aria!"

"Aria!"

"Aria!", le voci si inseguivano, urlando il suo nome. Una folla sterminata continuava a chiamarla affondando lentamente.

"Marcus, lascia andare quel coltello" disse qualcuno, la voce assomigliava incredibilmente a quella di Will. Aria si voltò subito. Quel ragazzino stringeva un coltello sporco di sangue, lo lasciò cadere nella buca che lo risucchiò.

"Sei sola," disse di nuovo il ragazzino che si alzò in piedi, si tirò sulle spalle un mantello nero. Aria vide i suoi occhi scomparire nell'oscurità. Il mantello si divise in cinque entità e lei si svegliò.

Era convinta di non essersi affatto addormentata, era sicura di aver camminato fino a fuori tanto era stata forte la sensazione finale di quel sogno, il suono della terra sotto le scarpe, i profumi e la tranquillità del lago. Si guardò la caviglia, come se avesse paura di ritrovare lì il suo procione, quanto avrebbe voluto avere ogni cosa fuori di sé in quel momento. Non ce la faceva più a portarsi tutto dentro. Fissò il soffitto pensando a quel ragazzino, ai Cinque sacerdoti, "Marcus", poi all'immagine della gente del mondo di nebbia che affogava urlando il suo nome e le venne voglia di lasciarsi andare. Sbatté la mano a terra per calmare il bruciore e si sentì soffocare.

Sono sola.

***

Dopo una colazione sin troppo sostanziosa, uova e pancetta, il segnale avvertì tutti di prepararsi. Aria non aveva fatto troppo caso a Mary, ormai sempre più taciturna, e nemmeno a Henry, si era limitata a fasciare la ferita con una benda comparsa dal nulla, volevano che combattessero ancora. La ferita di Mary era identica alla sera prima. Dopo uscì nel piccolo corridoio, poi fuori dalla porta e rimase ad aspettare, mescolandosi volontariamente a tutti gli altri per stare qualche minuto da sola, aveva ancora la sensazione di quell'incubo addosso. Non aveva nemmeno fatto caso alla maglietta gialla, di colpo comparsa al posto di quella bianca. Potevano fare anche questo, quei due ragazzini indifferenti.

Vide con la coda dell'occhio Mary bere qualcosa da una piccola fiala di vetro.

"Sei in debito, lo sai?" disse una voce femminile alle sue spalle.

"Cosa posso fare per te?"

Aria si voltò appena, era stato Henry a parlare. Con chi ce l'aveva? La cercò e non ci mise molto a individuarla. Era una ragazza dai lunghi capelli biondi, il volto di una bambola.

"Prima di tutto non uccidermi".

Henry si guardò intorno a disagio e incrociò gli occhi di Aria. "Promesso", disse solo, poi scavalcò le persone per raggiungerla.

Cicatrice fissava lei e Mary con sguardo tutt'altro che rassicurante, ma anche il ragazzino che aveva infilzato non sembrava molto rilassato quella mattina.

Henry si aspettava il terzo grado e invece lei non disse niente, non aveva sentito.

"Come va questa mattina?"

Lei annuì appena, senza rispondere. Henry notò che sembrava spenta.

"Buongiorno pedine" disse il ragazzino dalla voce esile. "Testa o croce?"

"No, oggi tocca a me la prima scelta".

"Non se ne parla".

"Se ne parla eccome. Io sono il fratello maggiore, e tu fai quello che dico io".

Sono fratelli, pensò Aria registrando solo in quel momento l'informazione. Cercò di concentrarsi e di isolare i suoni ma senza riuscirci. Non sentiva nessun cuore battere, e non vedeva quel luccichio, che se lo fosse immaginato? O forse... forse era visibile solo a quell'ora del giorno?

Questo pensiero le schiarì un po' l'umore. Aveva così tanta paura, in cuor suo, di non riuscire a trovare il giardino questa volta. Lanciò un'occhiata alla chiave, restavano due foglie compresa quella. Voleva dire che il prossimo sarebbe stato l'ultimo mondo. E poi? E poi non voleva pensarci. Scrollò la testa, *una cosa alla volta. Ce la farò? Ma certo che ce la farò.*

Poi sentì un peso sullo stomaco, che si diffondeva come i cerchi di un sasso gettato in un lago. Si piegò su se stessa cercandone le origini.

Henry la tirò indietro, nascondendola con il suo corpo alla vista di Cicatrice.

"Stai bene? Aria, mi senti?"

"Non devi mostrare debolezza" disse la ragazza bionda e le piantò la punta di un ago dentro il braccio.

"Che mi hai dato?" chiese Aria tirandosi in dietro di scatto.

"Ehi" disse Henry allontanandola, ma era troppo tardi.

Aria la prese per il collo, "Che cosa diavolo mi hai dato?"

"Un tonico".

"E dove l'avresti preso?" chiese Henry cercando di trattenere Aria.

"Durante il gioco. Sono nascosti un po' ovunque", rispose lei con un filo di voce. "Puoi trovare un po' qualunque cosa se sai cercare".

"Anche la mia ferita è guarita" notò quasi con distrazione Mary che si era strappata la benda quando nessuno la stava guardando.

Aria si sentì subito più leggera, il peso della chiave, quella sensazione di malessere che si irradiava dallo stomaco svanì quasi del tutto. "Mi sento meglio", confessò infastidita, lasciandola andare.

"Bene".

"Grazie" disse Henry al posto suo lanciandole un'occhiata di rimprovero. E meno male che c'era lui a compensare sempre i suoi modi bruschi.

"In debito due, anzi tre volte, ora", e sorridendo prese a camminare seguendo gli altri. I due ragazzini non avevano parlato e non erano intervenuti nel piccolo litigio, la cosa sembrò subito strana ad Aria che non riuscì a fare a meno di pensarci.

La discesa fangosa del giorno prima fu sostituita da un sentiero tortuoso coperto di margherite. La gente ci passava sopra senza pensarci due volte, mentre due scimmioni controllavano alle loro spalle che nessuno si fermasse. Ma tanto dove sarebbero potuti andare a nascondersi? In quel mondo assurdo non c'erano nascondigli per nessuno di loro.

Il cielo era verde sfumato di nero, così scuro che gettava delle ombre sulla piazza centrale, quella era sempre lì, forse non proprio nello stesso punto, ma era molto simile: stavolta però grandi mattonelle nere e bianche la facevano sembrare una gigantesca scacchiera.

Prima che i giocatori, come Aria aveva sentito chiamare quei due ragazzini, comunicassero il risultato, Mary lanciò un'occhiata a Cicatrice che aveva tirato fuori da una tasca una siringa piena di liquido verde. Non ci aveva pensato due volte a piantarsela nel braccio, poi lanciò un urlo disumano.

"Il pelato viene con me oggi".

"Prenditelo pure", disse voce profonda, "Ieri è stato ucciso dalle mie ragazze".

"Prendi loro?"

"Certamente".

"Mh".

Il cielo verde sputò un lampo lontano e Aria si chiese quanto fosse l'estensione di quel mondo. Se avesse corso a lungo verso una direzione casuale, avrebbe mai raggiunto una fine? Che fosse lì il giardino degli aranci? Sarebbe stato impossibile, i due erano onnipresenti, l'avrebbero vista subito e l'avrebbero riportata all'ovile. Sperò tanto che quella sera stessa potesse arrivare a una svolta. Una qualsiasi. Stare in un mondo sconosciuto, in cui non poteva esercitare un controllo la mandava nel panico, ma era un panico controllato, sempre. Si imponeva di non pensarci.

"Ci siamo, allora?"

"Mh. Però tu…"

"Tu cosa?"

"Niente".

"Good".

Di colpo le magliette della metà della gente si colorò di arancione. Henry era tra gli arancioni, Aria e Mary tra i gialli.

"Aspetta. Aspetta. C'è una persona di troppo", disse subito voce profonda.

"Hai ragione. Sbrigati a toglierlo, maledizione!" abbassò la voce ma Aria riuscì a sentirlo "Sennò ci fa a fettine!"

"Stai zitto, cretino. Calmati".

"Ma…"

"Ehi tu. Biondino con la maglia arancione. Oggi sei fuori".

Henry alzò gli occhi al cielo cercando visi ora invisibili. "Voglio giocare".

"Non oggi. C'è tempo per morire" disse voce profonda.

"Henry," chiamò Aria con il sollievo nel cuore, gli si avvicinò sussurrando "Vai, ti prego".

"E tu…" ma Aria lo spinse via continuando la stupida farsa, anche se non era convinta avesse qualche senso.

"Ci penso io" disse tirandosi avanti la ragazza con i capelli biondi.

"Non ho bisogno che mi proteggi" rispose arcigna Aria, che diavolo voleva?

"Sì. Ha ragione" disse la voce esile ridacchiando.

"Stai zitto", era il fratello ad aver parlato. "Portatelo via" ordinò ai due uomini comparsi all'angolo della piazza. Henry si lasciò trascinare, non smetteva di guardare indietro gli occhi di Aria che lo fissavano allontanarsi. Non era preoccupata. Se l'avessero uccisa tanto si sarebbe risvegliata quasi subito, no?

"Bene. Ci siamo. Cinque minuti per disperdervi".

Aria vide la gente sparire nei vicoli e si mosse. Mary la seguiva ma anche quell'altra ragazza.

"Non mi servono guardie del corpo", non le andava giù.

"Sei nuova".

"E allora? Non mi servi e basta".

"Ma forse posso insegnarti qualche trucco. Saresti davvero stupida a non ascoltare".

Mary era diventata un'ombra ancora più silenziosa. Aveva lo sguardo indurito dalla paura. "Accetta e basta" le urlò all'improvviso, impaziente.

"Sì…" sospirò "ok" *lo faccio solo per te*, si disse guardando Mary.

"Non mostrarti troppo felice, ti dovesse far male", la ragazza le fece uno strano sorriso, poi corse verso una direzione precisa.

Aria le corse dietro, pensò a quel viso e a quel sorriso, a quei capelli biondi, quasi bianchi. Era stato un lampo. Solo per un momento le era sembrata familiare.

Lei si girò a guardarla, "Sbrigati", le disse. E qualsiasi cosa avesse pensato svanì.

Durante quella corsa che sembrò interminabile, Aria pensò ai due ragazzini, alla facilità con cui loro tre si erano integrati. Non avevano fatto nessuna domanda, proprio come nel mondo del bosco. Era normale comparire così dal nulla in quel posto? Non doveva essere cosa da tutti i giorni. Per un motivo semplice: le persone non erano poi molte. *O forse…* pensò avvicinandosi a passo felpato a un pensiero, *o forse anche qui si può morire.*

"Non ti distrarre" disse la ragazza bionda inchiodando all'improvviso.

Erano finite ai margini di una spiaggia. Aria si guardò intorno sorpresa.

"Qui lo scenario cambia continuamente".

La ragazza proseguì affondando leggermente nella sabbia fredda e dopo solo pochi metri alzò gli occhi in alto, verso gli alberi che si piegavano verso il mare, dando l'impressione di cadere giù da un momento all'altro.

"Ecco, guarda lì".

Aria seguì le sue indicazioni e vide una borsetta di cuoio attaccata a un ramo. Non ci pensò due volte ad arrampicarsi.

"Sei brava" disse quella compagna non gradita quando l'altra raggiunse con agilità il premio. "Ora lanciamela".

Aria la guardò con diffidenza e preferì scendere così come era salita, tenendosi la piccola borsa ben stretta al petto.

"Non ti fidi proprio di nessuno tu, eh?"

L'altra non la guardò nemmeno, infilò la mano per vedere cosa c'era dentro. Estrasse una fiala gialla.

"Altro tonico".

Aria cercò ancora, "Non c'è nient'altro".

"Le siringhe vanno cercate nelle case".

"E qui ne vedo proprio molte di case", disse Aria strafottente guardandosi intorno.

La ragazza bionda sbuffò e proseguì sulla spiaggia.

Mary fissava il mare con uno strano sorriso beato.

"Ti piace?" chiese Aria che aveva capito.

Lei annuì, "Peccato che non sia reale", poi riprese a camminare.

Mentre camminava a qualche passo di distanza da Mary, si chiedeva dove fossero finiti tutti. C'era uno strano silenzio, rotto solo dal rumore delle onde che si infrangevano su una spiaggia di un marrone tenue, all'orizzonte il nulla. Aria si chiese di nuovo dove finisse quel mondo, e nel momento stesso in cui poggiò gli occhi sulla schiena di Mary, un rumore forte la fece voltare e vide Cicatrice sporgersi tra i rami. In un istante scattò in avanti, afferrò per un braccio Mary, e la spinse a correre.

"Di qua" disse la ragazza bionda infilandosi nella foresta.

O almeno, quella che sembrava una foresta. Invece erano solo tre file di alberi e poi ancora sabbia, una sabbia fangosa ricoperta da una vegetazione fitta ma alta non più di due metri.

Aria continuava a tenere il braccio di Mary che tremava. "Ieri ho ucciso quell'uomo" disse all'improvviso come se l'avesse appena ricordato. E tutto il peso le calò sulle spalle in quel momento. Si piegò in due presa dagli spasmi e vomitò proprio come aveva fatto Henry.

O forse era l'odore di sangue ad averle fatto tornare alla mente quel ricordo. Lo sentiva anche la ragazza bionda che si era voltata verso quella direzione annusando l'aria.

Scostò una parte di piante alle loro spalle e scoprì il cadavere di un ragazzo che Aria non credeva di aver mai visto. In verità le facce erano tutte così anonime da rendere quasi impossibile riconoscerle, se non per quelli che aveva visto davvero bene, da vicino, come Cicatrice, che in verità era l'unico con caratteri distinti, e quel ragazzino che aveva perso la testa. E ora lei. La ragazza si era tirata i capelli indietro, facendosi una crocchia fissata da un bastoncino di legno, come una selvaggia abituata a vivere in cattività. Aveva mani così delicate, e un corpo così fino che Aria non poteva credere fosse stata in quel mondo a lungo.

"Da quanto sei qui?"

La ragazza sembrò subito sorpresa dalla domanda, "Da molto tempo. Ma in questi mondi il tempo non esiste, no?" disse abbozzando un sorriso.

"Tu sai che questo non è l'unico mondo? Come fai…"

"Come hai detto?" la ragazza sembrò presa del tutto alla sprovvista.

"Ehi, voi tre," disse la voce profonda, "Muoversi. Non potete stare ferme troppo a lungo. Ora voglio che raggiungiate la casa sulla spiaggia".

"Quindi ci fai muovere in gruppo? Pensavo non si potesse" disse Aria notando un'altra stranezza.

"Fai silenzio. Fate come vi dico".

Poi vide Mary alzarsi, sorpassare delle piante, tornando verso la spiaggia, raggiungere un albero preciso, dal tronco storto, e infilare l'intero braccio in una cavità molto stretta. Con uno sforzo tirò fuori una spada dalla lama affilata.

"E quella?" disse Aria che l'aveva seguita.

"Ciò che mi è stato ordinato di prendere", disse lei senza intonazione.

"Ordinato da loro?" chiese indicando il cielo, "Ma io non ho sentito nulla".

"Perché non puoi" sopraggiunse l'altra. "Ora sbrighiamoci a fare ciò che ci è stato detto".

Aria assorbì rapidamente la sorpresa, "Restiamo ai margini della vegetazione, così ci nasconderà agli occhi degli altri. Cicatrice ci sta cercando".

La ragazza bionda ridacchiò, "Cicatrice. Nome adatto".

Mary sospirò facendosi di nuovo pallida e quando Aria cercò di prenderla per le spalle per consolarla lei si scansò, accelerando il passo, ma non se la prese, non smetteva di pensare alle stranezze che riguardavano più o meno sempre le stesse persone: i due ragazzini e la ragazza bionda.

Cercò di essere obiettiva e razionale: la ragazza bionda non sembrava una combattente, ma sapeva tutto di quel mondo. In più conosceva anche un'informazione che nessuno di loro poteva sapere: che esistono più mondi.

I ragazzini invece erano strani perché avevano acconsentito a questo gruppo. In più avevano escluso Henry dai giochi. *Perché, se fino al giorno prima il primo pensiero era farci combattere, e perdipiù lontano l'uno dall'altro?*

Aria scuoteva la testa in continuazione, senza riuscire a trovare una risposta. Forse ci sarebbe riuscito Henry se avesse avuto il tempo di spiegargli. Quella sera avrebbe provato.

La ragazza strappò dalle mani di Mary la spada e iniziò a solleticare un alveare.

"Sei matta?" ebbe il coraggio di osservare Mary.

Quella rideva senza dir niente.

"Ehi, smettila", disse Aria.

Ma lei diede un colpo netto e l'alveare si aprì in due, caddero come coriandoli due pistole. Aria fece giusto in tempo a spostarsi.

"Ci sono le pistole…"

"Ci sono le pistole." ripeté la ragazza bionda. "Sono difficili da trovare".

"Ma tu sai sempre dove trovare tutto, non è vero?" disse Aria scrutandola.

Quella si limitò a scrollare le spalle, ma tutti vedevano quanto fosse diventata tesa. Mary e Aria si lanciarono un'occhiata.

"Stammi vicina" le disse mentre raccoglieva la sua spada, poi si frappose fra lei e la ragazza bionda. Andava tenuta d'occhio. Aveva sempre meno dubbi, quella era strana. E non aveva detto tutto. Mentre pensava a questo Mary si riprese la sua spada.

"Non è proprio il caso…" disse Aria presa alla sprovvista.

"Lasciale tenere la sua spada. Sono gli ordini".

Sempre in mezzo. Aria sbuffò ma non fece nulla.

Nel punto in cui la sabbia incontrava la vegetazione c'era una lieve pendenza. Le tre ragazze camminarono in fila indiana restando in equilibrio su quella linea, mezze nascoste, mezze visibili. Prima o poi avrebbero dovuto prendere del tutto il sentiero della spiaggia perché la vegetazione faceva una netta svolta a destra, poco più avanti.

Aria era convinta che Cicatrice fosse alle loro spalle. Si chiese dove fossero finiti tutti.

Una decina di metri più avanti Mary girò di scatto la testa, lasciandosi alle spalle il mare. Sulla spiaggia una macchia di sangue estesa che la sabbia continuava a succhiare. Al centro una gamba tagliata di netto, senza nessun corpo.

Aria seguì con lo sguardo la scia di sangue e vide il cadavere galleggiare in acqua, le onde lo facevano dondolare dolcemente.

All'improvviso si risvegliò, sputò l'acqua verso l'alto e iniziò ad agitare le braccia, sorpreso di trovarsi lì, mugugnando, lamentandosi. Con grande fatica si trascinò verso la spiaggia, stava cercando di raggiungere la sua gamba.

Persino ad Aria venne la nausea, "Sbrighiamoci", disse, "Sbrighiamoci", e spinse avanti Mary che ora non riusciva più a staccare gli occhi da quella scena macabra. La ragazza bionda invece sembrò non farci nemmeno caso.

"Ecco la casa", disse lei indicandola.

"Che ne sai che è quella?"

"Non vedi? È l'unica sulla spiaggia".

Mary prese fiato e iniziò a correre con la spada che teneva ben lontana dal suo corpo, la stringeva nella mano come se fosse un corpo estraneo.

"Aspetta", urlò Aria seguendola, "Non sappiamo cosa…"

La porta della casa si spalancò e un coltello schizzò in avanti tagliando la guancia di Mary. La ragazza bionda l'aveva tirata indietro giusto in tempo. La donna che l'aveva attaccata era caduta in avanti andando a conficcare la lama nella sabbia. Quando si girò, lanciò alla ragazza bionda una strana occhiata. Gli occhi si spalancarono lentamente. Aria non fece in tempo a chiedersi perché che Mary la trapassò da parte a parte, con uno sguardo che non aveva mai visto: occhi sgranati e freddi.

Ansimando tirò via la lama della spada lentamente, il corpo scivolo giù con un rumore che faceva venire il voltastomaco.

Mary continuava a fissare il corpo ansimando, le mani gelide sulla spada, stavolta però non tremava.

"Mary", chiamò Aria.

"Non mi toccare", disse solo serrando le labbra. Poi entrò a passo barcollante in casa.

"Questo mondo cambia le persone" commentò la ragazza bionda. "Per difendersi si è disposti a tutto".

Nella casa solo delle reti appallottolate in un angolo, legna ammucchiata disordinatamente sotto una finestra, alcune sedie senza un tavolo e sulla sinistra una credenza storta, che minacciava di cadere da un momento all'altro.

"Mary, ascolta" disse Aria, quella vagava per la stanza apparentemente alla ricerca di qualcosa, ruppe delle tazze a terra con movimenti bruschi, una conteneva una piccola boccetta, la raccolse subito e bevve avidamente.

"Che cosa hai ingerito? Ehi" disse scuotendola.

Ma Mary era inebetita. Si andò a sedere accanto alla finestra, stringendo la spada al petto, mentre il sangue le bagnava la maglietta senza che ci facesse troppo caso.

"Che roba è?" chiese alla ragazza bionda.

"Stordimento. Molto utile".

"Perché stanno dando ordini solo a lei?"

"Anche a me" disse lei.

"E a me no?"

Quella scosse le spalle, "Quando sarà il momento arriveranno anche per te".

Aria non sapeva cosa dire, raggiunse Mary e si inginocchio davanti a lei. Il vetro rotto in un angolo della piccola finestra faceva entrare un soffio di vento che fischiava appena, mescolato alle onde del mare.

"Ascoltami", disse prendendole il volto tra le mani ma lei non era lì. La guardava con un mezzo sorriso ma non stava guardando. Era altrove, aveva la mente sgombra dai pensieri.

"Ci vorrà un po' perché l'effetto passi" le fece capire l'altra cercando nella credenza qualcos'altro.

Aria teneva stretta nella tasca la pistola, "Avrei potuto sparare ed evitarle…"

"Avrebbe comunque cercato la fialetta Stordimento, fidati".

"Di te non mi fido".

Quella sospirò. "Mettiti comoda, resteremo qui per un po'".

Aria aspettò qualche minuto prima di sedersi, solo per non darle la soddisfazione, non voleva far vedere che le dava retta. Quando lo fece, la chiave iniziò subito a bruciare, strinse il palmo senza guardarla, tanto la conosceva perfettamente. La ragazza bionda la stava fissando con uno strano sguardo ma quando vide che Aria se ne era accorta, lasciò cadere le attenzioni sulla pistola che stava pulendo con un panno umido, già macchiato.

Sul muro una crepa correva tutt'intorno come se volesse tagliare la casa in due, scoperchiandola.

Sui ciocchi di legno su cui si era seduta, Aria si lasciò trasportare dai pensieri. La chiave che bruciava era niente. Si sentì di nuovo stanca e sfiduciata. Pensava a Henry, e a quanto lo volesse accanto, poi a Will…

"Bevi" disse la voce di lei interrompendola proprio in quel momento. Sembrava voluto.

Aria prese la tazza scheggiata tra le mani, un filo di fumo si alzava verso l'alto.

"È solo acqua calda" disse indicando il fornello che Aria non aveva affatto notato. "Ma sempre meglio di niente".

"Che me ne faccio?"

"Hai freddo, no?"

Aria non si era accorta di tremare e di avere le mani gelide, ma non per il motivo che pensava lei.

"In riva al mare fa sempre freddo, e le case dei pescatori lo sono sempre".

"Pescatori, eh?", poggiò vagamente gli occhi sulle reti attaccate al muro da ganci, e quelle a terra. Solitamente stava attenta a ogni dettaglio, ma qualcosa continuava a distrarla.

Tenne la tazza in mano cercando di rifugiarsi in quel tepore. *Non ho ancora capito dove possa trovarsi il giardino. Dove può essere? In un mondo che cambia in continuazione...*

Poi si distrasse di nuovo, mentre Mary dormiva beata, poggiò gli occhi fuori. La tazza si infranse a terra.

Il mare iniziò ad agitarsi, piccoli cerchi agitati si aprirono all'improvviso sulla superficie e subito dopo comparvero delle teste, tante teste, una dopo l'altra. Erano di nuovo loro. Il suo nome gridato si insinuava nella sua mente come un sussurro malevolo. Si irrigidì, confusa.

"Che succede?" chiese la ragazza alle sue spalle. Ma lei era del tutto assente.

Sgranò gli occhi quando vide sulla spiaggia Will.

Capitolo 6

Corse fuori spalancando la porta, poi si fermò. Davanti a Will, Merrick stringeva in mano la spada di Red, quella che l'uomo aveva bramato così disperatamente e che loro gli avevano procurato per riuscire a entrare nel giardino.

"Non può essere" sussurrò Aria quasi a se stessa, quella spada non esisteva più. *E loro... loro non possono essere qui.*

"Will!" gridò con la voce spezzata riprendendo a correre e inciampando ogni volta come se avesse perso la capacità di camminare eretta. Will si voltò verso di lei nel momento in cui Merrick gli conficcò la spada nel petto. Il ragazzo sputò sangue nella sua direzione e Aria si sentì mancare.

Con le ginocchia tremanti riprese a correre, "Lascialo stare!" urlò senza vederci più.

Will era caduto in ginocchio e Merrick era gelido, senza sentimenti proprio come lo ricordava. Si voltò verso di lei mentre afferrava il ragazzo per i capelli. Continuava a strattonare la testa come se volesse farlo uscire dal suo stesso corpo, "Ebbene?" disse solo.

"Non è reale" sussurrò una voce dietro di lei che non riusciva a muovere un passo. Sulla sua sinistra c'era Marcus, seduto sulla spiaggia con un mantello nero che lo copriva quasi del tutto.

"Di nuovo tu" disse Aria fissandolo. "Cosa vuoi da me? Cosa volete tutti voi da me?" parlò, ma non era poi così sicura di averlo fatto.

"Sei sola. Nessuno resta. Nessuno" borbottò il ragazzino fissando la sabbia granulosa come se non la vedesse.

"Non è reale, Aria", ripeté un'altra voce, al posto di Marcus c'era la ragazza bionda, seria, consapevole, per nulla intimorita, teneva le braccia conserte. Ma Marcus non era andato via, si era solo allontanato di alcuni metri, frapponendo Aria fra lui e la ragazza bionda, la fissò intensamente, e lei ricordò quello sguardo triste e vuoto che aveva già sperimentato tanto tempo prima.

"Marcus" sussurrò appena, in parte consapevole, senza sapere bene cosa avrebbe voluto chiedergli.

Quello la interruppe, "Attenta a lei", disse solo.

Aria lo fissò senza riuscire a vedere i suoi occhi, "Chi?"

"Lei", allungò il dito verso la ragazza bionda poi svanì. Non c'era più nessuno sulla spiaggia.

Will non era lì e nemmeno Merrick.

Le persone che annegavano invece erano ancora al loro posto, si agitavano in un mare di sabbia prima di essere schiacciati uno a uno da un peso d'aria invisibile agli occhi. Rumori scricchiolanti di ossa che si disintegravano le fece tappare le orecchie. L'acqua tornò a coprire ogni cosa. Il mare era una superficie chiazzata di sangue. Sulla sabbia pezzi di corpi ovunque. Aria chiuse gli occhi e quando li riaprì con un sospiro non trovò altro a ostacolare il suo sguardo sul mare.

Mary, che l'aveva seguita, le toccò il gomito e la guardò seria, con la spada stretta.

Aria allontanò lentamente le mani dalle orecchie, sentì di nuovo il cuore battere. Dieci battiti, poi più nulla. La chiave smise di bruciare.

Una folata di vento portò ai loro nasi quell'odore salino e un tap tap sommesso, un rumore represso dalla sabbia.

In quel momento era stata così distratta da notare molto in ritardo Cicatrice: era sbucato dalla vegetazione in quel punto rado e si stava scagliando contro la ragazza bionda.

"Attenta!" urlò Aria dandosi in mezzo secondo della stupida per aver lasciato la pistola in quella casa, ma avrebbe saputo usarla poi una pistola? Anche la ragazza non l'aveva. Stava fissando Cicatrice senza muoversi, come se potesse abbatterlo solo con lo sguardo. Mary era caduta in ginocchio alla vista di quell'uomo e Aria si sbrigò a raccogliere la spada, Cicatrice inciampò in una buca, la forma scavata dalla punta di un piede, si sbilanciò a tal punto che con le braccia allungate avrebbe potuto cingere la vita della ragazza bionda. Ma non arrivò a farlo. Aria gli taglio entrambe le mani, di netto, senza pensarci, senza che nemmeno credesse di riuscirci. L'arma era penetrata nella carne come se quelle fossero fatte di burro. E a lei era sembrato così semplice, come se fosse davvero lo stupido personaggio di un videogioco, e ogni cosa lì fosse falsa, il sangue... e anche il dolore. Quando invece era tutto brutalmente vero. Quello ruzzolò a terra urlando per la prima volta da quando erano lì.

Aria pensò stupidamente che allora una voce ce l'aveva davvero. Poi lasciò cadere la spada e iniziò ad ansimare, non credendo ai suoi occhi, *ho davvero tagliato le mani a quell'uomo? A un uomo? Oh mio Dio*, iniziò a dirsi perdendosi completamente in quei pensieri. *Sono impazzita?* La ragazza bionda non si era scomposta, anzi sembrava... triste. Molto triste.

"Non... non ringraziare, eh!" balbettò Aria strascicando le parole in preda agli spasmi. E pensò in un istante che i motivi per cui non si era mossa potevano essere due: non aveva paura. Oppure sapeva che non sarebbe morta.

Cicatrice non è un uomo, iniziò a ripetersi lei, *per questo l'ho fatto. Per questo*, disse iniziando a perdere il filo dei suoi pensieri, ancora troppo scioccata per ritrovarsi. Per un attimo desiderò la fiala dello Stordimento, desiderò quella droga, solo per stare bene un momento.

La ragazza, che continuava a non scomporsi, sembrò averla sentita e tirò fuori da una tasca una siringa che le conficcò nel braccio, liberandole la gola e permettendole di tornare a respirare normalmente, lasciandosi alle spalle i rantoli e il respiro mozzato, l'ansia per aver visto ancora una volta tutto quel sangue. Tornava piano piano alla ragione, la nebbia si stava diradando rapidamente. Ma c'era anche altro: distacco. Era come se avesse visto un'altra persona compiere quell'azione terribile. Vedeva un'altra Aria immobile accanto alle mani tagliate. Succedeva sempre così quando si faceva fisicamente del male a qualcuno?

La sabbia assorbiva lentamente il sangue, mentre Cicatrice cercava di alzarsi con grande sforzo, "Ve la farò pagare".

"Non sfidare chi è ben più grande di te", sussurrò la ragazza bionda con le mani sui fianchi.

Aria riprese a respirare, "Non voglio che mi dai altra di quella roba", ma stava molto meglio. *Tutto è necessario per sopravvivere. Perciò tutto è giustificato*, si disse con calma, e all'istante dimenticò.

"Ne hai per me?" disse Mary svegliandosi all'improvviso, gli occhi tornarono attivi come prima, "Dammene ancora", si aggrappò alle sue braccia.

"Non ne ho altra, mi dispiace".

Mary sembrò sentirsi quasi tradita da quel rifiuto, "E va bene!" disse raccogliendo la spada, "Me lo troverò da sola!"

"Non ti allontanare, ehi", tentò di urlare Aria.

Cicatrice era di nuovo in piedi, avanzò verso Aria e la ragazza bionda che gli davano le spalle, senza mani, barcollante ma deciso comunque a fare ciò che voleva.

Lei si girò appena, senza preoccupazione, osservando il ragazzo che era stato decapitato il giorno prima infilzarlo con facilità. Poi si lasciò sfuggire un mezzo sospiro e lanciò un'occhiata in alto, sussurrando: "Bel lavoro".

Aria non aveva sentito, era troppo vicina a Cicatrice per non ascoltare altro che i suoi lamenti soffocati, pieni di rabbia. Aveva gli occhi di un grigio sporcato di nero, una strana tonalità. E sopracciglia fine, quasi assenti. Una fila di denti gialli distanziati tra loro, dentro labbra inesistenti.

Lo osservava dall'alto con un'immobilità impassibile mentre quello continuava a rotolare sulla sabbia. Ciò che notò subito era che l'effetto di quella fiala stava già svanendo. Anche a quello non si sarebbe mai potuta aggrappare, nonostante avesse voluto farlo. Mary si era fermata ai margini della spiaggia, indecisa se proseguire, prese a dondolare la punta della spada sulla sabbia.

Il ragazzo che aveva infilzato Cicatrice sembrò colpito all'improvviso dai dubbi. Guardò le due. Sgranò gli occhi e poi corse via. Aria si era già messa in posizione di difesa convinta che avrebbe dovuto affrontarlo. Come sempre, invece, la ragazza bionda se ne stava tranquilla, mani sulle anche a fissare il mare che si muoveva delicato, arricciandosi appena a riva. Sembrava di nuovo così triste.

Il segnale acustico si udì forte e chiaro.

"È finita?" chiese Aria.

"Per oggi sì".

"Ma... non è nemmeno pomeriggio".

"Sì, che lo è. Ma lascia stare, pensare al tempo è inutile, noi seguiamo solo i desideri dei giocatori. Se loro vogliono prendersi una pausa, qui diventa buio subito, e le notti possono durare molto meno di quello che pensi".

"Ma perché..."

"Non possono smettere di giocare," disse anticipando la domanda, "È la natura di questo mondo".

Non permise altre domande, si mosse verso la vegetazione.

Aria si sentiva leggera, quasi drogata, ma non era solo leggerezza, quanto vero e proprio tramortimento. I pensieri se non venivano annullati giravano opachi nella sua mente. Ma c'era la chiave a tenerla sveglia, quella non l'abbandonava mai.

"Ti stai abituando un po' a... tutto questo? Ti ci senti... dentro?" chiese la ragazza bionda all'improvviso, non la stava guardando in faccia, anzi fissava davanti un punto sconosciuto, era come se travalicasse le barriere di quel mondo per sbirciare in un altro.

Aria rimase sorpresa dalla domanda, "Abituarsi?" chiese sbalordita.

"Oh, scusami. È una domanda sciocca", disse con una voce diversa, era più... dolce, più vecchia, sembrava appartenere a un altro corpo. Aria si era voltata d'istinto, come se non fosse stata la persona che era al suo fianco ad aver parlato

Ma alla fine se ne disinteressò, il primo pensiero era raggiungere Henry e vedere se stava bene. Poi riposare un po', si sentiva sfinita, *anche se alla fine cos'altro ho fatto se non tagliare due mani e raccogliere pistole sugli alberi? Mi sembra tutto così folle...* le venne da pensare. E poi c'era Mary, camminava come uno zombie a occhi sgranati, e impugnava una spada fantasma, perché ormai le armi erano stare ritirare, o meglio sparite. Quando Aria aveva cercato di raccogliere quella dell'uomo si era trovata in mano solo un mucchietto di sabbia fresca. Aveva indugiato con quei granelli in mano fino a quando un altro urlo lancinante di Cicatrice non l'aveva riportata alla realtà. Si era costretta a non guardare più a terra, dove c'erano il sangue e quelle maledette mani.

Le tre ripercorsero il tragitto che avevano seguito solo poche ore prima, dirette alla piazza a scacchi. Aria era prostrata da una stanchezza che ormai iniziava a identificare come "La chiave", perché quel malessere si accentuava non appena sentiva il marchio bruciare sulla pelle, e così aveva ricollegato tutto.

Quando strinse il palmo come ad attenuare il dolore, lo sguardo della ragazza bionda venne calamitò su di lei.

"Che c'è?" disse subito Aria che odiava la gente che la fissava.

"Niente. Ti sei ferita alla mano?" chiese vaga tornando a guardare in avanti. Aria non rispose eppure era convinta che quella domanda non l'avesse fatta tanto per farla, e che nascondesse piuttosto una curiosità morbosa. Aria ci fece caso poco dopo, la sua nuova compagna di avventure, infatti, si sforzava di non voltarsi ma continuava a guardare la sua mano con la coda dell'occhio. Uno sguardo attento e spaventato. Aria non riusciva a capire, ma era altro che le girava per la testa in quel momento. Si iniziava a chiedere se quelle visioni, quelle allucinazioni o comunque potessero chiamarsi, non fossero forse dei messaggi. O forse erano frutto solo della sua angoscia? Non era in grado di dirlo.

Voleva confidarsi con Henry, e allo stesso tempo sentiva che quelle erano immagini private che doveva tener per sé, per un motivo che le sfuggiva del tutto.

In piazza erano già arrivati tutti. La rassegnazione, persino il vuoto nelle loro espressioni azzerate le scatenava una profonda ansia, perché sarebbe potuto succedere anche a lei. Perciò non li guardava, per questo non aveva la più pallida idea di che facce avessero.

Perché quel ragazzo sulla spiaggia non ci ha uccise? Eravamo a portata di mano. Invece ci ha guardate ed è corso via. Non capisco, non capisco.
Continuava a ripetersi.

"Bene, pedine. Direi che potete farvi una dormita prima di riprendere", disse svogliatamente uno dei due.

"Oggi nuove squadre. Nuove emozioni", aggiunse l'altro come in uno spot. "Su, su, levatevi di mezzo", urlò all'improvviso come colpito da un attacco d'ira.

"Stai calmo".

"Non si muovono. Muovetevi! Maledetti zombie" prese a urlare. L'aria tremava tutt'intorno e le sue parole rimbombavano come se fossero chiusi in una minuscola stanza.

Aria sentì vibrare i denti, era stato così fastidioso che serrò la bocca in attesa che finisse.

Mary iniziò invece a trattenere una risata. Era una risata di disperazione. Aria non resistette nel vederla così. Perciò si avvicinò a lei, ma la precedette la ragazza bionda che con fare materno l'abbracciò e non smise di accarezzarle i capelli sussurrandole qualcosa, fino a quando le voci non finirono.

Uno "smettila" si alternava ad altre urla sempre più indispettite. Il fratello più grande smise di parlare e lo lasciò sfogare.

Alcune persone volarono in cielo come vittime di una mano invisibile. Aria si accovacciò come fecero un po' tutti. Solo la ragazza bionda rimase in piedi. E anzi, fissava con ostinazione il cielo.

"Scusa..." disse solo calmandosi all'improvviso. "Scusa, scusa, scusa". Sembrava stesse scusandosi proprio con lei. Fino a quando però il fratello non si mise in mezzo confondendo le carte, "Se continui a fare così c'è poco da scusarsi. Vedi di smetterla".

"Scusa," frignò ancora la voce esile, "scusami tanto".

"Sei proprio... impossibile", disse l'altra voce.

"Scusa..."

"Lo abbiamo capito. Ora basta".

Abbiamo, pensò Aria con uno strano presentimento. Piazzò gli occhi sulla ragazza con i capelli biondi che si voltò verso di lei con la calma sul viso, poi finse spavento e strinse con più energia Mary a sé.

Sembrava facesse un grande sforzo. Era questa l'impressione: una grande interpretazione, una spessa maschera che faceva fatica a tenere sul viso. Non era abbastanza brava. Ne aveva conosciute di persone più in gamba di lei, altroché. Sfacciatamente falsi, e allo stesso tempo incredibilmente bravi a dissimularlo.

Aria le avrebbe strappato la maschera. A tempo debito. Ora le serviva. Averla vicino lungo il tragitto in discesa che portava alle prigioni, le metteva uno strano brivido d'allarme. Mary si era avvinghiata a lei e si faceva consolare come una bambina. *Lo è, una bambina*, pensò amaramente.

"Sono solo due bambocci" disse la ragazza bionda con un malcelato disprezzo. Cercava di far conversazione, era chiaro. Il motivo però? Se lo chiedeva anche Aria che replicò con un "Mh" e nient'altro riuscì a strapparle durante la camminata.

"Mi chiedo perché non ci facciano comparire subito le prigioni davanti", disse a un certo punto cercando di attirare la sua attenzione, "Per loro basterebbe poco, no?"

L'attenzione di Aria era catturata, ma lei non lo fece vedere. Continuò a fissare avanti. La ragazza con i capelli biondi aveva però visto che i suoi occhi azzurri si erano illuminati, risvegliati di colpo.

La sua mente correva a mille, *è vero*, pensava. *È vero, è vero. Ci sono dei punti fissi, allora?* E pensava, pensava a dove potesse trovarsi il giardino. Poi di colpo, proprio di fronte alle prigioni, una scia di profumo di arance la fece sussultare. Si guardò intorno, cercando di mantenere la calma, ma la perdeva man mano che non riusciva a individuare tracce del giardino.

Forse me lo sto immaginando, lo desidero talmente tanto che... alzò gli occhi al primo luccichio. Di nuovo, come il giorno prima, quel punto preciso aveva attirato l'attenzione.

Uno degli uomini la spinse dentro e il luccichio si spense nel buio più fitto. La testa era una girandola esposta al vento, non riusciva a tirare le conclusioni. Perché aveva ricominciato a sentire quelle voci chiamare il suo nome.

Quando crollò nella sua cella si dimenticò persino di Henry che si sbracciava per farsi notare.

La ragazza con i capelli biondi si chinò davanti alla sua gabbia, prima di entrare nella sua. Stranamente nessuno degli scimmioni l'aveva spinta avanti, "Tranquillo. È solo molto stanca".

"Oggi, domani, o quando sarà. Voglio esserci".

"Per lei?"

"E anche per te. Sono in debito, no? Ben tre volte. C'è tanto su cui lavorare".

Lei abbozzò un sorriso e poi sembrò sorprendersene. Si alzò di scatto e si chiuse nella sua cella appoggiandosi al muro più distante dalle sbarre.

Henry si disse che era piuttosto strana, e tornò a guardare la cella di Aria che lo stava fissando.

"Stai bene?"

Aria si coprì le orecchie, erano sue quelle urla?

"Ehi", chiamò Henry allungando un braccio fuori, "Ehi, guardami". Si tirò avanti e avanti, fino a quando Aria non colmò le distanze.

Henry le strinse la punta delle dita, tutto ciò che poteva fare, "Andrà tutto bene".

"Henry. Non lo so, stavolta non lo so".

Era come se le intuizioni che aveva quasi afferrato lì fuori fossero state spazzate via. La chiave bruciava e la testa le pesava tanto da doverla appoggiare alle sbarre.

Chiuse gli occhi e l'amico la strinse sempre più forte, muovendo il pollice a cerchio sulla sua pelle, "Ce l'abbiamo sempre fatta. Ce la faremo ancora. Insieme".

Aria trattenne le lacrime, erano le parole che più o meno aveva usato Will, chissà quanto tempo prima ormai. *Will...*

"Torneremo a casa, Aria. Io lo so".

"Non basta solo volerlo".

Fece scivolare la testa di lato e guardò Mary, raggomitolata nel suo angolo con gli occhi fissi nel nulla e si sentì morire.

"Le azioni che abbiamo compiuto non si cancellano", sfilò la mano da quella di Henry con delicatezza ma anche decisione.

"Devi riposare" disse Henry.

Mentre un'altra, nella cella accanto, sussurrò, "Riposa, Aria. Riposa".

***

Dopo Marcus era stato un altro ragazzino a fargli visita. Quello che nell'ultimo mondo veniva chiamato Sun, il falso Dio.

C'era di nuovo quel mare, l'acqua era un simbolo costante in questi strani stati visionari. E lui veniva verso la riva, camminando sulla superficie con infinita leggerezza. Alle spalle il sole calante che proiettava una lunghissima ombra scura fino alla punta dei suoi piedi. Era come se fossero unite, la sua ombra e quella di lui.

Aria se ne stava immobile come in attesa di qualcosa.

La voce del piccolo falso Dio risuonò in cielo come quella dei due giocatori.

"Credi in qualcosa oltre che in te stessa? Devi credere in qualcosa di più alto. Non sai come andare via, lo leggo nei tuoi occhi, è la verità".

Aria voleva parlare ma era come se le parole le sfuggissero di bocca, se ne stava imbambolata a fissarlo.

"È la verità, mia cara eroina. Dubiti che ci sia una via d'uscita. Senza fede credi davvero di poter uscire da qualcosa di questo tipo? Se non di fede, di che altro hai bisogno?" si fermò un attimo, poi tornò a camminare, sembrava ancora terribilmente distante.

"Fede…" mormorò Aria.

"Proprio così".

"Fede in me stessa", disse lei.

"Oh, povera ragazza," mormorò lui, "così egoista da mettere se stessa sempre di fronte agli altri. Per persone come te non c'è salvezza".

"Fede in me stessa" ripeté come un mantra per difendersi da quelle parole che stavano penetrando a fondo, confondendosi con le sue paure.

"Nociva. Sei nociva per gli altri".

Di colpo Sun era sulla riva, stringeva qualcosa in mano, la tunica bianca macchiata di sangue. Camminò in avanti e anche se lei desiderava indietreggiare la sua ombra era inchiodata all'altra.

"Saremo uniti per sempre," gli disse lui porgendole un cuore. "In attesa del nuovo inizio".

Un battito sempre più forte le sussurrava alle orecchie di ascoltarlo.

Aria fissava quel grumo di sangue scuro, lo sguardo tagliente e sicuro del ragazzo e sentì di credere a tutto ciò che aveva detto. Se prima si era sentita ferma, ora ogni parte di sé veniva scossa da una tormenta di dubbi che si continuavano a nutrire di lei, momento dopo momento.

E quella maledetta chiave bruciava, ricordandole tutto questo. Sentì di nuovo quel peso addosso. Strati e strati di coperte di pietra posate sulle spalle che si piegavano.

Sun la guardò e ripeté "In attesa del nuovo inizio", premette di netto quel cuore pulsante che si frantumò schizzando sangue ovunque, in faccia, addosso.

Aria trattenne un grido, poi si ritrovò nella cella a fissare una scheggiatura che divideva quasi una sbarra in due.

Cercò subito Henry, quando quel silenzio iniziò a sembrarle quasi anormale. Vide la sagoma sdraiata respirare senza fare rumore. Tutti dormivano, ma era più che un sonno, notò osservando Mary. Era uno stato di catalessi, un'immobilità, un intorpidimento diffuso, come quello che lei provava con la sua mano, non riusciva a muoverla. Le sembrava di averla sbattuta al muro talmente tante volte e con una tale forza da aver perso la sensibilità. Era quella l'impressione, e questo scorgeva nei visi senza espressione di chi la circondava.

D'impulso le venne da controllare la cella accanto, "Ehi", mormorò vicino al muro che le separava. Si rese conto solo in quel momento di non averle chiesto il nome. Era strano. Era convinta che anche Henry non lo sapesse, eppure era la prima cosa che chiedeva quando incontrava una nuova persona.

Poi sentì parlare da fuori. "Posso farlo, certo che posso". Era la ragazza. "Lo voglio con me", aggiunse.

Chi voleva con sé? Aria ci pensò su ma era ancora stordita dall'apparizione di Sun, *maledetto ragazzino*, si disse in un momento di lucidità. *Puoi dire quello che vuoi, resterai sempre un falso profeta, un bugiardo.*

La porta si aprì di colpo e Aria chiuse all'istante gli occhi. Sentì i passi della ragazza camminare per il piccolo corridoio ma esitare a un certo punto, poi fermarsi.

"Dormi caro," mormorò solo. Parlava con Henry.

Aria venne scossa da un improvviso brivido. *Quella voce, quella voce... dove ho già sentito quella voce.*

La cella accanto si aprì e si chiuse. Mormorii diffusi si alzarono tutt'intorno. La gente si stava svegliando, insieme alla consapevolezza ora assoluta di Aria che quella ragazza mentiva e peggio, che in qualche modo era parte del gioco a tutt'altro livello. Cosa voleva?

E Merrick? E i Cinque? E ora anche il profeta fasullo? Perché non la lasciavano in pace? Con uno scatto d'ira diede un pugno contro il muro. Il bruciore non la lasciava stare. Era colpa della chiave se non aveva un attimo di respiro.

Doveva combattere contro quelle apparizioni che entravano e uscivano da lei come se ci fosse una porta aperta nella sua mente, nel suo cuore.

Lo sapeva bene ma era più facile a dirsi che a farsi.

"Si riprende" disse la ragazza dalla cella accanto. Stavolta anche quella di Henry venne aperta dagli scimmioni.

Aria precedette Mary in corridoio. La ragazzina continuava a fissare la piccola cicatrice che le era rimasta sul polpaccio. La ferita si era perfettamente rimarginata, con quell'intruglio che la ragazza le aveva fatto bere.

"Dormito un po'?" chiese Henry scrutando le sue occhiaie.

Lei lanciò un'occhiata alla ragazza, "Sì, sì" disse solo.

"Avrei voluto un sudoku oggi. Il tempo non passava mai".

"Perché non c'è" disse Aria distrattamente fissando il soffitto.

"Cos'è… il sudo…" chiese la ragazza bionda, pentendosene subito.

"Sudoku, è un gioco. Non lo conosci? Non vieni dal 2000 allora, mi immagino".

Lei smise di rispondere. Bocca serrata, iniziò a passarsi le dita nelle ciocche di capelli, lisciandoseli, come se non avesse mai fatto altro. Il mondo intorno non esisteva.

In un attimo le loro maglie ripresero il colore delle squadre. Aria, Henry, Mary e la ragazza bionda erano nella gialla. Non sapeva perché ma Aria non ne aveva affatto dubitato.

"Stessa squadra, eh?"

"Che fortuna. Pensavo ci volessero uno contro l'altro" commentò Henry.

"Qualcuno deve averci messo una buona parola," disse Aria senza riuscire a resistere. La ragazza bionda l'aveva guardata ma non aveva detto niente.

"Quell'uomo è sempre nell'altra, però", constatò Mary guardando afflitta Cicatrice. "Posso avere un altro po' di quella sostanza da bere?" disse voltandosi di scatto verso la ragazza, "Ti prego".

"Non ne ho più".

"Sei una bugiarda!"

"Mary, che modi" la sgridò Henry.

Mary si sentì subito in imbarazzo ma non riuscì a celare un'occhiata di odio diretta un po' a tutti loro. Ora Aria quell'odio se lo spartiva forse in egual misura con la ragazza bionda, pensò, poi notò le dita di Mary nascoste tra le braccia incrociate: si muovevano senza sosta come impazzite.

"Mary, sei sicura di stare bene?" chiese subito, ma la ragazzina sembrava persa chissà dove, si guardava intorno.

"Quando si inizia?" disse subito impaziente.

E il segnale acustico avvertì che sarebbe partito tutto a breve. Gli uomini senz'anima sbucarono dal nulla come al solito e li guidarono fino alla piazza che doveva essere l'effettivo centro di quel mondo. Aria aveva deciso che avrebbe cercato di individuare altri punti di riferimento che l'avrebbero aiutata a orientarsi, come aveva capito che le celle erano in quel punto preciso. Così sarebbe stato più facile individuare il giardino. Quel giorno doveva esplorare un altro lato. Erano andati verso sud il giorno prima, quella mattina invece verso nord-ovest. Ora toccava all'est.

Quasi non fece caso alla strada d'asfalto circondata da un alto muro di cemento perfettamente liscio che accompagnava il loro cammino tenendoli stretti stretti gli uni con gli altri. Nessuno si azzardava a proseguire attaccato a quel muro. Lo fece solo Henry, che lasciò scorrere le dita sulla superficie per moltissimi metri, prima di tornare sul tragitto degli altri.

Henry teneva d'occhio tutte e tre le ragazze, soffermandosi prima sull'una poi sull'altra, poi sull'altra ancora, come se potessero svanire nel nulla all'improvviso.

"Notato qualcosa di utile?" sussurrò poi affiancandosi meglio ad Aria.

"Punti fissi. Ci sono dei punti fissi".

"Speravo te ne uscissi con una cosa del genere. Finalmente sono fuori. Posso aiutarti".

"Tieni gli occhi aperti".

"Ma certo," e all'improvviso aggiunse, "Non so perché abbiano tutti quest'abitudine a rinchiudermi" borbottò all'improvviso e Aria scoppiò a ridere. Era così tanto che non rideva. Intorno la gente si girò verso di lei con sguardo ostile.

"Finalmente un sorriso" sussurrò Henry. Aria gli diede una leggera gomitata e iniziò a ridacchiare anche lui.

La ragazza bionda li fissava con sorpresa.

"Non mi sembra vero di poter dare una mano" commentò Henry non appena vide il corridoio di cemento senza soffitto finire contro una porta chiusa.

"A me non sembra vero tutto questo cemento. Che ambientazione ci sarà questo pomeriggio?" prese fiato con una strana agitazione.

"Qualunque sarà ce la faremo".

"Lo sai che a volte il tuo vergognoso ottimismo mi fa innervosire?"

"Lo so, per questo insisto".

"Quanto sei scemo".

"Henry", chiamò la ragazza bionda che fino a quel momento era stata a osservare in silenzio.

"Dimmi".

"Cerchiamo di restare uniti".

"Oggi possiamo anche evitarlo", disse subito Aria.

"Avete bisogno di me", controbatté la ragazza bionda con ostinazione.

"E oltretutto io ho tanti debiti con lei da estinguere. Aria, deve restare con noi" disse senza guardarla. La ragazza abbozzò un sorriso nel sentirglielo dire.

"E poi l'unione fa la forza".

"Sì, come no", borbottò Aria. Non aveva ancora avuto tempo di spiegare i suoi dubbi a Henry, anche perché era convinta che non fossero mai da soli. Lei ascoltava. Ma anche se avesse trovato il momento giusto cosa gli avrebbe detto? E con che prove soprattutto? Non aveva niente di concreto.

Mary tremava appena, "Lei s- -ove sono nas-oste le cos-" disse mangiandosi le lettere.

"Si può sapere cos'ha?"

"Effetti collaterali delle fiale".

"Non erano solo curative?"

"Su alcuni hanno altri effetti. In particolare li ha quella calmante".

Aria notò alcune donne bere proprio quelle fiale poco prima che la porta venisse spalancata dall'interno. Subito un sorriso ebete si aprì sul loro viso stanco. Due si assomigliavano, sembravano gemelle, notò Aria. Capelli corti e arruffati, jeans strappati, *all star* ai piedi e maglietta arancione. Avranno avuto la sua età. *In un altro mondo forse frequenteremmo la stessa scuola.*

Le venne un nodo in gola. Gli occhi neri delle due guardavano in alto spostandosi all'unisono a destra e sinistra.

"Il gigante non…"

"Non riesci a controllarlo, dilla tutta. Questo dimostra quanto sei meno bravo di me".

Cicatrice se ne stava immobile, come se non li sentisse affatto.

"Non è vero!"

"E allora dimostramelo".

"Maglietta gialla al gigante". Parlavano di Cicatrice ovviamente.

"Però Kelly e Sally te le prendi tu oggi", disse la voce esile. Parlavano proprio delle due gemelle che avevano fatto un passo indietro.

"Uff. Ieri sono state disastrose".

"Proprio per questo toccano a te. Se sei più bravo le saprai usare meglio", voce esile lo incastrò, per la prima volta non sembrò troppo stupido.

Una delle due si lanciò avanti, in ginocchio. "Vi prego, ci avete punite abbastanza. Lasciateci andare".

"Oh, no. Ancora con questa storia", disse voce profonda. "Non l'avete capito? Non è mai abbastanza, brutte puttane", urlò.

"Non… abbiamo fatto niente", borbottò l'altra con occhi spiritati, "Niente".

"Tranne rifiutarci. I due fratelli non si rifiutano. Come si fa poi a rifiutare due fighi come noi?"

"Ma vuoi stare zitto?"

"Ci avete illuso, no? Questa è la punizione".

"Ti ho detto fai silenzio. Sono delle stramaledette pedine".

"Lo so".

"E allora smettila di chiamarle per nome, stupido".

"Uccideteci", disse la ragazza alzandosi in piedi, pallida come un lenzuolo. Le ginocchia le tremavano.

"Oh, ma basta. Che lagna", disse voce profonda, e dal cielo cadde una fialetta che la ragazza raccolse subito.

"Io voglio morire per sempre", disse la sorella alle sue spalle.

"Quello non accadrà fino a quando non si stancheranno di noi", mormorò l'altra guardandola con uno sguardo indecifrabile, "Scusami Sally. Oggi..." serrò le labbra, poi buttò giù la fialetta e cadde a terra fra dolorosi rantoli.

La sorella si coprì gli occhi e gli altri si girarono inorriditi. La ragazza si contorceva senza sosta sul pavimento di cemento, graffiandosi le spalle, le braccia, rompendo ancora di più i jeans. Gli strattoni con cui il suo corpo veniva tirato da una parte e dall'altra, come da mani invisibili, la faceva apparire come la vittima di una possessione. Ad Aria venne la nausea nel sentire le sue urla.

Fu Henry a raggiungerla subito, mentre tutti si erano voltati o tacevano, chi inorriditi, chi indifferenti, fu lui a inginocchiarsi e a tenerla ferma, la testa sulle ginocchia. Le teneva i capelli indietro sotto lo sguardo stupito della sorella che non si era mossa.

"La vuoi anche tu una fiala?" chiese la voce profonda mentre quella esile ridacchiava in sottofondo con grande piacere, ripetendo ogni tanto, "È proprio quello che ti meriti".

"No", disse Henry a denti stretti, parlando a se stesso. Il corpo si contorceva con sempre minor vigore, sputando saliva schiumosa, irrigidendo i muscoli come vittima di una crisi epilettica. Era un dolore inimmaginabile.

"Che stupida. Morire così piuttosto che combattere".

"È per non combattere per voi che l'ha fatto. Non per sottrarsi ai giochi", disse Aria comprendendola.

"Questo lo dici tu. E tu, Kelly. Che vuoi fare? Raggiungere tua sorella?"

"N-n..." e non fece in tempo a dirlo che il ragazzo che era stato decapitato la colpì alla schiena con un coltello.

"Perfetto. Ora siamo il numero giusto".

Henry adagiò il capo della ragazza a terra e si asciugò distrattamente le mani sudate sui pantaloni, le labbra serrate per la rabbia. Due uomini lo scansarono e raccolsero il corpo. Lo stesso fecero con l'altro. Poi sparirono dietro la porta da cui erano venuti.

"Pari, sì", disse l'altro.

Aria d'istinto iniziò a contare le persone, prima gli uomini, poi le donne. *Dieci, escluse me e Mary. Non è possibile.* Ieri erano nove. Pensò subito e arrivò all'istante a una risposta. *Tu,* la fissò, *tu ieri non eri qui. Non è così?*

"Disperdetevi" ordinò la voce profonda.

Tutti iniziarono a muoversi, chi a correre chi a trascinare i piedi. Nella piazza non si poteva uccidere, a parte le rare eccezioni in cui i giocatori decidevano che qualcuno fosse di troppo, così le persone si potevano sentire al sicuro, almeno per un po'. Qualcuno tentò di temporeggiare per rimandare la battaglia il più possibile, ma non appena succedeva, uno di quegli uomini spuntava e spingeva il malcapitato oltre una delle porte.

Quel pomeriggio la piazza era perfettamente rotonda, il muro che la circondava non era come quello che accompagnava il sentiero, perché delle porte si aprivano ogni dieci metri circa.

"Verso Est, oggi", disse Aria.

"D'accordo" disse Henry.

"Allora di là", indicò la porta giusta la ragazza bionda che non aveva ancora parlato. Mary seguiva gli altri senza obiettare, "Cerchiamo altre fiale… vero?" balbettò solo.

"Insomma, tu da quanto sei qui?" chiese Aria alla ragazza misteriosa.

"Credevo di averti già detto che è tanto".

"Già. Per questo conosci tutti i segreti di qui", *bugiarda.*

"Sì".

"E cosa facevi prima?"

La ragazza bionda era palesemente a disagio, si vedeva che aveva difficoltà a trattenere la maschera in viso. Aria lo aveva capito, per questo insisteva nel bombardarla di domande.

"Io…" fece torturandosi una ciocca, "Io…"

"Aria basta. Cos'è? Il terzo grado?" disse Henry con un sorriso, "Ci dirà tutto quando le andrà, vero?"

Quella annuì riprendendo fiato.

"Io non ci giurerei" si innervosì.

"Sempre la solita", commentò l'amico con quella punta di rimprovero tanto familiare, ma senza nessuna cattiveria.

Stavano percorrendo di nuovo un corridoio che a quanto pareva separava la porta legata alla piazza a quella collegata invece all'ambientazione di quel pomeriggio. Quando l'aprirono si trovarono tutti senza fiato.

Davanti a loro una marea di grattacieli senza fine copriva la visione del cielo.

"Mio Dio", borbottò Henry dopo alcuni secondi.

Aria cercò di riprendersi dallo stordimento, "Sembra New York", poi sentì un tonfo.

Mary si era precipitata contro la porta e cercava di aprirla a spallate, "Aiuto! Aiuto! Aiuto! Apri- apri-te, vi prego" urlò piangendo disperata.

Henry la prese per le spalle e cercò di farla calmare, "Non è nulla. Mary. Sono solo case".

Aria non ci aveva proprio pensato. Mary non aveva mai visto nulla del genere, venendo dall'800.

Lei ansimava senza avere il coraggio di voltarsi ancora, "Sono... enormi".

"Sì. Ma non c'è niente da temere. Sono tante case una sopra l'altra".

"Come un alveare", disse Mary cercando di calmare il respiro. Le mani di Henry non la lasciavano andare, andavano su e giù insieme alle sue spalle.

"Come le tane delle talpe" aggiunse Aria. "Solo che sono in cielo".

La ragazza con i capelli biondi guardava in alto stupita. Anche lei non aveva mai visto nulla del genere, ne era certa.

"Vivevi anche tu a New York?" chiese subito approfittando della distrazione di Henry.

Lei scosse appena la testa.

"E allora dove..."

"Aria!"

"Sì, Henry?"

"Mi hai capito".

"Uff..."

Quando il respiro di Mary tornò normale si voltò di scatto, come se pensasse di ritrovarsi davanti tutt'altro una volta che si fosse girata. Invece la città era sempre lì. Sgranò gli occhi e l'accarezzò con lo sguardo, fissando ogni superficie, ogni angolo deserto, cercando di assimilarla.

Non appena strinse la mano di Henry gli altri furono pronti a partire.

"Non... ho mai visto nulla del genere", ammise camminando a testa alta, "Fa... paura".

Le strade erano deserte, le macchine parcheggiate.

"Qui ci sono sin troppi luoghi dove nascondersi" disse Aria un po' confusa sul piano d'azione da adottare.

"Intanto proseguiamo".

"Tu hai idee?" si rivolse con tono aspro alla ragazza bionda.

Henry le lanciò un'altra occhiataccia, "Qualcosa ci verrà di certo in mente, no?"

La ragazza bionda annuì, improvvisamente intimidita.

"Forse è meglio togliersi dalla strada principale però".

"Giusta osservazione".

Nella via laterale, larga appena la metà della principale, trovarono una ragazza sul ciglio della strada con la gola tagliata. Il sangue gorgogliava fuori strozzandola.

"Finiscila" disse la ragazza bionda con tono duro.

"No" rispose Henry anche se probabilmente la ragazza stava parlando con Aria che aveva appena raccolto dalla strada un pugnale.

Henry cercò di tappare la ferita con le mani.

"Henry, sei qui per uccidere non per salvare" era stata Mary a parlare.

"C'è sempre un'altra soluzione", disse subito senza voltarsi, la schiena tesa, lo stomaco sottosopra.

La ragazza bionda continuava a essere stupita dal suo modo di fare, ma in un certo senso intrigata.

"Henry. Siamo in un gioco, se non uccidiamo ci uccideranno", provava quasi vergogna.

"Ti dimostrerò che non è necessario", premette e premette ma gli occhi della ragazza continuavano a perdere colore e a spegnersi. Rantolò alcuni lunghi istanti, si aggrappò alla sua caviglia, lo guardò e poi si spense.

"Ti obbligheranno" disse stavolta la ragazza bionda, "E non potrai fare altro".

"Allora a quel punto ucciderò me stesso" non aveva esitato.

"Henry".

"No, Aria. Io non voglio stare al gioco".

"Pensi che io voglia? O che mi diverta?" *Come puoi pensare che voglia ammazzare delle persone?* Le salì in gola una nausea bruciante.

"Lo so che non vuoi ma", sembrava quasi sottintendere altro.

"Ma cosa? Che vorresti dire? Finisci la frase".

Henry sospirò, "Non lo so. Lascia perdere. Proseguiamo".

La ragazza bionda abbozzò un sorriso e si affiancò a Henry che si teneva ora in disparte, "Non te la prendere", disse sfiorandogli il braccio.

Lui era accigliato ma cercò di sorriderle, "Non me la prendo. Farò quello che credo".

"Lo so", rispose lei. Era convinta di aver capito qualcosa che forse lui non aveva ancora notato.

Aria sì, invece. Ed era anche altro ad aver visto. La ragazza bionda gli stava addosso, "Lo voglio" aveva detto. Era lui che voleva, per quale motivo era tutto da decifrare, invece.

Ora era davvero preoccupata.

Capitolo 7

Lucas cercò di non urlare ma la vista della sua mano a terra e il dolore lancinante che provava lo fecero cedere. E urlò, con tutte le sue forze, con tutta la sua rabbia. Wade sbiancò e non riuscì a dire nulla, così fece Isaac che a quel frastuono era rinvenuto e si era trovato ai piedi una pozza di sangue e un piccolo sole dorato che galleggiava al centro ma che lentamente si perdeva.

"Pazzo!" urlò a quel punto Lucas, "Pazzo che non sei altro!"

I Cinque si immobilizzarono, i cappucci piegati verso quella mano tranciata di netto. Il Secondo teneva ancora il coltello in mano e ansimava, allo stesso ritmo degli altri.

"Che diavolo hai fatto?"

"Che abbiamo fatto?"

Sussurrarono tutti, la domanda passava di bocca in bocca. Diedero le spalle a quello spettacolo, come a volersene dimenticare il prima possibile.

Isaac aveva ai piedi un incubo e iniziò a tastarsi la testa dolorante, sulla pelle del viso uno strato di sudore. Afferrò l'incubo con uno scatto e iniziò a premere, premere, a occhi chiusi mentre gli altri lo guardarono e vide come quell'incubo si ridusse in tante piccole pietre rotonde, una collana.

Riprese fiato e si guardò intorno più consapevole, "Ora che la chiave non è più qui, non sei costretto a…"

"Nessuno ti ha detto di parlare" disse il Primo Sacerdote con tono ferreo. Però i Cinque furono di colpo attraversati da una scossa, si piegarono, chi si poggiò alla finestra, chi alla scrivania, chi all'altro. E a questo seguì un leggero terremoto che smosse ogni superficie.

"Concentrati" disse il Quinto quasi a se stesso.

"Dobbiamo nutrirci", aggiunse un altro.

Sembrarono tutti essersi dimenticati di Lucas che stava cercando di chiudere la ferita come poteva, tremando e lamentandosi come una bestia ferita. Era sconvolto per lo shock, tutto concentrato su quel bisogno primario: far smettere al braccio di dolere così tanto da farlo uscire di testa.

Wade dava una mano come poteva, ma non smetteva di poggiare gli occhi su quella mano a terra.

"Non capite? Crollerà tutto" disse Isaac.

***

Di fronte a quello scenario assolutamente improbabile erano stati altri a cercare la fialetta che aveva preso una delle due gemelle quella mattina. Era spaventoso per chi non sapeva che roba fosse.

Trovarono un cadavere ancora caldo rannicchiato in un vicolo laterale. Henry era andato a controllare, per vedere se poteva fare qualcosa.

"Cos'era quella?" chiese Aria per avere conferma.

"Sempre la fialetta 'morte'. Chi la trova può sottrarsi al gioco".

"Ovviamente morendo tra atroci sofferenze".

"Esatto".

"Come quella che ha ingerito la ragazza in piazza".

"Proprio così. È la stessa. Su questo non c'è molta varietà".

"Quelle sorelle conoscevano i due ragazzi" disse Henry all'improvviso, "È una cosa strana".

"Strana, sì" commentò Aria, "Ma parliamone dopo". Si capiva che non voleva rendere partecipe la ragazza bionda, ma proprio per questo lui insistette nel parlarne. *Ti farò abbattere quel muro di diffidenza costi quel che costi, abbiamo bisogno di alleati,* pensava Henry che non sospettava minimamente nulla.

"Parlavano di punizione. Dicevano che sono lì a causa loro", continuò.

Aria gli lanciò un'occhiataccia.

La ragazza bionda fissava avanti, "È così. La maggior parte proviene dal mondo dei due giocatori".

"Cosa ne sai tu?"

"Ho parlato con molti di loro e me l'hanno confermato".

Ma se ieri nemmeno eri qui, pensò Aria, ma non si azzardò a dirlo. Non era il momento.

"Quindi queste persone appartenevano a una realtà in cui hanno ferito quei due ragazzi che per vendicarsi..." hanno stretto un patto, stava per dire Henry, ma si fermò.

"Esatto. Ma non tutti provengono da lì. Io per esempio non sono legata a loro, e nemmeno voi, mi è parso di capire".

"Ti è parso bene", disse Henry.

"Già, proprio bene", aggiunse Aria fulminandola.

Quando Henry si voltò verso destra, girando le spalle a entrambe, lei ricambiò lo sguardo. Era così diverso da quello che riservava sempre agli

105

altri, quello della sua maschera per intendersi. In sé quegli occhi avevano un qualcosa che la faceva rabbrividire.

Intanto, Mary si fermava a cercare in ogni cestino. Non c'era altro per le strade che erano tirate a lucido come se aspettassero proprio loro. Nemmeno delle altre pedine c'era traccia.

Un altro cadavere gettato in una macchina dallo sportello spalancato, mezzo corpo dentro, mezzo fuori.

"Morire è doloroso. Rinascere lo è ancora di più", mormorò la ragazza bionda come assorta.

"È per questo che la gente qui continua a combattere senza ribellarsi o tirarsi indietro?" chiese Henry.

"Lo fa perché non può fare altro. È la loro vita, ormai".

Henry sospirò angosciato, continuava a tenere d'occhio Mary che ora si agitava come un animaletto in cerca di cibo.

"Non sta bene", sussurrò appena. Camminava tra Aria e la ragazza bionda, nessuna di loro lo voleva lasciare libero o rischiare che venisse esposto al pericolo visto che non desiderava combattere.

"Non prenderà più quella roba" disse Aria con tono deciso. "Nessuno di noi userà quelle fiale".

"Per lei non sarebbero un male" rispose la ragazza bionda, "Non ce la farà ad affrontare questa realtà senza".

"Dovrà resistere solo per un po'" si lasciò sfuggire Aria.

La ragazza si voltò subito a guardarla, "Che intendi?"

"Noi…" stava per dire Henry.

"Noi niente. Stai zitto".

"Aria".

"Non fa niente" disse con tono melenso la ragazza bionda, come se ne fosse davvero dispiaciuta. O lo faceva per mettere Henry contro di lei?

"Dammi ascolto per una volta", ringhiò Aria.

"Come se non si facesse mai quello che dici tu" borbottò.

Aria si sentì ferita. Le parole che le vorticavano dentro tornarono in superficie:

"Oh, povera ragazza" lo sentì dire, "Così egoista da mettere se stessa sempre di fronte agli altri. Per persone come te non c'è salvezza".

"Fede in me stessa" disse in un sospirò.

Henry guardava da un'altra parte. Si disse che forse non era stato molto cauto, ma era una ragazza come loro, cosa poteva fare di male condividere una speranza?

Ce l'ha con me? Si chiese Aria, non riusciva a capire. Cioè lo capiva. Quel mondo era tremendo, avrebbe fatto perdere l'equilibrio a chiunque, e Henry era sempre stato così pacifico. Non era il suo posto. Ma neanche il suo. Non capiva che ciò che faceva lo faceva solo per lui e per Mary? Perché potessero andar via?

La ragazza bionda deviò all'improvviso entrando in un enorme supermarket che occupava l'intero piano terra di un edificio tutto specchi, che rifletteva altri edifici e altri specchi.

Henry le andò dietro e così dovette fare controvoglia anche Aria, assicurandosi che anche Mary seguisse i loro passi, lo faceva. Anzi, iniziò a correre sorpassando tutti.

"Mary, aspetta. Non sappiamo cosa potremo trovare" disse subito Aria. Ma lei non si fermò.

"Aspetta" ripeté la ragazza bionda allungando una mano, e solo a quel punto Mary interruppe ciò che stava facendo.

Aria si innervosì, e raggiunse il primo scaffale a tiro. Afferrò una scatola di biscotti, quanto le andavano i biscotti. C'era di tutto, avrebbero potuto mangiare come non facevano da secoli. O almeno così sembrava.

Aperta la scatola rimase senza parole, iniziò a scuoterla contro il pavimento. Era vuota.

"Ma cosa…"

"È tutta finzione" disse la ragazza bionda con uno strano mezzo sorriso compiaciuto.

"Perché…" uscì fuori a Henry mentre Mary buttava giù freneticamente le cose dagli scaffali.

"Mary, cosa fai" disse Aria prima di rispondere a Henry. "Mondo fasullo, oggetti fasulli. I ragazzini non sono abbastanza bravi, si vede".

"Questo lo dici tu. Come ti permetti?"

"Stai zitto!"

"Ah, ma allora ci siete" disse Aria, ora era lei quella compiaciuta. "Insomma, smettiamola di giocare. Io mi sono stufata" le stava salendo una rabbia… diretta a quel mondo e alla ragazza bionda, ma anche ad altro. Si sentiva presa in giro, soprattutto perché non riusciva a capire chiaramente cosa la circondava. Non averne il controllo, la faceva impazzire. Poi c'era Henry che le dava addosso senza motivo. Non ce la faceva. Avrebbe voluto distruggere tutto.

I due ragazzi tornarono a tacere.

"Ehi, mi sentite? Stupidi, maledetti ragazzini!" tuonò, "Fate qualcosa! Forza! Qual è la vostra mossa?"

"Aria, smettila", disse la ragazza bionda mettendole una mano sulla spalla che lei prontamente scansò con uno scatto.

"Non mi toccare".

"Aria, stai esagerando. Sembri un'esaltata".

"Sarò un'esaltata allora".

"Ma che ti prende?"

"A te cosa prende. Sembri contro di me, cosa diavolo ti ho fatto? Cerco di sopravvivere, maledizione", era fuori di sé, sentiva la voce tremarle in gola e la chiave perforarle la mano, la testa e le spalle pesanti, tutto quel carico era tornato, quando aveva pensato di essere... sola. Sola e senza nessuna indicazione su come andare avanti. Perdeva lentamente le speranze. E combatteva contro i pensieri negativi per restare in piedi, per Mary, per Henry.

"Non per Mary, non per Henry... Per te", disse una voce. In fondo al corridoio cinque ombre immobili, "Per te" ripeterono ancora. "Moriremo tutti". Sun comparve al loro posto come se l'avesse chiamato.

Aria restò con gli occhi sgranati a fissare quel punto, *sono solo suggestioni. Non ci cadere, Aria.* Si ripeté con tutte le forze. *Sono qui per mia madre, per mia nonna, per Henry e Mary, per Ceci,* si disse come un mantra, *per l'insegnante, per i ragazzi della scuola, per quel tipo sconosciuto che correva sul tapis roulant di sera, per tutti i cittadini del mondo di nebbia, e ancora per le donne sfruttate del mondo del bosco, per quella donna che cullava un bambino morto. Per tutte quelle persone che hanno paura e che vogliono tornare a casa.*

"Tu. Tu hai paura" disse il falso profeta che camminava sospeso sul nulla lasciandosi alle spalle ora il vuoto, "Per te. Per te".

"Non mi hai fatto niente" disse Henry come se quel momento che aveva appena vissuto fosse durato solo un istante. "Moriremo tutti" sussurrò. E una ferita iniziò ad aprirsi sulla fronte, a sputare sangue, scivolando giù, invadendo silenziosamente la maglia gialla.

Aria si gettò su di lui, "No. No. No" urlò mentre gli oggetti continuavano a fracassarsi a terra. Tutto finirà in mille pezzi, disse qualcuno mentre Aria si allungava verso la ferita, senza sapere cosa fare. Ma Henry non cadeva a terra, no, rimaneva dritto in piedi e allora lei si allontanò, nello stesso momento in cui lui prese le mani nelle sue, "Aria. Cosa succede?"

Lei alzò gli occhi su di lui, era stupito e spaventato. Aria si accorse di tremare, per la paura, per lo spavento. Si aggrappò al suo collo e non lo lasciò più andare, "Niente" balbettò, "Niente. Ho visto una cosa che non accadrà mai. Mai".

Lui ricambiò l'abbraccio dal suo metro e ottantacinque d'altezza. I piedi di Aria ballonzolavano a centimetri e centimetri di distanza dal pavimento.

"Sto benissimo, te lo giuro".

"Mh-mh. Ancora un minuto" disse lei stringendo le palpebre. Poi dopo alcuni istanti scivolò giù.

"Sei più tranquilla?" chiese lui dolcemente.

Lei annuì riprendendo fiato.

Henry non sapeva bene come chiederle cosa era appena successo, un po' per il timore di ottenere un rifiuto, un po' perché l'aveva vista quasi come non era mai successo, o come non succedeva molto spesso... spezzata. Spezzata era la parola giusta. Spezzata era stata dopo la morte di Dan. Solo dopo la morte di Dan.

Le sta succedendo qualcosa, e non so cosa. Si disse Henry. Poi tutti si accorsero del silenzio.

Mary e la ragazza bionda non erano più lì intorno. I due amici si guardarono sperduti.

Senza dire nulla corsero tra gli scaffali dissestati, calpestando scatole vuote e fasulle, solo il riflesso di una vita che lì non esisteva. Il banco frigo era vuoto.

La macelleria invece... era piena di carni andate a male. C'erano un'infinità di larve che crescevano rigogliose, e mosche che volteggiavano. Tutte insieme avevano intonato un fastidioso ronzio che sembrava suonare sempre uguale.

I due rallentarono nel vederla, entrambi si coprirono il naso, la puzza era reale.

Un nuovo rumore sulla loro sinistra e corsero in quella direzione ma poteva essere chiunque.

"Mary" chiamò piano Aria cercandola. Una mano bianca sventolò lentamente fuori da una corsia e i due la raggiunsero.

La ragazza bionda abbracciava Mary che continuava a dondolare, sembrava ballare su calde note inesistenti.

Aria guardò ai suoi piedi due fiale vuote, "Ne ha prese..."

"Non sono riuscita a fermarla", *non avrebbe mai ammesso che era stata invece lei a somministrarle.*

"Che roba eh? Mary" chiamò Henry sentendosi in colpa.

"Non può sentirti. È nel suo mondo, ora".

Quel modo di dire: è nel suo mondo ora, sembrava nascondere un altro significato. Era come se sapesse, se sapesse ogni cosa.

"Dovevamo starle dietro" disse Henry stropicciandosi i capelli a disagio.

"Ehi..." stava per dire Aria, ma l'altra la sovrastò subito.

"Non è colpa tua" disse sfiorandogli di nuovo il gomito, "È meglio così. Credimi. Non sentirà nulla. Almeno".

Ti farò gettare quella maschera, si disse di nuovo Aria. *Vedrai.*

"Henry" cercò la sua attenzione, "Dobbiamo trovare delle armi".

"Aria te l'ho detto..."

"Per sicurezza".

"Ha ragione. Siamo esposti".

"Andiamo noi" disse Aria che non la voleva al suo fianco.

"No Aria, devono venire. Voglio tenere sotto controllo Mary. Non possiamo abbandonarla".

La ragazza sbuffò, ma aveva ragione. Aveva perso l'occasione per parlare con Henry da sola. Che stupida. Doveva approfittarne. Aveva tanto da dirgli.

In un barattolo di vetro che avrebbe dovuto contenere cetrioli sottaceto, trovò un pugnale. In una scatola di cereali sull'ultimo ripiano una pistola. Mary, durante la sua corsa turbolenta, aveva rotto molte fiale, rosse e blu. Alcune erano curative e forse sarebbero servite.

Le ruote di un carrello li fece sobbalzare. Si guardarono intorno per capire da dove quel rumore rimbombante provenisse. Aria si arrampicò su uno scaffale, allungando con prudenza il collo e la vide: una delle donne spingeva il carrello e si guardava intorno assente, afferrando ogni tanto qualcosa dai vari banchi. Era come se stesse rivivendo quel gesto quotidiano, prima che tutto quello si mettesse in mezzo.

Le si mozzò il respiro. Quando scese giù scosse appena la testa, come a dire niente. Ma sapeva che era molto più di così.

Si diressero verso l'uscita passando nella corsia più lontana dall'ingresso, per evitare incontri. Ma non fecero in tempo a raggiungerla.

L'aria venne tagliata in due da una spada, i ragazzi fecero giusto in tempo a tirarsi indietro e a svoltare su una corsia a sinistra.

"Ancora lui, perché insiste".

"È ancora…?" chiese Henry cercando di scrollarsi i brividi di dosso.

"Cicatrice, sì".

"Mette i brividi".

Intanto la ragazza bionda li seguiva facendo un dolce e basso "Shhh" a Mary che ridacchiava e poi mugugnava una strana melodia. Sembrava drogata da quel silenzio e forse sentiva il bisogno di colmarlo, di sentire la sua voce per capire che era ancora viva.

"Se stiamo fermi ci troverà" disse poi nascosta dietro le loro spalle. Nella mano che la ragazza bionda non utilizzava per stringere Mary, teneva la pistola ben alta, che la ragazzina non smetteva di fissare. Partì all'improvviso un colpo che fece gelare il sangue nelle vene ai presenti.

Aria e Henry si voltarono. La pistola era finita a terra mentre Mary lottava per divincolarsi, terrorizzata.

"Mary" disse Aria afferrandola dopo alcuni tentativi andati a vuoto, "Non è niente. Non è niente" e lo continuò a ripetere fino a quando nei suoi occhi non comparve una scintilla di comprensione. E fino a quando non comparve anche altro alle loro spalle. Cicatrice li aveva trovati.

"Corret…" stava per urlare Henry che le aveva spinte alle sue spalle, ma non aveva fatto in tempo a muoversi. Cicatrice lo aveva afferrato per il collo, la spada attaccata alla cinta, come se non gli servisse per moscerini come loro, o come se volesse ucciderli con le sue mani, pregustando ogni momento.

L'uomo scuoteva la testa continuamente, la voce dei giocatori forse lo stava assillando dando ordini diversi. Del resto era impossibile da controllare. Allora perché non farlo fuori? Era così divertente giocare con lui? Forse perché era crudele. Perché era il prototipo della pedina perfetta.

"Lascialo" urlò Aria.

Il viso di Henry era diventato paonazzo e le vene sulla fronte sembravano stare per esplodere.

La ragazza bionda aveva abbandonato Mary che se ne stava accovacciata con le mani sulle orecchie, "Fermati. Non devi" disse calma, "Se vuoi salva la vita ora e per sempre, fermati".

Ma quello non ascoltava. Come se non capisse nemmeno la loro lingua. Mugugnava qualcosa, lanciava in aria versi che facevano rabbrividire.

Aria non aveva paura. Saltò in alto per colpire i polsi. Si aggrappò al suo braccio tirando e tirando. Ma quello non emetteva un sospiro, non perdeva nemmeno tempo a scuoterla via, tanto era insignificante.

"Lascialo" disse con maggiore disperazione. Poteva sentire le ossa di Henry scricchiolare, gli occhi quasi uscire dalle orbite per il dolore. Calmò il respirò e strinse con tutta la forza che aveva il polso dell'uomo. Sentì la chiave infuocarsi e bruciarlo, bruciarlo. Un sorriso sadico le si aprì sul viso mentre la cicatrice sulla fronte si alzava sempre più sempre più, sugli occhi sgranati.

"Ah!" urlò lasciando andare Henry che rantolò a terra stringendosi la gola arrossata, ansimando con tutto il corpo per ritrovare il fiato.

Aria invece era finita contro uno scaffale. Cicatrice però ce l'aveva con Henry. Dopo essersi ripreso, senza chiedersi nemmeno come avesse fatto, si lanciò di nuovo contro di lui che in risposta si alzò in piedi a fatica, allungando le mani avanti in segno di pace, "Non devi farlo" disse con voce roca e flebile. Quello non ascoltava.

Aria vide la ragazza bionda gettarsi in avanti, ma Henry la tratteneva dietro di lui, cercava di trattenere anche Aria, senza riuscirci. Fu lei di nuovo a risolvere le cose, conficcò il piccolo pugnale su un fianco, premendo quanto le era possibile, mentre l'amico urlava di fermarsi, l'aria stropicciata eppure arrabbiata.

Poteva un piccolo pugnale uccidere? Sì. L'uomo crollò quasi all'istante, andando a sbattere con la testa su un ripiano che gli si rovesciò sopra, sommergendolo.

"Aria" rantolò con voce rotta, "No. Ti avevo detto..."

"Che ci avresti pensato tu?" disse piena di rabbia, tenendo le mani a mezz'aria, paralizzate dal tremore, immobili, le uniche a provare quel terrore che Aria sembrava aver dimenticato, "Un bel modo di morire".

La ragazza bionda tirò un sospiro di sollievo, Aria non capì se fosse stato davvero il corpo di Henry a bloccarla, o se invece fosse stata tutta una finzione. La cosa certa era che non smetteva di fissare la mano di Aria, quasi incantata.

"Ti farai uccidere, stupido!" tuonò lei impedendogli di parlare e stringendo una mano dentro l'altra. Come bruciava la chiave e che ansia le si era arrampicata lungo la gola, ma aveva capito come domare il disgusto e quel coltello che era entrato tra le costole non faceva più troppa impressione. *Cicatrice non è un uomo*, si disse ancora, convincendosi di aver colpito piuttosto un enorme pupazzo di pezza e che quella carne che aveva sputato sangue non fosse carne.

"C'è sempre un'altra soluzione" mormorò piegandosi lentamente.

"Non per tutto si può usare la logica, Henry. A volte si deve scendere a compromessi".

Henry sembrò fulminato dalle sue parole, si faceva sempre più pallido, mentre spiccava su tutto il segno lasciato sul collo dalle mani di Cicatrice.

"Se i compromessi sono ammazzare persone, Aria. Non ci posso... non ci posso... sta-", svenne prima di trovare altre parole.

Lei corse al suo fianco dopo aver raccolto una tanica di acqua distillata capitata nel suo campo visivo quasi per sbaglio, incredibilmente era piena. *Sempre meglio di niente*, si disse. L'aveva aperta con la mano dolorante, strizzando gli occhi, e poi a piccole gocce l'aveva fatta cadere sulla sua faccia. Strinse la mano ringraziando la chiave, una volta tanto.

L'altra batté le mani compiaciuta, smise solo quando Aria si voltò a guardarla stranita. Cosa le prendeva?La ragazza bionda continuava a fissarla, "Cos'hai lì?" disse con uno strano tono dissimulatore. "Fammela vedere" sussurrò calamitata, gli occhi, spalancati da una curiosità senza fine, fissi sulla chiave.

"Cosa..." mormorò Aria stringendo il pugno.

Henry aprì gli occhi e fissò il soffitto come se si fosse svegliato da un incubo, "Dove... dove siamo?"

"Sempre qui", disse Aria continuando a fissare l'altra che era tornata all'improvviso normale. Anzi, normalissima. Guardava Henry con apprensione.

Aveva sentito bene? Aveva davvero detto "Fammela vedere?" serrò ancora di più la mano stringendosela al petto.

Mary aveva ripreso a mormorare quella melodia senza parole.

Aria si fidava ancora meno di prima. Aiutò Henry ad alzarsi e lo allontanò coscienziosamente da lei.

"Prendi Mary" le ordinò per togliersela dai piedi.

La domanda della ragazza bionda tornò ad affacciarsi, "Ti sei un po' abituata?" e la risposta temeva fosse proprio sì. Fece una smorfia infastidita mentre portava via Henry. Sì, era sempre troppo facile inserirsi, sapeva che era lei la ragione, e allo stesso tempo non lo era. Lanciò un'occhiata fuggitiva alla chiave e continuò a camminare. "Al diavolo" urlò senza apparente motivo, attirando l'occhiata perplessa dell'amico che ogni tanto si sfiorava le ferite e tossiva.

Il segno delle unghie di Cicatrice sul collo risaltava sulla carne arrossata. Erano tante piccole fossette poco sotto le orecchie. Cicatrice aveva mani grandi, avrebbe potuto spezzarlo in un momento, pensò subito Aria. E invece era rimasto fermo. Fissava la ragazza bionda, realizzò. La fissava e non si muoveva.

Mentre proseguivano in quella porzione di corridoio che separava un blocco di corsie dalle altre, Cicatrice iniziò a mugugnare risvegliandosi.

"Che gli prende?" borbottò incuriosita, credendo gli facesse male ancora il pugnale conficcato nella pelle. Invece quello, vide con la coda dell'occhio, se lo sfilò come fosse uno stuzzicadenti, era altro che incollava i suoi occhi al soffitto. Paura.

"Paura" disse la ragazza bionda tenendo stretta Mary che continuava ad agitarsi. "Il risveglio dopo la morte è una tortura peggiore della morte stessa".

"Perché?" non voleva domandare niente, tantomeno a lei, ma era così curiosa di sapere nuove cose, di avere nuove risposte. E forse poteva essere utile, tutto fa brodo, diceva sempre sua nonna.

"Vedono tutta la loro vita, le loro angosce prendono forma e li schiacciano..." disse come pregustandolo. "Nessuno può resistere", concluse tornando quella di sempre ma torcendosi nervosamente le ciocche tra le dita.

Henry non si lamentava ma Aria sentiva tutti i suoi muscoli contratti, la schiena era un fascio di nervi. Solo in un secondo momento notò che lui continuava a fissare in avanti senza guardarla mai in faccia.

"Stai bene?" disse bloccandosi e facendo inchiodare anche lui.

"Certo. Cosa potrebbe andare male" rispose poggiandosi allo scaffale dei dentifrici. In un flash Aria ricordò tutte le mattine che aveva passato a lavarsi i denti prima che Will si svegliasse, quante volte era sgusciata via per questa operazione. Una volta lui l'aveva persino beccata, l'aveva sentito ridacchiare dalla camera, poi però aveva insistito a far finta di niente, mica gliela poteva dare vinta. Dopo smontavano il letto improvvisato a terra e cercavano di sopravvivere alla morte di Dan, anche se una parte di loro era già pronta a spiccare il volo, solo che non l'avevano ancora capito.

"L'ironia... l'ironia non è il tuo forte quando sei moribondo" disse tornando in sé, non poteva pensarci.

Henry la spinse a riprendere il cammino. Sentiva la ragazza bionda alitarle sulle spalle, avrebbe voluto voltarsi e ficcarlo tra le sue di costole quel maledetto pugnale, ora a terra, bagnato dal sangue di Cicatrice. Solo il pensiero che li stava in qualche maniera prendendo in giro, Henry in primis, la faceva impazzire di rabbia.

Finalmente sul marciapiede respirarono a pieni polmoni quell'aria che poi li fece subito tossire. Sembrava gas di scarico, come se in città ci fosse in quel momento un gran traffico. Il sapore era amaro e metallico da far schifo.

Proseguirono verso sinistra costeggiando il muro che ogni tanto si apriva in viottoli o che si interrompeva in ristoranti apparecchiati, negozi ben ordinati, con un unico aspetto in comune: il vuoto. Il nulla assoluto.

"Perché quei due non appaiono?" chiese all'improvviso Aria senza voltarsi. Tanto sapeva che lei era lì, sentiva Mary mormorare parole senza senso, ridacchiando da sola.

"No, a loro piace guardare. Intervengono solo sul più bello. Ti sussurrano all'orecchio, ordinano cosa fare, e nessun'altro oltre te può sentire ciò che dicono, è come se calasse una cappa che ti esclude dagli altri. Tu, ragazzina" cercò di chiedere a Mary per avere una conferma, "Ieri, quando hai colpito il gigante, Cicatrice intendo, l'hai sentita, vero?" Mary interruppe la sua cantilena e annuì appena rimpicciolendosi. Poi tentò di riprendere, senza riuscirci.

Che ne sa di cosa è successo? Lei lì non c'era.

"Senti" disse all'improvviso sempre lei, assicurandosi che Henry la sentisse, Aria tentò di non fermarsi ma lo fece lui che si poggiò al muro a riprendere fiato.

"Non sono brava nei rapporti. Non parlo con qualcuno da… molto" per un attimo sembrò fragile. Aria vide sotto la pelle della sua guancia un guizzo che la fece apparire per un momento diversa… solo che non avrebbe saputo dire come. Si ritrasse appena, messa in allarme da quel dettaglio.

"Ora hai trovato degli amici", disse Henry anticipandola, "Stai tranquilla", le poggiò una mano sulla spalla.

Aria non se la beveva, però quanto sembrava felice in quel momento.

"Grazie" sussurrò appena. "Ora è meglio se proseguiamo. Mary ce la fai a camminare da sola?"

Mary sembrava ormai tornata alla realtà, era bastato quel ricordo a far svanire gli effetti delle fiale.

Lei annuì, "Entriamo da qualche altra parte. Cerchiamo…" il respiro le si mozzò in bocca e Aria avrebbe voluto schiaffeggiarla e allo stesso tempo abbracciarla.

"Cammino da solo anche io" disse Henry che sembrava sempre più arrabbiato. Aria non l'aveva mai visto così, quasi mai almeno. Non era così spesso oggetto della sua ira. Avrebbe imparato bene, e molto presto, a conoscere anche questo lato del suo carattere.

"Puoi spiegarmi cosa ti prende?"

"E tu puoi spiegarmi perché devi sempre calpestare le decisioni degli altri?"

"Che..."

"Aria" la interruppe. "Ti avevo detto che ci avrei pensato da me. E tu mi hai ascoltata?"

"No".

"Appunto".

"Ma certo che no! Sei... sei diventato irrazionale. Maledizione pensa. Pensa, che è l'unica cosa che sai fare" sputò fuori lei, era più arrabbiata di Henry, ma non ce l'aveva con lui. Era con la ragazza bionda che se la sarebbe voluta prendere. Già era pentita di ciò che aveva urlato.

"Scusa," disse subito, "Non era ciò che volevo dire. Sono... stanca. Vorrei che questa giornata si chiudesse subito".

"Lo sappiamo, Aria" la ragazza bionda aveva un tono conciliante fastidioso.

"Tu restane fuori" urlò Aria riaccendendosi, ma durò un istante.

"Siamo alle solite," mormorò Mary affranta, "Sono io che non ce la faccio più".

Henry si era fermato e si era piegato in avanti colpito da un contorto attacco di tosse "No, Aria," balbettò quando riuscì ad alzarsi, "Hai ragione. Dovrò... dovrò arrendermi e..." gli vennero i brividi e gli occhi si persero oltre l'amica. "Non voglio! Non un'altra volta" non aveva fiato, le parole uscirono come un rantolo. La sua voce si spezzò ma prima riecheggiò per la strada suonando ancora più sinistra.

"Che significa?"

Lui la guardò con occhi che chiedevano pietà, le braccia tese lungo i fianchi, le mani spalancate. E Aria capì tutto. Lo abbracciò di nuovo.

"Non dovevi saperlo".

"Mi dispiace".

"A me dispiace. Non sono utile a nulla, qui peggio che mai".

"Non sei semplicemente fatto per combattere" gli sussurrò all'orecchio.

"Stai dicendo che sono un incapace? Se voglio posso, Aria. Solo che..."

"Intendevo... Per essere violento. Tu hai altre armi, Henry. Non è questa la tua".

"Nemmeno la tua".

"Se voglio arrivare al giardino, temo proprio..."

"Non sei costretta a farlo".

"Chi si metterà sul mio cammino... arrivati a questo punto Henry, non posso fermarmi".

"Non te lo sto chiedendo, voglio dire che possiamo arrivarci in un'altra maniera".

"In questo mondo dove si combatte solamente, Henry?"

"C'è sempre un'altra maniera. Possiamo arrivarci..."

"Usando l'astuzia", dissero insieme.

"Siamo esseri umani, non animali", disse Henry.

"Prova a dirlo ai due Dei", commentò sprezzante guardando verso il cielo.

Henry sospirò, "ma perché stiamo sussurrando?"

"Te lo spiegherò un'altra volta. Ora acqua in bocca, promettimelo".

"Promesso" e la lasciò libera.

Con l'appoggio del suo amico era convinta che sarebbe potuta arrivare ovunque. O almeno ne era sicura in quel momento, colpita dall'esaltazione per quella riappacificazione che sentiva così necessaria quasi come respirare. Il suo umore instabile oscillava continuamente, come non era mai accaduto. L'instabilità non faceva parte del suo carattere. Fino a quel momento.

Capitolo 8

All'improvviso, l'attenzione di Aria fu catturata dalla prima pagina di un giornale, chiuso in una vetrinetta vicino a un lampione, il titolo recitava: "Due fratelli uccidono un loro amico. Si difendono: stavamo solo giocando".

Tirò fuori il giornale di tutta fretta, "E questo?" disse guardando Henry che era stupito quanto lei.

L'articolo proseguiva approfondendo la notizia ma ciò che aveva attirato il loro sguardo era stata la foto. Due ragazzi di non più di sedici anni, sguardo torvo e allo stesso tempo aria perplessa mentre venivano trascinati via.

La foto si cancellò rapidamente e lo stesso fecero le parole, Aria si trovò a sfogliare convulsamente le pagine per raggiungere quella dove l'articolo proseguiva ma nulla da fare, erano tutte bianche, lo buttò a terra frustrata.

"Qualcosa l'abbiamo capita, almeno" commentò Henry massaggiandosi il collo, il rossore non passava.

"Dobbiamo muoverci, siamo esposti" si intromise la ragazza bionda. Poi prese a camminare.

"Tu immagino non sappia proprio niente, vero?"

Quella scrollò le spalle senza smettere di puntare un piede dopo l'altro.

"Cosa dovrebbe sapere" commentò Henry perplesso raccogliendo Mary che si era poggiata a una vetrina scivolando giù con la schiena sin quasi a sedersi.

Le magliette gialle non erano più così gialle. Su quella di Aria si era rovesciato qualcosa quando era stata sbattuta contro gli scaffali, non se ne era accorta sino a quando non aveva sentito l'odore alle sue spalle. Quella di Henry era terribilmente stropicciata, Mary poi nella sua imitazione di Godzilla l'aveva ridotta a uno straccio. L'unica che sembrava immacolata era quella della ragazza bionda. Come quella mattina però iniziava a mostrare i primi segni di stanchezza. Ogni tanto si poggiava a uno dei lampioni o ai carretti che avrebbero dovuto vendere hot dog.

"Se hai bisogno di una spalla, non esitare," le disse subito Henry. Era proprio tipico suo: non si reggeva nemmeno lui in piedi a momenti e si offriva di sorreggere un'altra persona.

Si ricordò subito quando l'aveva portata in braccio per tutti i gironi fino al giardino nascosto in quella profonda buca. Era iniziata da lì quella pesantezza che gravava sulla sua mente e le toglieva lucidità.

La ragazza bionda aveva lanciato un'occhiata a Aria poi si era aggrappata a Henry, a dire il vero si sorreggevano a vicenda. La ragazza era alta quasi quanto lui, come aveva fatto a non accorgersene? Ma era così il giorno prima? Non ne era sicura.

Vederla di spalle le dava uno strano senso di déjà-vu, non collegabile a niente però. Ci si concentrò con tutte le energie ma nulla da fare.

A un certo punto voltarono un angolo, Aria invece rallentò indecisa ma spinta dall'obbligo. Mary continuava a guardarsi intorno e si fermava a guardare in ogni aiuola, in ogni cestino, alla ricerca frenetica di una fiala.

"Non prenderai più quella roba, perciò puoi anche smettere di cercarla" le disse Aria.

"La prenderò, invece".

"No".

"Non sei mia madre," urlò con gli occhi che subito si riempirono di lacrime, "Tu l'hai uccisa mia madre. E anche mia sorella. Cosa ti fa pensare che ora tu possa dirmi cosa fare?"

Non sono in grado di prendermi cura di nessuno, pensò Aria, era questo che Mary in realtà avrebbe voluto dire, era sottinteso nelle sue parole.

"Mi dispiace, te l'ho ripetuto un'infinità di volte. Chiudere quel mondo era l'unica cosa che potessi fare".

"E chi se ne frega. Puoi anche smetterla".

"Mary," disse calma "Sei tu che devi smetterla".

Aria scrutò il suo viso stupito, le labbra esangui e sempre più sottili, le guance infossate, gli occhi enormi su quel piccolo viso allungato che appariva ancora più affilato.

Era ora di darsi una smossa. "Se il tuo intento è farti ammazzare, vai pure, è questo che succederà se continuerai ad attaccarti a quelle fiale. Tolgono la lucidità e a noi serve. Se non mi vuoi ascoltare, vattene. Voltati e vattene. Non ti fermerà nessuno", se conosceva Mary… o meglio la Mary che era diventata, lei per paura non l'avrebbe fatto. Ma in quel momento era più forte la rabbia, l'orgoglio ferito. Così la guardò a bocca semi aperta, poi strinse i pugni, le diede di netto le spalle e camminò nella direzione giusta.

Aria fece mezzo passo avanti, *avrò sbagliato di nuovo?* Si disse, ma sapeva che in quella maniera non poteva andare avanti. Forse passando un po' di tempo da sola sarebbe tornata ragionevole.

Si sbrigò a voltare l'angolo, con la gola chiusa dall'agitazione e in mente la sagoma magra e piccola di Mary che si allontanava, sola e senza armi. Voleva tornare indietro. No, voleva la vecchia Mary indietro. O almeno una Mary simile a quella che era stata, non poteva andare avanti così.

Girato l'angolo vide un ragazzino che camminava con una mano in tasca e una che pendeva fuori. La schiena tutta piegata in avanti come se fosse un vortice costretto a stare in piedi. Assomigliava a un punto interrogativo.

In una mano notò una margherita gialla. Aria vide che stava seguendo la ragazza bionda e Henry perché quando voltarono di nuovo, lui voltò con loro. Aria si affrettò, Henry si continuava a girare cercandola, non sembrava vedere quel ragazzino che di colpo inchiodò costringendo la ragazza a rallentare e poi a fermarsi.

Era indecisa se sorpassarlo o se restare lì. Qualcosa la bloccava.

Alla fine si mosse per girargli intorno, lo fece in punta di piedi, come per non svegliare un fantasma. Quello non sembrava nemmeno respirare. Quando si allineò al suo corpo il ragazzino le strinse il polso lasciando cadere la margherita, un punto giallo sul cemento. Con l'altra mano puntò il dito verso la ragazza bionda, "Attenta a lei" disse come aveva già fatto sulla spiaggia. Un avvertimento.

Aria non lo guardò, sentì solo il polso liberarsi dalla stretta, non sapeva perché ma non aveva provato panico, era come se fosse la sua stessa mano ad aver compiuto quel gesto.

Raccolse il fiore che perse tutti i suoi petali.

"Aria" chiamò Henry staccandosi dalla ragazza.

Lei li raggiunse stringendo in mano il fiore e pensando, *una margherita gialla*.

"Che hai lì?"

"Una margherita gialla" disse fissando la ragazza che inarcò un istante le sopracciglia, un movimento impercettibile.

"È morta".

"È morta, sì", disse Aria fissandola.

Fu Henry ha interrompere quello sguardo che le due continuavano a tenere incollato all'altra.

"Dov'è Mary?"

"È andata via".

"Che vuol dire?"

"Quello che ho detto".

"L'hai lasciata da sola?"

"È stata una sua scelta, Henry. Non vuole seguire ciò che ho da dire, perciò doveva andare a schiarirsi le idee da qualche parte".

"Tu fai sempre così", commentò Henry, "Quando la gente non ti dà retta la tagli fuori".

"Oh, ti prego Henry. Non ricominciamo. Sembra che questo mondo ci faccia continuamente litigare".

"Non è il mondo. Sei tu", disse convinto, sbuffando appena e stropicciandosi i capelli.

"Stavolta ha ragione Aria, Henry", aggiunse la ragazza bionda, schierandosi inaspettatamente dalla sua parte, "si stava drogando con le fiale. Non era lucida, era inutile e pericolosa per tutti noi".

"È solo una bambina".

"Abbastanza grande" disse Aria, "Perché ragioni. Sembra che voglia farsi ammazzare. Non abbiamo bisogno di kamikaze qua. Bastiamo noi".

"Non so, Aria".

"Henry, tranquillo. Tornerà".

"Se sopravvivrà a questa giornata".

"Se non sopravvivrà tanto meglio" sussurrò la ragazza bionda.

"Come?"

"Niente" disse riprendendo a camminare e infilandosi stavolta in un negozio di articoli sportivi. Cosa aveva fiutato?

Henry era sempre meno convinto.

"Non possiamo aiutare tutti, soprattutto se non ce lo permettono", Aria gli toccò la spalla con uno strano timore.

"Lo so, è che..."

"Sei un inguaribile sostenitore delle cause perse. Anche io sono una causa persa" disse ridacchiando "a modo mio".

Henry le diede una schicchera sul naso come faceva spesso quando erano a casa, la loro vera casa e la cosa le fece crollare il cuore nel petto. Per un attimo trattenne il respiro e si disse di non lasciarsi andare.

Anche Henry sospirò, scrutava la strada come se aspettasse che gli amici comparissero dietro l'angolo, dal nulla, come accadeva in tante di quelle mattine che un tempo finiva per dare per scontate. Ma quella era un'altra città, e soprattutto un altro mondo.

"Stavamo bene, davvero bene", sussurrò Henry dimostrando di aver pensato alla stessa cosa di Aria. I ricordi si erano fatti nitidi anche per lui ormai.

Aveva lo sguardo appannato, gli occhi tristi e il respiro era un rantolo diffuso che faticava a tornare normale.

"Non so che darei per vederli sbucare, per sentirli ridere da lontano", disse lui perdendosi in quei ricordi.

Aria non riusciva a parlare, guardò in alto come faceva ogni mattina, ma il sole era nascosto dai grattacieli e da un leggero strato di nubi pallide.

"Mi dispiace," mormorò Henry prendendole la mano, "Io credo in te. Lo sai, vero?"

Lei annuì, "E se fossi io a non…" disse con voce spezzata, ma la ragazza bionda iniziò a chiamarli, "ragazzi, venite".

Aria si sfilò dalla sua mano e guardando a terra entrò nel negozio. C'era un uomo ancora vivo che si teneva il petto.

"Sei stata tu?"

"E con quale arma?"

Poi notò una freccia insanguinata su un lato e la sua mano aperta verso l'alto, sicuramente aveva provato a staccarla finendo per fare maggiori danni.

Henry non esitò un momento, si inginocchiò accanto a lui per vedere quella ferita, "nell'infermeria", disse rivolto verso Aria, "Ho visto ferite di tutti i tipi". Aveva quasi dimenticato quel dettaglio, tutto quel tempo che aveva passato in quella strana prigionia.

"E questa è grave" proseguì. Sotto la schiena dell'uomo si era allargata un enorme pozza di sangue che per la leggera pendenza era scivolata indietro, verso il retro del negozio.

Aria si piegò e gli tolse dalle mani l'arma, non c'era bisogno di fare altro, forse sarebbe sopravvissuto almeno fino alla fine del gioco e a quel punto la ferita si sarebbe richiusa.

Nessuno di loro in quel momento aveva intenzione di ucciderlo.

La ragazza bionda cercò intorno. Ai lati di due pareti verde scuro due lunghe file di cappotti da neve appesi, perlopiù rossi e neri, poi una serie di maglioni. In alto uno scaffale con maglie e sopra ancora una serie di cappelli che sembravano sospesi e facevano apparire quella scena bizzarra. Sembravano tante teste fantasma che li fissavano.

"Aria, aiutami" disse la ragazza bionda.

E lei si mosse verso un cappello in particolare, di lato aveva notato una sporgenza e infatti aveva visto bene: una fiala era legata sotto una piuma decorativa.

"Hai trovato un tonico", disse la ragazza, "Bell'occhio, brava".

"Non ho intenzione di berlo".

"Henry, bevilo tu, hai ancora il collo arrossato. Forse…"

"Non lo berrà nemmeno lui" disse prima che potesse rispondere.

"Parli sempre al posto degli altri?" la ragazza bionda incrociò le braccia con aria battagliera.

"Ma come, pensavo che ormai fossi dalla mia parte", disse ironicamente Aria. "Henry?" voleva che confermasse ciò che aveva detto, e invece disse: "Dammelo".

Aria ne rimase stupita ma fece ciò che aveva detto, "Non è una buona idea. Quella roba…"

Si bloccò quando vide Henry chinarsi sull'uomo che era svenuto ma vivo e somministragli la fiala. Aprì gli occhi e come se gli avessero dato una botta di adrenalina in vena scattò all'indietro, si trascinò spaventato allontanandosi dagli altri fino a colpire con la schiena il bancone. Una serie di cappotti ben piegati e pronti a essere appesi, gli cadde sulla testa nascondendolo.

"Bene. Ora che l'hai fatto possiamo andare?" era ancora innervosita per non aver previsto una cosa così, ma forse di più perché Henry aveva confermato ciò che la ragazza bionda aveva affermato. E ancora di più perché sapeva che era vero. E questo la faceva sentire a disagio.

"Sei stato dolce" disse invece la ragazza bionda toccandogli il gomito e facendolo arrossire.

"Almeno potrà resistere fino alla fine del gioco".

"Vero".

Aria era già uscita, gli occhi puntati sui petali gialli a terra. Sentì schioccare una freccia e fece giusto in tempo a spostarsi.

Un ragazzino si nascondeva dietro il muretto di un garage interrato.

"Tutti giù. È ancora qui!"

Continuava a chiedersi perché i due giocatori non dessero loro informazioni.

Il tipo acquattato fuori continuava a scagliare frecce come se ne avesse una scorta infinita. Dalla strada si alzò un odore di wurstel alla griglia e a Aria venne all'istante un colpo di nausea, erano finiti i tempi in cui lo stomaco le brontolava senza sosta a ogni ora. Durante quel lungo viaggio, in quel luogo in particolare, sembrava aver perso del tutto l'appetito. Se non le avessero messo il cibo davanti forse si sarebbe scordata di mangiare. Era tale la portata della sua ansia, il peso degli avvenimenti.

L'appetito era stato sostituito da un voltastomaco quasi costante, una nausea data dal sangue che continuava a vedere da ogni parte. E pensare che prima del mondo di Nebbia solo una volta aveva visto tanto sangue: quando era morto Dan. Sull'asfalto freddo in quella giornata che minacciava pioggia ogni momento.

"State giù" ripeté di nuovo. Si erano rinchiusi nel negozio e le frecce continuavano a conficcarsi nel vetro che si crepava disperdendosi in piccole onde, come il cuore di un tronco. Ma il vetro resisteva.

Poi di colpo il nulla. Si sentì qualcuno battere alla porta.

Aria riconobbe subito la sagoma e corse ad aprire. Era Mary che le si lanciò tra le braccia, "Scusami. Scusami".

Aria l'abbracciò tirando un sospiro di sollievo gigantesco, per fortuna aveva avuto ragione.

"Tranquilla" le disse accarezzandole i capelli. Tremava come una foglia e aveva la pelle gelida.

La ragazza bionda si affrettò a chiudere la porta e le frecce ripresero.

Mary si nascose dietro il bancone al posto che era della ragazza bionda.

"Perché hanno smesso?" chiese Aria senza riuscire a darsi una spiegazione.

"Forse ci volevano prendere tutti insieme" rispose la ragazza bionda.

"È l'unica spiegazione" commentò Henry.

Sentivano alcune frecce mancare il bersaglio, cadere a terra sul marciapiede, o spezzarsi. Era una pioggia, "Ma quanti diavolo sono?" commentò Henry perdendo un po' della sua naturale calma, "Di questo passo non usciremo mai più di qui... vivi".

"Il segnale?" chiese Aria, "Non dovrebbe essere ora, ormai?"

La ragazza bionda si era accovacciata accanto il bancone tenendo Mary con sé.

"Ci siamo. 3...2...1"

Bip, bip, bip.

Le frecce smisero di ticchettare sul vetro che ormai era quasi del tutto rotto. E i ragazzi tirarono un sospiro di sollievo.

"Che precisione" commentò Aria.

"Orientamento" rispose lei.

Henry si rilassò, il collo finalmente si era schiarito, anche se l'impronta della mano era ancora visibile e i segni delle unghie sempre al loro posto.

Prima di uscire da quel negozio la ragazza bionda guardò verso l'alto il lampadario pendente che sembrava un piatto cavo pronto a cadere e sembrò avere una qualche intuizione. Si arrampicò su uno scaffale e allungò il braccio per raggiungerlo.

Henry si avvicinò e le tenne con fare protettivo la vita per evitare che cadesse. Prima di prendere ciò che cercava gli riservò un piccolo sorriso.

Sopra era stata nascosta una fialetta. Aria si stupiva della precisione con cui finiva per scovare gli oggetti.

"Un altro centro, eh? Sembra quasi che tu sappia dove i due nascondano le cose".

"Non dire stupidaggini" commentò Henry quasi indignato.

"So come ragionano" si limitò a dire lei. Poi saltò giù. "Tieni, bevi".

"Abbiamo detto che non prenderemo mai più niente di quella roba".

"Gli serve", disse decisa, "Ti fa male il collo, vero? Molto male".

Lui annuì stupito.

"Lo capisco da come inarchi la schiena. Se bevi ti passerà tutto subito".

Aria passava gli occhi dalla ragazza a Henry, da Henry alla ragazza, non si era accorta di nulla e il fatto che lei invece l'avesse notato...

"E gli effetti collaterali?"

"Questo non è che ne abbia poi..."

"Crea dipendenza".

"Dipende da chi lo beve" e guardò Mary che guardava ammirata e un po' sperduta i cappotti imbottiti.

"Non lo sapevo".

"Forza, così ti farai una bella dormita e domani sarai... perfetto".

Henry la guardò per un lungo istante e le sorrise, poi prese la fiala e la buttò giù, "grazie, per averlo notato intendo".

"Quando vuoi. E ora siamo a quattro" disse seria, scoppiando a ridere solo quando diede loro le spalle.

"Ma... non è valido! Questo era un generoso dono, non puoi calcolarlo".

"Quattro!" ripeté lei.

Henry la inseguì sorpassando Aria, "Su per piacere. Abbonamela. Di questo passo sarò in debito in eterno".

Lei si voltò, "Sarebbe bello".

Henry inghiottì la sorpresa e si bloccò mentre Mary sgambettava dalla ragazza bionda come calamitata.

Sembrava esser diventata il suo cucciolo da compagnia. Di essersi lanciata tra le braccia di Aria sembrava esserselo dimenticato ma lei lo vide lo stesso come un passo avanti.

Aria non era riuscita a dire nulla, sentiva solo che Henry era nei guai, che loro erano nei guai.

Quella sensazione di ansia che le grattava lo stomaco continuava a non passarle. Stavano percorrendo le strade di quella New York deserta come se stessero andando a una gita.

Almeno loro. Lei non riusciva a fare a meno di guardarsi intorno, e poi si era affacciato quel nuovo fastidio a cui era riuscita a dare una forma solo dopo.

Il fatto che quella conosceva Henry da quanto... due giorni? Si accorgesse quando stava male, o bene, la irritava ogni oltre misura. Ma soprattutto perché lei non ci aveva fatto caso.

La schiena piegata? Il collo indolenzito fino a quel punto? Davvero? Come aveva fatto a non notarlo? E questo confermava silenziosamente tutte quelle idee, quei dubbi che ormai erano il suo pane quotidiano e che diventavano sempre più consistenti. *Sono una persona terribile*, si disse mentre guardava le tre schiene proseguire con passo sicuro, senza esitazione. Ma soprattutto senza voltarsi mai.

"Quando? Non ho visto..." disse Mary, "Per me hai qualcosa?"

"Non ti serve".

"Sì, invece!"

"Ora smettila, dai" disse Henry.

"Ma..."

"Mary" chiamò seria la ragazza, e lei subito diventò taciturna, anche se quando vedeva cestini e altro non riusciva a evitare di cercare.

Sembrava ormai aver sostituito il ruolo che prima era occupato da Aria. Si fidava di lei, o forse le veniva imposto di fidarsi di lei. Scrutò la ragazza. Non era strano?

Aria non riusciva a togliersi dalla mente quell'idea. *Come strapparti quella maschera?*

Come se avesse sentito, la ragazza si voltò verso di lei sorridendole.

Ti stai prendendo gioco di me? Te lo faccio scomparire io quel sorriso dalla faccia. Penserà che siamo in suo pugno. Devo trovare il giardino. Dobbiamo andarcene.

La comparsa di Cicatrice mise tutti e quattro sull'attenti. Aria si chiese se prima o poi sarebbe riuscito a farle fuori. Era talmente motivato, talmente pieno d'odio, e lo si vedeva dalla sua brutta faccia, che prima o poi ci sarebbe riuscito, ne era convinta.

Raggiunsero una delle porte che non era quella attraverso cui erano passati all'inizio, e prima che l'aprissero ciò che avevano alle spalle scomparve. New York non era più al suo posto. Solo un bianco denso che non dava l'idea delle distanze, delle profondità.

"Guarda davanti a te, solo davanti a te" disse la ragazza bionda.

"So io quello che devo fare".

"Aria" mormorò Henry.

"Henry" rispose lei.

"Per favore" sussurrò lui massaggiandosi ancora il collo.

E cosa vorrebbe dire questo per favore? Si era voltata e l'aveva fulminato. Poi aprì la porta, per oggi ne aveva proprio abbastanza. E poi? Non aveva trovato nessun maledetto punto fisso.

Henry pensò alla stessa cosa, infatti disse, "Zero orientamento".

"Zero".

I due sospirarono, mentre Mary iniziò a tremare come se il vedere quella piazza la ricollegasse subito al panico della prima volta, della prima uccisione. Senza quelle fiale non riusciva a mantenere la calma.

Aria se ne accorse. Di questo si accorse. La prese per mano, non smise di stringerla e lei si calmò, ma soprattutto rispose alla stretta. Quelle dita piccole e fredde la facevano correre sempre con la mente al mondo del Bosco. Alle mattine passate in mezzo ai campi. Ricordava con esattezza la risata di Loren, e il modo che aveva di stare insieme a sua sorella. Ricordava la notte in cui era passata sotto il loro balcone e aveva visto Loren pettinare Mary, come forse faceva anche la mattina, quando con pazienza creava dal nulla le trecce. Ora quelle trecce non esistevano più, e nemmeno Loren.

E Mary? Forse anche lei non esisteva più.

La lasciò andare avvicinandosi alla ragazza bionda e alzò occhi vuoti verso il cielo come se aspettasse la pioggia.

"Good".

Non era arrivata nessun'altra parola, come se il fratello fosse di colpo assente.

Una sola porta, sulla sinistra, si era spalancata e le persone avevano iniziato a scemare fuori come un esercito stanco dopo una battaglia.

Il colore predominante su quelle maglie gialle e arancioni che si mescolavano era un rosso vivo. Il sangue di qualcuno che forse ti camminava accanto perché era costretto a farlo. Alcuni erano così indolenziti dalla battaglia da zoppicare, c'era chi si lamentava tenendosi strette al petto le braccia, chi stringeva la spalla, uno proprio di fronte ad Aria aveva un buco sulla maglietta ma nessuna ferita, solo i suoi strascichi.

Le donne erano sempre quelle che stavano peggio. Alcune piangevano silenziosamente, talmente piano che forse non si accorgevano nemmeno di farlo. C'erano le due sorelle gemelle che anche se non avevano partecipato ai giochi mostravano gli stessi segni degli altri sulla pelle, marchi indelebili delle loro sofferenze in un mondo che non lasciava nessuna libertà. Che era solo il parco giochi di due ragazzini senza moralità.

Aria strinse i pugni. *Un altro mondo malato*, si disse. Quanto più degli altri non seppe dirlo. Almeno lì era tutto di una chiarezza lampante. Non c'erano segreti. L'unico segreto che esisteva e che voleva svelare a tutti i costi era il nascondiglio del giardino degli aranci.

Ti troverò, si disse decisa. *Ti troverò*.

La ragazza bionda, ora al suo fianco, chiese ancora una volta, "Come ti senti? Ti sei ambientata?" le parole, si sentiva, sembravano figlie di una curiosità, di un desiderio che non era in grado di nascondere.

"No" disse Aria, era quella la risposta che era giusto dare, anche se non era poi così vero, aveva appurato. Ma mentì perché doveva. Non riusciva ad orientarsi bene, ma in fatto di orientamento... iniziava a "funzionare" come era necessario. La ragazza bionda si accartocciò un po' su se stessa, delusa, per poi riprendersi, "Ma certo, ti capisco. Non è semplice".

Cosa vuoi da me? Avrebbe voluto chiederle, ma si dimenticò di tutto quando sentì il profumo degli aranci colpirle il naso. Cercò di non farsi vedere mentre annusava l'aria con sempre maggior fervore.

Dove sei? Dove sei? Continuava a ripetersi nella mente come se il giardino potesse sentirla.

La strada per raggiungere le prigioni sembrava sempre più distante, o forse era solo la stanchezza a rendere quel percorso insostenibile. Quante volte le persone si fermavano a riposare, e quante volte gli scimmioni comparivano nel nulla per spingerli avanti.

Una strada dai mattoncini gialli, come quella del Mago di Oz.

Ragazzini, commentò tra sé e sé, Aria, senza ammettere che anche lei adorava quel film. Prima di quel momento, almeno.

Iniziò a guardare in alto, verso il pallido sole che incombeva su di loro come un fantasma.

Dove sei? Non smetteva di ripetere, *dove sei?*

Quando comparve la prigione, l'intensità con cui Aria lo chiedeva si fece accecante.

Svelati, disse di colpo.

Il luccichio la colpì in pieno viso, di nuovo quelle linee nere che delimitavano uno spazio fantasma. La ragazza bionda, come se lo sapesse, andò proprio sotto quello spazio, e chiamò Aria che si avvicinò titubante, smettendo di fissare quello spigolo, smettendo di annusare l'aria che ora era piena solo del profumo degli aranci.

La ragazza raccolse qualcosa da terra, "Guarda" disse con una sorpresa che sembrava genuina, "un'arancia".

Aria cercò di mantenersi imperscrutabile, "Che sarà mai? Non hai mai visto un'arancia in vita tua?"

Ma sentì subito Henry alle sue spalle, "Aria".

Si immaginò la sua faccia sorpresa, le sopracciglia bionde arcuate all'inverosimile e gli occhi sgranati come se avessero visto ormai la salvezza. Conosceva Henry, era uno che non era in grado di mentire, né di celare il suo entusiasmo.

"Non è nulla, Henry", si voltò con tutta la calma possibile, anche se il cuore le balzava in petto, "è solo" disse marcando la parola *solo* "Una stupida arancia. Anche se non ne vedi da tanto non è un buon motivo per fare quella faccia. E chiudi quella bocca, rischi di mangiarti dei moscerini".

"Aria…" cercò di riprendere Henry un po' stordito.

"Mangiala pure" lo interruppe dandogli le spalle, "Io non amo le arance".

E detto questo tornò nel gruppo. Stranamente i due ragazzini non avevano messo bocca, mentre le altre pedine se ne stavano immobili a fissare quella porta che ancora non si apriva.

Il giardino, si disse Aria, *è lì*. Trattenne un sorriso che voleva scappare e si affiancò a Henry che la guardava domandandosi cosa avesse in mente, a volte non era abbastanza perspicace. O forse non gli era ancora chiaro che Aria con la ragazza bionda non voleva condividere nessuna informazione.

Alle loro spalle si alzarono dei muri che non sembravano avere soffitto.

"Dividetevi. Maschi a destra. Femmine a sinistra".

Tutti obbedirono e si misero in fila. Entrarono uno alla volta. Quando fu il turno di Aria notò che erano dei semplici, e anche spartani, box doccia intagliati nella roccia, un buco quadrato sulla parete laterale collegava lo spazio dedicato alle donne da quello degli uomini. Aria notò la schiena di Henry allontanarsi e altri che guardavano divertiti verso di loro. Non ci pensò due volte a prendere Mary e a raggiungere quello più lontano possibile, non aveva notato la ragazzina stringere qualcosa in mano. Non c'erano tende e il soffitto, come aveva immaginato, era un optional.

I ragazzini mancano di fantasia, si disse Aria. *O forse sono stanchi, come un po' tutti noi, e si sono dimenticati qualche dettaglio di poco conto.*

Che senso ha cambiare questo spazio ogni giorno? Si chiese spingendo Mary nell'ultimo box e occupando per sé il penultimo. Anche la ragazza bionda li aveva seguiti, sembrava così stanca. Camminava tutta piegata e quasi cadde nel suo spazio.

Gli ultimi arrivati in quel mondo, aveva capito Aria, erano ancora abbastanza svegli da ascoltare i propri bisogni.

Non erano svuotati dalle loro pulsioni come gli uomini soldato, come Cicatrice che ormai aveva la mente spappolata. Per questo, quando aveva sentito urlare, si era immaginata all'istante tutto. Il ragazzo che il primo giorno era stato decapitato si era infilato in uno dei box, il primo per essere precisi. All'urlo Aria aveva pensato di muoversi, si era appena affacciata e aveva fatto in tempo a vedere il suo viso. Poi però era calato il silenzio e aveva solo sentito i due ragazzi ridacchiare intorno a noi, se quello era il momento migliore della giornata, per quale motivo li facevano combattere? *Potrebbe essere tutto una lunga e interminabile doccia.* Il pensiero, dopo averla innervosita, la fece persino ridere. *Che sono diventata?* Si disse. *Rido di una cosa del genere, e non intervengo quando... oh, basta.*

Si lavò concentrandosi solo sui lamenti di Mary, la sentiva singhiozzare, aveva deciso di lasciarle quel momento tutto per sé, e intanto così aveva la certezza che fosse ancora lì, accanto a lei, anche se in pezzi.

Si poggiò con la fronte al muro ruvido e restò alcuni momenti così, sentiva di nuovo quel peso e desiderò dell'acqua ghiacciata per calmare il bruciore della chiave. Si limitò a sbattere il palmo contro il muro sperando che la smettesse, mentre gocce altrettanto brucianti le scorrevano lungo il collo, le spalle. Era diventato tutto così caldo e opprimente che si decise di uscire.

Si rivestì alla velocità che quella stanchezza gli permetteva e vide la sagoma del ragazzo sparire oltre il muro, quando il segnale dei due ragazzini tagliò in due il silenzio. Non era volato più nemmeno un lamento a parte quel suono netto. Il richiamo delle bestie che dovevano tornare nel loro stretto recinto.

Henry uscì per primo e si avvicinò alle tre ragazze. Anche se non voleva, era meglio tenersela intorno la ragazza bionda.

"Non ci hai detto il tuo nome", disse Mary all'improvviso rivolta proprio a lei.

"È... vero" balbettò sorpresa Aria per essersene dimenticata.

"Scusami, che maleducati" Henry ne era ancora più sorpreso.

Lei sembrava presa in contropiede, "Io... io..."

"Cos'è, non sai il tuo nome?" domandò Aria.

"No. È che nessuno me lo chiede da molto tempo".

Aria pensò subito che stesse cercando una qualche scappatoia, e invece in questo caso era solo confusa, perché forse non doveva accadere.

Mary riprese a camminare come se non avesse parlato, ma Henry e Aria erano rimasti in attesa.

"Eloise" disse la ragazza guardandola dritta negli occhi, "Mi chiamo Eloise".

E sembrò quasi un grido d'aiuto. Aria si ritrasse appena, colpita da quella sensazione e da quel nome che suonava così familiare, lo sentiva chiamare nella sua mente.

"Eloise, tanto piacere. Non so proprio perché..." disse sforzandosi di pensarci, scuotendo la testa come se combattesse contro qualcosa.

"Lascia stare" lo interruppe lei. "Non è raro che accada".

"Sbrigatevi" disse la solita voce, di colpo stizzita.

"Calmo".

"Smettila di dirmi di stare calmo".

Mary si infilò qualcosa in bocca e tornò assente.

"Va tutto bene" urlò. E tutti, come al solito, erano vestiti di bianco, pronti a camminare.

"Muovetevi pedine", gridò ora quello dalla voce esile.

La ragazza bionda guardò appena in alto e le voci si acquietarono, alla fine avevano detto tutto quello che serviva.

"Almeno ci tengono a vederci puliti e splendenti" commentò Henry.

"A loro piace solo il sangue", commentò Eloise.

"Ma non lo fanno per quello. La logica è un'altra" mormorò Aria riflettendo, non ebbe il tempo di terminare il ragionamento che la porta della prigione si spalancò. C'era solo da attraversare quella lingua di terra.

Aria e Henry vennero lasciati andare avanti, poco di fronte a loro Mary che si affiancava alle due gemelle abbracciate l'una all'altra per sorreggersi o per sopportare insieme di dover tornare ancora una volta in quel buio.

I due amici si lanciarono un'occhiata stanca. Aria sentiva la presenza ingombrante dell'altra alle loro spalle e sapeva di non poter parlare. E poi ormai stavano entrando.

Guardò verso quel luccichio e sperò che l'odore di arance che continuava a sentire non fosse frutto della sua immaginazione.

Le celle si aprirono tutte insieme, Aria si fermò di nuovo di fronte alle "unknown", mentre gli altri andarono ad ammassarsi in quelle divise per lettere. Fece giusto in tempo a vedere Cicatrice entrare nella A insieme al ragazzino decapitato. I due si erano guardati con intesa. Eppure era convinta che Cicatrice non parlasse con nessuno.

Poi le donne, le due gemelle erano con altre quattro persone nel gruppo D. Aria si chiese perché i due giocatori insistettero nel tenere gente così scarsa, che divertimento potevano trarne? Ma era chiaro, pensò sedendosi, che ciò che desideravano era vederle umiliate, vederle morire, più e più volte.

Ripensò di nuovo a quell'articolo e a quel punto si affacciò per attirare l'attenzione di Henry, ma prima guardò distrattamente nella cella della ragazza bionda, Eloise, e la vide in un angolo, già addormentata.

"Henry" chiamò.

"Ci sono", poi si voltò verso la cella di Eloise, "Ma ci pensi? Non le abbiamo chiesto il nome, ma che bestie siamo?"

"Che importanza ha, ora? Non è di questo che voglio parlare".

"Lo so, lo so. È una stupidaggine".

"Oggi sappiamo qualcosa di più".

"Sì" disse Henry mettendosi più comodo, aveva infilato il ginocchio tra le sbarre. "Intanto, che i due hanno ucciso…"

"Dicevamo di conoscere qualcosa in più…" sussurrò Aria guardando in alto come se temesse qualche intrusione poco gradita.

"Vai avanti, stanno già dormendo".

"Che ne sai?"

"Non senti questo insistente respiro? Quest'aria calda che tira da chissà dove?"

"Aria calda che tira da chissà dove".

"Sì, hai capito, non è proprio il massimo come immagine" disse lui stropicciandosi i capelli.

"No, aspetta. Fammi pensare. Fai silenzio un secondo".

"Agli ordini".

Sentì davvero quel respiro, niente si muoveva ma era come risiedere nella gola di un mostro.

"Hai ragione, ho capito. I due sono il mondo".

"Ok, ora sei criptica".

"Ragiona".

"Non hanno corpo".

"Non hanno sicuramente corpo. Sono come sciolti in questo mondo? È quello che pensi?"

"Non saprei, forse. Ma comunque non importa. C'è dell'altro" disse come se se lo fosse ricordato solo in quel momento.

Eloise aprì appena gli occhi e li richiuse.

"So dov'è".

"Cosa?" disse Henry alzandosi in piedi con gli occhi sgranati per la sorpresa.

"Proprio così".

Non riuscirono a dir altro. Aria si tirò indietro e lasciò Henry a domandarsi dove diavolo fosse il giardino degli aranci. Si poggiò contro il muro a riflettere, analizzò passo per passo quella giornata, attraversando diversi stadi di umore, e interiorizzandoli tutti, uno alla volta, fino a calmarsi, fino a scivolare in un sonno freddo.

Passava il tempo e Aria si iniziava a spazientire. Sentiva i respiri addormentati degli altri grattare la superficie della sua coscienza che non trovava pace. La mente schizzava da una parte all'altra, voleva solo fuggire a cercare il giardino. Più volte aveva provato a scassinare quella maledetta serratura ma niente da fare.

Era talmente concentrata su questo da non accorgersi che Eloise non era più lì ad ascoltare. Ma proprio pochi istanti dopo che lei scomparve, Aria crollò in un sonno involontario e improvviso, e tutti i suoi propositi svanirono.

Eloise aveva aspettato che tutti si addormentassero, attese a lungo, Aria si muoveva senza sosta, sicuramente era troppo agitata per la scoperta, e lei non poteva più aspettare. Di colpo svanì, lasciando la cella vuota.

Aprì una porta di nebbia e si ritrovò di fronte alla casa che si vedeva appena, talmente era nascosta, ma lei l'avrebbe trovata sempre, anche se non avesse più avuto occhi per guardare. Tutt'intorno la solita desolazione. Non smise di fissare a terra, sperando di riuscire a raggiungere la porta. Era così stanca. Ripensava al mondo dei ragazzi, anche se era un accordo recente la verità era che entrare e uscire era terribilmente faticoso, troppo faticoso.

Sorpassò la soglia e tornò di nuovo al suo aspetto, allungò una mano rugosa e scheletrica, e la guardò affranta con un sospiro mozzato, poi crollò sfinita su una coperta polverosa.

"Riposa, Eloise. Riposa" disse l'Ombra infestando la casa e la sua anima.

Capitolo 9

"Tornare a vivere" sussurrò allungando una mano verso l'alto, a sfiorare un raggio di sole che entrava dalla finestra. Era così giovane, la pelle candida come quella di una ninfa, si toccò i capelli di cui era sempre andata fiera, lunghi e biondi, splendenti. Strizzò gli occhi e li riaprì come se fosse tutto un sogno, ancora una volta.

Poi sentì una voce chiamarla, "Eloise". Era Henry. Il suono del suo nome era bellissimo tra le sue labbra.

***

"Henry" chiamò subito Aria che l'aveva sentito, "Maledizione!" urlò poi.

"Che succede?"

"Mi sono addormentata! Non dovevo addormentarmi" si rimproverò.

"È un bene, avevi bisogno di riposare. Hai sognato?" le chiese subito, un po' come faceva nel Mondo di Nebbia. Era una stupida abitudine quella.

Aria nel realizzare la risposta sembrò stupita, "No. Non ho sognato".

"E Mary? Dorme ancora".

"La sveglio", disse avvicinandosi. Era rannicchiata verso il muro, ad Aria fece tenerezza, sembrava una neonata nella sua culla. Era immobile e silenziosa. La iniziò a scuotere delicatamente, lei era rigida in quella posizione e un velo di brividi avvertì Aria che c'era qualcosa che non andava.

Continuò a scuoterla sempre più forte e quando il corpo si voltò verso di lei si ritrovò davanti il viso di Loren. Aria non riuscì a trattenere un urlo di spavento.

"Aria. Che succede?"

"Aria" chiamava anche la ragazza bionda.

Aria si avvicinò di nuovo, ora vedeva solo il volto di Mary ma aveva le labbra violacee e la pelle di un bianco sporco.

"Ehi tu" chiamò Eloise correndo alle sbarre, "Mi senti?"

La ragazza bionda si affacciò mentre Henry gridava, "Cos'ha Mary?"

"Hai qualcosa con te? Qualsiasi cosa. Non si sveglia" disse calma.

"Non ho nulla. Ma i due possono..."

"Ehi, voi due!" urlò verso l'alto "Comparite maledetti".

"Maleducata! Non c'è bisogno di urlare", disse voce profonda.

"Che su... Oh, effetti collaterali." commentò l'altro. "Ha preso una fiala di troppo".

Solo allora Aria notò che la ragazzina stava stringendo una fiala tra le mani, come fosse una scialuppa di salvataggio.

"Chi... Datele..." balbettò confusa, presa in contropiede da una situazione inimmaginabile, fino a quel momento.

"No" risposero all'unisono.

"Aria. Si rialzerà comunque" disse Henry tagliuzzando le parole, senza guardare Mary.

"Non..." mormorò con enfasi, sapeva benissimo cosa stava per dire, ma le era sfuggito dalla lingua, o forse era stata la chiave a farle capire che doveva tacere, "Non lo sappiamo".

Henry si agitò come un animale in gabbia e con un sospiro confermò che no, non lo potevano sapere.

"Al massimo se ne andrà senza soffrire in un paio di ore".

"Non potete..." urlò Henry aggrappato alle sbarre, vedere quel corpicino rattrappito l'aveva sconvolto, era impallidito.

"Dovete salvarla, non è arrivata la sua ora" disse con calma Eloise.

Aria non sapeva perché ma era convinta che l'avrebbero ascoltata.

E infatti lo fecero, senza battere ciglio. Cadde dall'alto un'altra fiala che la ragazza prese al volo. Lanciò un'occhiata a Eloise che fece un mezzo sorriso, come a dire "Visto? Ce l'abbiamo fatta" e poi la lanciò ad Aria che cercò di spalancare le labbra serrate di Mary per farle bere quel liquido, era un tonico.

"Grazie..." sussurrò Eloise.

Per un attimo pensò che Eloise avesse in qualche maniera confermato ciò che aveva temuto, che loro lì potessero morire. Ma Eloise che ne sapeva?

"Ora basta, però. Vi voglio fuori subito", disse la voce esile riempiendosi di rabbia.

L'altro non aveva più parlato. La velocità con cui avevano assolto alla richiesta era stata sospetta.

Henry guardava Eloise con altri occhi, "Sai essere convincente, a quanto pare" disse solo.

Lei sorrise passandosi nervosamente le dita nei capelli lunghi ricambiando il suo sguardo, poi poggiandolo su Mary che finalmente aveva ripreso a muoversi.

"Una pedina in meno, meno divertimento, no?" mormorò con eccessivo entusiasmo.

Aria tirò su a sedere Mary e l'abbracciò poi la allontanò subito cambiando espressione, da sollevata ad arrabbiata, "Non ci provare mai più".

Mary sembrò realizzare con ritardo, si guardò intorno sconvolta mentre le labbra violacee tornavano del colore naturale, spinse via Aria con una tale energia che le fece sbattere la schiena a terra.

"Perché l'hai fatto?" gridò con voce tremante, "Perché?"

"Cosa…" rispose lei rialzandosi.

"Dovevi lasciarmi morire. Perché non mi hai lasciata…" e scoppiò in lacrime, mettendosi nella stessa posizione in cui si era addormentata. Non emetteva un suono ma le spalle si contraevano costantemente. Si stringeva con tale energia le braccia intorno al corpo che sembrava voler sparire.

Aria si voltò sconsolata verso Henry che sospirò affranto.

"Fuori, ho detto. Fuori! Fuori!" urlò la voce esile.

"Stai calmo. Pedine, tutte fuori" le porte erano già aperte. "Tutti fuori".

"Lasciatela riposare" chiese Aria indicando Mary. Non solo perché forse aveva davvero bisogno di riposare ma anche perché portarla in giro sarebbe stato un peso visto che cercava di ammazzarsi. Non poteva badare a lei. E poi era così arrabbiata, la rabbia era montata piano piano. Non la voglio davanti, si disse Aria sperando che i ragazzini l'avrebbero esaudita.

"Sì, lasciatela. Non sarebbe utile, stamattina" confermò la ragazza bionda.

Henry intanto fissava Mary con amarezza, dal suo viso sembrava cercare le parole giuste, un modo per farle comprendere come si sentiva, "Non ci credo che tu l'abbia fatto", sussurrò appena, si vedeva che voleva parlarle. Si inginocchiò davanti alle sbarre, visto che nella cella degli altri non poteva entrare, e le disse "guardami. Mary".

Lei si voltò appena. Aveva smesso di singhiozzare. Henry non disse niente, si limitò a fissarla e a trasmettere la sua pena attraverso il suo sguardo. *Quale parole sarebbero adeguate in questo momento?* Pensò subito, *non ce ne sono.*

Mary si sentì imbarazzata, nascose il viso contro il petto e tornò a singhiozzare, stringendo forte le braccia e tremando.

Aria poggiò le mani sulle spalle di Henry che si rialzò lentamente. I palmi gli accarezzarono la schiena, poi si staccarono.

"Non è colpa tua", disse Aria, voleva continuare ma invece tenne la bocca chiusa.

È colpa mia. Voleva dire. *Tu mi avevi avvertita che sarebbe stata una cattiva idea portarla qui.*

Eloise rimase a osservare la scena in silenzio mentre le persone continuavano a scemare fuori. Il segno che era il momento di uscire lo diede Cicatrice, dando una spallata talmente forte a Aria da farla sbattere contro la cella.

"Ehi!" urlò Henry.

"Lascia stare" disse Aria, ma le parole di calma contrastavano con i suoi occhi. *Te la farò pagare*, pensò subito. E poi alla fine aveva tanta rabbia in corpo da scaricare.

Aria vide una delle due gemelle stramazzare al suolo all'improvviso, le venne di muoversi per aiutare, ma alla fine non lo fece, rispecchiando silenziosamente tutto quello che alla fine pensava di se stessa, che era un egoista, per necessità o meno poco importava.

"Farò di tutto per andare via di qui" sussurrò appena.

Henry l'aveva sentita e rispose, "Faremo di tutto", correggendola, eppure Aria in quella battaglia si sentiva completamente sola. La mano le bruciava disperatamente.

Poi crollò di nuovo in quella che sembrava una visione, anche se inizialmente non riuscì a riconoscere il protagonista. Vide solo un ragazzino staccarsi dal gruppo e lo seguì. Non sapeva perché ma sentiva di doverlo fare. Davanti ai suoi piedi prese forma un sentiero di fango e erbacce che correva tra alcune case di un piccolo villaggio. Una ragazza tirava il latte da una mucca, facendolo schizzare a ritmo in un secchio di ferro, un'altra spazzava il piccolo atrio. Le finestre della casa erano serrate come due occhi chiusi sul mondo.

Il ragazzino venne preso per l'orecchio dalla donna che spazzava e gettato dentro casa. Erano da un'altra parte, chissà dove, ma ad Aria non importava, restò a guardare.

"Dove sei stato?"

"A pregare".

Aria notò sul collo il segno di un'unghiata fresca di un giorno.

"A pregare. L'hai sentito?" disse alla ragazza che era appena entrata in casa.

"Vedrai quando viene tuo padre. Sei un piccolo nullafacente" urlò la donna dandogli un ceffone.

Aria rimase sulla soglia a osservare e la ragazza sembrò voltarsi appena verso di lei, poi si strofinò le mani sporche sul grembiule. Un forte odore di stalla e di cucinato le fece venire la nausea.

Il ragazzino era indeciso se avanzare o no. La madre lo afferrò di nuovo per la camicia lisa e lo strattonò con forza come se volesse far uscire il demonio dal suo corpo.

"Ascoltatemi," borbottò "presto nascerà un mondo nuovo, un mondo giusto" urlò trattenendo a stento le lacrime, le labbra tremanti "È così. Io l'ho visto! Succederà! Succederà!"

"Smettila con queste stupidaggini", la madre era esasperata.

"Madre" chiamò la sorella del ragazzo, ma era troppo spaventata per muoversi.

"No, deve smetterla" e detto questo gli spinse la testa nel lavabo e con una tavoletta di sapone rettangolare gli strofinò la bocca fino a farlo strozzare. Aria sentì con precisione tutto quel dolore, l'umiliazione, la rabbia, la desolazione interiore, come se fosse al suo posto.

"Vattene!" disse lasciandolo andare, "E torna a casa quando avrai smesso". Lui si pulì il volto dal sapone, lo sputò fuori con il petto contratto dagli spasmi, le lacrime agli occhi arrossati, "Non mi credete, ma accadrà. E voi... voi non vi salverete mai, perché siete degli egoisti, stupidi, inutili contadini", superò Aria e la soglia. E lei riuscì a vederlo, anche se non c'era bisogno, aveva riconosciuto la forma delle spalle, e quei suoi capelli lisci, quella voce strafottente e sicura. Era Sun. Percorsi alcuni metri, si fermò a un piccolo recinto dove le galline scorrazzavano allegre e si voltò proprio verso di lei. Aria notò la porta che era stata chiusa alle sue spalle e capì che stava fissando proprio lei, "Morirete tutti", disse. "Ricordalo. Morirete tutti".

***

Aria trasalì come se avesse trattenuto il fiato.

"Aria" chiamò Henry, "Ci sei? Dobbiamo muoverci".

Aria si guardò intorno, non si era mossa di un passo. Sia Henry che Eloise la guardavano perplessi.

"Ahi" sussurrò lei stringendo la mano a pugno come ricordandosi solo in quel momento di quanto stesse bruciando.

Sei tu a mandarmi queste visioni? Questi stralci di ricordi? Pensò nella sua mente visualizzando esattamente la forma della chiave, quell'albero e quelle foglie. Ma nessuno rispose. Lei però ne era quasi certa.

Per tutto il tragitto pensò proprio al falso profeta, *insomma, eri semplicemente scappato di casa? Hai stretto un patto perché i tuoi non ti capivano?* Quasi le venne da ridere. *Però sembrava così convinto di quello che diceva...*

Le sarebbe risultata utile quell'informazione, peccato non averla avuta per tempo.

Henry e Eloise camminavano al suo stesso passo, li sentiva respirare al suo fianco. Continuava a temere quella ragazza, era timore perché non sapeva chi diavolo fosse, non era riuscita a staccare quella maschera, ma forse iniziava a intuire chi potesse esserci sotto. Sapeva di più. "Non è la sua ora" aveva detto, *e che ne sa lei quale sarà la nostra ora?* Pensò Aria, se ha detto così era forse perché lei la conosceva?

A terra calpestavano per la seconda volta un prato incolto, si capiva che non erano chiamati a fare nulla di importante quel pomeriggio, la piazza era identica a quella della mattina, poteva vederla attraverso una delle tante porte spalancate, e il fatto che non si fossero sforzati di cambiare ciò che avevano intorno confermava quell'impressione.

"Questa mattina qualcosa di diverso" disse solo guardandosi intorno, sentiva che sarebbe stato qualcosa di diverso. Infatti i soliti scimmioni li fecero deviare verso destra, dovevano girare intorno alla piazza. Henry annuì e senza farci caso lasciò scorrere la mano su quella parete all'apparenza sottile, *solo uno stupido muro di legno, non più spesso di un'unghia*, pensò.

Aria guardò oltre le porte.

"Come lo sai?" chiese invece la ragazza bionda. Era una domanda legittima eppure stupida, oltretutto lei non sembrava aspettarsi una risposta, Aria la vedeva già scritta nei suoi occhi.

"Intuito", disse solo, *e tu allora?* Pensò, *come lo sai?* Ma tornò a perdersi con lo sguardo oltre le porte, poi sul muro, poi sulla mano di Henry e quel leggero fruscio, il silenzio tutt'intorno, i respiri delle persone e quello dei suoi dubbi.

Cicatrice camminava avanti a tutti e lei non lo perdeva mai di vista, ma tanto non avrebbe mai attaccato, lui rispettava le regole di quel mondo, lui amava quel mondo. Era quella l'impressione che ora le si era incisa nella mente. Iniziava a capire tutto con più facilità, aveva accolto una lucidità del tutto nuova, e tanto attesa. Da quando erano in quel mondo aveva fatto tanta, troppa fatica.

Poi a pochi metri da loro si ritrovarono delle cabine, sembravano almeno. Erano tre, di vetro, somiglianti vagamente a quelle cupole dove scaricavano gli incubi.

Henry e Aria si guardarono nello stesso istante.

Le cabine avevano una porta e al centro una sedia. Nient'altro. Tutto era abbastanza visibile ma non distinguibile con semplicità. Quel vetro era tutto un gioco di luci e specchi, come se delle mani infastidite avessero stretto quella cupola sino a deformarla, sciogliendo con il sudore la sua superficie.

"Bene. Oggi facciamo una cosa nuova. Visto che…"

"Nessuna spiegazione. Sono pedine" disse voce profonda.

"Sì…" rispose imbarazzato l'altro.

"Primi tre a entrare: gli ultimi arrivati, ovviamente. Moretta tu al centro".

"Ho un nome" disse Aria.

"Preferisci Deficiente?"

Il fratello scoppiò a ridere, "Bella questa, bella!"

"Ride bene chi ride ultimo" commentò Aria facendo un bel respiro. Vide una delle due gemelle tenere in piedi la sorella, quella che solo lo scorso giorno si era uccisa e era rinata tra tremende sofferenze. Non sembrava stare meglio, era di un colore simile al marmo, gli occhi puntati a terra e un tremolio diffuso. Le labbra quasi viola completavano il quadro. Anche lei stava abusando di fialette.

"David, per favore" disse una delle due gemelle all'improvviso, "Facci tornare a casa".

"Come... zitta, zitta, zitta!" urlò voce profonda perdendo la pazienza per la prima volta.

"Non puoi dirlo", disse l'altro con una voce quasi spaventata.

"Casa? Casa non esiste" disse il fratello riprendendo subito il suo controllo.

David, pensò Aria.

"Voi tre. Avanti. Come ho già detto", la voce gli tremava, era chiaro che sentire il suo nome lo aveva stordito, era stato come un colpo ben assestato. Lo sentiva respirare a stento, poi il silenzio.

Si erano ritirati, 'spegnendo i microfoni' per non farsi sentire. Era questa l'immagine, quasi le sembrava di riuscire a immaginarseli proprio così, due ragazzini dietro la consolle con cuffie alle orecchie e microfono ben fissato davanti alle labbra. Peccato che la mente a volte creasse immagini del tutto diverse dai propri pensieri razionali, lo sapeva che quei ragazzini non avevano più il corpo. Era così.

"Bene, vediamo cosa si fa di bello" disse Aria tirandosi avanti, figurarsi se se lo faceva ripetere un'altra volta, due erano bastate. Anzi le era dispiaciuto di non essersi andata a sedere subito, senza che nessuno le avesse detto niente. Peccato, un'occasione persa per dettare legge. O per tentare almeno un finto controllo sulla situazione.

"Aria aspetta, non sappiamo cosa..." disse Henry seguendola come a bloccarla, mentre la seconda gemella si era accovacciata a terra accanto alla sorella, sconfitta.

Aria scrollò le spalle, *niente di grave, comunque*, anche su questo era sicura. "Fidati e basta".

"Come si è fidato Will?"

Non era stato Henry a parlare.

Quella voce gelida come una lama la colpì al collo e Aria si voltò verso sinistra per scovarla. Una porta non era più spalancata, ma socchiusa.

Il cuore iniziò a martellarle, era come se immaginasse Will, oltre quella porta, ma non poteva essere. La voce era... la porta si aprì di più. Vide mezzo viso e mezzo corpo immobile sulla soglia, come se non potesse oltrepassarla. Quei baffetti, quegli occhi, quella calma mortale, poteva essere solo lui.

Non disse altro, allungò un pugno chiuso verso di lei e lasciò scivolare fuori una catenina, la piccola *w* penzolava nel nulla.

Aria si sentì gelare l'anima nel vederla. *Non è reale. Avviene tutto nella mia testa* disse trattenendo il respiro.

"Avviene tutto nella tua testa", ripeté Merrick, "Solo che è reale proprio come sono reali le tue paure".

La porta si chiuse all'improvviso con un gran tonfo, come spinta da un vento invisibile.

Aria trasalì, sentì Henry dire di nuovo "... non sappiamo cosa..." e la sorella gemella si accovacciò a terra sconfitta.

"Non so se devi fidarti di me" disse Aria distratta dalla gemella, il respiro mozzato in gola e davanti agli occhi ancora la catenina di Will. *Starà bene?* Era l'unico pensiero. *Sarà...* non riusciva nemmeno a dirlo.

Si piazzò davanti la porta centrale. Henry raggiunse la sua, come aveva già fatto Eloise.

"Sempre" disse Henry e spalancò la sua porta di vetro, entrando prima di lei.

Aria chiuse gli occhi e guardando a terra abbozzò un lieve sorriso. L'aveva colta un momento di stanchezza e allo stesso tempo di serenità e ancora ansia. Henry si sarebbe buttato nel fuoco per lei.

E lei per gli altri fino a quel momento cosa aveva fatto? Però sorrideva lo stesso.

Aria entrò per seconda e guardò lo spazio intorno, sembrava una bolla distorta. Non sentiva nulla di ciò che accadeva fuori.

La sedia era di una plastica giallo-lucida. Si sedette quando vide Henry immobile nella stessa posizione, al fianco della sedia, quasi ad aspettare un fischio di partenza.

Si guardarono e erano così diversi, visti attraverso quel muro di vetro.

"Aria" chiamò la voce profonda, e usare il suo nome le fece capire che le cose lì si stavano facendo serie. La voce si udì forte e chiara era come se fosse proprio lì dentro, "Come va?" ora invece sembrava provenire dalla cima della cupola e si diffondeva ovattata e esitante.

"Mi hai fatta venire qui per chiedermi come va?" chiese lei sprezzante.

"Non proprio".

"Che c'è, allora?"

Il ragazzo ridacchiò.

"Ti manca il coraggio di chiedere cosa vuoi... David?" chiese ora marcando bene il suo nome, e la voce smise di ridere.

"Non provarci di nuovo".

"Oppure?" Aveva senso sfidarli? Forse, però comunque non sarebbe riuscita a inventarsi altro, era fatta così. E quei due stupidi ragazzini...

Uno scimmione spalancò la porta facendola tintinnare, poi afferrò Aria per le spalle e le ficcò in bocca senza troppa fatica un pezzo di stoffa dal sapore di detersivo. La seconda mossa fu intrappolarle le mani dietro la schiena, lasciando scorrere le braccia oltre lo schienale.

Aria non si agitò, era quello che voleva, alla fine. Guardò in alto e abbozzò un sorriso, anche se le labbra per quello strusciare improvviso e violento le bruciavano.

Vide con la coda dell'occhio Henry scattare in piedi, poi agitare una mano verso l'alto. Non seppe cosa disse, né cosa minacciò, ma di colpo le tre cupole erano diventare un'unica stanza rettangolare dagli angoli smussati, senza pareti a separarle.

Henry si risedette pacifico, senza smettere di guardare Aria, "Stai bene?"

Lei annuì tranquilla, poi poggiò la caviglia su un ginocchio spaparanzandosi per quanto fosse possibile. Lasciò dondolare pacificamente il piede su e giù, come se fosse al bar in attesa del suo cappuccino.

"Insolente" le avrebbe urlato sua madre, ne era sicura. Quante volte, quando avevano litigato, si era ritrovata a fare quel gesto per farla innervosire? Come a dire: "Beh? Io sono tranquillissima. Perché tu ti innervosisci?"

I due non si erano mossi invece.

"Eloise, tu stai bene?" disse Henry ricordandoselo dopo.

Lei, anche se poteva parlare, annuì solamente.

Sentire di nuovo quel nome... iniziò a riflettere inseguendo quell'ombra di pensiero che le scappava via in continuazione. *Non è ancora abbastanza*, pensò Aria.

"Ce ne andremo via di qui" disse Henry all'improvviso, quando si rese conto che i due in quel momento erano scomparsi e che forse, alla fine, di segreti lì non potevano essercene, "Tutti e quattro".

Aria sgranò gli occhi e stavolta lo guardò sul serio, ora voleva urlare. Eloise era trasalita, si era messa a fissare a terra, poi aveva ripreso a passare le dita tra i capelli, come se non avesse sentito.

"Eloise," la chiamò, "Non devi restare qui".

"Oh, sì. Eloise" disse la voce esile, "Non devi restare qui", poi iniziò a ridere.

"Stai zitto, stupido", lo riprese subito il fratello.

Aria era sconvolta dall'ingenuità di Henry, pensava che ormai avesse capito che c'era qualcosa che non andava. Faceva sempre così quando le persone a primo impatto gli piacevano. Non vedeva nulla. Si comportava così anche con lei, e quante cose avrebbe potuto rinfacciarle. Però non lo faceva, mai. Lui era così, il simbolo stesso della lealtà e della fiducia. L'essenza dell'amicizia. Quando leggeva a scuola i grandi poeti latini, le loro frasi su cos'era l'amicizia, le tornava alla mente subito Henry. Sembravano averlo conosciuto.

Ma questo era anche un difetto. In quel caso lo era.

Aria scavalcò con lo sguardo Henry piegandosi in avanti, voleva vedere ben in faccia Eloise. La fissò fino a quando lei non fu costretta a girarsi. Sembrava costernata. Così si tirò indietro, non si era aspettata quell'espressione. Tutto ma non quello sguardo. Ne fu confusa.

Di colpo sentì la bocca e le mani libere.

"Ora che ti sei calmata, forse possiamo parlare", disse voce profonda, ma lei era ancora confusa e quasi non lo sentì.

Anche quegli occhi aveva già visto. Ma dove.

Cercò di svegliarsi da quello stordimento, aveva solo il viso di lei in mente e continuava a essere convinta che c'era una cosa a cui doveva prestare attenzione. Era come quando si trovava nel mondo di nebbia e gli incubi continuavano a solleticarle la memoria in una maniera irritante, perché più si sforzava più difficile diventava far emergere ciò che doveva notare.

"Tu, moretta. Sveglia" disse ancora quella voce odiosa mentre l'altro ridacchiava. "Un po' di serietà, per favore. O la moretta penserà che stiamo scherzando" lo rimproverò infastidito.

"Scusate" disse parlando al plurale.

"Allora moretta, come ti trovi in questo mondo?" iniziò.

"Ancora queste domande su come sto? Che importanza ha? Sono una pedina, no? Una pedina non ha sentimenti" disse Aria, la risposta le era uscita dalla bocca nonostante fosse ancora aggrappata in parte alla scena precedente, ma si stava riprendendo.

"Se te lo chiedo, devi rispondere".

"Non siete molto coerenti".

"Zitta".

Sono solo due ragazzini.

"E tu biondino? Come vanno le cose?" disse passando a Henry che la guardò di sfuggita.

"Una meraviglia. Questo mondo è così bello che quasi quasi vorrei restarci per sempre".

"Ironia", disse voce profonda.

Persino Aria ne fu abbastanza sorpresa, Henry un tipo ironico. Le fece l'occhiolino. Stava al gioco di Aria. Forse credeva anche lui che poteva essere un modo per farli sbottonare un po'.

Alla fine, prima di tutto: "Conoscere il mondo", così si erano detti.

"Ah, ah," commentò l'altro, "tranquillo che ci resterai per sempre. Vivo o morto, si intende" si innervosì, era molto facile farlo.

"Zitto", disse di nuovo voce profonda, aveva detto qualcosa che non doveva. Era lui il punto debole.

"Beh?" chiamò Aria, "Come ti chiami? Lui è David e tu?"

"Non... non..."

"Dylan" disse Eloise all'improvviso. In un sussurro quasi impercettibile.

Le voci a lei non avevano fatto nulla. Era calato solo il silenzio.

"David e Dylan, complimenti per la fantasia" commentò Aria tornando ad appoggiarsi con la caviglia sul ginocchio opposto.

"Zitta".

"Che c'è? Sono tabù, forse?"

"Tabù" rifletté Henry, poi si illuminò, "È questo che hanno dato..." mormorò così a bassa voce che Aria lo sentì appena, annuì lievemente, quella dell'amico poteva suonare come una domanda ma lei sapeva che la risposta già l'aveva compresa.

"David e Dylan. Dylan e David. I due fratelli che hanno ucciso una persona".

"E tu che diavolo ne sai?"

"Stai calmo" disse voce profonda trattenendo quasi il respiro. "Non ti puoi far mettere nel sacco da una ragazzina. Insomma, sei stupido? Non vedi che vuole provocarti?"

Aria ridacchiava e Henry le chiese, "Che succede?"

Così capì che le ultime frasi Henry non le aveva sentite e si divertì ancora di più, aveva una cosa che poteva disturbare e che loro non si aspettavano, "Guardate che vi sento", disse in un sospiro, come se fosse stanca di stare lì con quei due poveri idioti.

"Come... e sa anche di lui".

"Stai calmo, e zitto".

"Tuo fratello non vuole mai farti parlare. Pensa che sei un povero cretino. Lo sai vero?"

"Non è vero" disse voce esile.

"Ah, sì? Non ti tratta sempre così, forse? Solo perché sei... il fratello più giovane, poi".

"E che ne sai? Che ne sa lei che sono il fratello più giovane? Rispondi. Gliel'hai detto tu mentre ero assente?"

"Ma sei stupido davvero! Non vedi che stai facendo il suo gioco?"

"Bugiardo. Mi vuoi fregare. Tu non credi che io possa essere alla tua altezza. Lo sono, lo sono. Sennò non vincerei la metà delle volte".

"Quando fai così penso davvero che tu sia stupido. E poi non è vero che vinci sempre tu".

"Te l'ho dimostrato più volte. Quante delle tue pedine ho ucciso? E tu?"

"Ci risiamo. Siamo qui perché tu non vuoi arrenderti e confessare che sei il secondo fra noi due".

"Per questo hai ucciso il tuo amico, Dylan?"

"Stai zitta".

"No, l'avete fatto tutti e due, del tipo... 'pareggiamo i conti e facciamola finita'?"

"Zitta".

"Quella capisce ogni cosa. Ci legge nella mente".

"Stupido! Ma che vai dicendo! Sei tu che parli, parli. Stai zitto una buona volta".

"Ma…"

"Ma niente".

"E invece sì. Devi smetterla di trattarmi come fossi uno stupido. Abbiamo fatto… 123 partite fino a ora e ne ho vinte molte più della metà. Anche prendendo pedine più deboli delle tue, anzi, tu me le hai fregate talmente tante volte le pedine migliori che ho perso il conto".

"Sarà. Ma tu non sei elegante. Io sono in grado di far prendere alle tue pedine le fiale della morte, se voglio. Sono persuasivo. Tu sei solo violento, per nulla organizzato. Una coltellata, sangue a tonnellate e nessuna strategia. Bella vittoria così!" starnazzò frenetico.

"Ma cosa… non è vero!"

Aria iniziava ad averne abbastanza, stavano parlando di persone, se ne rendevano conto?

"E le due gemelle allora? Quelle le fai sempre andare in missioni suicide".

"Perché piangono in continuazione e non ne posso più. Dovremo farle fuori definitivamente, una volta per tutte. Stessa cosa per quell'altra. La ragazzina che si vuole imbottire di fiale, quella che poi ha infilato un coltello nelle costole della nostra migliore pedina".

Era il colmo.

"State zitti! Tutti e due!" urlò Aria scattando in piedi. Se li avesse avuti davanti… li avrebbe presi a pugni.

Ci fu un momento di silenzio, poi i due dissero insieme, "Non puoi zittirci", si sentiva però che erano sorpresi.

"Non è un videogioco questo. Ci avete fatto caso?", davanti l'immagine di Mary, sporca di sangue e le sue mani che stringevano la spada, nelle orecchie il suono della carne lacerata dal pugnale, e i lamenti interminabili di quelle due sorelle distrutte che imploravano la libertà. Le vennero i brividi.

"Siete tanto stupidi da aver rinunciato a cosa, ai nomi? Avete abbandonato i vostri nomi? La vostra identità, vero? Per vivere in un videogioco vivente? Siete così ciechi, stupidi e pazzi?" sbottò. Nessuna parola sembrava abbastanza forte per loro. Non dopo tutto quel sangue.

Voce profonda fece una risata, "Non ce ne facciamo niente dei nostri nomi. Giocheremo, per l'eternità".

"Avete ucciso un vostro amico", disse vedendo se la carta della pietà poteva funzionare, ma era quasi certa che non sarebbe servita.

Infatti voce profonda rise di nuovo, l'altro invece ammutolì.

"Dylan, te ne sei pentito, vero?"

"N... non mi chiamare per nome. È chiaro?" poi scoppiò in una risata anche lui, ma forzata.

Tutti a rinnegare chi sono. Il dolce oblio di questi maledetti mondi.

"Siete solo degli stupidi ragazzini che giocano con la vita delle persone senza preoccuparsene", urlò alla fine tremando di rabbia, stava perdendo il controllo, perché non riusciva a scalfire le loro di maschere.

"Proprio tu ce lo vieni a dire" disse voce esile.

"Non giochi forse anche tu con la vita degli altri?" chiese voce profonda.

Aria si sentì gelare da quelle parole e fu costretta a sedersi. Avevano colpito nel segno, sin in profondità.

Henry, che fino a quel momento non aveva aperto bocca, si alzò, "Voi, siete voi... maledetti. Non vedete nemmeno quello che avete a un palmo dal naso", urlò.

"Che paura. Questa è una minaccia che fa tremare le gambe".

"Se le aveste le gambe," disse Henry incrociando le braccia sul petto, "Ma non vi è rimasto nulla se non la voce. Mi fate pena. Anzi no, nemmeno. Avete fatto tutto da soli. Dar via la vita per..." indicò intorno a sé la cupola, "Questo. Solo due stupidi potrebbero accettarlo".

Henry volò contro il muro di vetro sbattendo la schiena, poi contro la sedia e la parete di fronte, spinto da due mani invisibili.

"Fermi" disse debolmente Aria.

Henry si alzò, "Allora gli scimmioni sono una farsa. Perché non scendete in campo e non uccidete voi con le vostre mani gli avversari? Eh, vigliacchi? Potete farlo, e invece vi nascondete dietro alle pedine. Che miseri siete..." venne di nuovo sbattuto contro la parete, aveva centrato il punto e non voleva smettere, "Se pensate di essere così bravi" disse a fatica, ammaccato e dolorante "dovreste scontrarvi di persona. Venite giù, forza".

Eloise tratteneva il respiro, le mani compresse sul viso, sforzandosi di non aprire bocca.

I due fratelli bisbigliavano mentre Henry si puliva la bocca da un rivolo di sangue. Volevano dimostrare il loro valore, e nel farlo, battere una volta per tutte il loro fratello.

"Questo che cos'è? Solo realtà e finzione. Bisbigliare alle orecchie delle vostre pedine non è la stessa cosa che premere un coltello nelle costole dell'avversario. Non credete?" disse cambiando tono, "Lo so che vi siete divertiti a uccidere il vostro amico. È stata l'emozione più forte della vostra vita, e forse qui in questo mondo vi aspettavate qualcosa di più. Non solo un videogioco migliorato. Quanti giochi simili avrete completato prima di perdere del tutto l'entusiasmo? La finzione non era abbastanza. E questo... nemmeno questo è più abbastanza. Sono sicuro che passerete il tempo a ricordare come è stato uccidere. E sono altrettanto sicuro che vorreste essere qui, indossare una di queste maglie e…"

"Basta così".

Le cupole di vetro sparirono e i tre si ritrovarono di nuovo dov'erano prima, solo che fuori aveva fatto buio di colpo.

Henry se ne stava in piedi a fatica, per questo Aria si infilò sotto la sua spalla, lo sguardo un po' spento, come se avesse sentito e allo stesso tempo le parole non l'avessero davvero raggiunta.

"Ottimo lavoro" sussurrò appena.

Eloise si affiancò a Henry e gli sfiorò il gomito come faceva sempre, lui le sorrise e quella prese fiato.

I due ragazzini non parlarono più e loro furono spinti dai soliti uomini a tornare indietro. Erano stati chiusi lì dentro una giornata, o almeno si erano sbrigati a far calare il buio. Le altre persone se ne erano restate in piedi a chiedersi forse quando sarebbe toccato a loro. Nessuno aveva protestato, e non aveva detto niente nemmeno in quel momento. Non si chiedevano perché li stessero portando indietro. Sapevano solo quello che voleva dire: oggi non si combatte. Oggi non moriremo.

Le due gemelle singhiozzavano di felicità.

Capitolo 10

Henry in quel caso era stato più intuitivo di tutti, era andato più vicino al cuore, ma forse ci sarebbe arrivata pure lei se quelli non avessero detto quella frase.

Era sfinito. Non doveva essere stato facile per lui dire tutte quelle cose, pensò Aria. Parlare di morte, del desiderio di uccidere, di coltelli infilati nelle costole, di sangue. Risultare così convincente, quasi complice, per far capire loro che lui comprendeva a fondo quello che provavano. Lui che non sapeva uccidere nemmeno una formica. I mondi portavano all'estremo ognuno di loro.

Sembravano delle prove che dovevano superare per meritarsi ancora di vivere. Vivere con la V maiuscola.

Che strana quell'impressione che le era nata dentro. Sarebbero tornati diversi a casa, se mai ci fossero riusciti.

Persino Will. Lui nel mondo del bosco si era lasciato sedurre, aveva tirato fuori il peggio, ma con il peggio non si andava da nessuna parte. E quasi una punizione... là era rimasto.

Aria rabbrividì appena. Ma insisteva a non dir nulla, c'era Eloise all'altro fianco che sembrava quasi non respirare per quanto era silenziosa. A cosa stava pensando?

"Le cose non sono andate come ti aspettavi" disse Aria all'improvviso.

Henry sapeva che quella domanda mascherata non era per lui, perciò non rispose, ma nemmeno Eloise ebbe il coraggio di farlo. Era quasi come se sapessero ormai chi aveva fatto cosa, ma facessero ancora finta.

Sulle loro teste il cielo si era già fatto scuro, nessuna stella ad accompagnare il loro cammino verso le prigioni, solo un lungo sentiero serpeggiante costeggiato da lampioni che assomigliavano a quelli di Londra. Aria alzò la testa più volte per accertarsene, sembravano proprio loro.

D'un tratto la strada iniziò a salire e i lampioni si interruppero, i tondi di luce sparirono da terra ma nessuno si fermò. Le persone sparirono uno dopo l'altro, mentre l'ultimo riflesso luminoso sul terreno oscillava al loro passaggio.

Aria invece puntò i piedi a terra, Henry rimase con lei mentre la ragazza bionda, dopo una vaga occhiata, lì lasciò soli.

"Pensi ancora che dovremmo andarcene via tutti?" chiese Aria ignorando il buio e approfittando di quell'improvviso silenzio.

"Non credo sia cattiva, Aria".

"Non la conosciamo. E ammettilo, hai qualche dubbio, sennò avresti risposto in un'altra maniera".

"Io... è stata una strana impressione. Ce ne stavamo lì chiusi e lei sembrava altrove. Non era quasi coinvolta, e a volte lo era del tutto. Stava zitta e i due non hanno fatto nulla contro di lei. Ed è stato strano, davvero strano".

"Nasconde qualcosa".

"Non litigheremo per questo".

"Hai troppa fiducia negli altri".

"Forse".

"Hai troppa fiducia in me", sfiorò il suo braccio con la spalla, come se avesse paura che sparisse all'improvviso.

Henry si fece silenzioso, poi disse: "Che cosa sta pensando quella tua testaccia testarda?"

Aria si voltò verso di lui, la luce dei lampioni danzava sui loro visi, "Che quei due hanno ragione. Anche io gioco... con la vita degli altri".

"Solo perché sei una maniaca del controllo non vuol dire che..."

"Henry. Non riuscirai a farmi ridere stavolta. Sono seria".

"Aria", ripeté solenne come se stesse iniziando un discorso di estrema importanza, poi però non continuò.

"Dovremmo raggiungere gli altri".

"Tu non sei mai stata un'egoista. E devi smetterla di dirlo".

"Non è vero forse che sto facendo di tutto solo per la mia sopravvivenza? Per tornare a casa?"

"Stai facendo solo ciò che è giusto".

"Passando sopra a chiunque".

"Aria, no. Ascolta".

"No. Henry, non dire altro tanto è inutile".

"Aria, basta!" disse arrabbiandosi e l'afferrò prima che sfuggisse, "Tu sei una testarda, un'ostinata, una violenta. Egoista però no. Sei giusta, tu riesci a vedere gli altri".

"Vorrei poterci credere".

"Soprattutto," continuò come se non l'avesse sentita "Non sei una che si arrende. Cosa ti sta prendendo? Siamo vicini. Siamo così vicini..."

"Non so se ce la farò".

"Avrei voluto essere al tuo posto. So che non è semplice, ma non sei da sola".

"E invece lo sono" abbassò lo sguardo a terra, stremata.

"Aria…"

"Scusa Henry, ma non hai idea… non hai…" tutto si spense all'improvviso. "Che succede ora?"

"Non lo so".

I due si avvicinarono ancora, per non perdersi in quel buio fitto.

Dei puntini luminosi comparirono intorno a loro, in cima alla salita, dietro, verso il punto in cui doveva esserci la piazza. Per un momento sembrò a entrambi uno spettacolo affascinante e inquietante insieme.

Aria si aggrappò al braccio dell'amico, "Li vedi anche tu?"

"Sì".

I puntini presero a muoversi, sembravano un'onda oscillante in un mare di inchiostro. Aria strizzò gli occhi per vederci meglio.

"Non ti muovere" disse Henry.

"Non ci penso nemmeno. I due riaccenderanno i lampioni appena capiranno che la nostra conversazione è finita. Sono così rispettosi dei nostri spazi, ora che la ragazza gli ha parlato".

"Aria, prima di tutto la nostra conversazione non è affatto finita, almeno non finché non mi dirai che hai detto un mucchio di cretinate che non pensi e che continuerai a fare del tuo meglio. Secondo, non c'è nessuna ragazza che parla a quei due. Ma non li hai visti? Ti sembrano in grado di dare razionalmente retta a qualcuno? Sono completamente fuori controllo, hanno un modo tutto loro. Questo mondo ha distorto la loro realtà, sono usciti di testa".

"Ok, continua pure a credere che quella non sia strana".

"Non come la vedi tu. Esageri come al solito".

"Stiamo per riprendere a litigare? No, avvertimi subito, così mi siedo".

"Ti sembra il momento?"

"Sei tu che mi fai arrabbiare. Continui a dirmi che capelli biondi…".

"Ha un nome".

"Sì, ok. Che la bella combattente…"

"Nemmeno quello è un nome".

"… Che Eloise".

"Oh".

"… Non c'entra e io invece ti dico che…"

"Aria. Le luci si sono mosse".

"E lasciale fare, ascoltami che cavolo".

"Aria. Sono più vicine".

"Finché non mi dici che ho ragione io non ti presto affatto attenzione".

"Vedi, che ti dicevo? Ostinata, come un mulo".

Aria sentì una mano sfiorarla e si voltò. Una luce era a pochi metri da loro. Non era una luce, ma una testa, illuminata da uno strano alone luminoso. Sotto non sembrava esserci un corpo.

Osservò i lineamenti, resi evanescenti da quell'alone biancastro.

"Mamma?"

"Cosa sono... cosa sono queste" chiese Henry balbettando.

Aria fece per muoversi ma Henry l'afferrò, come se avesse paura che potesse svanire nel nulla.

Rimasero immobili mentre le luci si avvicinavano.

"È uno scherzo di quei due ragazzini?"

"Loro... loro non c'entrano".

L'agitazione ormai l'aveva completamente abbandonata, erano state così tante le volte in cui erano comparse, in una maniera o nell'altra.

Il viso di suo padre, poi quello di sua nonna, e la signora Frost. Di fronte a loro quello della mamma di Henry.

"Mamma?" chiamò muovendo d'istinto un passo verso di lei.

"Fermo Henry, sono solo fantasmi".

"Non capisco".

Sospirò. "Sono i miei fantasmi".

Iniziarono a chiamare il nome di Aria, agitandosi sempre più come fiammelle al vento. "Aria, Aria, Aria, Aria", il nome sussurrato si spostava da una parte all'altra. E i punti sembravano sempre più vicini. Li circondavano, e gettavano a terra un vago riverbero che sembrava quello di una lanterna opaca.

I fratelli di Henry. Lui non si mosse, iniziò a ansimare.

"Scomparirà", disse lei per tranquillizzarlo. Era terribile, lo sapeva.

Poi ai suoi piedi venne gettato qualcosa, guardando a terra vide la catenina di Will mangiata dalla polvere. Si chinò a raccoglierla, a quello non poteva resistere.

"No", sussurrò meccanicamente.

E le luci si spensero come soffiate via, una a una tra urla di sofferenza, in mano rimase solo una manciata di polvere. I lampioni erano di nuovo accesi e a pochi passi da loro la lenta processione di prigionieri aveva appena imboccato la salita lasciando scivolare tra di loro una piccola arancia che si fermò solo ai piedi di Aria, immobile a fissare ancora quella manciata di terra. Continuava a stringere il braccio di Henry che ora la fissava.

"Da quanto succede?"

Aria alzò degli occhi increduli su di lui che le prese la mano e alzò il palmo verso l'altro.

La chiave sembrava un groviglio bruciante, Aria strinse i denti e impallidì lievemente.

"È colpa sua" disse solo Henry, come fosse un dato di fatto.

Aria scosse la testa serrando le labbra.

L'amico la guardò un istante, comprendendo. "Non credere a niente se non a ciò a cui hai sempre creduto. È questo che ci riporterà a casa, Aria" disse. "Ti conosco, lo vedo il dubbio nei tuoi occhi. Non ti far sopraffare, questo posto, questi posti ti stanno mettendo solo alla prova" le strinse appena le dita perché non poteva rischiare di farle male.

I suoi occhi cercavano di non mostrare esitazione, d'altronde l'amico aveva ragione, ma era così stanca ed era vero, si stava facendo sopraffare. Henry poi era così avvilito da ciò che aveva appena scoperto, e sapere che non poteva aiutare lo abbatteva.

"Vorrei…"

Lei gli poggiò la mano della chiave sulle labbra, "Va bene così", poi sorrise. Doveva smetterla di lamentarsi, non era da lei.

"Basta, ora" disse gonfiandosi, "andiamo a programmare la prossima mossa. Ehi, togliti quella faccia. C'è tanto da fare".

Henry sorrise rasserenandosi un po'.

Ristabilirò il controllo, pensò Aria incamminandosi. Era strano, le altre persone continuavano a camminare ma sembravano nello stesso punto di alcuni minuti prima, come se si muovessero sul posto in attesa che loro finissero di parlare. Era ciò che Merrick sapeva fare così bene, manipolare il tempo e lo spazio. Chissà se anche i due piccoli e stupidi Dei erano in grado? Non riusciva a capire fino in fondo quali fossero le loro intenzioni. Quell'interrogatorio che scopo doveva avere di preciso? Era un modo per capire fino a che punto fossero arrivati?

Avranno sentito ogni singola parola, ma non importa, pensò Aria, *non sapranno mai cosa farò questa notte*. Raccolse un'arancia da terra, sbucata dal nulla all'improvviso, e la tenne con sé, facendola saltellare da una mano all'altra mentre seguiva le altre anonime schiene.

I due amici si guardarono sicuramente più sereni.

La ragazza bionda era al loro fianco come se non si fossero mai allontanati, "Era talmente buio", disse all'improvviso, "Da non riuscire più a vedervi, da non riuscire più a vedere niente intorno".

Henry si voltò a guardarla incuriosito.

"Ma siete riusciti comunque a trovare la strada" aggiunse ancora.

"Noi la strada la troveremo sempre," disse Aria, "Niente e nessuno potrà ostacolarci".

Eloise sorrise appena ma quando vide come Henry la guardava aggiunse: "Lo spero proprio Aria. Lo spero proprio".

Aria rimase silenziosa per un po', indecisa se lasciarsi prendere dalla foga e sbatterle in faccia che con le sue frasi criptiche ci si poteva anche strozzare o se attendere. E decise di attendere. *Prima il giardino*, si disse.

Le sembrava di sentire la voce di Henry nella mente che diceva: "Dobbiamo essere cauti". Ma bastava il suo sguardo.

Chissà se alla gente intorno era rimasto abbastanza spirito di iniziativa per domandarsi cosa diavolo fosse successo poco tempo prima, perché erano rimasti fuori mentre lei, Henry e Eloise erano stati fatti accomodare come se avessero costruito quelle cupole solo per loro. Davanti alla prigione notò alcuni sguardi ostili provenire da gente che aveva visto solo di sfuggita.

Alcuni erano del tutto persi nella loro mente, o dietro la loro mente, ma altri sembravano fingere, o forse si erano semplicemente trasformati in bestie selvatiche che avevano fiutato all'improvviso il pericolo.

Le due gemelle sembravano voler dire qualcosa, ma Eloise si era frapposta tra Aria e loro, perciò non erano riuscite che a incrociare lo sguardo per pochi secondi.

Quel gesto che poteva apparire protettivo, ad Aria sembrò una sorta di censura, in quel momento quella ragazza sembrava semplicemente padrona di tutto ciò che la circondava, e questo l'aveva fatta sentire per un momento smarrita. Eloise si era messa in mezzo ma non era finito lì, aveva sussurrato qualcosa a una delle due, scostandole delicatamente i capelli dall'orecchio, poi le aveva carezzato la guancia con fare materno. Era sembrata completamente diversa. E forse se ne era accorta persino lei, perché aveva allungato una mano davanti a sé e l'aveva osservata come se fosse sorpresa, per un momento sembrò sopraffatta, poi si era limitata a sospirare e aveva lasciato che gli altri entrassero nella porta che si era appena spalancata.

Quella stessa gemella si era coperta l'orecchio come se parole invisibili avessero iniziato a graffiarlo e non aveva più poggiato gli occhi su Aria, nemmeno sua sorella.

Ormai erano entrati tutti, due uomini se ne stavano agli angoli della porta, senza espressione come ogni volta. Eloise le dava le spalle e aspettava che lei la superasse, ma Aria non lo faceva.

Osservò di nuovo la sua figura, la schiena e quei capelli tornando alla ricerca del ricordo mancante, eppure era ormai sicura di avere con sé tutto il bagaglio che si era lasciata indietro. Aveva aperto quella maledetta porta, non era tutto tornato in superficie ma le era facile, pensandoci su, metterci mano, bastava un po' di sforzo. Ma quando cercava un pezzo che coincidesse con Eloise trovava il vuoto.

Proprio la ragazza a cui stava pensando finalmente si decise a muovere i passi oltre la soglia. Aria però la afferrò per un braccio, e quando gli uomini si agitarono per staccarla bastò uno sguardo per spegnerli.

"Che brava" disse Aria che non aveva assolutamente mai pensato di attaccarla, se le fosse saltato in mente forse le cose sarebbero andate molto più velocemente.

Lei la fissava con sguardo vacuo, per nulla intimorito, talmente posato che le sembrava di aver stretto il braccio di un essere millenario che era sceso su quella terra tanto per trovare uno scopo.

"Hai avuto le informazioni di cui avevi bisogno?" chiese Aria. Alla faccia dell'andarci cauti.

"Non capisco a cosa tu ti stia riferendo" disse poggiando lo sguardo sulla mano, era quella della chiave che aveva usato. Per un momento ebbe un'esitazione, l'aveva presa con la mano della chiave perché voleva farle del male? No, era stata solo un gesto spontaneo. La chiave la proteggeva, la chiave la distruggeva. La chiave la confondeva.

"Non puoi farmi del male", disse lei tirandola con una forza sovrumana verso le celle.

"Aria, che cosa stai facendo?" urlò Henry che era già dietro le sue sbarre.

Aria era troppo sorpresa per quello strattone e ancora di più dalla reazione che la chiave non aveva avuto sulla pelle di quella ragazza. Bruciava, bruciava da morire ma Eloise non sentiva nulla. La guardava quasi con compassione. Un altro sguardo che non aveva mai visto.

"Lasciami, Aria. Non serve a nulla", disse sempre con quegli occhi, "Henry, stai tranquillo. Non mi farà del male", disse pacifica.

Aria la lasciò andare chiudendo subito a pugno la mano, "Non avevo intenzione... ma se mi costringi" balbettò confusa dallo sguardo, confusa dalle parole, confusa dalla scena.

Poi, inaspettatamente, Eloise si accucciò e scoppiò in lacrime tappandosi le orecchie.

Quella reazione tolse le parole a tutti. Aria rimase imbambolata a fissare prima lei, poi Henry, poi i due scimmioni che non muovevano nemmeno un passo.

La ragazza continuava a piangere, o almeno era quello che sembrava, quella cascata di capelli biondi era caduta in avanti e le copriva il viso, strusciando anche a terra, in quello sporco e misero corridoio di separazione.

Henry si impietosì e si chinò allungando il braccio tra le sbarre. Le poggiò una mano sulla schiena e la accarezzò con delicatezza cercando di consolarla, anche se non sapeva il perché di quello sfogo.

"È colpa mia?" disse piena di dubbi Aria, non si era mai sentita così spiazzata. Si era immaginata una risata, uno schiaffo, uno spintone, qualche parola dura, oppure quel suo atteggiamento superiore, da intoccabile. E invece era scoppiata a piangere come se fosse sopraffatta da ciò che era successo, ma cosa era successo di preciso? Aria ancora se lo chiedeva.

"Cos'hai?" tentò Henry.

"Sono stanca, sono stanca di tutto" borbottò Eloise singhiozzando.

"Andremo via di qui Eloise, te lo giuro" sussurrò lui, "Io le promesse le mantengo sempre" aggiunse guardando Aria che scrollava le spalle non sapeva se più impietosita o arrabbiata perché di nuovo non aveva dato retta ai suoi suggerimenti e aveva agito "alla Henry".

Mary se ne stava addossata al muro a fissare la scena attraverso le sbarre, nel buio della cella Aria dubitava persino fosse lei. Quando scoppiò a ridere, ai presenti vennero i brividi. Era una risata così innaturale e così fuori luogo.

"Mary" chiamò Aria all'improvviso cercando di scorgere il suo viso ma vedeva vagamente i suoi lineamenti. Il suono di quella risata le sembrò per un momento del tutto sconosciuto.

Ci pensarono i due uomini a interromperla, prendendo per le braccia la ragazza bionda e la gettarono nella sua cella come fosse un sacco. Mary smise di ridere nello stesso istante. Quando Aria tornò al suo posto accompagnando la porta sentì una corrente fredda respirarle sulle spalle e quando accese la luce per guardare in faccia Mary, la vide addormentata e calma. Addormentata da chissà quanto.

***

Eloise si contorse nel suo giaciglio stringendo le braccia al petto scosso dal respiro affannato, le mani strette sulle spalle, quando ne allungò una vide che stava raggrinzendo rapidamente. Non aspettò stavolta che gli altri si addormentassero. Sapeva che Aria quella notte non avrebbe dormito e che avrebbe trovato nuove motivazioni, se fosse andato tutto come aveva previsto, almeno. Le sue previsioni ormai erano così appannate che riusciva a malapena a svelarle, il più delle volte sbagliavano, e insieme tutte le sue capacità si erano quasi del tutto spente. Era per questo che per lui non andava più bene. Quanti pochi erano stati i patti stretti negli ultimi anni. Pensò a questo mentre scompariva da quel mondo per ricomparire in quell'altro.

Brancolò nella nebbia e quasi desiderò di perdersi, chissà se poteva semplicemente camminare in una direzione casuale, se poteva impedire a se stessa di tornare lì, in quella casa.

Le mani ossute le tremavano come se avesse freddo.

Quando superò la soglia aveva il respiro corto, gli occhi stralunati, la pelle del viso era scivolata giù e era tesa sulle ossa come un misero velo. Raggiunse claudicante il mobile, si poggiò con tutto il corpo.

"Buonasera, mia cara", la salutò chi infestava quella casa.

Lei non disse nulla, buttò giù dagli scaffali tutte quelle boccette che sembravano lì a prender polvere, era tutto nuovo ma in quel luogo si invecchiava non appena si nasceva. Le boccette erano ricoperte di uno spesso strato di pulviscolo, malgrado le avesse usate solo quella mattina.

Si avvicinò a un'ampolla di vetro e iniziò a far gocciolare una boccetta dietro l'altra apparentemente senza prestare attenzione alla quantità. I capelli bianchi le cadevano davanti agli occhi e lei se li scansava per il fastidio, e anche perché non voleva vederli.

Le mani le tremavano mentre alzava il risultato, un intruglio di un colore indefinibile, per portarselo alla bocca. Ma mani invisibili lo tolsero dalle sue labbra raggrinzite.

"No, devi riposare. Domani mattina, mia cara, domani mattina".

"No," mormorò lei, "non posso... non posso..."

"Ne abbiamo già parlato, mia cara. Queste sono pozioni potenti, ma durano il tempo di un respiro. E il tuo è già abbastanza provato, mia cara".

Lei si accartocciò su se stessa, una seconda volta in quella sera, e scoppiò in un pianto silenzioso, un pianto che non lasciava lacrime. Si abbandonò poi a un sonno che non era sonno, solo una stanca rassegnazione, una vuota attesa. Come era stata tutta la sua vita fino a quel momento.

***

Aria cercava di non attirare l'attenzione, se ne stava buona nella sua cella ad aspettare di sentire quell'aria calda tirare, quello sarebbe stato il segnale. La porta della cella era accostata, qualcuno voleva che uscisse di lì, non poteva essere stato un caso.

Stringeva ancora quell'arancia come se fosse un portafortuna, e ogni tanto l'avvicinava al naso e respirava quel profumo che l'aveva sempre rilassata, anche nei momenti peggiori, in quelli di maggior dubbio, dubbi che il giardino degli aranci aveva sempre dissipato tirando fuori la sua mente dalla nebbia, dalla prigione delle sue paure.

Aveva chiuso gli occhi solo pochi minuti ma erano bastati a rubarle l'ultima speranza.

"Aria" chiamò Henry con una voce allarmata e lei aveva aperto gli occhi troppo tardi, aveva ormai sentito il rumore scricchiolante e ruvido del ferro. La porta era di nuovo chiusa. Ed era stata Mary.

Aria si lanciò su di lei scansandola dalla traiettoria, in un tentativo disperato. Le sue ossa si infransero contro il ferro e la gettarono indietro. Nessuno sembrò svegliarsi. Mary se ne stava impalata a fissare oltre le sbarre serrate.

"Perché l'hai fatto?" sussurrò con rabbia Aria, ma lei non si voltò nemmeno.

"Aria," chiamò Henry, "aspetta. Guarda" disse indicando Mary. E lei riprese fiato, le guance rosse per il nervoso ma fredde per l'angoscia, e la voltò. Mary stava dormendo. Teneva gli occhi chiusi e la bocca appena socchiusa. Era sonnambula.

Aria scrollò le spalle nella direzione di Henry.

"Lo è mai stata?" chiese lui.

"Che io sappia no" disse Aria passando la mano di fronte al suo viso come per risvegliare una cavia da un trucco di magia, ma niente da fare. Non poté far altro che accompagnarla a letto.

"E ora?" chiese Henry.

"Bella domanda" commentò lei, non poteva crederci, le mancava tanto così a... la porta si riaprì, sembrava che un soffio l'avesse dischiusa, e che solo quello sarebbe bastato. Era stato un movimento così impercettibile da sembrare irreale. Aria si avvicinò alle sbarre titubante, e la spinse con ancora meno convinzione, forse era stata solo l'immaginazione, la forza del suo desiderio. Invece era aperta. D'impulso guardò in alto, poi Henry che scosse appena la testa, "Loro non ci sono".

"Ma questo..."

"Su, Aria. Ogni tanto ci vuole anche un po' di fortuna".

"Se fosse veramente fortuna..." disse uscendo in corridoio, lo guardò con attenzione trattenendo il respiro. Prima a destra verso l'ingresso, poi a sinistra, cella A, B, C, D, E, e poi il muro di mattoni, e ancora quel silenzio che odorava di morte.

Fece due passi e si aggrappò alla porta di Henry cercando di aprirla.

"Lascia perdere, Aria. Questa è bella sigillata".

Sembra che vogliano solo me, pensò Aria. *E va bene così, anzi, è molto meglio. Almeno se ci sarà pericolo...* eppure quanto avrebbe voluto il suo migliore amico al suo fianco. Lo guardò con aria sconsolata, serrando le labbra, si sentiva improvvisamente senza energie.

"Forza, vai. Io tanto non mi muovo di qui".

Aria ridacchiò per la prima volta, "Quanto sei scemo".

"Su, coraggio. E ricordatelo, non guardare fuori, guarda solo dentro".

La ragazza annuì capendo esattamente cosa volesse dire, era il consiglio migliore che potesse ricevere o anche solo sperare di avere.

"Grazie" mormorò appena. E lui sapeva esattamente per cosa stava ringraziando, per tutto quel mondo di parole nascosto dietro, per qualcosa che lui le avrebbe dato a occhi chiusi, senza desiderare di ricevere nulla in cambio.

Aria si sentì rinvigorita e a passi decisi ma attenti trottò fino alla porta, la aprì lentamente, non c'era proprio nessuno, solo il rumore ondeggiante di quel respiro e davanti a sé il nulla, il vuoto. L'ambientazione era stata letteralmente smontata, come se un uragano l'avesse spazzata via.

Guardò ancora una volta Henry, gli fece segno di ok e uscì fuori stringendo i denti, quasi avesse paura che quel vuoto potesse inghiottirla.

Quando dormono non c'è nulla qui fuori, pensò rabbrividendo. Quel vento sembrava provenire da una fonte invisibile, da una parete nera che non si capiva quanto fosse lontana da lei. Camminò raso al muro della cella, si sentiva al sicuro, sapeva che dietro di lei c'era la vita, c'era Henry, e davanti solo qualcosa che non era nemmeno morte.

Aveva lasciato l'arancia nella cella, stupidamente la cercò a terra quando avrebbe dovuto guardare in alto. Alzò gli occhi solo quando raggiunse l'angolo della costruzione, poi cercò quel luccichio, cercò lo spigolo, ma da quell'angolazione non poteva vederlo. Fu costretta a lasciare dietro di sé le sue certezze. Fece un passo avanti, poi un altro, staccando le mani dal muro. Era troppo buio per vedere. Allungò le braccia in avanti e andò a tentoni cercando di ricordare l'esatta posizione di quel cubo che aveva visto galleggiare in cielo, intanto spalancava le palpebre più che poteva per scorgere almeno una luce, per riconoscere almeno una forma, senza riuscirci.

Quando fu sicura di trovarsi nel punto giusto, si fermò. Il cuore batteva nel petto senza sosta e rimbombava in quel vuoto come se fosse rinchiuso in una stanza enorme e senza finestre.

Alzò gli occhi e non vide nulla. Prese fiato e non perse la calma.

Le tornarono in mente le parole che aveva detto senza pensare forse il giorno prima, "svelati", niente. Strinse il palmo con la chiave e fu invasa da un'onda di piacere quando la sentì bruciare, rispondere al suo richiamo.

Delle linee luminose comparvero sulla sua testa intrecciandosi come una rete, quando smisero di tracciare il loro disegno Aria capì subito cosa doveva fare. Iniziò a saltare per raggiungere quella porta, c'era una piccola cavità a cui si sarebbe potuta aggrappare, se solo ci fosse riuscita ad arrivare. Saltò, saltò ancora stendendo le dita con avidità, ma senza riuscire che a sfiorarla.

Si fermò a riprendere fiato e guardò la chiave, "Non puoi farmi questo" le disse, semplicemente non puoi. "È chiaro?" disse con tono imperativo. E saltò di nuovo, la sensazione fu fortissima e strana, quando stava per ricadere giù quel poco spazio che mancava tra lei e la cavità era stato colmato all'improvviso. La chiave ci si era aggrappata e lei non aveva dovuto far altro che stringere la mano e tirare, tirare. Cadde a terra in un gran tonfo sbattendo la schiena, e si spostò giusto in tempo per evitare che la scala le planasse contro schiacciandola. Si coprì gli occhi perché la luce era così forte da accecarla. Quel vuoto sembrava arretrare urlando, alle sue spalle. Lei si sentì di colpo bene.

E corse su per i gradini, anche cieca, non importava, poteva vedere benissimo con la mente cosa la stava aspettando. Pensò al Paradiso mentre saliva, il cuore per un attimo si svuotò di ogni paura.

Quando i gradini finirono sentì a terra l'erba e l'incredibile odore di aranci. Solo in quel momento ebbe il coraggio di spalancare gli occhi. Si riempì di quell'odore e raggiunse all'improvviso una profonda serenità. Era tutto così nitido. Alle sue spalle la porta si era chiusa, ma non aveva importanza. L'avrebbe ritrovata anche a occhi chiusi.

Calpestò l'erba sorridendo, il giardino era uguale a tutti gli altri, notò di nuovo. L'albero che le interessava era sempre al centro. Ci si avvicinò con un improvviso timore. Un dubbio si stava arrampicando silenzioso, qualcosa che avrebbe dovuto notare molto prima. Una terribile stranezza. Guardò il tronco e ne ebbe la conferma.

"Non è possibile" disse passando timorosa un dito su quella virgola che si era disegnata sul legno, era sbiadita, di sicuro, ma era ancora lì.

Colpita da un'idea improvvisa si inginocchiò di fronte al tronco e cercò disperatamente un bastoncino, lo trovò subito.

Incise rapidamente la prima cosa che le venne in mente "Sono viva", tremava, se non avesse funzionato? Se avesse sbagliato? Intanto la mano continuava a bruciare, e bruciare.

"No, è così, non è vero? Sei sempre lo stesso giardino, sempre lo stesso. Come ho fatto a non pensarci prima. Ti prego, ti prego. Fa che lui sia ancora lì" sussurrò.

Passò un tempo che sembrò interminabile. Poi le lettere emersero sotto le sue, chiare e nitide, con quello stampatello stentato che era proprio suo, e Aria si sentì morire per la gioia, "Anche io" c'era scritto. Era lui, era proprio lui. Quel suo modo strano di fare la A, così a punta da non sembrare affatto una lettera, e la O che era un cerchio preciso, la H invece tagliata in due ben oltre le righe verticali. La sua scrittura in stampatello assomigliava così tanto a quella di Dan, come se avessero la stessa mano.

"Oh Will" mormorò lei col respiro strozzato. Doveva essere essenziale, ma quante cose avrebbe voluto dirgli. Si sbrigò a rispondere, c'era una cosa più importante delle altre: "Tornerò", la corteccia sembrava essere diventata di burro, era merito della chiave?

Trattenne il respiro e fissò con occhi spalancati senza battere mai le palpebre, come se l'incantesimo potesse rompersi all'improvviso.

"Lo so", rispose.

C'era un'altra cosa che doveva dire, per non sentirsi morire, "Ti amo".

La risposta arrivò con ritardo, talmente tanto che Aria iniziò a premere le dita sul tronco supplicandolo di passargli quell'ultimo messaggio.

"Anche io, Aria".

Aria crollò sul tronco e poggiò la fronte sulla sua corteccia ruvida cercando di ritrovare la calma, quante altre cose avrebbe voluto scrivergli. Passò le dita sulle scritte che il legno pian piano faceva sbiadire. Nel cuore tanto sollievo e allo stesso tempo tanta paura, paura che non avrebbe mai più riavuto indietro ciò che aveva perso.

Capitolo 11

Lo aveva lasciato completamente da solo. Tanto dove sarebbe mai potuto andare? Scappare era impossibile, e poi era troppo stanco anche solo per alzarsi.

Si massaggiò i polsi indolenziti e poggiò la testa al tronco, unico sostegno. Chiuse gli occhi cercando di non sentire quell'odore a cui non si sarebbe mai abituato. Gli salì la nausea subito, era bastato il pensiero. Poi all'orecchio uno strano fruscio, come di un animaletto insidioso che camminava sul tronco trascinando le sue zampette, con la coda dell'occhio cercò di mettere a fuoco…

"Cosa…" si alzò di scatto, uno scatto davvero debole, e premette le mani sul tronco per sorreggersi ma anche per vedere meglio.

"Sono… viva" lesse ciò che si sta scrivendo sul tronco, lo sapeva che era lei. *Come, come… è possibile?* Si chiese con insistenza.

Afferrò un rametto e scrisse, "anche io". *Può essere solo lei, può essere solo lei.* Fissò il tronco con gli occhi sgranati pregando che lei scrivesse ancora, qualsiasi cosa, anche un insulto.

Il sudore gli si era asciugato sulla fronte e sentì all'improvviso un gran freddo.

"Tornerò".

Will sospirò e riprese fiato, gli sembrava di non respirare da tantissimo tempo, "Lo so", scrisse. *Lo so che tornerai.*

"Ti amo".

Will emise un rantolo soffocato e si coprì la bocca per non lasciarlo sfuggire, premeva e premeva per non perdere il controllo. La mano con il bastoncino restò sospesa in aria per alcuni secondi, tremava così tanto che gli era impossibile iniziare a incidere qualunque cosa.

"Anche io", riuscì a scrivere "Aria", quanto aveva bisogno di chiamarla, lo scrisse, e lo disse ad alta voce, strappandolo dai pensieri che avevano custodito il suo nome fino a quel momento, scacciando via i dubbi e le paure che lei e Henry fossero feriti, o peggio morti, dispersi chissà dove. Non saperlo era la cosa peggiore. Continuò a fissare il tronco buttando fuori tutta l'aria e cercando di trovare quella calma fredda che l'aveva sempre salvato. Aria non scrisse più niente, voleva sapere di più, voleva chiedere come stesse andando, come stava Henry. Gli mancavano disperatamente e aveva una paura che nascondeva in profondità, temeva che non li avrebbe mai più rivisti.

Dei passi alle sue spalle, *è tornato*, pensò subito gelando dentro. D'impulso coprì con la schiena le scritte che aveva già visto sbiadire velocemente. Ma questo lo costrinse a vedere cosa c'era nel giardino, di fronte a sé. Non bastava chiudere gli occhi per farli sparire.

Peter era ancora nella stessa posizione in cui era morto, e Loren... Loren era poggiata a un tronco come una marionetta senza vita, gli occhi ancora spalancati. Il fuoco non li aveva divorati, e il giardino era sempre lì, immobile. Quando Aria, Henry e Mary erano scomparsi, si era spento lentamente, e poi era come se non fosse mai esistito.

Erano tre, forse quattro giorni che era chiuso lì nel giardino, costretto a vederli deperire, costretto a sentire l'odore dei loro corpi che si disfacevano. *Se fosse bruciato tutto, sarebbe stato meglio*, questo si era ripetuto più volte. Poi non ce la fece più, vomitò bile e saliva accanto al tronco, non aveva nulla nello stomaco. Non voleva farlo, perché lui stava guardando, ma non riusciva più a trattenersi, erano giorni che andava avanti così.

"Come siamo pallidi" disse Merrick avanzando.

Will sentì improvvisamente freddo, era come se Merrick portasse l'inverno nel giardino. L'uomo passò accanto a Peter senza nemmeno poggiarci gli occhi, allungò il braccio e lasciò scivolare fuori dal pugno chiuso la collanina con la piccola *w*.

"Falla tornare qui, falla tornare qui subito", disse lui con tono glaciale. Da quando aveva visto suo figlio inghiottito dal fuoco, proprio come sua moglie, non riusciva a ripetere che quelle parole, e peggio, era convinto che suo figlio fosse tornato nell'albero, che tutto potesse ricominciare, che sarebbe bastata Aria, la morte di Aria.

"Non è possibile tornare indietro" rispose convinto Will per l'ennesima volta, lo sguardo un po' appannato. Quelle parole avevano un sapore così amaro.

Merrick non si scompose, non sembrava mai stanco di sentire quella risposta, ma soprattutto non sembrava nemmeno che gli arrivasse alle orecchie. Aspettava da Will altre parole.

Fece un segno a Cliff che si avvicinò con una tazza di ceramica piena d'acqua. Will inghiottì il nulla, la bocca asciutta, la testa pesante.

"Vuoi un po' d'acqua?"

Ancora l'ennesimo giramento di testa, Will vide solo la macchia rossa degli stivali prima di svenire.

"Ancora", disse Merrick senza nessuna intonazione.

***

Solitamente non gli era così facile cadere preda dell'agitazione, ma quella sera, anzi, in quei lunghissimi giorni di fuga e di attesa le cose erano cambiate. Si scopriva una persona ansiosa, anche se apprensivo lo era stato sempre.

Aria non si faceva vedere da ore e lui non riusciva e non voleva prender sonno. Doveva aspettarla, sapere se le sue intuizioni erano state giuste. Se davvero il giardino degli aranci era lì, dove Aria era convinta di averlo visto. Lui si chiedeva ancora dove potesse essere. Aveva avuto solo un segno della sua presenza, quell'arancia che Aria non smetteva di tenere stretta al petto, e che poi era stata lasciata nella cella. Henry la scrutò, era tonda e perfetta e sembrava prendersi gioco di lui. Al contrario di Aria, lui stava odiando il giardino degli aranci, perché era come se quel luogo libero da ogni condizionamento fosse cosciente di ciò che succedeva ma non intervenisse e anzi si divertisse a vederli soffrire. E poi era lì che per l'ultima volta aveva visto Will.

Che cosa ne sapevano alla fine del giardino? Poteva essere l'Ombra ad averlo creato, poteva essere tutto una finzione, forse li stavano semplicemente prendendo in giro, se la ridevano insieme. Con la vecchia a fare da controparte. Ecco cosa più lo terrorizzava: che il giardino non rappresentasse una reale possibilità, che stessero correndo verso il nulla tanto per divertire gli altri. E più di tutti temeva l'effetto che la chiave aveva e poteva avere su Aria. Quando le avrebbe trovate tutte, cosa le sarebbe successo? Ce l'avrebbe fatta a sostenere i mondi che si portava dietro? Mai avrebbe confessato ad Aria che era questa la cosa che più lo spaventava, come se avesse paura che finisse col prenderla come una mancanza di fiducia. Tutto era tranne quello.

Camminò avanti e indietro trascinando una mano sulla pietra dura, quasi graffiandosi per l'intensità con cui premeva le dita. Fuori si stava alzando una lieve luce lattiginosa, *chissà che ora è*, pensò Henry sospirando e fissando quella porta che restava socchiusa, mentre Mary respirava lievemente nella sua cella, ignara di tutto e tutti. Aria sarebbe tornata con una soluzione?

Non fece in tempo a farsi questa domanda che sbucò dalla porta. Era strana, tendeva la mano della chiave in avanti e si lasciava guidare da lei come sotto ipnosi.

"Aria" sussurrò, ma lei non poteva sentirlo, l'espressione tesa in una smorfia di dolore.

Poi sentì un altro sguardo addosso. "Dormi" disse Eloise fissandolo con profonda costernazione, "dormi".

Henry scivolò a terra restando aggrappato alle sbarre e in quella strana posizione si addormentò.

Aria seguì la chiave sin nella cella e si lasciò cadere sulla sua branda. Quando lo fece, la chiave smise di ardere e la sua espressione finalmente si sciolse.

***

Eloise la sentì risvegliarsi, muoversi a scatti sotto il peso di quella notte in cui aveva vagato piena di speranza nel giardino degli aranci, dolce e crudele, quasi le sembrava di sentire il suo cuore agitato, oltre quella parete, chiuse gli occhi. Era lì seduta a torturarsi i capelli da alcune ore, non era riuscita a dormire che poco. L'Ombra l'aveva costretta a tornare di corsa. Si sentiva stanca, e guardare le sue braccia dalla pelle chiara la gettava in un abisso di disperazione, perché sapeva che niente di quello che sentiva le apparteneva più. Non era quella persona da moltissimo tempo. Estrasse da sotto il letto un piccolo specchio e osservò i suoi lineamenti. Erano quelli che lui amava tanto, che lei stessa scrutava specchiandosi nel lago accanto a casa. Quei capelli biondi poi, di un colore talmente lieve da sembrare bianco, erano il coronamento della sua estrema bellezza.

Le sue labbra fini si mossero come a formare una parola, ne uscì un sussurro, "Eloise" chiamò la figura allo specchio, la guardava come se fosse un'altra persona. A volte non riusciva più ad associare la sua immagine a quella che compariva su quella superficie. Era stata così diversa e per così tanto tempo. Non ricordava più cosa fosse la giovinezza.

Con un groppo in gola mise via lo specchio. Se il suo corpo da fuori appariva giovane e in forze, all'interno era un groviglio di ragnatele che faticava a star dietro a quell'immagine. Le pozioni non l'aiutavano in questo. Bastavano poche ore per sentirsi stravolta, per percepire il peso di ciò che non era e non sarebbe mai più stata.

Se potessi restare sempre così... ma era davvero quello che voleva? C'era altro, *oh sì che c'è altro*, si disse. Ma non riusciva a trovare il coraggio per confessarlo.

Ricordò subito ciò che era accaduto quella mattina, quando si era risvegliata con il respiro dell'Ombra che le pesava addosso. Non era riuscita a immaginare nulla del genere, ma forse ci sarebbe dovuta arrivare. "Fai in modo che muoiano." aveva detto l'Ombra all'improvviso. "Solo Aria, mi serve solo... lei".

"Come..." aveva risposto lei stupita, il risveglio era stato una doccia gelata.

"Ho cambiato idea".

"Lei non andrà avanti senza di loro", ne era convinta, ma non del tutto, c'era sempre lui... disperso.

"Andrà, per quell'altro suo amichetto, lo sai che è così".

Eloise si era sentita gelare. *Non puoi chiedermelo.* "Ma Henry... puoi salvare almeno lui, non merita di..."

"Mica ti sarai affezionata?"

"Io..."

"E la libertà? Non la vuoi la libertà?"

"No. Sì" era così confusa.

"O mia cara, te la prenderai che tu la voglia o no, lo sai che ormai abbiamo avviato tutto questo per quel motivo".

"Perché sei stanco di me" aveva risposto subito.

L'Ombra aveva iniziato a ridere. "Stanco? Ma cara siamo stati insieme così a lungo... è ora che anche tu riposa, riposa veramente. Te lo meriti, non credi?"

E la risata continuava a risuonarle nella testa, poi quella domanda: "Non vuoi la libertà?" e sapeva che non era più ciò che cercava. Il mondo esterno non lo conosceva, le era del tutto estraneo, aveva paura che l'avrebbe rigettata e a questo non pensava mai. Ma nemmeno lì voleva rimanere.

Sospirò aspettandosi da un momento all'altro il risveglio dei prigionieri. Si stiracchiò e poggiò la schiena contro il muro gelido, sforzandosi di non pensare più a niente.

***

Ogni volta che Aria apriva gli occhi c'era un fantasma con lei, ogni volta che si fermava a pensare a dov'era arrivata, e anche quando non lo faceva, il fantasma era lì. L'ombra dei suoi ricordi che riemergevano prendendo consistenza. Quella mattina era come se riuscisse a sentirli, come se fossero diventati di colpo tangibili. Altre volte era solo un odore che si affacciava nella sua coscienza, richiedendo un'attenzione che lei non aveva mai il coraggio di concedere. C'era troppo di fronte ai suoi occhi per ascoltare anche i fantasmi. E c'era troppo da rimpiangere. Non aveva pensato che dare ascolto all'eco di quei giorni avrebbe solo potuto donarle forza e sicurezza, un posto sicuro in cui nascondersi. Non pensava che sentire ridere Dan le avrebbe donato una sorta di pace, una dolcezza. Una certezza. Com'era stato nel mondo del bosco. Non riusciva, arrivata a quel punto, a vedere altro se non le sue mancanze, solleticate dalla paura, dal dubbio che sollevavano ben altro tipo di fantasmi. Più insidiosi.

Più vicino era l'obiettivo, più lontano le appariva. Aveva agito con una sorta d'incoscienza, fino a quel momento, e ora sentiva il corpo pesante, e tutto quello che riusciva a fare era ripetersi con sempre meno convinzione "Ho fede in me".

Quella mattina i fantasmi erano con lei. Il giardino degli aranci le aveva tolto il peso dalle spalle per poi restituirlo ancora più grande. Quella mattina faceva fatica a muoversi, le sembrava di sentire le gambe e le braccia rigide, quasi come se non le appartenessero più. E gli occhi, quelli non volevano aprirsi. Per un attimo le passò nella mente il viso di Will, e le parole sull'albero, la sua frustrazione. Poi quella pace forzata a cui il giardino l'aveva costretta. L'intorpidimento. E di colpo si era ritrovata in cella. Sentiva la coperta sotto i palmi aperti e quando aveva mosso le gambe anche sulla caviglia nuda e fredda.

"Non guardare fuori, guarda solo dentro", fu con queste parole, mescolate all'odore intenso degli aranci ancora impresso nel naso, che aprì gli occhi.

L'arancia era esattamente dove l'aveva lasciata, la raccolse e scrutò la sua buccia dura, una corazza a proteggerla.

"Sta bene," mormorò poi subito quando il pensiero riaffiorò nella mente, "Sta bene", doveva sentirsi rinfrancata, eppure non riusciva a rilassarsi. *Non sono sicura che stia bene, però... è vivo.*

"Mary" chiamò con un'inusuale dolcezza e lei si voltò stropicciandosi gli occhi. "Va meglio?"

Lei annuì appena guardando a terra, era stato un movimento talmente impercettibile che forse non era nemmeno accaduto. Si alzò trascinandosi dietro una strana pesantezza e disse, "Non accadrà più".

"Bene" commentò Aria sorprendendosi. Mary continuava a non guardarla, ancora vittima di quell'imbarazzo. Si era quasi uccisa, e forse si era anche finalmente resa conto della scemenza che aveva fatto, ora forse l'avrebbe seguita, avrebbe obbedito. E forse sarebbero riuscite ad andar via.

Tutti si muovevano con estrema lentezza nelle loro celle.

Aria fissò Henry che ancora non si era mosso, dormiva con la fronte tra due sbarre e i capelli che gli pendevano davanti.

"Henry" chiamò quando sentì la sirena, ma quello non si svegliava. "Henry!" urlò allora e lui trasalì sbattendo la testa.

"Ma insomma!" si lamentò, "Ah" il collo gli faceva un male cane.

"Ben ti sta, ti sembra il modo di addormentarsi?" le sbarre gli avevano lasciato due solchi arrossati davvero buffi.

"Aria lo sai..."

Aria non riuscì a resistere e ridacchiò, il suono della sua risata riecheggiò in quel silenzio mortale come un estraneo appena giunto in un paese straniero.

Henry ne fu sorpreso ma sorrise a sua volta sfiorandosi il collo indolenzito ma dove le ferite erano guarite del tutto, era così tanto che non sentiva quella risata.

Per un attimo Aria si dimenticò della cosa che doveva assolutamente sapere.

Doveva farglielo sapere subito, "Sta bene" disse all'improvviso tirando fuori il fiato e riafferrandolo. Non avrebbe confessato che in realtà non ne poteva essere del tutto certa. Perché era ancora nel giardino degli aranci? Dopo giorni interi? Non aveva senso.

Henry la fissò e vide il suo sguardo addolcirsi, capì così all'istante che parlava di Will, "Davvero? Come…"

"Non ora", sapeva che la ragazza era lì ad ascoltare.

Eloise osservava silenziosa. Henry la salutò con un gesto prima di richiamare l'amica.

"Aria" chiamò subito Henry che aveva bisogno di un'altra fondamentale risposta.

E lei si mise a giocherellare con un'arancia facendo sì con la testa, per evitare che Eloise, appena uscita dalle sbarre, capisse qualcosa.

"Grandioso!" disse Henry raggiungendo il corridoio e spalancando la porta di Aria con un gesto di vera cavalleria.

"Cosa è grandioso?"

"Che…"

"Niente che ti possa interessare" lo interruppe Aria.

Henry si scusò con un lieve gesto del capo, era così confuso su questo punto, lei continuava a ispirargli fiducia, poi però ricordava l'interrogatorio del giorno prima. I due che lei sembrava scrutare dall'alto, da un'altezza che li superava di gran lunga. Quel suo misterioso tacere e quel parlare nel momento giusto. Ma soprattutto, il modo in cui i due non la contraddicevano, mai.

Nonostante tutto continuava a ispirargli fiducia e decise che avrebbe parlato con Aria a riguardo.

Infatti non appena furono fuori lui fece in modo che si distanziasse un po' dagli altri.

"Di questa cosa dobbiamo parlare".

"Quale cosa?"

"Lo sai".

Lei iniziò a scuotere la testa, "non se ne parla".

"Ma l'hai vista ieri? Era…"

"Una brava attrice".

"Non lo credi veramente" disse con uno sguardo di rimprovero.

Aria sospirò, *no*, ma non l'avrebbe mai detto ad alta voce. C'era qualcosa che comunque non andava.

"Lo sai anche tu, c'è qualcosa che non va", questo poteva dirlo ad alta voce.

"Forse sì, forse no. Forse siamo solo noi che siamo sospettosi di tutto.

"Dopo tutto quello che abbiamo passato ti stupisci?"

"Voglio dire... forse per una volta potremmo avere fiducia".

"Come se tu non l'avessi mai. A volte sei così... ah, lascia perdere".

"Aria".

Aria si voltò a osservare Mary, la carnagione sempre più pallida tirata sulle ossa sempre più sporgenti, quello sguardo spento, poi l'immagine di lei con le labbra viola, i suoi occhi terrorizzati. *Voleva morire*, pensò Aria distraendosi dalla discussione. *E a questo l'ho costretta io.*

"Aria" chiamò ancora Henry che aveva capito tutto, "Non è colpa tua. Tu hai fatto un tentativo. Ma ti assicuro che lei è diversa", il ragazzo guardò Eloise e lei gli sorrise appena. "Può farcela".

"Mi assicuri..." disse innervosendosi, non voleva litigarci ma come poteva starsene zitta? "Mi assicuri..." ripeté con un tono sempre più divertito, poi scoppiò a ridere. Era più forte di lei.

"Aria" sussurrò Henry sorpreso.

Aria continuò a ridere e a ridere, ora aveva tutti gli occhi puntati addosso, e sentì altre risate sovrapporsi alle sue, una dopo l'altra. Pensava che anche gli altri prigionieri stessero ridendo, invece non lo facevano. Si guardò intorno. E sotto a quella che era la stanza del giardino vide Sun.

"Morirete tutti"... "Ricordalo. Morirete tutti", le tornò subito alla mente. Ma non era abbastanza, non riusciva a smettere di ridere. E non ne capiva il motivo. Vicino a Sun c'era il ragazzino della spiaggia, lui rideva fissando Eloise, come i Cinque alle sue spalle, infine Merrick, a braccia incrociate, dal gomito piegato sul petto gli pendeva il ciondolo di Will.

Il cuore di Aria si strinse, ripensò subito a quella notte, Will era vivo, tanto bastava. Ora sapeva come andare avanti.

"E indietro?" disse Merrick fissandola, Aria sentiva la sua risata ma lui era immobile.

La ragazza aveva male alla gola per il tanto ridere, ma anche se lo desiderava non riusciva a smettere. Henry la scuoteva per le spalle con gli occhi sgranati, e lei non poteva far altro che guardare Merrick tirar fuori un accendino e dar fuoco all'angolo della stanza, "Moriremo tutti". I contorni si bruciarono come due micce accese, poi le pareti. Gli altri se ne stavano sotto, una pioggia di scintille li colpiva e anche se avevano iniziato a bruciare lentamente, nessuno si muoveva.

Prima le spalle, i capelli, la divisa di Merrick si accartocciò su se stesso con tutta la carne. Aria continuava a ridere, una risata che sembrava un singhiozzo, voleva urlare di smetterla ma non riusciva. La risata le sottraeva le parole, le teneva prigioniera la gola, le corde vocali doloranti. Solo la mente era abbastanza sveglia da capirlo.

I mantelli dei Cinque bruciarono più velocemente degli altri. Le pareti sparirono e Aria si ritrovò a guardare il giardino che inceneriva, divorato dalle fiamme.

Quando però tentò di correre, con la risata che ancora la strozzava, Henry l'afferrò e non la lasciò più andare. Stava urlando ma lei non riusciva a sentirlo.

I mantelli si erano volatilizzati e sotto non c'era nulla. Poi era toccato a Marcus. Mentre il fuoco lo divorava sciogliendogli i tratti del volto, lui scavava una piccola buca a terra, come se volesse rimpiccolirsi e nascondersi. Il ciondolo di Will ormai era una poltiglia.

Ora era proprio come se ce l'avesse di fronte agli occhi. Will legato all'albero su cui aveva scritto quella notte, immobile che la fissava, mentre le fiamme abbracciavano anche lui, rapidamente, e lei non riusciva a reagire in nessun'altra maniera che ridere. Finalmente riuscì a prendere il controllo e continuò a ridere per un altro motivo, per non farsi sopraffare, rideva in faccia a Eloise e a tutto quello che era certa sapesse. Rideva di Merrick che nonostante i suoi piani era rimasto indietro, che aveva ceduto per debolezza, per riavere indietro un figlio, l'Ombra poteva anche riportare indietro i morti? Rideva del falso profeta che era fuggito da casa come un bambino capriccioso, dei Cinque che erano schiacciati da un dolore talmente profondo da aver desiderato un mondo ovattato, per se stessa perché non era stata abbastanza forte e aveva ceduto alla debolezza quanto tutti loro, e la chiave che bruciava e bruciava insieme al giardino. *Non è reale, non è reale.* Era il suo pensiero che faceva da sottofondo alle risate che iniziarono a tremare di frustrazione, *siamo stati tutti così deboli... e c'è sempre qualcuno che si approfitta di questa debolezza,* salirono agli occhi delle lacrime che ricacciò via con ostinazione. Will non era più tra le fiamme.

Aria si calmò solo quando vide il giardino sempre in piedi, anche se non riusciva a smettere di ridere. Quel fuoco non poteva distruggerlo, non in quel momento. La chiave bruciò ancora, era lei che la teneva ancorata, il giardino dopotutto non poteva essere un luogo malvagio, ricordò le sensazioni di pace che provava ogni volta, era come se stesse partecipando, era dalla sua parte. Poi un ceffone la scaraventò contro Henry e finalmente la liberò da quella risata.

Aria scosse la testa più volte e si ritrovò una delle gemelle davanti, quella che fungeva sempre da sostegno, le urlò contro, "Solo perché sai che te ne andrai via, non vuol dire che puoi ridere di noi!" urlò.

Non fece in tempo ad aggiungere altro che uno degli scimmioni la sollevò di peso tappandole la bocca con violenza.

Aria la guardò allontanarsi, scalciare. Poi spostò gli occhi su tutti gli altri che continuavano a fissarla senza alcuna pietà, ma con altri sentimenti. Finalmente vide delle persone vive. Durò davvero poco.

Bastò un altro segnale di sirena.

"Aria, che diavolo ti è preso?"

Henry continuava a sorreggerla mentre lei si stringeva la gola dolorante, aveva le lacrime agli occhi per la fatica e anche per lo schiaffone che si era presa. La stanza era lì, niente stava bruciando. Ma questo ormai l'aveva capito. Era strano, quella mattina non l'aveva vissuta come reale, era come se vedesse la scena attraverso una finestra dal vetro abbastanza spesso da separarla del tutto. Solo quando aveva visto il giardino bruciare... aveva sentito che era possibile. Il giardino poteva prendere fuoco, in quella scena però non era successo. Era andato come il giardino di Merrick, non era bruciato, perché sennò Will... come avrebbe fatto a rispondere?

Tornarono a torturarla i dubbi della notte appena passata: il giardino è lo stesso? O sono collegati in qualche maniera? Quando era nel giardino era convinta di avere la risposta. Ma ora le era del tutto sfuggita. Una strana sensazione. Come sempre il giardino la rendeva consapevole, solo che quella consapevolezza non durava mai abbastanza. Almeno non finché non avesse preso la chiave.

Si guardò intorno e quasi le sembrò di vedere un altro mondo.

I due ragazzini non avevano parlato però le persone si erano iniziate a muovere.

"Aria, mi vuoi rispondere?" le sussurrò all'orecchio. Non l'aveva proprio sentito, era salita a un altro livello. Eloise la fissava.

"Tutto bene".

"Non mi sembra".

Eloise si avvicinò.

"Eloise".

Lei la scrutò con due enormi occhi limpidi e la prese per le guance con entrambe le mani donandole un grande sollievo, erano fredde come quelle dei morti. Non smise di guardarla negli occhi.

"Che fai?" disse lei sottraendosi con ritardo.

Eloise in risposta sospirò, poi si limitò a stringerle la mano con la chiave, con... partecipazione. Aria aveva sentito qualcosa smuoversi dentro di lei. Era pietà.

"Cosa dovrebbe significare?" chiese Aria sopraffatta da quel sentimento che l'aveva investita.

Lei non rispose, distolse velocemente gli occhi da Henry, prese Mary per le spalle e seguì la carovana lungo la strada.

"Tutti sanno tutto" disse all'improvviso toccandosi la guancia dolorante.

"Sanno che siamo di passaggio" aggiunse Henry. Parlavano a bassissima voce.

"Non mi stupisce," disse di colpo come se l'avesse sempre saputo, "Ho avuto quest'impressione ieri, con i due".

"Quell'interrogatorio è stato strano…"

"Hanno interrogato solo noi. Non sono stati molto intelligenti".

"Lo sapranno? Sapranno che hai…"

"Shh. La mia porta era aperta Henry," sospirò, "Come immaginavo non è fortuna".

Henry sospirò. "A che gioco stanno giocando?"

Eloise si voltò, poi tornò con gli occhi sulla strada.

"È alla tua amichetta che andrebbe chiesto".

"Aria".

"Ti fidi del mio intuito?"

"Era disperata".

"Questo non significa niente. Per oggi ho un'idea. Ci capiremo qualcosa in più. Tu seguimi, ok?"

"Non so perché ma quando dici così mi vengono i brividi".

Aria gli diede una pacca sulla spalla con un mezzo sorriso e lui deglutì.

Dallo spigolo che nascondeva il giardino iniziò a sgocciolare qualcosa. Aria non poteva fermarsi, visto che il gruppo era già distante, ma non smise di fissare quel liquido che cadeva sul prato formando una piccola pozza. Poi l'odore ferroso del sangue la colpì come una manata.

"Aria, andiamo", disse Henry. E lei lo seguì, chiedendosi chi nel giardino stava sanguinando. La chiave era calma sulla sua mano e lei era stranamente serena. Chiunque fosse, lo sentiva, non era Will.

Mentre camminavano verso la solita direzione, iniziò a tastarsi la guancia che si stava gonfiando e che faceva sempre più male. Henry le prese il mento e si chinò su di lei per capire come andavano le cose.

"C'è anche una piccola unghiata".

Henry l'accarezzò con il pollice, mentre Eloise stava a guardare con un crescente sguardo d'odio negli occhi. Qualcosa che non ricordava nemmeno di saper provare.

La piazza quel giorno aveva alte mura giallo canarino che arrivavano a toccare il cielo, perdendosi tra le nuvole.

Nell'aria c'era quell'odore di sangue, sempre costante, come se la piazza lo assorbisse nutrendosene. Nessuno era ferito ma quell'odore non l'abbandonava mai. Strano a dirsi, ma Aria sembrava essercisi abituata.

L'essere riuscita a entrare nel giardino aveva alleggerito il suo peso, almeno per un po'. Ma mentre camminava lungo quella strada che appariva senza fine i dubbi tornarono ad affacciarsi sotto forma di suggestioni. La chiave formicolava, i suoi pensieri vorticavano senza sosta. La decisione nonostante tutto stavolta restava ferrea.

"Non guardare fuori, guarda solo dentro" si ripeteva a mente le parole di Henry, era chiaro cosa intendesse il suo amico, ma doveva prendere in considerazione solo quella parte di lei che sapeva avrebbe combattuto fino alla fine. Tutto quello che cresceva intorno a lei era difficile da ignorare, lei lo sapeva il motivo, era tutto un riflesso di ciò che aveva dentro, e la chiave non faceva altro che amplificare, che sovrapporre i desideri e le paure degli altri mondi ai suoi. Nessuno di loro voleva tacere, tutti quando avevano stretto un patto avevano abbandonato qualcosa, e quella cosa si era appiccicata a lei. Ed era pesante da portarsi dietro.

"Quanto credi in quello che stai facendo?"

"Quanto credo a ciò che mi ha promesso l'Ombra?"

La domanda che Merrick le aveva posto con quella sua voce senza sentimenti, non era altro che la sua domanda.

La risposta doveva essere solo una e solo quella avrebbe seguito: *credo in me, per questo ciò che farò sarà giusto*. Tutto il resto doveva essere tagliato fuori.

"Aria" chiamò Henry notando come si mordeva a sangue il labbro. Lei sospirò e insieme tornarono con gli occhi sulla schiena di Mary che Eloise continuava ad accarezzare, intonando uno strano mormorio sommesso e pieno di tristezza.

Nessuno di loro riusciva a sentire le parole, ma era una melodia che scuoteva. Aria avrebbe voluto afferrarle i capelli biondi fino a farla girare e a chiederle una volta per tutte che cosa volesse.

"Mary" chiamò invano.

"Lascia perdere" disse Henry trattenendola, "Non vuole farle del male".

Con la coda dell'occhio Eloise li guardò un istante, poi tornò a mormorare quella melodia.

Una volta che avesse avuto tutte le chiavi forse sarebbe stato facile attraversarli a ritroso, iniziava a pensare, non ci aveva mai provato, ma ci poteva essere il rischio di nuovi accordi e nuovi mondi. Però doveva tentare. Per Will. E se non fosse stato possibile? Avrebbe implorato l'Ombra. Avrebbe gettato a terra tutto il suo orgoglio e l'avrebbe supplicata, se non lei la vecchia donna, lei forse avrebbe compreso gli sforzi e poi... non sapeva perché ma sentiva che poteva capirla. Si bloccò un istante con la mano sul petto, colpita da questa nuova sensazione. Era lì, qualcosa che doveva afferrare subito. Chiuse gli occhi e Henry vide le sue palpebre muoversi inseguendo un pensiero. Il labbro aveva ripreso a sanguinare.

"Maledizione" Disse frustrata, e prima che Henry potesse dire qualcosa, lei aveva già ripreso a camminare e l'aveva afferrato per impedirgli di fermarsi ancora, "Un pensiero. Mi è sfuggito" mormorò in direzione dell'amico che la guardava perplesso.

"Importante, immagino".

"Fondamentale, Henry. Fondamentale".

"Se è davvero importante tornerà".

"Speriamo non troppo tardi…" disse lei riunendosi al gruppo.

Poi notò ancora una volta l'assenza dei due ragazzini. *Che fine avranno fatto?* Si disse Aria, Henry deve averli spaventati. O forse stanno progettando qualcosa.

Henry, alla vista della piazza, iniziò a farsi teso. Anche lui la pensava così. Ma fra poco avrebbero saputo.

Aria d'istinto afferrò Mary e la tiro delicatamente verso di sé. Non voleva più perderla di vista. Solo a quel punto notò che lei stava piangendo.

"Che ti ha fatto?" le sussurrò subito, fermandosi.

"Nulla" rispose, poi le gettò le braccia al collo, come avrebbe fatto tanto prima. Aria rimase per un momento interdetta, poi l'abbracciò.

"Perdonami" le disse con la voce rotta.

"E per cosa?" le sussurrò Aria addolcendosi. Le accarezzò i capelli ma quando fece scorrere la mano si rese conto che le trecce non erano più lì, eppure era stato un gesto involontario, quello di cercarle, forse un desiderio.

"Ti ascolterò sempre. E non berrò più quella roba, mai più".

Aria si sentì sollevata nell'udirlo, "Ora però basta piangere".

"L'hai trovato, vero?" disse all'improvviso cambiando voce.

Aria sentì le parole tagliarle le orecchie, ebbe l'impulso di staccarsi ma lei aveva una presa di ferro, non la lasciava andare.

"Mary" la chiamò Aria e quella allentò la stretta. Quando la ragazza fece per guardarla in faccia, si ritrovò davanti alla ragazzina di sempre, aveva gli occhi grandi per aver pianto, ma il suo colorito era tornato quello di un tempo. Le sorrise appena, con una punta d'imbarazzo e Aria riprese fiato. Si rilassò. Era incredibile quanto l'ostilità di Mary l'avesse scossa, e ancora più incredibile era che non se ne fosse accorta, non del tutto. Ma in quel momento sentiva che un nodo dentro di lei si era finalmente sciolto.

"Bentornata ragazzina" le disse Henry stropicciandole i capelli.

Lei sorrise, "Mi sembrava di essere… quasi sotto incantesimo" sussurrò distratta.

"È l'effetto di quella roba, se ne assumi tanta…" tutti si voltarono verso Eloise.

"Immagino si debba ringraziare te per il ritorno della nostra Mary" disse Henry mentre la ragazzina si poggiava al muro laterale per riposare, come colpita da un'improvvisa stanchezza.

"Non aspettarti ringraziamenti da me", aggiunse Aria tornata di colpo ostile. Quell'espressione compiaciuta non poteva soffrirla. E continuava a essere convinta di ciò che aveva provato nei giorni precedenti. Istinto.

"Aria, allora?" criticò subito Henry lanciandole un'occhiataccia.

"Le porte" disse tagliando subito la discussione.

Le porte erano quelle del giorno prima, semplici. Non avevano avuto forse il tempo di creare un nuovo scenario? Erano troppo occupati a ripensare a ciò che era accaduto forse, e a porre rimedio.

"Te la cavi sempre così" borbottò Henry guardandola fare spallucce. Poi fece un sospiro di incoraggiamento, la vista della piazza aveva messo addosso la solita agitazione.

Iniziarono a muoversi nella direzione imposta, lo fece anche Aria, ma con la coda dell'occhio notò Mary annuire a Eloise che la teneva per il mento. Mary sembrava di nuovo fuori dal suo corpo.

"Mary" chiamò Aria, e lei scrollò le spalle, poi la raggiunse. "Cosa vuole?"

"Sapere se sto bene" disse lei tutta convinta.

"Davvero non c'è dell'altro?"

"Non ti fidi ancora di me? Io lo capisco. Alla fine sono stata terribile, ma ti giuro. Ti giuro davvero" ed era così agitata, non l'aveva mai vista così frenetica. Era cambiata così tanto dallo scorso mondo. Aria aveva visto in Mary se stessa, quando erano nel mondo del bosco. E forse sarebbe stato così, se non si fosse trovata costretta a intraprendere quel viaggio assurdo, forse sì lo sarebbe diventata. Ma era proprio vero ciò che diceva sempre sua nonna: "È come rispondi alla vita. Le scelte che fai che condizionano quello che sei e diventerai". E Mary non aveva affrontato la vita, si era solo chiusa, come aveva fatto lei quando Dan se ne era andato. Poi però era riuscita a ritrovare se stessa.

Mary invece l'aveva persa, ciò che era successo l'aveva formata, l'aveva cambiata, senza nessuna possibilità. Ora Aria la guardava e aveva difficoltà a riconoscerla. Non c'era quella scintilla di rivolta che Aria tanto amava.

Ma in fondo non era cambiata anche lei? Solo una cosa non era mutata: continuava a combattere, anche se le speranze diminuivano di passo in passo. Non aveva paura. Era già morta una volta. Il mondo di nebbia era stato la morte per lei. Di peggio non poteva accaderle altro, era per gli altri...

Fissò Henry e gli sfiorò il braccio con la spalla. Lui le prese il polso con le lunghe dita calde, mentre davanti a loro quella cascata di capelli biondi attraversava la porta e spariva per un momento, lasciandoli soli a condividere le loro paure più profonde e mai pronunciate. *Andrà tutto bene.*

Capitolo 12

"È... stata... la morte... per noi" mormorò il Quinto sacerdote tirando fuori a fatica le parole.

"Eravamo... già... morti".

"Moriremo ancora?" disse un altro cercando di raddrizzarsi. Fuori la nebbia era talmente fitta che sembrava voler rompere i vetri per entrare nella stanza.

I lamenti di Lucas alle loro spalle confondeva ai Cinque la mente. Sentirlo soffrire li faceva impazzire, era più forte di loro. Non pensavano di poter ancora soffrire così.

"Ora... sì, che non ci... perdonerà mai più" sussurrò il Secondo quasi senza pensare. Lanciò il coltello contro il vetro con l'ultimo briciolo di forza e si osservò il guanto dove il sangue era talmente scuro da sembrare un liquido completamente diverso. Cercò di immaginare che fosse proprio quello, di certo non sangue.

Il coltello nella sua mano. Tutti e Cinque lo ripresero da terra, avevano già tenuto in mano un coltello tempo prima. Per un momento tremarono dentro.

Poi alzarono la testa di nuovo tutti insieme, "Il giardino sanguina".

"Di chi è..."

"Non... lo so. Andiamo a nutrirci, ve ne... prego".

E il citofono prese a suonare. Nonostante avessero detto chiaramente che nessuno doveva disturbarli. Era l'uomo baffuto con il suo solito incedere da cartoon, il camice a strusciare a terra, stavolta, come se lo avesse rubato a qualcuno di molto più alto.

"Vi chiedo perdono... ma abbiamo tanta energia... e non sappiamo cosa farne" disse contorcendo una mano nell'altra in palese apprensione.

"Mandala fra cinque minuti" disse uno di loro cercando di darsi un tono. Gli altri continuavano a stare piegati, chi più chi meno.

"Ecco come siamo ridotti" sussurrò il Quarto, gli sfuggì il pensiero dalla bocca. E fu così violento che tutti si voltarono a guardarlo.

Intanto Lucas era svenuto... Wade lo guardava affranto e a Isaac era tornata nuovamente quella sonnolenza. Forse era il caldo che incombeva in quella stanza. O la forza della nebbia che combatteva per invadere le loro menti.

"Non farlo addormentare" disse solo a Wade, "E nemmeno tu. Non dormire, non dormire..."

Il Primo sacerdote si avvicinò a testa bassa alla pozza di sangue, raccolse il braccialetto e lo portò con sé. Nessuno alzò gli occhi su Lucas, che a sentire i loro passi era rinvenuto, bianco come un cadavere mentre si stringeva al petto fremente quel moncone. Ed erano stati loro a farlo.

"Se andremo via crolleranno. Non possiamo" disse il Secondo fermo sulla soglia.

"Dobbiamo... parlare. Non è così?"

"No, non dobbiamo per forza".

"Lasciali dormire" disse un altro interrompendo un sospiro, "Sarà molto meglio così per tutti".

"Non ce la faccio" aggiunse il Quinto voltandosi a guardarlo, "Andiamo via subito".

"Che qualcuno pulisca quel sangue" ordinò il Terzo a un uomo fermò nel corridoio, "Ma che nessuno tocchi nulla".

***

Chissà come mai? Si chiese Henry con curiosità. Chissà perché gli era venuto in mente in quel momento? Proprio mentre percorreva quel tunnel semi buio che li separava dalla piazza. Era tornato indietro a un momento cruciale. Si rivide steso sul letto. Aveva parlato con Aria solo poco tempo prima e aveva scoperto che lei voleva andare via. Aveva passato tutta la notte successiva a pensare alle sue parole, a quelle che aveva detto ma soprattutto a quelle che non era nemmeno riuscito a formulare. Pensava a come l'avrebbe presa il suo amico, si preoccupava per lui, i motivi che spingevano Aria erano così chiari che era convinto l'avrebbero fatto a pezzi, se solo si fosse fermato a pensare. E per non crollare Will sarebbe andato, lo sapeva. Ma d'altronde anche lui aveva deciso.

Poi Will era arrivato, Henry lo aspettava. Era entrato in casa sua come un uragano, quasi buttando giù la porta, quel giorno che sembrava così lontano e allo stesso tempo così vicino quasi da poterlo toccare.

***

"Aria..." disse Will che fronteggiava l'amico con una strana esitazione, mentre il cielo sembrava scurirsi più rapidamente del normale.

"Lo so" rispose solo e notò l'espressione dell'amico che passava dall'incredulità alla completa comprensione.

"È venuta prima da te. Lo fa sempre" commentò con un mezzo sorriso che suonava quasi come uno schiaffo.

Henry sospirò appena, "Siediti", gli indicò i gradini di casa dove alcune foglie si erano poggiate, quasi a voler ascoltare la discussione.

"Come fai a stare così calmo?"

"Lo sai, Will. Quando si mette in testa una cosa…"

"È impossibile fermarla, lo so. Ma speravo che almeno tu".

"Amico mio, Aria dà retta solo a se stessa. E poi è testarda" si accomodò tranquillo, lasciandosi sfuggire un sorriso al pensiero.

"Insomma, Henry!" scrutò l'amico, non poteva crederci. Se ne stava così immobile, così sereno… "Lo accetti? Accetti una cosa del genere?"

Lui si voltò a guardarlo, lo scampanellio di una bicicletta che attraversava la piccola strada, interruppe per un istante la sua risposta, poi finalmente disse "No".

"E allora…?" poi guardò i suoi occhi azzurri e calmò il respiro, e sembrò capire di colpo, disse solo: "Io andrò lì".

"Lo so," disse Henry fissandolo con un sorriso, "e lo sai che non ti ci potrei mai mandare da solo".

Will si sgonfiò e si sentì più leggero a sentirglielo dire, era chiaro, "Lo sapevo" mormorò solo. L'amico si alzò e gli strinse una spalla, "Saltiamo il momento in cui mi dici che non dovrei. E andiamo direttamente al punto esatto: ci vediamo domattina. Io e la mia famiglia saremo lì, di fronte al cancello".

E i suoi occhi erano così decisi che Will non disse niente, non domandò della sua famiglia, non cercò di fargli cambiare idea, non ci sarebbe mai riuscito. E Henry sapeva che avrebbe voluto farlo, e che allo stesso tempo, averlo al suo fianco dava alla faccenda tutto un altro sapore. Quello di una speranza. Will aveva risposto alla sua stretta ed era andato via silenziosamente, stringendosi tra le spalle. Solo all'angolo della strada Henry l'aveva visto correre via come se avesse il diavolo in corpo, colpito di nuovo da quella frenesia, da quell'agitazione, lo sapeva che voleva correre. Doveva correre. Proprio come lui.

La mattina seguente Henry l'aveva visto scappare via da suo padre. I due amici si erano guardati, "riportiamola indietro" avevano detto quasi all'unisono. Poi si erano colpiti il pugno e avevano fatto due passi avanti, volevano essere i primi a sorpassare quel cancello e volevano farlo insieme.

**

175

Finì di assaporare quel ricordò che durò solo un istante, quasi un batter di ciglia, e si sentì invadere da una profonda angoscia. Aveva sempre sentito che Will era al sicuro, anche se non era lì con loro. Ma ora non ne era più così convinto. Forse quel sangue che sgocciolava giù gli era suonato come uno strano presagio che non voleva ascoltare. *Will, stai davvero bene?*

Continuò a stringere il polso di Aria, fino a quando non arrivarono al centro della piazza silenziosa.

Mary si voltava a guardarli in continuazione, gli occhi vispi ma non ancora del tutto accesi.

Le porte tutt'intorno alla piazza che prima si erano chiuse ora erano di nuovo spalancate. Porte di ferro, altissime reti dello stesso materiale che sostituivano i muri pallidi.

Poi le magliette come al solito assunsero i colori delle due squadre. Henry, Mary, Aria e Eloise ovviamente erano insieme.

Se i ragazzini volessero davvero qualcosa da noi ci separerebbero, questo non ha senso.

Ancora quel pensiero, *tutti sanno tutto.* Le due gemelle si voltarono, lo stesso fecero tutte le altre facce indistinte, compreso Cicatrice che però aveva tutto un altro sguardo. Il ragazzo del primo giorno, quello che aveva perso letteralmente la testa, stringeva il braccio di Cicatrice con tale energia da avergli lasciato i segni. L'omone si liberò subito con un gesto stizzito. Si guardarono solo, ma non parlarono.

"Prendi" disse Eloise lanciandole qualcosa che riuscì ad afferrare solo quando le rimbalzò su una spalla.

"Per la guancia, l'occhio ti serve" disse solo.

Sentì di colpo il dolore lì dove la gemella l'aveva colpita, il gonfiore aumentava così velocemente che da un momento all'altro il campo visivo dell'occhio si sarebbe pericolosamente ristretto. Aveva ragione. Si passò da una mano all'altra la fiala, poi decise di bere. Non voleva farsi trovare impreparata, tantomeno fuori forma.

Quando finì la fiala si accorse che nella piazza ormai erano svaniti tutti, tranne loro quattro.

"Andiamo" disse allora Aria. Percepì subito il gonfiore diminuire rapidamente, ora poteva muovere la mascella senza sentire la guancia indolenzita e contratta.

Sorpassata la soglia ciò che sorprese subito Aria e Henry fu l'ambientazione. Sembrava quasi che i due ragazzini li avessero letti nella mente, nel cuore. Davanti a loro c'era il centro di Londra, del tutto sgombro.

"Perché..." mormorò Henry.

"Per noi, o forse per loro, chi lo sa", alla fine potevano essere due ragazzini di Londra, no?

"Conoscete?" chiese Mary cercando di partecipare.

"Questa… è casa nostra" disse Aria e sentì tutto il peso di quelle parole, quel gusto prima dolce poi amarognolo che le lasciavano sulla lingua. Casa…

"È … strano, ma bellissimo," commentò Mary, "Molto più… piccolo".

"In confronto allo scenario precedente?" chiese Henry cercando di farla rilassare, sembrava di colpo intimorita.

Lei annuì appena.

"Beh, quella era New York, la città gigante per antonomasia".

"Mary, ti sconsiglio di chiedere i dettagli. Ti potrebbe parlare per ore".

"Aria! Sei ingiusta".

"Non è così? Hai sempre amato la geografia e le scienze sociali".

Henry sorrise. Si guardarono riuscendo insieme ad abbattere le preoccupazioni attraverso i ricordi. Se ne dovevano servire sempre. Bastava uno sguardo tra loro, nato da un pensiero condiviso che riuscivano a trasmettersi anche senza parlare, per catapultarli indietro. A donare a entrambi una perduta serenità. E l'importante sensazione che non erano affatto soli.

D'altronde ne avevano passate così tante insieme. Da quel giorno al campetto di calcio, da quella corsa in ambulanza in poi erano passati tanti anni, e un'infinità di momenti felici.

Sorrisero e ripresero fiato uno dopo l'altro.

"Mi piacerà questo posto" disse all'improvviso Mary con un sorriso speranzoso, "Anche se non capisco la metà delle cose. Cosa sono quei cosi rossi, lì?"

"Autobus a due piani" disse Aria ridacchiando.

"Mh" mormorò ancora più confusa.

Era così felice di aver sentito nella sua voce e nelle sue parole la speranza… Henry aveva provato lo stesso. La abbracciò all'improvviso scompigliandole i capelli corti.

"Non si fa così, in mezzo alla strada poi" disse con un tono simile a quello di Aria che scoppiò a ridere. Che serenità le donava ridere. E che pace vedere il loro gruppo finalmente riunito…

"Ci andremo, te lo prometto" aggiunse poi Aria.

"Lo so" rispose la ragazza. "Lo so che mantieni le promesse".

"Dobbiamo muoverci" interruppe Eloise fissando un luccichio, oltre la strada, sulle finestre di un edificio bianco intenso. Ad Aria sembrò di sentire il profumo delle ciambelle provenire dal piccolo negozio all'angolo di Piccadilly Circus, all'iniziò di quella minuscola strada che lo nascondeva quasi alla vista. Anche lì era andata tante volte con i ragazzi. Chissà se Henry se ne ricordava? Vide anche lui alzare il naso verso il cielo e sorridere. Forse era solo la loro suggestione, ma anche fosse sarebbe andato bene lo stesso.

"Torneremo" promise Aria, "Henry".

"Ci puoi scommettere".

"Ora muoviamoci" disse guardando Eloise agitarsi intorno a loro, si muoveva più agilmente del solito. E forse era anche più vigile del solito, come se stavolta non avesse il controllo. Questo sembrò ad Aria. Sembrava sempre così controllata, così tranquilla. Ma non in quel momento. *Cosa mi sfugge?*

Mary aveva iniziato a cercare già nei cestini armi, o qualsiasi cosa potesse essere utile.

Aria intercettò lo sguardo di Eloise, senza riuscire a coglierne tutte le sfumature. Era vicinissima a lei e a Henry, e non aveva nessuna intenzione di allontanarsi. Chissà per quale ragione. Se i due non si muovevano, lei aspettava, poi gridava a Mary, "Non ti allontanare troppo", con una strana apprensione nella voce.

Ogni volta che si fermavano lungo il cammino, lei si guardava intorno, si passava le dita nei capelli tirati su da una coda, era un gesto nervoso, aveva ormai compreso Aria. Solo che capire da dove provenisse questo nervosismo, e soprattutto dove fosse diretto, sembrava impossibile.

Non spiccicava parola quel giorno, ancora peggio degli altri. Si limitava a vari "Sì", "No", "Di qua", "Meglio di là".

Fu Henry che alla fine chiese: "Qualcosa non va, Eloise?"

Lei si voltò di scatto, lo guardò a lungo prima di rispondere "No… cosa c'è che non dovrebbe andare?"

Aria e Henry si erano scambiati un'occhiata complice. C'era chiaramente qualcosa sotto.

I due lasciarono che Eloise corresse dietro a Mary, e rallentarono.

"È nervosa".

"Già" confermò il ragazzo. "E siamo a casa. O almeno questo è il suo fantasma".

Proprio come lo siamo noi, pensò Aria.

"Hai trovato niente di ciò che cercavi?"

"No. Ma ho… ho un'idea stramba" disse lei.

Sospirò sconsolato, "Che novità".

"Sul serio. Devo verificare una cosa. Quando lo farò non spaventarti. Ok?"

E capitò subito l'occasione, sentì dei passi colpire il marciapiede, il rumore rimbombava tra i palazzi vuoti che circondavano Piccadilly Circus.

Dall'altra parte un uomo con delle frecce e un arco fisso sulla spalla. Aria invece di fuggire si diresse proprio verso di lui, non prima di aver preso un grande respiro.

"Aria. Ma dove stai…" disse Henry, poi decise di inseguirla.

"Henry. No!" urlò Eloise che con Mary attraversò rapidamente la strada.

L'uomo si era infilato in un vicolo stretto che puzzava di pipì e di spazzatura abbandonata, anche se non ce n'era traccia. Un mondo imperfetto. Frutto di ricordi poco precisi.

Quando sentì che qualcuno lo seguiva si immobilizzò di scatto e si voltò pronto a scoccare una freccia. Aria rallentò e aspettò con il cuore in gola e il respiro che le si mozzava in bocca.

Se ho ragione... si disse. *Se ho ragione...*

"Aria!" chiamò Henry. Eloise gli diede una spinta talmente forte da farlo ruzzolare a terra.

"Aria" chiamò di rimbalzo Mary che vedendo la freccia puntata verso di lei la spinse, proprio come aveva fatto Eloise con Henry. Aria non se lo aspettava. Sbatté contro il muro e la freccia venne scoccata. Colpì in pieno petto Mary, che cadde all'indietro come se fosse fatta di pezza.

Eloise la prese e si accasciò con lei. Aria rimase immobile, gli occhi sgranati su Mary. Si voltò verso l'uomo, ancora nel vicolo, la guardava ma aveva abbassato l'arco.

Devo capire... si disse Aria ancora tramortita. Cercò di alzarsi in piedi.

"Ma..." mormorò Henry in piedi dietro a Eloise. L'uomo alzò di nuovo l'arco.

Aria si sollevò di scatto stavolta, non aveva visto l'arciere abbassare e rialzare la sua arma, "Dai..." balbettò, tentando di ignorare il sangue di Mary che le bagnava le suole, *devo saperlo*, "dai, forza!" urlò forte allargando le braccia e coprendo con il suo corpo l'intero vicolo.

"Scocca la tua freccia" disse, "Sono qui", lo sguardo era appannato, non aveva visto che l'uomo aveva già abbassato l'arco.

"Sono qui" ripeté, l'assassino di Mary era però già andato via.

Aria si voltò come un fantasma, le braccia ciondolanti lungo i fianchi.

Henry si era inginocchiato accanto a Eloise che teneva la testa di Mary sulle ginocchia. Eloise piangeva silenziosamente.

"Tranquilli" disse Aria ritrovando la lucidità. "Adesso si sveglierà. Datele tempo".

Eloise si coprì la bocca e guardò Henry che invece la spalancò, "No. Non può essere".

"Ancora un po'" disse la ragazza sempre in piedi. Non poteva muoversi, avrebbe voluto dire considerare quel sangue, l'avrebbe sentito appiccicare sotto le scarpe. Non voleva realizzarlo, perché tanto si sarebbe svegliata.

Cicatrice apparve dall'altro lato della strada, sbucò da dietro l'autobus rosso e camminò con un passo che non era il suo, leggero e aggraziato.

"Ancora un po'" disse di nuovo Aria.

"Aria" disse Henry, e scosse la testa lentamente per cercare di farle capire cose che non poteva dire a parole. Eloise le aveva chiuso gli occhi, mentre la bocca rimaneva immobile in quel grido di allarme, una smorfia terribile che distorceva l'ultima parola di Mary "Aria". La maglia gialla era una macchia indistinta.

"Good" disse Cicatrice avvicinandosi.

"Non…" disse Aria, poi realizzò quel "Good". Quella parola bussava nella sua memoria confusa, la sua mente era tutta tesa nell'attesa del risveglio di Mary e non riusciva a mettere a fuoco.

"Non ora, vattene" disse Eloise balzando in piedi e coprendo Henry con il suo corpo.

"Combatterò con te se vuoi, ma dacci il tempo… il tempo per lei" mormorò Aria.

"Non si risveglierà, Aria".

"Tutti qui si risvegliano. In… in ogni mondo è così". *Basta aspettare.*

"Che divertimento ci sarebbe se non ci si potesse liberare di qualcuno di tanto in tanto?" disse Cicatrice che iniziò a ridere sfacciatamente.

Aria si sentì gelare, "Sei tu"… "Sei tu maledetto!".

"Ho accettato il consiglio del tuo amico. E mi sono trovato un corpo comodo".

Il ragazzo che aveva perso la testa, comparve al suo fianco, "Il miglior corpo" disse con tono d'accusa.

"Non te la prendere. Tu sei più veloce. Non dici sempre che la velocità è la tua prerogativa?"

"David e Dylan" sussurrò Henry paralizzato, una mano fissa sulla fronte ancora tiepida di Mary come se fosse incollata, l'altra appoggiata a terra, per non crollare.

"Non sei contento? Giocheremo a armi pari" disse Dylan tutto eccitato.

"Andate via, ora" tuonò Eloise mentre nel cuore di Aria si stava formando una rabbia…

"Fatela rivivere. Subito!"

"Ci sono delle nuove regole", sentenziò serio Cicatrice, o almeno era stato quel corpo e quella voce rude a parlare.

"Quando una cosa è andata è andata", disse l'altro stringendosi nelle spalle, pregustando ogni momento. "Sarà divertente. Sarà il massimo!"

Aria tentò di scattare in avanti ma le ginocchia le si piegarono e le scarpe scivolarono sul sangue. Eloise l'afferrò per un braccio e l'aiutò a restare in piedi.

"Non mi toccare!" disse scrollandosela di dosso e poi perdendo quasi del tutto l'equilibrio. Sbatté con la spalla contro il muro.

I due ragazzi erano svaniti.

Henry non aveva le forze, si era lasciato cadere a terra. Si stringeva il volto tra le mani mentre Eloise dava loro le spalle. Aveva fatto qualche passo in avanti verso la strada, come a lasciarli soli.

Aria abbassò gli occhi e mise a fuoco il corpo di Mary, le braccia aperte sull'asfalto, la freccia spezzata ancora dentro di lei, e il sangue che aveva smesso ormai di uscire. Era diventata di un pallore indefinibile. Sembrava una dura statua di marmo. Si inginocchiò accanto a lei senza smettere di fissarla, poi le strinse la piccola mano, fresca come lo era sempre.

In un attimo immaginò tutto quello che non ci sarebbe mai stato. Aria che le faceva visitare il loro posto preferito, il parco. E poi che le insegnava come andavano le cose a Londra. Come poteva vestirsi, cos'era il cinema, e la televisione. Le avrebbe voluto persino insegnare a dipingere.

Il corpo della ragazzina si sovrappose a quello di Loren. Le aveva perse tutte e due ed era stata colpa sua. Entrambe le volte.

La vista le si offuscò e si sentì mancare del tutto. Probabilmente crollò davvero perché quando riaprì gli occhi la spalla le doleva ed era a terra. Sentì il calore di Henry che la stringeva, e il freddo alla mano che stringeva ancora quella di Mary. L'odore pungente del sangue che si stava rapidamente seccando a terra che si mescolava con quello ancora più familiare delle ciambelle. Ed Eloise, un guardiano solitario e silenzioso. Sempre di spalle ma così piegata, così contratta dal dolore, quasi come se volesse scomparire. Aria però non riusciva a pensare ancora a nulla, piangeva e basta.

***

"Aria" mormorò Will. Il pianto ininterrotto, il cuore contratto dal dolore. "Aria" disse ancora. La vide lì, accartocciata su se stessa, piangere disperatamente.

È vero? Pensò Will. *È vero?* Aveva le ginocchia che tremavano per l'emozione. Intorno a loro c'era Londra ma non ci fece nemmeno caso, perché davanti a lui c'era lei. Indossava una maglia gialla sporca di sangue e sembrava sul punto di crollare. Henry al suo fianco era di un pallido mortale. Iniziò a correre, attraversò la strada superando un pullman rosso che copriva una parte della scena. Quando lo superò si ritrovò due occhi addosso. Una ragazza con lunghi capelli biondi raccolti in una coda lo fissavano e lui sbandò, ancora assetato e affamato.

La ragazza si voltò verso Aria, poi verso di lui che non riusciva a muovere un passo.

"Aria" urlò. E lei alzò appena il volto rigato di lacrime, poi lo riabbassò contro la spalla di Henry.

Quanto desiderava raggiungerla, ma una forza sconosciuta lo tirava indietro, gli impediva di proseguire.

Una secchiata d'acqua riportò Will nel posto in cui doveva essere. E lui si svegliò sobbalzando. *È stato un sogno?* Si chiese sputando l'acqua e scuotendo la testa sempre più pesante, piegata sulla spalla. Con lo sguardo appannato mise a fuoco gli stivali rossi. Cliff era lì.

"… Un problema, capo," stava dicendo, "Il mondo ci si sta rivoltando contro", un colpo di fucile distante lo fece saltare e persino il pavimento sembrò muoversi, ma Will non riusciva a dirlo con certezza.

"Fuori orario. Hai sentito? Non ci sono più regole e…"

"Basta così" disse Merrick tranquillo, "Non hanno più un capo".

"È così. E io… io non posso più tornare".

"Perché non servi proprio a nulla. Ti sei fatto cacciare come un idiota, quando ti avevo detto di tornare a sostituire Red".

"Nessuno mi voleva…" si rabbuiò lui diventando rosso per la rabbia "Senza Red nei paraggi".

"Perché sei un inetto".

Cliff strinse con più energia il secchio di latta, poi si limitò a dire, "È sveglio. Cosa te ne fai di lui?"

Merrick non rispose.

"Alla vecchia basta che lui sia qui, lontano dalla ragazzina, e allora perché lo torturi?"

"Voglio che rinunci alla vita, e forse…"

"Speri ancora che il giardino possa restituirti tuo figlio?" Solo in quel momento Cliff si rese conto, vide il lampo di pazzia nei suoi occhi che oscurava momenti sempre più brevi di lucidità. E si chiese se il patto stretto, a lungo andare non portasse solo quello: uno squilibrio completo. Forse era impossibile reggere sulle spalle un mondo intero così a lungo. E forse senza la chiave il controllo stava sfuggendo del tutto. Guardava Merrick e vedeva solo un uomo che non sapeva più cosa stava facendo. Uno che il controllo l'aveva sempre avuto, e che ora lo stava definitivamente perdendo.

"Ci sono sempre forze più grandi di noi" disse Merrick quando il mondo tremò ancora.

"Quel ragazzo non può aiutarti" disse poi agganciando lo sguardo a quello di Will.

"Se non può farlo, può almeno soffrire per quello che mi ha fatto, al posto di… lei soffrirà. Oh sì, soffrirà. Non arriverà mai in fondo a questa storia".

"E noi, capo? Cosa accadrà a noi? È a questo che dovremmo pensare. Senza chiave… cosa succederà a questo posto?"

Ma Merrick non ascoltava, "Quanto credi in quello che stai facendo?" disse guardando dritto davanti a sé come se Aria fosse lì. Poi scosse la testa come se si risvegliasse e tornò attentamente sul ragazzo, i capelli bagnati attaccati sulla fronte.

Lo sguardo di Will, duro e pieno di fiducia, uno sguardo che non si era ancora spento né piegato, gli faceva venire i nervi. Si avvicinò e iniziò a prenderlo a calci con i suoi stivali neri.

"Pensi che tornerà a prenderti? Non tornerà. Moriremo in questo mondo. Lo sai?" urlò sgranando gli occhi. Cliff fece un passo indietro nel vedere quell'uomo come non era mai accaduto.

"La vecchia ci ha mentito," disse Cliff all'improvviso, "Lei fa promesse che non mantiene", era consapevole tutto a un tratto. Come se qualcuno gli avesse dato una sberla così forte da farlo ragionare, una volta tanto.

"Non ti permettere" disse Merrick.

Cliff non capiva quella reazione, non stava forse aspettando la morte?

"È la verit..." una lama trapassò Cliff da parte a parte, mentre il prato si chiazzava di macchie rosse che l'erba succhiava via, lasciando che oltrepassasse il tempo e lo spazio.

Capitolo 13

"Il giardino piange di nuovo", disse una guardia, sotto a loro si poteva distinguere una pozza di sangue che da chiaro si scuriva velocemente e con lentezza spariva.

Il falso profeta non si muoveva, lo osservava con una sorta di cupidigia, *tanta gente deve morire*, pensò lisciandosi la veste bianca.

"È inutile che resti qui notte e giorno" disse il vecchio girandosi il grande anello sul dito. Il precipizio dava ormai una visuale netta del giardino degli aranci, immobile sul fondo mentre i cerchi concentrici lo stringevano sempre più. Da quando Aria era andata via, giorni prima, lui non si era affatto mosso.

"Ci siamo quasi", rispose serio. Il cielo era di un buio netto e deciso, come era la decisione del ragazzino di non muoversi di lì.

"Cosa succederà quando finirà tutto questo?" chiese la guardia, ferma al suo fianco.

Il ragazzino si voltò lentamente e lo fissò con uno sguardo di affilata decisione. "Moriremo. E sarà un nuovo inizio".

✳✳✳

"Un nuovo inizio, non aspetto altro" sussurrò l'Ombra.

La vecchia era in casa e guardava un punto nel vuoto.

"Preparati la pozione. Hai lasciato i ragazzi scoperti".

"Per ora non li toccherà nessuno e non si accorgeranno della mia assenza" disse scandendo bene le parole e poi sospirando come a cercare le parole giuste. Si guardò le braccia percorse da lunghi filamenti di vene verdi, poi quella maglia gialla macchiata così lunga ora che le toccava quasi le ginocchia. Iniziò a grattarlo via dalla pelle lentamente e poi con maggiore frenesia. La coda sfilacciata le cadeva sulle spalle ossute.

"Cosa vuoi dirmi, cara? Anche se non c'è bisogno. Te lo leggo negli occhi, e in ogni fibra del tuo corpo decadente".

La donna sospirò, per un momento sopraffatta. Abbassò la testa poi la rialzò, "Salvalo. Lui non c'entra nulla. Non è lei che vuoi?"

"Ecco dove volevi arrivare, di nuovo. Sei diventata un disco rotto, mia cara".

"Ti... ti supplico" disse cadendo in ginocchio e tremando per la disperazione, e la rabbia. Premeva le dita ossute l'una contro l'altra.

"Come ti sei ridotta," sussurrò, "Drogata dalla giovinezza... ma guardati. Guardati!" disse con improvvisa rabbia nervosa che poi si placò subito, "Raggirata da tre ragazzini. Si vede che ormai sei arrivata, mia cara".

"Per favore. Lascia che Henry viva".

"No" tuonò l'Ombra, "Non accadrà mai".

***

"Sembra uno scherzo del destino," mormorò Aria che aveva ritrovato le parole. Era quello che le vorticava in testa "Uno scherzo del destino". Ora che si erano ritrovate erano state costrette a separarsi per sempre.

"Ero sicura, sicura che non ci avrebbero ucciso" aggiunse imbambolata.

Henry riprese fiato e tornò in sé, intercettò lo sguardo di Eloise. Non sapeva da quanto fosse tornata. Prima l'aveva vista allontanarsi ma non aveva detto nulla.

Eloise si agitava sul posto. Henry non l'aveva mai vista così nervosa, si alzò in piedi aiutandosi con il muro e poi sorresse Aria che per un attimo oscillò colpita da un capogiro.

"Che volevi dimostrare, eh?" urlò all'improvviso Eloise voltandosi verso di loro. "Hai messo in pericolo tutti!"

"Pensavo..." disse guardando a terra Mary e girandole intorno, scostandosi da Henry.

"Cosa?"

"Che non ci avrebbero ucciso". Aria era convinta che non avrebbero fatto del male a nessuno di loro.

"Forse a te" disse freddamente mentre un odio incomprensibile le saliva su e su. Le guardava quei capelli neri, e il viso che per quanto sconvolto non aveva segni di vecchiaia. E Henry, il modo in cui la guardava. Erano così giovani. Così stupidi. Così...

Henry prese in braccio Mary e la poggiò contro il muro come se fosse seduta a riposare, voleva toglierla da quel vicolo puzzolente.

"Cosa?" disse Aria riaccendendosi.

"Tu..."

Henry si affiancò all'amica cercando una spiegazione per quel comportamento.

"Lo so" iniziò conciliante, "Lo so che eravate diventate amiche tu e…" riprese fiato, la voce era estremamente ferrea. Aria aveva bisogno che lui lo fosse.

"Non è questo. Non è questo!" esplose lei.

Henry la fissò confuso, mentre Aria aspettava che parlasse, *ci siamo*, era il pensiero che estrasse dalla sua mente stordita.

"È lei! Lei è il problema!" urlò senza sapere bene cosa voleva davvero dire, ma sentiva salire un odio incomprensibile, "Si sente responsabile per voi, per… te, perché vi ha trascinati qui. Allo stesso tempo vorrebbe tanto essere sola, se fosse da sola sarebbe tutto più semplice. Non è così? E ora va meglio, no?" la fissò. "Cadranno uno a uno" mormorò a bassissima voce, così bassa che nessuno sentì. Nel suo petto continuava a riversarsi quella rabbia, quell'impotenza che continuava a divorarla e che stavolta cercava di combattere, inutilmente. "È tutto così inutile" mormorò ancora.

Aria si sentì gelare le ossa, prese la rincorsa e le diede un sonoro schiaffo. "Tu non sai niente di me" disse freddamente. Una freddezza che proveniva da dentro.

L'altra si raddrizzò come se niente fosse, "Oh, cara. Guardare nel tuo cuore mi è estremamente semplice. Per questo sei perfetta".

"Perfetta per cosa? Cosa stai dicendo?"

Le parole di Eloise erano state la scossa.

"Faresti qualsiasi cosa pur di tornare a casa, Aria. E lo sai anche tu. Non hai guardato in faccia nessuno per questo scopo. Non hai pensato nemmeno un istante di lasciarli stare. Mary… Henry", lo guardò per un breve istante, poi tornò a fissare un punto indefinito, sopra la spalla della ragazza, che sembrava stare in piedi per miracolo.

"Ora smettila," si intromise Henry perdendo la calma, "Ha ragione Aria. Tu non sai proprio niente di lei".

Eloise sembrò ferita, "Difenderla ti porterà solo alla morte. Venire qui con lei ti porterà solo questo. Perché mai non dovresti odiarla? Dovresti. Odiala!"

"Io non odio nessuno. Ma se proprio dovessi odiare qualcuno… sarei solo e soltanto io".

"A causa sua" proseguì lei "Hai lasciato tutta la tua famiglia. Non puoi non odiarla".

"Cosa ne sai tu della sua famiglia?" si inserì Aria.

Henry era senza parole.

"Non riesco… non riesco a capirvi" sussurrò confusa, roteando gli occhi. "Non pensi alla tua vita?" Chiese all'improvviso a Henry, "Tu ce l'hai una vita!"

Poi scappò all'improvviso.

Non voglio assistere a questo, si disse. *Se Henry mi ascoltasse, forse l'Ombra lo lascerebbe stare. Basterebbe che si staccasse da lei e forse potrebbe vivere. Ma non lo farà. Allora... allora è condannato.*

"Non ci ho capito niente di quello che ha detto" sussurrò Aria strofinandosi il viso esausto.

"Allontaniamoci di qui, Aria," disse Henry, "Non c'è nient'altro che possiamo..."

"Sì. Andiamo via, ti prego", balbettò. Così lui la prese per le spalle e la portò via, oltre il bus rosso a due piani. Nessuno dei due si voltò. Avrebbe voluto dire considerare il corpo di Mary, adagiato contro il muro di un mondo che non esisteva nemmeno. E anche lei non sarebbe esistita, di lì a qualche istante. Non esisteva già più.

Lei riprese fiato, una volta, due. Respiri profondi. *Non mi posso permettere ora di crollare.* Non c'era il tempo. Cercò di scacciare quel volto dalla sua mente, cercò di infilarlo in un cassetto, insieme a tutti gli altri.

Si voltò verso Henry che ne osservò con tormento e comprensione i lineamenti affaticati, "Faremo alla tua maniera".

Ripresero a correre guardandosi intorno. Non si chiesero che fine avesse fatto Eloise. Dopo quello che aveva detto non sapevano se desideravano ancora vederla. Per Aria era un sollievo, ma in un certo senso sentiva che aveva bisogno di lei per un motivo ancora incomprensibile.

Non ci misero molto a notare Cicatrice e il suo compagno, erano rimasti lì ad aspettare. Cicatrice teneva una mazza da baseball poggiata sulle spalle, l'altro invece avanzava oscillandola davanti a sé. Non appena videro Aria e Henry iniziarono a correre.

Henry afferrò l'amica e la spinse nel successivo autobus che avevano trovato lungo il cammino.

"Qui no" mormorò Aria, *al chiuso no*. Ma non aveva visto le altre persone che convergevano tutte verso di loro, attraversando le vie laterali. Erano gli unici obiettivi.

Cicatrice e il compare salirono dai due differenti ingressi. Aria e Henry andarono gattoni mentre quelli agitavano le mazze colpendo gli schienali. Era stata una pessima idea, ma ancora non riuscivano a ragionare. Vedevano solo il corpo di Mary trapassato dalla freccia, il suo sguardo diventare opaco. Aria scosse la testa più di una volta per tornare in sé. L'amico si era fermato, il piede di Cicatrice era comparso proprio accanto a lui.

"Dove pensate di andare?" disse piegandosi. Henry riprese e accelerò. Quando la sua mano sbucò per disattenzione nel corridoio, Cicatrice la calpestò con tale energia da farlo urlare.

"Henry!" Aria saltò in piedi e si offrì da esca. I due si avvicinarono ridendo e oscillando le loro mazze, stringendoli lentamente. Henry fu subito alle sue spalle. Uno guardava Cicatrice, l'altro il suo stupido fratello.

"Siete solo due ragazzini che giocano a fare Dio" disse lei sputando a terra.

"E tu una vigliacca che ha passato gli ultimi dieci anni della sua vita a nascondersi in un buco nebbioso. Chi è peggio?"

Aria si sentì gelare... *dieci anni? Sono...* si poggiò allo schienale colpita da un giramento di testa intensissimo. Era come se la consapevolezza di quegli anni persi le fosse piombata sulle spalle tutta insieme, "Non ci credo".

"Almeno noi ci divertiamo. E tu invece? Ti sei divertita? Ammettilo, veder morire i tuoi amici inizia a piacerti".

Aria saltò sul sedile e gli mollò un calcio in pieno viso, con le poche forze che riuscì a raccogliere, quello non se l'aspettava e crollò indietro.

"Piccola stronza!" urlò quello asciugandosi la bocca dal sangue dopo aver sputato un dente a terra, "Non passerà molto prima..."

"Fai silenzio." disse voce profonda mentre la ragazza riprendeva fiato, con molta fatica. "Oh, rinforzi. E ora dove volete andare?" diceva proprio bene, altre persone erano entrate dall'ingresso e dal fondo.

Poi i vetri iniziarono a esplodere senza ragione, partendo dal fondo e i due ebbero la prontezza di abbassarsi prima che le schegge li travolgessero. Non furono abbastanza furbi né quelli che erano appena entrati, che ne vennero subito colpiti, né i due fratelli, che invece rimasero impalati, a oscillare in aria quelle mazze fino a colpirsi a vicenda e a scivolare a terra.

"Svelti, uscite!" urlò Eloise da fuori. Era stata lei. Aria e Henry saltarono sui sedili e puntarono il fratello che aveva occupato il corpo più fragile. In due riuscirono a spingerlo contro il fondo dell'autobus, contro gli altri che continuavano a cadere come mosche alle sue spalle, facendolo inciampare continuamente. Mentre Aria e Henry premevano quella mazza sul viso fino a fargliela mangiare.

Quando i due amici saltarono fuori, Eloise lanciò delle fiale dentro le finestre rotte e l'autobus iniziò a prendere fuoco.

Loro non si voltarono più indietro. Aria corse più forte che poteva lasciandosi alle spalle il corpo senza vita di Mary, tentando di sigillare quel ricordo così recente in quel maledetto cassetto, finché poteva. E anche Eloise, che nonostante li avesse aiutati... restava una persona di cui non ci si poteva fidare. Chi era alla fine? Anche l'amico corse senza considerare ciò che aveva appena fatto. Dovevano sopravvivere. Mentre correvano a tutta velocità, Aria guardò Henry e tremò dentro al pensiero che lui poteva essere il prossimo.

"Ehi, ce la caveremo" disse con la sua solita calma, anche se tra l'affanno. La sua mano gonfia era livida ma sembrava non farci troppo caso.

"Sì" tentò lei, ma la voce le tremò leggermente, riprese di nuovo fiato. La chiave si nutriva di questa incertezza, era quello il momento in cui si accendeva mettendola in allarme. Strinse il pugno e controllò alle loro spalle, nessuno li stava seguendo, così si infilò in un negozio che conosceva come le sue tasche. Non si era nemmeno resa conto che quello era l'unico posto in cui sarebbe voluta andare in quel momento di pericolo. In un attimo fu colpita dai ricordi.

"Non ci credo..." disse Henry estasiato quasi quanto lei.

Davanti avevano l'enorme negozio di pittura, quello in cui andavano sempre tutti insieme. Quello che era diventato prima per Dan, poi per tutti loro, una seconda casa. Un posto sereno.

Ricordò in un istante il vecchio dietro al bancone, e il ragazzo con la coda di cavallo che si aggirava tra gli scaffali per aiutare gli indecisi. La signora con il vestito sempre chiazzato di colore che si fermava nell'angolo di esposizione delle tele ogni pomeriggio. La luce a neon che rimbalzava senza sosta nell'ultimo corridoio, la macchia di umidità proprio sopra la cassa, vicino al condizionatore. E poi quell'odore intenso di colori freschi e secchi.

Aria sorrise, "Non ci speravo" disse solo.

Osservò le file riunirsi in fondo in un unico corridoio in discesa che conduceva i clienti in un'altra zona, un cubo senza finestre più propriamente legato alla cartoleria, a proteggerla c'era anche la porta più spessa che avesse mai visto, era infatti lì la cassa.

"Che idee hai?"

"Te l'ho detto! Di fare a modo tuo" mentì lei.

Svuotò il ripiano più basso di due scaffali che abbracciavano il corridoio, poi Henry le passò una corda. Lei se ne stupì.

"'Mi ricorda qualcosa' è la frase giusta al momento, dispettosa".

Aria scoppiò a ridere, "Ah! L'avevo dimenticato".

"Veramente?" disse quasi offendendosi.

"Mi sono quasi rotto una gamba".

"Eri così ingenuo... una corda in mezzo al corridoio e tu non l'hai nemmeno vista, che tonto".

"Tonto un cavolo! Stupido il padrone che ti dava retta. Poteva finire denunciato".

"Denunciato... per una piccola caduta, che piagnucolone".

Henry si sentì rasserenato, vedendola sorridere. "Ok, quindi il piano è di azzoppare il povero malcapitato? Non se la berrà nessuno".

"Meno male che te lo dici da solo".

"Ero un bambino! E qui sono adulti e incattiviti".

"Tu ti nascondi lì" gli disse, "Io invece di là e…"

Sentirono subito dei rumori e scivolarono a terra.

Aria sbatté lo stomaco così forte da toglierle il fiato. Era una ragazza bassina che Aria non credette di aver mai visto, ed era sola. Quasi ebbe pena per lei, ma non le avrebbe fatto del male.

Quando imboccò il corridoio e arrivò alla loro altezza, Aria lanciò la corda a Henry che la tirò e quella sorpresa cadde come una pera, in un attimo si ritrovò Aria addosso che con una manata la disarmò.

"Scusa" disse Henry passandole intorno la corda.

"Ti scusi anche?"

Quella non urlò perché sapeva che avrebbe richiamato gli altri e a quel punto sarebbe stata uccisa.

Henry la trascinò sin dietro il bancone, nel punto cieco, "Scusa ancora".

"Henry!"

"Che c'è. È andata bene. Piano stupido ma funzionale".

"Scusa tanto se non mi è venuto in mente nient'altro" ed era così, Aria era ancora troppo stordita ma quel luogo lo conosceva così bene…

Una freccia venne scoccata e Henry fece giusto in tempo a piegarsi. Lo stesso fece Aria. Iniziarono a gattonare lungo il corridoio.

"È di nuovo quel maledetto…" disse Aria fermandosi proprio verso la fine, e la rabbia fece spazio al terrore. La maglietta dell'amico era squarciata su una spalla.

"Non fare quella faccia. Non ho niente. Ha una bella mira quel tipo lì".

Di nuovo lui, ha mirato di nuovo verso di lui. Realizzò Aria e rivide la scena della morte di Mary quasi a rallentatore, la freccia che si alzava contro di lei e che poi, coperta la visuale, si abbassava.

Non mi ha uccisa, e avrebbe potuto. Qui nessuno mi vuole morta. O forse vogliono lasciare il gusto a quei due maledetti. Però ciò che è certo… ci dobbiamo prima liberare di lui.

Lanciò un'occhiata allo stanzino, quattro corridoi più in là. Aveva un gran bel lucchetto. Sarebbe bastato… "Resta qui" disse a Henry che fingeva di non provare dolore.

"Ehi" commentò lui preso alla sprovvista.

Aria iniziò a scivolare sulle mattonelle lucide fermandosi solo agli imbocchi dei corridoi, per controllare che il ragazzo non fosse lì, in agguato.

Un rumore di passi la bloccò a un corridoio di distanza dallo stanzino. Riusciva a vederlo bene ma non era ancora vicino. I passi si allontanarono e Aria continuò a strisciare fino ad avere lo stanzino proprio davanti, oltre l'ultimo corridoio. Cercò qualcosa, qualsiasi cosa e trovò un piccolo temperamatite. Si alzò lentamente per afferrarlo, ma un tonfo terribile la fece cadere seduta. Il ragazzo doveva esser inciampato in qualche barattolo o qualcosa di simile ma ciò che era certo è che l'aveva sentita. Una bottiglietta di colore stava rotolando nella corsia vicino.

Aria sentì il suo respiro vicino e pregò che Henry non stesse guardando e invece lo stava facendo. Due corsie più in là, di colpo molto più centrali di quanto non fossero prima. Schizzò in piedi e si propose come bersaglio, Aria lo sapeva che l'avrebbe fatto.

"Sono qui!" urlò e si riabbassò giusto in tempo per schivare la freccia. Il tiratore corse indietro, e la ragazza sentì Henry strusciare via, rapidamente. Se si fosse alzata lei... sapeva che a quello non sarebbe importato.

"Dove sei?" urlò pieno di rabbia il ragazzo. E Henry comparve oltre la corsia, rannicchiato come pronto al balzo, faceva *shh* con il dito. Aria sospirò sollevata, poi sentì un tonfo e vide Henry ridacchiare come a dire, "Non sono l'unico stupido, visto?"

Ma quello si rialzò velocemente, ancora più irritato di prima. Si era mosso a grandi passi e ora era alle spalle di Henry. Gli sarebbe bastato un metro e l'avrebbe visto. Aria non poteva permettere che lo raggiungesse, sperò che la sua idea iniziale funzionasse, lanciò il temperino nella stanza spalancata, il rumore si propagò come si aspettava. Il temperino rimbalzò contro gli scatoloni ancora intatti, poi contro la sedia di metallo e infine rotolò a terra. Tanto bastò al ragazzo che tornò sui suoi passi e attraversò il corridoio passando sulla destra. Si fermò sulla soglia a osservare, con un coltello in mano, stavolta.

A quel punto sia Aria che Henry lo spinsero dentro e chiusero la porta, armeggiando faticosamente con il lucchetto. Quello iniziò a scalciare freneticamente, urlando, rendendo tutto più difficile. Forse, durante l'operazione, gli avevano schiacciato anche delle dita, perché in quell'urlo c'era dolore.

"La prossima volta possiamo fare alla mia maniera? Così è davvero troppo faticoso" commentò Aria, poi vide la maglia di Henry più insanguinata di quanto non fosse poco prima.

"Non è mio" disse Henry per cercare di convincerla, "Affatto".

Lei non credeva a una parola e ormai aveva avuto conferma, lui era un bersaglio, lei no. Per quello scenario voleva essere sicura...

"Henry, puoi andare nel reparto cartoleria a vedere se c'è qualcosa per quella ferita? Lì il capo ha anche la cassetta dei medicinali, ricordi? Io intanto guardo intorno se trovo qualche altra cosa di utile".

"D'altronde nessuno conosce il negozio come te" commentò Henry rinfrancato perché non lo stava trattando come un invalido. "E poi chi sarebbe l'unico a cadere sulle corde...?" canticchiò quasi.

"Scemo" commentò lei, sospirò vedendolo allontanarsi, lo sapeva che forse non le avrebbe perdonato ciò che stava per fare. Avevano detto insieme sempre. E ora lo stava lasciando indietro, ma sarebbe rimasta lì.

Non l'avrebbe mai e poi mai lasciato da solo, perché insieme se ne sarebbero andati via da quel posto. Se lo erano giurati.

Quando Henry imboccò il corridoio Aria afferrò la grande porta e la chiuse facendo meno rumore possibile. Serrò bene tutte le serrature.

"Aria" sentì subito chiamare Henry, ma con una calma inusuale per quella situazione ma non per lui, come se in qualche maniera si aspettasse una mossa del genere.

"L'hai capito, vero?" chiese Aria.

Da Henry non arrivò una risposta, ma lei sapeva che stava annuendo. *Lo sapeva...* questo rendeva il gesto di prima ancora più coraggioso.

"E allora capisci anche perché lo faccio".

"Va bene, ma per favore, Aria. Mettiti al riparo".

"Non ucciderò nessuno, te lo prometto".

"Non mi interessa questo" sussurrò attaccato alla porta.

"Tranquillo, starò al sicuro. Non mi muoverò da qui", sussurrò anche lei agganciata alle serrature. La superficie metallica rigettò contro il suo viso l'alito caldo. Sospirò, ora si sentiva più tranquilla.

"Aria" chiamò una doppia voce alle sue spalle.

Erano le gemelle.

Le due ragazze avanzarono allo stesso passo, per la prima volta Aria vide la stessa espressione decisa. Le venne da ridere a questo pensiero: che era stato l'odio verso di lei a unirle.

"Ciao ragazze" disse con calma gettando rapide occhiate intorno.

Nessuna delle due aveva intenzione di parlare, avanzavano attente con le braccia leggermente sollevate sui fianchi come se dovessero spiccare da un momento all'altro il volo.

Quando una iniziò a correre verso di lei, Aria calciò un barattolo di latta che rotolò fino alle sue gambe abbattendola come un birillo, poi corse negli scaffali laterali, lontani dalla porta ferrata.

"Sono qui!" urlò e vide una sorella alzare l'altra. Aria continuava a temere che fossero venute per Henry ma subito smise di pensarci perché le due la puntavano come due tori inferociti. È con lei che ce l'avevano. Una scomparve all'improvviso, mentre l'altra continuò ad avvicinarsi con i pugni alzati.

Settimane, mesi o anni in quel luogo, Aria non poteva dirlo quanto di preciso, non avevano insegnato niente a quelle due. Si muovevano sempre impacciate o forse era lei che faceva terribilmente paura.

"Aria, che succede" urlò Henry. Quella in piedi si voltò ma proseguì subito.

Aria cercava l'altra ma era sicura che non sarebbe riuscita a individuarla. Ora l'altra era nel suo stesso corridoio e lei non azzardava a muoversi, non sarebbe scappata.

La gemella le lanciò contro un barattolo che schivò con facilità, poi un altro.

"Questo è tutto?" urlò lei che iniziava a innervosirsi.

Come si aspettava da un momento all'altro, quella che gattonava schizzò in piedi e si avvinghiò a lei tenendole le spalle. L'altra allora prese a correre e le diede una testata, proprio come un toro con le corna puntate, che fece cadere sia lei che la gemella.

Aria cercò di divincolarsi ma quella non la mollava, era più forte di quanto credesse, quella piagnucolona.

La fece alzare, il dolore allo stomaco era stato tremendo ma l'essere stata alzata all'improvviso aveva amplificato la botta.

"Vigliacche, due contro uno!" mormorò, non voleva che Henry, bloccato com'era, tentasse di buttar giù la porta, se fosse entrato qualcun altro non avrebbe mai potuto difenderlo in quel momento.

Quella che l'aveva puntata le diede un altro pugno nello stomaco. Aria con un mezzo balzo la scalciò via e la vide mentre rotolava contro i gradini che portavano al piano superiore. Iniziò a sgomitare con maggiore forza, scrollò le spalle, mosse le braccia, e riuscì a farla sbattere contro i ripiani laterali, poi le calpestò il piede con tutte le energie e la sentì singhiozzare.

"Scusa Henry" sussurrò. Mollò un calcio sul ginocchio talmente forte che quello scricchiolò e la ragazza finalmente aprì le braccia e crollò contro gli scaffali, cercò di aggrapparsi ma alla fine cadde seduta sui barattoli.

La seconda stava già attaccando, ma la sorella che piangeva l'aveva distratta.

Aria si massaggiò lo stomaco che tirava e si lanciò subito dopo contro l'altra che stava in piedi un po' piegata, doveva aver sbattuto la schiena. La puntò proprio come aveva fatto prima lei. La afferrò per il bacino e la sbatté contro il ripiano ma quella si era aggrappata ai suoi capelli e aveva iniziato a tirare. A quel punto Aria insinuò un pugno tra loro e le colpì la mascella ma con poca forza, così ripiegò sul collo. Lo strinse forte, entrambe urlavano, una perché non respirava, l'altra per i capelli.

La seconda sorella prese Aria per le spalle e la tirò indietro riuscendo a strapparla dall'altra che aveva sul collo il segno rosso delle sue dita.

Le due caddero all'indietro, Aria rotolò su un lato per liberarsene e colpì con la spalla e la fronte le scale ma non era nulla, si ritrovò la seconda sorella a cavalcioni.

Aria le afferrò le mani ma quell'altra, ancora sdraiata, iniziò a prenderla a calci sul fianco, così lei lasciò la presa per proteggersi. Quella che aveva sulla pancia iniziò a prenderla a pugni in faccia mentre ansimava come un animale strozzato.

Per proteggersi dai calci Aria si ferì le dita. Un paio di lacrime uscirono senza che volesse. Tra i calci da una parte e i pugni dall'altra non sapeva quale fosse la cosa più urgente, sputò sangue, le guance si stavano già gonfiando. Cercò di parare i colpi ma le dita le facevano un male cane, si aggrappò alle sue spalle e iniziò a graffiare, graffiare anche se le falangi sembravano piegarsi all'indietro, come se fossero diventate molli. Ora piangeva copiosamente, erano talmente tante le lacrime che non riusciva più a vedere la gemella che aveva sulla pancia, forse anche perché le guance si erano gonfiate tanto… Solo in quel momento pensò allo sguardo folle, quella rabbia che le accecava. Perché ce l'avevano con lei? Perché aveva riso?

"Io andrò via di qui. E voi marcirete" disse all'improvviso.

Le due si fermarono.

Aria sputò altro sangue a terra e vide l'altra gemella rialzarsi in quella pausa. Ora le copriva la luce.

Sentiva ancora i suoi singhiozzi. Mentre la prendeva a calci continuava a singhiozzare, per il dolore o per qualcos'altro? Ad Aria non interessava.

"Siete due vigliacche".

"Forse. Ma tu stai per morire" disse quella sulla pancia, solo in quel momento sentì il dolore dello stomaco. La ragazza pesava come un pezzo di cemento e lei stava per affondare.

Sentì due mani stringerle il collo e lei allungò le braccia a terra. Chiuse gli occhi.

"Fatelo. Sarebbe una liberazione" disse o forse pensò tutto d'un tratto. Per un attimo si era arresa sul serio. Sentiva male ovunque. Il corpo pulsava dolorosamente e lei non riusciva più a controllarlo. I focolai di dolore erano così tanti che non sapeva a quale dar retta.

Non smetteva di piangere, stavolta però le ragioni che la spingevano alle lacrime erano altre.

Pensò a Will, immediatamente. Se doveva morire che almeno ci fosse lui nella sua mente. Si sarebbe sentito così deluso da quella sua resa.

Non aveva pensato che se i due non la volevano morta, erano tanti in quel mondo che invece lo desideravano e che non rispettavano le regole. D'altronde questa gente cosa aveva da perdere? Al massimo sarebbero andati incontro a una morte definitiva e finalmente avrebbero avuto ciò che desideravano.

"Fermati" disse una voce inconfondibile.

"Perché sei tornata?" mormorò Aria, "Vattene".

"Testarda anche in punto di morte?"

Solo in quel momento Aria si rese conto del rumore infernale che stava facendo Henry, continuava a prendere a spallate la porta gridando il suo nome. Come aveva fatto a non sentirlo?

Con le ultime forze che aveva si tirò su e rovesciò a terra la sua aguzzina distratta.

"Ferme".

Aria strisciò indietro e si poggiò con un fianco sui gradini. Non ce l'avrebbe mai fatta ad alzarsi in piedi.

"Cosa vi è saltato in mente?"

"Darle una lezione" disse una con grande timore.

Aria non riusciva a vedere nulla ormai, solo una macchia rossa.

"Sparite" ordinò Eloise duramente. E Aria sentì dei passi trascinati allontanarsi, fermandosi solo ogni tanto come presi dal dubbio.

"Ti danno tutti retta" commentò distrattamente mentre la testa le girava e girava. Sulla fronte il sudore scivolava attraversandola di sfuggita.

"Mi meraviglio che tu sia ancora cosciente. Se potessi vederti..."

Aria sorrise o cercò di farlo. Non riusciva più a sentire il suo corpo. Era stato peggio, molto peggio di quando aveva combattuto con Cliff. Ma il dolore fisico era molto simile, forse anche quello mentale. Si sentì di colpo abbattuta, e la chiave poi... non era affatto venuta in suo soccorso. Strinse il pugno e la maledisse. Si chiese cosa volesse dirle questo suo silenzio.

"Bevi" disse infilandole nelle mani martoriate una fiala.

"Non li voglio i tuoi intrugli".

"Se non lo bevi morirai".

"Non morirò. Non mi permetteranno mai di morire" disse realizzandolo solo in quel momento. Era questo che l'atterriva? Doveva per forza andare avanti. C'erano forze più grandi di lei che controllavano gli eventi, in modo più o meno invadente. Lo sapeva.

"Allora morirà Henry".

Henry fu la parola magica. Aria aprì la fiala a fatica e con altrettanta fatica se la avvicinò alle labbra. Poi si lasciò andare con la testa sui gradini.

"Tutto bene, Henry" disse Eloise e finalmente lui smise di sbattere.

In quel silenzio ristoratore Aria si riprese del tutto. Bastarono cinque, forse dieci minuti, o magari persino di più, non riusciva a dirlo con precisione, e poté riaprire gli occhi. Le mani erano a posto. Lo stomaco aveva solo un lieve livido che lo percorreva da parte a parte e il segno delle ginocchia sui fianchi, il volto gonfio stava tornando normale, ma era rossa, come se l'avessero spinta su una piastra rovente, e aveva un bozzo sulla fronte, sopra il sopracciglio.

Dei graffi era rimasto qualcosa ancora, ma quello era il minimo. Sotto le sue unghie d'altronde c'era ancora il sangue di una delle due.

Aria non ringraziò Eloise, si limitò a camminare verso la stanza che nascondeva Henry. Quando la ragazza fu davanti, Eloise la afferrò come a fermarla. Si infilò in mezzo, dandole le spalle, senza che lei riuscisse, i suoi movimenti erano ancora artritici.

Aria la guardò senza capire. Poi si voltò. Vide negli occhi che si costringeva a tenere asciutti un'immensa pietà, ancora una volta, sembrava voler dire qualcosa ma non lo fece, poggiò solo la fronte sulla porta.

"Eloise, spostati" disse Aria.

"Se potesse rimanere qui dentro…" sussurrò scuotendo la fronte sul metallo duro.

Aria non capì fino in fondo, ma la colpì il suo turbamento e per un attimo furono legate, "Lo vorrei anch'io" sussurrò allora, "Ma…"

"… non è possibile".

Le due si guardarono profondamente.

"Vi farò raggiungere il giardino" disse subito, "Adesso".

"Cosa?" chiese Aria stupita, mentre l'altra apriva freneticamente tutte le serrature e spalancava la porta.

"Aria!" urlò Henry cadendole quasi addosso. La strinse a sé, "Stai bene? Cosa è successo?"

"Sto benissimo" disse Aria oscillando tra le sue braccia, la voce tremolante. Lo sguardo che si erano scambiate… l'aveva commossa, in un certo senso. Ma non sapeva dire il perché.

Poi Henry vide Eloise, "Grazie" le disse con voce piena di sollievo lasciando Aria e abbracciandola, con le mani che tremavano, "grazie per averla aiutata". Era così rigida, così esile. Si lasciò andare, e il suo corpo freddo non sembrò più tanto freddo.

Eloise si lasciò abbracciare, respirò l'odore della pelle di Henry mescolata a quello della pittura, tutt'intorno, e sospirò quando lui si staccò. Scrutò nel suo sguardo e ci vide qualcosa perché i suoi si riempirono di lacrime.

"Cosa…" iniziò Henry.

"Eloise," disse subito Aria riprendendosi dallo stordimento, "Cosa stavi dicendo".

"Aria, che succede?" Lo sguardo dell'amica era mutato incredibilmente, era di una serietà che allarmava.

"Eloise" tuonò.

Lei sobbalzò stringendosi una mano al petto, poi prese a torturarsi i capelli stretti nella coda, ci passava spasmodicamente le dita in mezzo, fissando la porta, poi il cielo. Poi riprese fiato.

"Vi porto al giardino".

"Cosa ne sai tu…" chiese Henry.

"Era tutto vero quello che pensavo" esclamò Aria.

"Qui tutti sanno tutto", chiarì Henry, "Persino tu…"

"Mi dispiace" si sentì in dovere di dire, "Ma non potevo…"

"Ora andiamo" disse Aria interrompendola e afferrandola per un braccio.

Henry la guardò con rimprovero, poi però sospirò e le sfiorò le spalle. Non era in grado di avercela con qualcuno. Tantomeno con una persona che sembrava così terrorizzata… e che nonostante questo ripeté ancora una volta, sussurrandolo appena: "Vi porto al giardino".

Capitolo 14

Sgattaiolarono fuori in punta di piedi, ma rapidi come se avessero il diavolo alle calcagna.

Nessuno di loro parlava, mentre correvano per le strade di quella Londra che conoscevano così bene. Le vetrine, le svolte, le strisce che dipingevano l'asfalto, i semafori attivi, con l'omino che lampeggiava silenzioso, gli ampi marciapiedi sempre gremiti, ora vuoti e tristi. Aria pensava rapidamente a tutti i dettagli che aveva raccolto e che non era ancora riuscita a unire. Eloise che le chiedeva se si era abituata a quel mondo. Eloise che osservava quell'arancia. Eloise che aveva sempre con sé delle fiale, che sembrava sapere sempre ciò che era giusto fare. Eloise che i due ragazzi ascoltavano, Eloise che riusciva a impedire a qualcuno di colpire con uno sguardo, Eloise che dava gli ordini alle due ragazze. Iniziò a tremare dentro, colpita da un sospetto tremendo.

E rallentò...

"Aria" chiamò Henry fermandosi qualche passo avanti a lei.

"Camminate. Non c'è tempo!" disse lei ansimando e guardandosi intorno, sapeva che non l'avrebbe avuta vinta, che forse quella sarebbe stata l'ultima cosa in assoluto che avrebbe fatto da viva. Però pensava che lui avesse ancora bisogno di lei. E che forse... una volta fatti passare nell'ultimo mondo... l'avrebbe lasciato vivere. Era diventata di colpo incosciente, proprio come quando era ragazza. In un attimo era diventata fuori e dentro di nuovo giovane. Forse era vedere il sentimento puro che animava quei due ragazzi ad averla mossa del tutto, ad averla avviluppata, coinvolta. Ad averla fatta tornare davvero giovane.

"Non mi fido di te" disse Aria.

"Aria... ti prego, non fermatevi".

Dal fondo della strada comparvero Cicatrice e il suo compare, corsero verso di loro, ma nonostante gli incitamenti di Eloise, Aria non si muoveva.

"Basta scappare" mormorò.

I due guardarono Eloise e Cicatrice parlò, "Cosa stavi facendo?"

Lei continuò a fissarli.

"Non te lo avrebbe mai permesso".

Abbassò la testa.

"Che ti è saltato in mente? Povera… hai completamente perso la testa" disse l'altro, come se ormai fosse finalmente libero di parlarle un po' come voleva.

"Lui lo sa".

Aria fissò Eloise che si faceva sempre più piccola e misera, "Dimmi chi diavolo sei".

"Basta giochi, Aria?" disse Cicatrice.

Henry si affiancò all'amica, "Eloise?" urlò prima che lei potesse parlare.

Eloise alzò gli occhi, "Sono sempre stata accanto a te…" gli occhi si rabbuiarono e la pelle raggrinzì rapidamente, le mani chiuse a pugno diventarono piccole come quelle di un bambino. I capelli lunghi filamenti bianchi. Non voleva, ma doveva.

Aria non riuscì a trattenere un urlo che le si schiantò nel petto.

***

"Vai lì. Controlla che tutto fili liscio e che i ragazzi non muoiano. Non succederà di nuovo quello che è accaduto con il piccolo Dio. Nessuno può toccarla" disse l'Ombra scrutando la vecchia.

"Il mondo è ostile e rischi non devono esserci. Ricorda la prima regola" aggiunse ancora.

"Lo so, non interferire, lasciala ambientarsi, lasciale il suo tempo" ripeté a memoria, senza passione.

"Il controllo del mondo, ricordalo sempre, sennò il giardino…"

"Non apparirà e non sarà accessibile, nemmeno a lei".

"Esatto. Il mondo è fresco e potrai entrare senza problemi".

"Ma non posso farlo così".

"Prepara una pozione. Hai il permesso" disse l'Ombra, "Controlla quei due ragazzini. Aria non deve morire".

"Aria non deve morire" ripeté meccanicamente.

***

"Ti sono stata sempre vicina, sai? Ero un'ombra nel giardino… e poi, man mano che andavi avanti, entrare diventava più semplice. Questo mondo è recente, così recente che starci non è stato difficile" spiegò Eloise come se la sua lingua parlasse da sola. Fissava a terra.

Aria e Henry erano paralizzati dalla sorpresa, il sangue che gelava nei loro corpi.

I due ragazzini risero di gusto nei loro corpi nuovi, "Non se l'aspettavano, che facce".

"Good. Amo l'effetto sorpresa".

"Eloise, come hai potuto…" sussurrò Aria, che stranamente provava una strana delusione di fronte alla conferma sui sospetti che aveva sempre avuto.

"Mia cara," la interruppe lei senza guardarla negli occhi "quante sono le cose che nemmeno immagini".

"Eloise" chiamò Henry, "Eloise, guardami" disse con decisione.

Lei alzò imbarazzata gli occhi, "Non guardarmi così" disse scoppiando in lacrime e coprendosi il volto.

"Eloise, io ti perdono" disse.

Aria si voltò verso di lui, "Dopo tutto quello che ha fatto…"

"Non hai capito Aria… guardala" sussurrò solo, affranto.

"Mi… mi dispiace" balbettò lei perdendo del tutto il controllo, sentiva il suo minuscolo corpo gracchiare e stringerla, opprimendola.

"Ma ora… veniamo a noi. Volete andare nel giardino, giusto?" disse Cicatrice.

"E potete. Ora potete" disse il fratello sghignazzando. "Volete andare o no?" aggiunse con fare nervoso.

Era inutile degnarli di una risposta.

"Good. Allora c'è una sola condizione…" disse con un sorriso sadico, "Tu, Aria, devi uccidere… lui" puntò il dito su Henry. E Aria si sentì mancare.

***

"Ora va molto meglio".

"Molto meglio".

"Vero?"

"Torniamo".

"Torniamo".

Le voci dei Cinque sacerdoti si mescolavano, sovrapponendosi l'una all'altra. Mentre percorrevano quel corridoio qualcuno si parò davanti. E li guardava con profonda costernazione.

"Non è possibile" fece il Primo.

"Abbiamo le allucinazioni" disse il Secondo riprendendo a camminare e superando quella presenza che non poteva essere lì. Così fecero gli altri, tremando dentro.

Marcus restò a osservarli mentre scivolavano come fantasmi lungo il corridoio cupo.

Quasi corsero fino alla porta, uno iniziò a premere con energia il pulsante, come se avessero visto il diavolo che li stava inseguendo.

Quando rientrarono nella stanza, trovarono Lucas e Wade con i loro incubi in mano, trasformati. Erano sudati e sempre più piegati verso il basso. Anche Isaac che continuava a muovere la bocca come un pesce sulla terra ferma.

Guardarono Lucas, il suo sguardo di una decisione che atterriva. Era pallido come un lenzuolo, e si aggrappava a quell'incubo manipolato con quell'unica mano che gli restava, con tutte le energie che aveva ancora in corpo. Rabbrividirono e si sentirono piccoli. Proprio come quel Marcus che avevano scorto al centro del corridoio.

Guardarono il suo arto che aveva smesso di sanguinare, la pozza che si era scurita e quella mano lanciata in un angolo.

Uno scoppiò a piangere e cadde in ginocchio. Gli altri fecero lo stesso uno dopo l'altro. Solo il Secondo resisteva, "Debole. Sei un debole" urlò con una mano sospesa in aria.

Le energie degli incubi di cui si erano appena nutriti, evaporarono nel nulla e si sentirono di colpo terribilmente deboli. Si piegarono sempre di più a terra e strisciarono fino alla scrivania sotto lo sguardo attento dei tre.

"Sei ancora quel ragazzino, non sei affatto cresciuto da allora" disse Lucas ingoiando a vuoto la saliva che non aveva. Fissava un punto dietro a loro. Seduto alla scrivania Marcus passava gli occhi dall'uno all'altro e loro si sentivano sempre più privi di energie.

"Che succede..."

***

"Cosa...? Cosa diavolo stai dicendo" urlò Aria.

Eloise mormorò qualcosa di incomprensibile e sgranò gli occhi su di loro.

"Tu, maledetta..." disse Aria, accecata.

"Ehi, il colpo di scena è tutto nostro" disse il ragazzino divertendosi un mondo.

"Vuoi raggiungere il giardino? Questo è l'unico modo".

"Troverò il giardino anche senza di voi".

"Oh no, non puoi... tu l'hai trovato... solo perché noi te lo abbiamo permesso. Ricordi che noi possiamo plasmare questo mondo come vogliamo?".

"Co..." ma certo che era così. Il cuore di Aria fece un tonfo.

"Lo sposteremo all'infinito, talmente tante volte che non ti basterebbe una vita per arrivarci".

Aria sentì le ginocchia cederle.

Cicatrice camminò verso di lei e le mise in mano una pistola.

"Aria" parlò per la prima volta Henry, la bocca asciutta "Va bene così".

"Cosa... sei impa-zzito" singhiozzò lei piegandosi in avanti. "Non potrò mai andare avanti..." disse iniziando a piangere, "senza di te. Piuttosto..." "Non dirlo nemmeno".

Henry era estremamente calmo, nonostante avesse la fronte imperlata di sudore. Aveva capito qual era la richiesta, "lei deve andare avanti da sola" disse guardando Cicatrice che era rimasto immobile, in un silenzio che per i ragazzini era inusuale, forse colpito dalla grande forza di Henry.

Cicatrice annuì appena mentre Eloise iniziò a tremare, incredula.

"Allora permettetemi di fare a modo mio" disse solo, ciò a cui continuava a pensare, in quei momenti brevi che sembravano eterni, è che non avrebbe mai permesso ad Aria...

"Mi promettete che la lascerete andare al giardino, quando..." la voce gli si inceppò.

I due osservarono colpiti e annuirono. Eloise non riusciva a muoversi.

Henry baciò la sua più cara amica di sempre sulla fronte e le strappò la pistola dalle mani tremanti che non la volevano lasciare andare.

"No" l'afferrò di nuovo, impedendogli di allontanarsi. Ma il suo sguardo era così ferreo, così deciso che lei lasciò scivolare le dita fredde.

"Vai avanti," disse facendo qualche passo indietro senza smettere di fissarla, "Ci rivedremo tanto, lo so".

"Henry..." disse Aria con voce rotta, incapace di muoversi, incapace di fermarlo, incapace anche solo di formulare delle parole che avessero un senso. E tutto sembrava un sogno contorto, troppo strano per essere vero, in un certo senso... Sapeva che doveva succedere.

Anche lui sembrava averlo capito, forse molto prima di lei.

"Girati" le disse poi.

Lei non capì sul momento. Continuò a non capire fino a quando i suoi occhi azzurri non si chiusero.

Aria si voltò a rallentatore, il corpo che scattava come un disco inceppato, le spalle scosse dai singhiozzi, "Henry..." continuava a ripetere, "Hen..." ma non riusciva a voltarsi. Sentiva freddo, così freddo da tremare in maniera scomposta.

"Ci rivedremo" disse prendendo fiato, un fiato che scuoteva le sue parole fino a distorcerle. "Te lo prometto" e fu l'ultima cosa che disse. Un colpo squarciò l'aria e un tonfo sordo riempì quel silenzio di disperazione.

Eloise urlò disperatamente.

Aria svenne.

Il suono distinguibile di un'ambulanza. Il lettino dove Aria era sdraiata slittava da una parte all'altra. Tutti quei rumori sconosciuti e le voci dell'autista, la corsa sulla strada, gli sbandamenti. Era confusa, spaventata a morte, non era in grado di aprire gli occhi per poter, come sempre, controllare ciò che aveva intorno, farlo suo per non lasciarsi sorprendere. C'era solo una cosa che la teneva salda, quella mano che stringeva la sua.

"Sei sveglia?" mormorava.

Aria aveva visto che era un ragazzino biondo, uno di quelli dell'altra squadra. Quasi le sembrava ancora, nella confusione del momento, di sentire le sue fan urlare il suo nome: "Henry! Henry!" ma lei non avrebbe mai ammesso di conoscere quel nome.

Da quel giorno c'era sempre stata quella mano a tenerla salda. Anche quando perdeva l'equilibrio.

Non voleva aprire gli occhi. Nonostante sapesse che quella voce era proprio la sua, non aveva il coraggio di aprirli. Il profumo dei disinfettanti la riportava indietro, a quella corsa in ospedale di tantissimi anni prima, un'uscita di scena che non aveva mai voluto dimenticare, perché le aveva regalato Henry. Chissà perché, in quello stato di incoscienza, era tornata proprio lì. Forse perché tutto era iniziato proprio in quell'istante.

"Te lo prometto" sussurrò Henry nel suo orecchio, la sua voce era quella di sempre, non come quella del bambino che l'aveva accompagnata, tanto tempo prima.

Non voleva aprire gli occhi, nonostante Henry continuasse a dire che andava tutto bene, stringendo sempre più forte la sua mano di bambina.

E l'incredibile era che Henry stava pensando alla stessa cosa, nel momento in cui...

Aveva avvicinato la pistola alla fronte senza esitare. Le dita si erano fatte di ghiaccio. Non voleva fissarla ma non ci era riuscito. La schiena di Aria continuava a contrarsi a scatti, dava l'impressione che sarebbe crollata da un momento all'altro. Gli occhi gli si riempirono di lacrime nel vedere la sua sofferenza. Sapeva che sarebbe stato difficile.

La canna era fredda sulla fronte. Bastava premere quel grilletto e farla finita.

"Henry" sussurrava Aria.

Sentiva il pianto sommesso di Eloise al suo fianco, un mormorio cantilenante che lo fece rabbrividire. I due ragazzini però stavano mantenendo la parola, non si muovevano. Anche se forse avrebbero voluto. Uno di loro, il più giovane, sembrò colpito.

È per questo momento che sono arrivato fino a qui. Pensò consapevole. *Aria, ti prego, vai avanti. Torna a casa.*

Tenne gli occhi ben aperti sulla schiena di Aria, era l'ultima cosa che voleva vedere. E mentre premeva il grilletto, in un attimo rivide proprio quella scena.

E le strinse forte la mano, mentre crollava a terra, ne trasse un profondo conforto. Nella sua mente continuava a stringerla forte, sperando che si sarebbe risvegliata.

L'ambulanza voltò in una via silenziosa e di colpo si fermò. Aria sentì intorno a sé il profumo degli aranci. Era lì, non era lì.

Premette le palpebre come se avesse paura che qualcuno l'avrebbe costretta ad aprire gli occhi. Strinse la mano di Henry che sentiva respirare silenziosamente al suo fianco.

Le porte dell'ambulanza si spalancarono. La mano di Henry svanì nel nulla e lei la cercò invano, piangendo, gli occhi sempre serrati.

"Aria, apri gli occhi" disse un'altra voce. La sorpresa fu talmente forte che li spalancò. E si trovò Dan di fronte, quel suo grande sorriso.

"Svegliati" sussurrò, la sua voce si sovrappose a un'altra.

E lì aprì sul serio, stavolta. Il volto di un vecchio la fissava con preoccupazione, mentre lunghi fili d'erba le oscillavano davanti al viso, solleticandole le guance.

"Benvenuta, ragazza".

Non ricordava nemmeno di essere entrata nel giardino, eppure la chiave bruciava, e c'era una nuova foglia a coprirle il palmo.

Non voleva alzarsi, ma anche se avesse voluto non ce l'avrebbe fatta. Il corpo era paralizzato dalla disperazione. Tutte quelle morti la schiacciavano a terra. Non poteva sopportare altro dolore. Forse si era definitivamente spezzata.

Il vecchio continuava a guardarla, poggiato a un bastone di legno ruvido. "Non vuoi alzarti? Va bene" disse conciliante, "Riposa pure", forse aveva visto la maglia macchiata di sangue, le braccia graffiate, le mani contratte ad afferrare ciuffi d'erba come se non riuscisse a stare nemmeno sdraiata senza reggersi da qualche parte.

Aria non voleva sapere dove fosse finita. Era l'ultimo mondo. Nel giardino forse l'avevano portata in braccio. Ricordava ora vagamente i suoi piedi dondolare nel vuoto. Aveva sentito l'odore degli aranci, e era sprofondata ancora di più in quel sonno immobile, stringendo la mano di Henry.

Era bastato allungare la mano con la chiave contro l'albero e poi lasciarla cadere nella voragine che si era aperta e che l'avrebbe portata lontano.

Si sentiva staccata dal suo corpo e dalle sue intenzioni, voleva solo giacere immobile, fissare il cielo azzurro attraversato da filamenti di nuvole, nascosta dall'erba alta, così simile a quella del parco di Londra.

Non riusciva a pensare a nulla, intontita, totalmente priva di energie, ma piangeva senza mai smettere. E senza nemmeno rendersene conto.

Il vecchio rimase a osservarla per tutta la mattina, poi le portò un panino al prosciutto che lei non toccò. La osservò il pomeriggio, e a cena tentò con una minestra. E restò anche la notte, seduto sulla panchina a sentirla singhiozzare, sospirando.

"Non ti muoverai di qui?" fu la domanda che lo risvegliò la mattina successiva. Una vecchietta dall'aria pacata ma decisa guardava lui e poi il punto in cui l'erba formava un buco.

Lui fece di no e la donna si limitò a scuotere le spalle, "Ha bisogno di più tempo" disse con due occhi lucidi che si fecero sempre più piccoli, poi andò via tra un sospiro e l'altro.

Verso l'ora di pranzo si avvicinò un altro, si affiancò all'uomo e restò a osservare anche lui, poi poggiò una mano sulla sua spalla, "Lei è giovane," borbottò guardando la scena, "non dovrebbe morire di tristezza", non era nemmeno sicuro che quell'uomo avesse parlato tanto era concentrato su quello che stava facendo Aria.

Il vecchio ripartì alla carica, si affacciò e andò a coprire il cielo con il suo viso pallido rigato dalle rughe e il mento squadrato coperto da una rada barbetta bianca che all'apparenza esitava a ricrescere.

Lei serrava le labbra e continuava a stringere l'erba, immobile. Non piangeva più. Forse le lacrime erano finite.

"Cosa ti rende così triste?" chiese all'improvviso esitando, il vecchio che pensava dovesse parlare, sfogarsi. Solo a quel punto Aria spalancò gli occhi azzurri. E il vecchio esitò, trafitto, persino scosso.

Era passata attraverso a tantissime battaglie, "La morte" disse solo.

"Della morte non se ne devono occupare i giovani".

Aria rifletté sulle parole del vecchio e disse, "Sono morta".

Il vecchio a quel punto rise, "Morta. O ragazza mia, sei tutto fuorché morta".

Lei sospirò e il vecchio lesse nei suoi occhi una parola: "Vorrei".

Non si era soffermata sulla sensazione di quegli occhi verde profondo su di lei, per un attimo dentro si era mosso qualcosa.

"Hai fame? Su, alzati. Andiamo a fare colazione".

"Che mondo è questo?" domandò stringendo a pugno la mano.

"Un posto pacifico".

Era riuscito nell'intento di farla alzare, ma non di farla riprendere. Camminava trascinandosi, come se ogni passo nella vita le costasse una fatica enorme. Non voleva guardarsi intorno, fissava a terra, aprendo e chiudendo la mano come un pugile dopo un combattimento faticoso.

Da una parte ciò che aveva appena vissuto le era sembrato un sogno assurdo. A volte credeva che avrebbe rivisto Henry, e Mary, che sarebbe bastato chiamarli per vederli apparire. E forse anche Will era lì da qualche parte. Forse si era trasformato tutto in una fantasia troppo accesa. Forse era ancora nel mondo di nebbia con un incubo enorme che le rosicchiava le caviglie. Forse quel mondo non era mai esistito, ed era nel suo letto di Londra, con l'odore forte della pittura che l'aveva stordita a tal punto da farle sognare tutto ciò che era accaduto fino a quel momento.

Quanto l'avrebbe voluto.

Continuava a mettere un piede dopo l'altro, assillata dal pensiero che non avrebbe mai più avuto indietro quello che aveva perso. E allora che senso aveva combattere? Tornare a casa... se sarebbe stata da sola?

Il vecchio la scrutò e sembrò leggerla con grande facilità. Forse era normale per una persona della sua età.

Il posto in cui Aria era caduta era un enorme prato senza alcuna recinzione. Una specie di paradiso pieno di sole e fiori, alberi e casette bianche che circondavano una serra, la ragazza aveva visto un ampio tetto di vetro.

Le case sembravano poche ma in realtà proseguivano quasi all'infinito, però non erano mai tante da sovrastare il prato che dominava con il suo verde intenso il mondo, fino all'orizzonte.

"Che bello" scappò ad Aria. Quanti quadri avrebbe potuto dipingere lì. E le venne in mente quando notò alcuni anziani lavorare sulle loro tele, nascosti all'ombra di un albero dalla chioma che formava quasi un tetto su di loro.

Quando una donna si spostò al sole per vedere meglio ciò che cercava di ritrarre, la chioma si allungò per coprirla.

La sorpresa di Aria fece ridacchiare il suo accompagnatore, che nonostante il bastone era molto rapido, "Su ragazza. Mica sei tu la vecchia qui" commentò costringendola ad accelerare.

Si sentiva ancora morta dentro, ma non riusciva a evitare di scrutare il mondo attorno a sé. Era una persona troppo curiosa per chiudersi così. E forse il vecchio l'aveva capito.

"Dopo colazione ti faccio vedere un po' di cose" disse come se fosse una nipote in visita.

Lo stomaco di Aria ruggì e il vecchio rise di gusto tra sé e sé, sparendo per un attimo nei suoi pensieri, e guardando lontano.

E allora la ragazza notò quel dettaglio: di giovani lì non ce n'erano. Non disse nulla anche se la domanda fremeva tra le sue labbra, voleva saltar fuori a ogni costo.

Passarono sotto un arco bianco levigato e finirono in un'immensa sala da pranzo che era in realtà un cortile circondato da almeno dieci altri archi su ogni lato.

Quando entrarono, Aria vide una distesa di capelli bianchi. Uno spettacolo inusuale. Tutte le teste si voltarono verso di loro, alcuni mormorarono di sorpresa.

Ma lo sguardo del vecchio li aveva costretti a farsi gli affari loro. Solo una vecchia signora era schizzata in piedi ed era corsa da loro, "Ci sei riuscito" disse all'uomo con un piccolo sorriso sulle labbra.

"Certo che ci sono riuscito" poi le sorrise con grande dolcezza. Lei si avvicinò con una strana titubanza e le prese la mano tremando leggermente. Aria fissò i suoi occhi chiari e quasi ci si poteva specchiare, il suo cuore fece un balzo, fu una sensazione talmente forte e allo stesso tempo così vaga e intrattabile che lasciò correre.

"Ciao. Io sono A…gatha" disse la donna.

Il vecchio seduto di fianco fece un sospiro. Aria si accorse che non aveva ancora alzato il viso dal piatto. Era alto, molto alto, e la schiena era arcuata in avanti. Aveva i capelli di un bianco-dorato e sul braccio spiccava una cicatrice.

Qualcosa pulsava nella sua testa ma non riuscì a comprenderla.

"Hai o no un nome, ragazza?" disse la donna attraverso i piccoli occhiali che le scivolavano continuamente come se non volessero stare fermi.

"Aria".

"Aria. Una boccata d'aria fresca" ridacchiò un tipo del tavolo accanto.

"Non fa ridere" urlò l'uomo che l'aveva trovata.

La signora fece un sorriso delicato, "Oh, sì. Vecchio brontolone. C'è dell'ironia, non trovi?" disse accarezzandogli la mano che teneva sul bastone, poi si rivolse di nuovo a Aria "Su vieni, vieni, non dar retta a lui", e la trascinò via con una forza incredibile. O forse era Aria a essere troppo debole. La ragazza vedeva sprazzi della persona che era stata. Forte, decisa, scattante, sin troppo scattante, doveva essere una tipa fastidiosa. Lo stomaco le brontolò e ad Aria scappò una risata. *Un po' mi somiglia.*

"Eh, povera me. La vecchiaia non ha cambiato l'appetito".

Alla ragazza sembrò tutto così familiare che dentro tremò appena. La chiave si infiammò ma lei si limitò a stringere il pugno. La vecchia fissò la sua mano con una strana profondità.

L'aveva fatta sedere a un tavolo da tre posti, forse si aspettava che sarebbero arrivati, perciò si era preparata.

Quando il vecchio non era lì a controllarli, tutti gli occhi della sala puntavano Aria. Ma l'uomo non tardava ad accorgersene. Alla terza volta che accadeva scattò in piedi agitando il pugno e minacciandoli tutti di morte violenta.

Aria ridacchiò di gusto mentre le palpebre a tratti le si chiudevano sugli occhi.

Dopo aver mangiato qualcosa, molto poco in confronto al solito, scivolò lentamente sul tavolo, poggiò la guancia sul braccio e si addormentò.

La sala si passò uno *shh* e quando si alzarono lo fecero in punta di piedi, per non disturbare il sonno della nuova arrivata. Sembrava ne avesse bisogno. Infatti erano più di ventiquattrore che non dormiva. Anche con gli occhi chiusi la sua mente era sempre affollata da quelle immagini. Dall'ultimo respiro di Henry, da quel suono trattenuto di dolore che le aveva colpito le orecchie e che cercava di dimenticare. Ma in quel momento era crollata.

I due vecchi rimasero seduti accanto a lei. La signora le accarezzò delicatamente i capelli, "Povera bambina".

Il suo compagno sospirava puntando il bastone a terra, senza parlare, mentre l'uomo alto era fermo alle sue spalle e le guardava la schiena con tenerezza, allontanando chiunque tentasse di avvicinarsi, come un silenzioso guardiano.

Capitolo 15

"Qui c'è la serra" disse il vecchio indicandola. "Qui fuori l'orto".

Aria osservò le molte schiene piegate che ci lavoravano sopra. Sempre anziani, come tutti quelli che avevano incontrato durante quella visita improvvisata.

Il vecchio guardò la ragazza che sembrava all'apparenza più rilassata ma dentro era un tumulto. Camminava chiusa in un silenzio mortale, come se vedesse senza vedere.

"Non pensarci. Guarda avanti" disse il vecchio.

"Voi qui fate così?" la domanda suonò un po' scortese e Aria si sentì in dovere di chinare il capo in segno di scusa. Quel vecchio le ispirava rispetto. Sospirò e si guardò intorno irrequieta, come se volesse essere da un'altra parte, tutto all'improvviso sembrava essersi agitata, forse risvegliata.

"Che ci faccio qui?" ti starai chiedendo, "Che mondo è questo?" il vecchio sospirò. "Questo è un posto di scarti".

Aria si voltò incuriosita, cosa intendeva?

Di colpo si sentì imbarazzata, si era accorta in quel momento di non aver ancora chiesto i loro nomi. Lui sembrò leggerla nella mente.

"Qui mi chiamano affettuosamente... Bernie. La signora che ti ha strapazzata invece è Agatha".

"Bernie e Agatha" sussurrò distrattamente, lo sguardo di nuovo perso altrove.

"In questo mondo" disse come se Aria l'avesse interpellato, "Vengono mandate tutte le persone che non superano il test d'anzianità. Non ricordo nemmeno quando è stata imposta questa legge. Comunque è così che lì va. Dopo i sessant'anni sei costretto a fare un test ogni due anni e se non lo superi vieni considerato... inefficiente. Ed ecco che finiamo qui. Lontano dalle nostre famiglie che non vedevano l'ora di sbarazzarsi di noi" disse assumendo un tono duro e accusatorio. Il rimprovero nella sua voce era palpabile. Aria si sentì a disagio in quanto giovane, e si voltò a guardarlo forse per la prima volta, "È assurdo" mormorò solo.

"Non per la società da cui provengo" disse con un sorriso che tentava di mitigare la sua tristezza.

"Non ci si può sentire inadeguati solo perché si è vecchi... cioè anziani".

"Non ti preoccupare, hai detto bene, vecchi. Ma è molto saggio anche quello che hai detto prima".

"Quindi questo paradiso è una sorta di pensione".

"Pensione, certo, si può chiamare anche così. Ci siamo solo noi vecchi..." si fermò stringendo il suo bastone "orfani".

Aria lasciò passare qualche istante poi chiese "Ti manca la tua famiglia?" cedendo alla curiosità.

"Ogni minuto. Ma una parte è qui con me".

La chiave bruciò forte e Aria iniziò a comprendere. Penetrò nel suo sguardo, nelle sue parole. Colse l'amarezza.

"Ti mancano anche se ti hanno mandato qui?"

L'uomo trattenne il fiato per un momento, "Loro non hanno colpa, siamo stati noi ad aver deciso. Comunque sarebbero stati costretti a farlo... se non si passa il test," mormorò, "Si deve andare. E sono troppo abituati a credere che questa legge sia giusta per poterla contestare".

"Non è un buon motivo per non sentire che è sbagliato".

"Quasi mi piacevi di più quando dormivi sul prato" borbottò abbozzando poi un sorriso.

Aria sorrise appena, passeggiare con lui le era molto facile. Parlare ancora di più. Il suono della sua voce non le era affatto estraneo ma era così tesa, così concentrata sui suoi dolori da non prestarci abbastanza attenzione. E lui lo sapeva.

"Pensano di darci un futuro migliore di quello che avremmo lì. Un posto pacifico, una vita oltre la morte, quasi".

"Un futuro migliore... è la tentazione che accende nell'uomo la vecchia..." *la vecchia...* pensò Aria. *Dovrei nominarla ancora così, o chiamarla con il suo nome? Eloise... me la pagherai.* Un lampo nello sguardo, uno sprazzo di vitalità. Il vecchio lo vide e comprese. Quel modo in cui guardava ciò che aveva davanti, con tale comprensione, con una stanchezza... come se l'avesse girato già tutto, camminando e camminando, prima di crollare su quel prato dove l'aveva trovata. I graffi, il sangue, erano tutte conferme, sarebbe bastato a fare un quadro della situazione, e poi l'attenzione che prestava a ciò che diceva. Mai scoprirsi troppo. Ricordava anche questo.

"Non morite qui" aggiunse poi.

"Non moriamo, no. Anche se tanti di noi lo desiderano".

"Anche se volete non potete" disse dimenticando il punto interrogativo.

"Abbiamo tutti troppa paura di tentare" guardò avanti, oltre gli alberi.

Aria scorse in lontananza un palazzo di vetro e capì che quello era il cuore di tutto.

"C'è comunque una regola: le generazioni non possono mai incontrarsi. Perciò, prima o poi, si deve andare lì".

Continuarono a camminare stancamente, al ritmo di due anziani che hanno bisogno di dilatare il tempo il più possibile per non avere paura. Per Aria non era difficile andare piano, si sentiva ancora stravolta, e dentro la stava divorando un vuoto. Ogni tanto sobbalzava come se sentisse ancora nelle orecchie il colpo di quello sparo, il tonfo a terra.

"Se ti stai chiedendo come faccia questa manica di vecchi a fare tutto la risposta è che non facciamo tutto. Ci sono dei piccoli robot, ancora non ne abbiamo incrociati, però. Diciamo che sono molto discreti. Puliscono, cucinano, innaffiano, aiutano i più anziani. Peccato non parlino".

"Che anno è? Cioè… quando è nato questo mondo?"

"Siamo oltre il 2060".

Aria sgranò gli occhi, "Il futuro".

"Per te è il futuro. Per noi è stato il presente".

Pensò ai mondi che aveva attraversato, c'era anche il passato, e allora perché non avrebbe dovuto esserci il futuro? La vecchia poteva infilarsi in ogni epoca, quasi contemporaneamente, perché quindi si sorprendeva tanto?

Aria si distrasse soffermando di nuovo lo sguardo sulle persone che dipingevano. C'era anche lo spilungone. Si soffermò sulla curva delle sue spalle e chiese "Come si chiama?"

"Chi?"

"Il vostro amico".

Bernie ci mise un bel po' a rispondere, "Oscar" disse vagamente contrariato, scuotendo la testa ogni tanto, poi gli venne l'idea:

"Ti va di provare?" e senza ripeterlo due volte prese Aria per il braccio e la trascinò giù per la collina zoppicando appena per la fretta.

"Signori, lei è Aria. Vorrebbe dipingere. Ehi tu, vecchio sciancato, lascia alla ragazza il posto" urlò quasi.

Quello si spostò di malavoglia più per le parole dell'altro vecchio sciancato che per il gesto in sé. La guardarono tutti con aria stupita e attenta, come se non avessero mai visto un giovane in vita loro, ma i pensieri erano altri.

Lo spilungone si ritrasse e si affiancò a Bernie, non aveva fatto granché, forse non era troppo portato. Il vecchio le allungò i pennelli e Aria nel stringerli provò un'emozione così forte da credere di svenire.

Bernie vide le mani che le tremavano. *Cosa hai dovuto passare, cara ragazza* ripeté di nuovo. Avrebbe tanto voluto consolarla, come non era riuscito a fare in quei duri momenti.

Guardò l'amico che fissava i suoi capelli neri col cuore spezzato, forse quei momenti erano davvero troppo per lui. Infatti abbassò gli occhi, sofferente. Il vecchio sapeva esattamente a cosa l'amico stesse pensando e gli diede una leggera gomitata, "Non ti preoccupare".

Quello in risposta serrò le labbra.

"Oscar?" sussurrò poi.

"Sì, Oscar. Da Oscar Wilde".

"Lo immaginavo, vecchio letterato dei miei stivali".

Finalmente quello rise e il suono della sua risata fece voltare di scatto Aria che cercò la fonte. *Non è possibile*, si disse. *È facile immaginare che possa essere qui.*

Oscar rimase con i piedi ben puntati a terra, leggendo quello sguardo che era corso a cercarlo. Bernie invece vide la sua anima gemella ferma in cima alla collina, aveva deciso di lasciare ai suoi uomini il compito di scuoterla.

"Si stanno comportando tutti bene, come da piano" sussurrò Oscar.

"Sì" vide le facce che scrutavano la ragazza cercando di isolarne i tratti, di riportare alla mente i dettagli.

Quando iniziò a dipingere, i vecchi si allargarono per farle spazio, come se la ragazza si espandesse tutt'intorno. Dipinse il paesaggio che aveva davanti con sicurezza, facendo scorrere freneticamente il pennello, divorando la tela bianca pezzo per pezzo.

Il vecchio vide solo che Aria stava piangendo, sentì il silenzio che l'avvolgeva, e poi il rumore della sua anima incrinarsi. La devozione verso quella tela era così forte che nessuno aveva il coraggio anche solo di muovere un passo. Il momento aveva raggiunto un'aura di perfezione che nessuno voleva rompere. E poi, capirono tutti, lei ne aveva bisogno. Nessuno voleva interromperla mentre si curava le ferite.

Sia Bernie che Oscar erano immobili come statue, in attesa. Fissavano quelle spalle che si tendevano e rilassavano, lo fecero per molte ore, fino a quando Aria non si voltò verso tutti loro, e li trovò con gli occhi lucidi a guardare lei e quel quadro che toccava l'anima per la sua fragilità. Non passò un secondo che tutte le signore si lanciarono contro di lei ad abbracciarla. Aria scoppiò di nuovo a piangere e si lasciò coccolare, per una volta non ci sarebbe stato nulla di male.

Bernie restò aggrappato al suo bastone, ma lo aveva stretto tanto da far sbiancare le nocche. E Oscar, anche Oscar non si muoveva, anche se avrebbe voluto.

"Su, su, lasciatela respirare" disse avanzando minaccioso, agitò il bastone fino a quando la piccola folla non si allargò e non lasciò riemergere Aria, le guance rosse e il respiro mozzato, ma lo sguardo acceso. Non ebbe la forza di dir nulla, si limitò ad agitare vagamente la mano verso quella gente che l'aveva sommersa con il suo affetto, senza che lei chiedesse nulla, fissò per più tempo Oscar che però distolse velocemente lo sguardo e si affrettò sulla collina dove l'attendeva Agatha, non se la sentiva. Così seguì Bernie, prima velocemente poi adattandosi al suo passo.

Il vecchio la scrutò e abbozzò un vago sorriso, una domanda silenziosa.

Lei annuì sospirando.

Continuarono a camminare nel piccolo sentiero di pietre che girava intorno alle abitazioni. Il prato da quella parte era troppo alto per attraversarlo.

"Sei troppo giovane per stare qui" disse il vecchio, sentiva di aver già detto quelle parole, eppure non l'aveva fatto.

"Non credo che arriverò mai alla vostra età" rispose lei distogliendo lo sguardo.

"Non mi sembri malata", la buttò sullo scherzo lui.

"Lo sono. Ho visto troppo per voler…"

"Proseguire".

Lei si voltò di scatto con una strana speranza che le cresceva dentro, che l'uomo potesse aiutarla a scegliere la direzione da prendere, anche se ne aveva una e una sola davanti lo sguardo.

"Non so cosa ti è accaduto, ragazzina," mentì lui, "Ma questo non è il tuo posto. Puoi solo andare avanti".

Aria osservò le rughe scavate del suo volto e quel vuoto si ampliò e ampliò, "Ho… sacrificato tutte le persone più care per sopravvivere" sentirselo dire la faceva tremare.

"Non avevi alternative, mi sbaglio? L'hai fatto perché dovevi semplicemente farlo".

Anche Henry le aveva detto le stesse parole, allora forse poteva essere vero. Si accartocciò su se stessa e si fermò al centro del viale. Poi tornò a guardarlo. Quegli occhi sembravano sapere di più di quello che la sua bocca diceva. Quegli occhi sembravano…

"Doveva succedere" disse lui interrompendo i suoi pensieri, "Le cose non accadono mai per caso", capì che aveva bisogno di riposare, di adattarsi ai ritmi di quel posto, di riuscire a respirarlo come fosse suo, prima di decidere.

Sapeva però che c'era altro che la turbava.

"In fondo non è tutto qui, ragazzina. Anche se lo nascondi, vedo quel profondo terrore che si nasconde dietro i tuoi occhi".

La ragazza questo non voleva sentirlo, riprese a camminare e lo superò. Il vecchio arrancò dietro di lei senza perderla di vista ma anche senza parlare.

Sentire che fatica faceva a infilare un passo dopo l'altro… la sconvolgeva, anche se non l'avrebbe mai ammesso. *È a questo che si riduce il corpo umano. Vorrei non doverci arrivare mai.*

Quel mare di teste bianche e sguardi lacunosi, di corpi fragili e ossa scricchiolanti, le mettevano addosso una profonda dolcezza ma anche un grande malessere che non riusciva a scrollarsi.

È naturale, è la vita. Si ripeteva, eppure non riusciva a guardare le cose come andavano viste.

Questa è l'ultima cosa da superare, non è vero? Si disse quasi sfacciatamente come se stesse parlando con la morte in persona. *Non era tutto, non bastava ciò che ho passato, anche questo, ora.*

L'ultimo mondo era il più tranquillo ma paradossalmente quello che temeva di più. Era una paura che faceva parte di lei, quella. Infatti camminava quasi in punta di piedi, e il vecchio Bernie continuava a tenerla d'occhio.

Quando tornarono alla mensa, che si era trasformata in una sorta di piazza circondata da vasi di fiori fucsia, trovarono Agatha e Oscar uno di fronte all'altro a parlare fitto fitto, complici.

Aria guardò Bernie con la coda dell'occhio.

"Siamo amici da tutta la vita" disse solo. E quando Bernie si avvicinò, i due si aprirono e lo fecero entrare nel loro piccolo cerchio. Quei tre si guardavano con una profonda comprensione. In realtà Aria vedeva che non avevano nemmeno bisogno di parlare, spesso si scambiavano solo sguardi. E tanto bastava. Agatha ogni tanto rideva, ma tratteneva la sua risata, forse perché lei era lì a fissarli. Così Aria fece qualche passo indietro e tornò verso i prati. Quel mondo non le sembrava così male, anzi, era un posto in cui forse avrebbe accettato di vivere la vecchiaia. Sempre se ci fosse arrivata. Ormai era quasi certa che quel viaggio non l'avrebbe concluso.

Come avrebbe fatto senza Will e Henry? E senza Mary, Loren, i suoi genitori... quanta gente si era lasciata alle spalle. Era rimasta da sola e non era più così convinta che possedere la chiave potesse davvero distruggere quei mondi e trasportare tutti a casa. Come aveva fatto a credere all'Ombra? Ma ovviamente, quella era sempre stata l'unica opzione. Rimanere chiusi nel mondo di nebbia o provare ad andare avanti, affrontando tutto quello che sarebbe accaduto, come si fa... con la vita.

"Ehi, ragazzina" la chiamò Bernie che proprio non riusciva a chiamarla per nome.

"Ha un nome" disse Agatha avvicinandosi. Aria notò che stringeva il pugno e di contrasto teneva l'altra mano ben stesa e aperta.

L'unico che non si mosse fu Oscar, che sembrava rimpicciolirsi sempre più.

"Aria" sussurrò la vecchia donna con profonda dolcezza. E il tempo sembrò fermarsi. Nessuno si muoveva. Persino Aria che aveva il cuore in tumulto, batteva e batteva, mentre la chiave bruciava, e bruciava. La guardò in quegli occhi azzurri alla ricerca di qualcosa.

"Andiamo a fare due passi, ragazza mia" disse poi avvicinandosi, "Voi due scorbutici ve ne rimanete qui".

"Ma..." disse Bernie e Agatha lo zittì facilmente, bastò una carezza sulle guance ispide.

"Si fa sempre come ti pare a te" sbuffò lui e Oscar trattenne una risata, poggiato a una colonna. Sfiorava con la punta delle dita raggrinzite il muro, e ogni tanto alzava gli occhi in alto.

Aria li guardava stranita, saltando dall'uno all'altro, cercando una risposta a quell'agitazione che continuava ad avere quando quei tre erano insieme.

Agatha era il nucleo, la colonna portante di quella magnifica amicizia, capì subito lei. Provò un grande affetto per loro, anche lei, Will e Henry forse un giorno sarebbero diventati come loro se... solo avessero potuto. Sarebbe accaduto di certo. Sospirò e iniziò a tremare.

"Andiamo via" disse Agatha prendendola energicamente per le spalle, di nuovo la trascinò con grande forza verso il prato incolto, lei non sembrava prendere mai sentieri normali, ma scegliere attentamente altre strade.

"Lo so che è dura, ma non pensarci" disse all'improvviso.

"Cosa? Cosa ne puoi sapere tu?" *in questo bel mondo ovattato non c'era proprio niente che potesse farle del male.*

"Questo mondo ovattato è dolce e crudele, Aria".

Aria si bloccò, aveva usato le sue stesse parole. Quando cercò i suoi occhi li trovò a fissarla. Che energia che trasmettevano. Distolse lo sguardo subito, incapace di sorreggerlo.

"Più dolce. I nostri anni sono quelli della dolcezza, dei ricordi, della pace".

La donna scrutò nei suoi occhi e rispose a una domanda silenziosa, "Sì. Ci sono venuta di mia spontanea volontà, con i miei amici. Noi facciamo tutto insieme".

Aria ormai l'aveva capito. Ma voleva chiedere anche altro "Tu e Bernie siete..."

"Sì. Ne abbiamo passate tante ma alla fine abbiamo avuto la nostra chance di felicità e ce la siamo giocata bene".

"E Oscar..." lo rivide a sfiorare il muro e sobbalzò di nuovo.

"Amico da tutta la vita. Sai, uno non crede che si possa arrivare a un tale livello di comprensione con un altro essere umano. La nostra amicizia era già così profonda quando avevamo la tua età, Aria," disse lei e dopo una piccola pausa proseguì, "E invece è cresciuta ancora e ancora, trasformandosi. Siamo invecchiati insieme e questo ci dona conforto perché sapremo che ce ne andremo insieme".

Aria scoppiò all'improvviso a piangere nel sentire quelle parole che potevano essere le sue, avrebbe voluto lo fossero. Sapeva che non sarebbe mai accaduto. Si chinò a terra sino a sentire l'odore forte dell'erba.

Agatha si chinò un po' scricchiolante e le carezzò la schiena, "Non avere paura, e tutto quello che stai temendo si avvererà, te lo prometto".

Aria la guardò e le sembrò di pensare che avesse ragione, era come se lei racchiudesse in quegli occhi tutte le risposte. Non riuscì a controbattere. Voleva urlare che non poteva sapere cosa le era successo, ma ogni volta che quel pensiero si affacciava lei lo abbatteva con grande facilità.

"Quello che dico è solo la verità" aggiunse decisa.

Aria schizzò in piedi e Agatha riprese a camminare, lentamente, respirando a pieni polmoni quella calma. Arrivarono fino a un laghetto, poi tornarono indietro chiuse nei loro silenzi, allo stesso passo, con i loro respiri che si tenevano abbracciati.

"Non c'è niente da temere" disse infine la vecchia donna nel momento in cui vide quei due volti aspettarle in cima alla piccola collina, "Perché ciò che stai facendo è esattamente quello che devi fare".

Accelerò, prima che Aria riuscisse a sciogliere la lingua bloccata e chiedere spiegazioni.

Mentre osservava i due anziani che si allungavano all'unisono verso di lei per aiutarla a salire in cima, fu di nuovo invasa da quella strana dolcezza e da quel senso di familiarità.

Poi i tre si voltarono e aspettarono pazientemente che lei li raggiungesse.

Aria vide le sue spalle allontanarsi e si chiese come avesse fatto a dire esattamente le cose che aveva bisogno di sentire. Un po' confusa la seguì in silenzio fino in cima alla piccola collina. Fissò con il batticuore quelle tre schiene che a volte le facevano distogliere lo sguardo, non ne capiva nemmeno il perché.

In sala da pranzo fu apparecchiato un tavolo appartato per loro. Oscar era quello che si teneva più a distanza, faceva di tutto per evitare di incrociare il suo sguardo. Doveva essere un tipo scorbutico, non pensava affatto che la ragione potesse essere tutt'altra.

Anche Agatha e Bernie però non erano molto loquaci quella sera, le volevano lasciare il tempo di riflettere. Aria avrebbe voluto chiedere a Agatha spiegazioni sulle sue parole ma alla fine non aveva la più pallida idea di cosa avrebbe dovuto chiedere, perciò anche lei abbracciò il silenzio e se ne restò a sbocconcellare quella carne saporita senza farci troppo caso.

Agatha invece mangiava di gusto, Bernie e Oscar ogni tanto si lanciavano delle occhiate sorridenti, li metteva di buonumore vedere che lei era sempre la stessa.

"Una famiglia di Alien" borbottò divertito Oscar, non si era nemmeno accorto di aver parlato. Bernie aveva notato che negli ultimi tempi qualche parola gli sfuggiva dalle labbra. Aria aveva sentito però e lo guardava a occhi sgranati. In quel momento tutti si irrigidirono.

"Vuoi un altro po' di purè, cara?" domandò la donna per distoglierla da quelle parole, e lei fece no con la testa tornando al suo piatto, facendo tirare a tutti un sospiro di sollievo.

Quelle parole avevano strappato Agatha dal presente, chissà se Oscar stava pensando proprio a quel momento? Il suo compagno lo stava facendo di sicuro, lei gli strinse subito la mano sul tavolo per non farlo perdere ancora, per non perderlo ancora. Ogni tanto era ancora presa da quella paura terribile. Scosse la testa e riprese fiato, cercando anche la mano dell'amico.

"Al diavolo la paura" disse fissando avanti a sé, ben oltre Aria.

"Ben detto" disse Oscar mentre Bernie sospirò e allontanò da sé quel muso lungo.

Aria sorrise nel vedere la forza di quei tre amici, la stavano curando, solo con la loro presenza. Ma il ricordo di ciò che si era lasciata alle spalle era ancora troppo vivido da sopportare e non appena ci pensava le forze le calavano e la facevano piombare all'istante in un sonno atipico, un posto in cui nascondersi.

Lentamente la testa le calò su un lato e si poggiò al muro, mentre i tre vecchietti la fissavano lei si addormentò.

"Ragazzi miei, ci vorrà del tempo" disse Agatha con un groppo in gola, una mano stretta a pugno che tremava vistosamente sulla gamba.

"Se è troppo per te…" sussurrò Oscar.

"No, non è troppo. Io ci devo essere".

"Già, cosa dici? Ci deve essere".

"No, se non se la sente".

"Dai, mica vi metterete a litigare?" disse lei cercando di smorzare i toni.

"No, è che…"

"Va tutto bene, davvero. Ho ancora abbastanza forze per riuscire a non crollare. E poi lei ha bisogno di me", si poggiò con il mento su una mano e la fissò attentamente, poi con delicatezza si allungò e le scostò i capelli dal viso, "Sono così stanca" sussurrò.

Un uomo sbucò dalle loro spalle, "Come vanno le cose?"

"Grazie" disse Agatha, "Per lo sforzo che state facendo".

"Figurati. Per te questo e altro".

"Ehi tu, non fare il vecchio cascamorto", disse subito Bernie.

"Comunque" lo ignorò prontamente con una smorfia, "Come stanno andando le cose?"

"Bene, anche se lentamente".

"Quando sarà tutto finito mi direte cosa ci fa lei qui? Non riesco a capire…"

"Ti prometto che te lo spiegherò".

Quello sospirò, "Che bella. Mi sarebbe piaciuto conoscerti…"

"Ehi" abbaiò Bernie.

"Grazie, comunque" disse Agatha sospirando, poi tornò con gli occhi su Aria. "Quella è l'età più bella... lo dicevano tutti e io non ci credevo affatto. Ora invece... per tornare a quegli anni darei qualunque cosa".

"Puoi fare un patto con la vecchia se vuoi" disse Bernie imbronciato.

"Scemo, non scambierei mai quello che ho costruito con una nuova giovinezza" i suoi modi si erano addolciti, quando parlava con lui si addolciva sempre.

Oscar sospirò, "Non parlate di Eloise. Ve ne prego" dopo tutti gli anni che erano passati quel nome ancora gli faceva rizzare i pochi peli sulle braccia. "Scusa".

"La vecchiaia ti ha reso più morbida, vecchia mia" disse di nuovo Bernie.

"Morbida un corno vecchio citrullo".

"Eccoti" ridacchiò Oscar.

Aria intanto sentiva quelle voci che le penetravano nell'inconscio e sorrideva. Le sembrava di sentire lei, Will e Henry in una delle tante piccole gite al parco. Ma il rumore di stoviglie la riportava più alla caffetteria, quasi rivedeva nei suoi sogni Dan in fila per arraffare l'ultimo muffin disponibile. Quante volte arrivavano tardi, a causa di Aria ovviamente, ed erano costretti ad accontentarsi di ciò che trovavano.

Si accorse di sorridere, ma rimase in quello stato ancora a lungo.

Sentì i tre vecchi confabulare, "Datemi una mano" aveva detto la donna. E tutti e tre insieme, a passo coordinato, l'avevano portata a letto, come una bambina.

Poi erano rimasti a osservarla.

"Non è la nostra bambina" disse Bernie a Agatha che la osservava in un modo ambivalente.

"Lo so più che bene. Se lo fosse sarebbe tutto più facile per me" la voce le tremò come mai era successo in quei giorni.

Così gli amici capirono quanto fosse difficile per lei quella strana situazione attraverso cui era costretta a passare. Oscar, che era fermo sulla soglia, fece un passo avanti e la prese per le spalle come faceva sempre, guidandola fuori dalla porta.

"Puoi lasciare fare a noi," disse infine, "Non devi stare tutto il tempo con lei se ti è difficile".

Stavolta Bernie non lo prese a parolacce, ma assentì, "Da soli ce la possiamo fare".

"È dura anche per voi" disse lei, "Voglio togliervi da questo impiccio".

"Ma quale impiccio? Non fare la solita testarda e lascia fare a noi" disse Bernie.

"Ben detto".

Bernie guardò dalla soglia la ragazza ronfare soddisfatta, ma con le spalle tese, "Egoismo non è una parola che ti si addice. Non è mai c'entrata nulla con te".

Agatha sorrise appena, "Ci è voluto tanto tempo per capirlo. Su, ora lasciatela dormire, ne ha bisogno".

E così un'altra giornata volò. Come ogni sera la coppia accompagnava Oscar alla sua camera, e non appena aveva chiuso la porta proseguiva verso la propria. Ciò che aveva voluto a tutti i costi quando erano andati lì, era stata una balconata, lei aveva sempre bisogno di avere un contatto con il cielo, con le stelle, una necessità che era cresciuta durante gli anni. Spesso si addormentava sulla poltrona e Bernie, quando riusciva ad accorgersene, correva a coprirla con una coperta dandole subito della sconsiderata. Spesso si addormentava con lei, lì fuori, come fossero due ragazzi in campeggio.

Quando dormivano nel loro enorme letto, con le finestre spalancate per fare entrare i raggi di luna, entrambi ricordavano ciò che era stato. Era come un ripasso rapido, il desiderio di non dimenticare nulla, ora che la memoria andava scemando lentamente. Concludevano i pensieri solo quando raggiungevano il momento in cui avevano deciso di venire in quel mondo. Loro tre avrebbero sempre fatto tutto insieme, insieme sarebbero andati anche al castello di vetro. Insieme sarebbero morti. Nessuno li avrebbe mai separati.

Pensò a questo Agatha, poi ricordò il terrore negli occhi di Aria ed ebbe paura.

Capitolo 16

La mattina successiva Aria si sentiva più lucida ma non più determinata. Entrò nell'enorme cortile e cercò il tavolo con i tre vecchietti. Erano seduti al posto della sera prima. La ragazza notò quanta fatica facessero tutti gli altri a non voltarsi. Immaginò fosse curiosità, alla fine forse non vedevano un giovane da chissà quanto tempo, perciò non se ne curò troppo.

Raggiunse i tre e si ritrovò già un piatto pieno di fette di pane ben tostato e marmellate miste, il burro, un formaggio spalmabile e persino dei muffin.

Aria sorrise senza volere, erano secoli che non faceva una colazione del genere, proprio come quelle che amava. Così si avventò sul cibo senza quasi salutare.

I tre la guardarono soddisfatti, Bernie fece un occhiolino ad Agatha che sospirò di sollievo.

"Stamattina pensavamo di fare una passeggiata più lunga" annunciò Agatha non appena Aria riprese fiato, "ti va di camminare?"

"Certo" rispose lei continuando a rimpinzarsi.

Così partirono quasi subito, tutti e quattro insieme, non appena Aria disse che era decisamente sazia.

Vederla mangiare così di gusto li rasserenò, forse la ripresa era vicina. Chissà se si era adattata a quel mondo ormai? E a quel punto la decisione di continuare l'aveva presa, o no?

Agatha ci rifletté senza riuscire ad arrivare a una risposta precisa. Alla fine il tempo era passato e tutto si confondeva, ogni tanto. Non poteva essere altrimenti.

Aria lanciò un'occhiata ai vecchietti dell'orto, poi ai pittori improvvisati e non, e proseguì lungo il viale che si apriva tra l'erba morbida.

Quasi incosciente della presenza dei tre anziani, che la seguivano senza staccarle gli occhi di dosso. Agatha camminava con le braccia incrociate sul petto come se stesse riflettendo, poi allungò di colpo il passo con le sue scarpe da ginnastica che presero a scricchiolare sulle piccole mattonelle esagonali.

"Tutto bene?" chiese vedendola fissare il sole che si stava alzando davanti a loro.

Annuì appena, senza distogliere lo sguardo da quel bello spettacolo, "Non ho visto un sole così per moltissimo tempo e…"

"Quando c'è non vuoi perdertelo," proseguì lei abbozzando un sorriso, "Non ci si abitua mai a un sole del genere".

"Proprio così. Non avrei saputo dirlo meglio" e nemmeno con parole diverse, si ritrovò a pensare lei scrutando quel profilo, gli occhi chiari nascosti dagli occhiali.

Uno sparo fece sobbalzare Aria che si immobilizzò tremando.

I due vecchi dietro si affrettarono.

"Stanno giocando al tiro al piattello, quei cinque rincitrulliti, io gli avevo detto di non…" stava urlando Bernie stringendo la mano della donna.

Agatha era sobbalzata ma aveva ripreso all'istante il controllo, lasciò Bernie e fece cenno di far silenzio, afferrò con estrema lentezza le spalle della ragazza che si era congelata del tutto sul posto, gli occhi sgranati, fissi chissà dove. Agatha lo sapeva dove. Bernie anche e… Oscar fece due lunghi passi avanti e sottrasse Aria alla vecchia donna, la strinse a sé talmente forte… come se volesse farla sparire.

Aria cercò di comprendere cosa significasse quell'abbraccio improvviso, dall'uomo più schivo che aveva conosciuto.

"Va tutto bene" sussurrò lui carezzandole i capelli.

Forse non avrebbe mai superato quel terrore, quel senso di panico che il suono di uno sparo le procurava. Quel dolore così lancinante… che credeva non sarebbe mai passato.

Lo spilungone la lasciò andare. Agatha notò che stava riprendendo colore piano piano. Bernie era rimasto invece un po' interdetto, non avevano deciso una cosa del genere, dovevano essere degli spettatori, dei consiglieri, delle guide, senza lasciarsi prendere dall'emozione. Strinse un braccio della vecchia donna chiedendo silenziosamente se andava tutto bene, lei annuì, con gli occhi fissi su Oscar.

"Torno indietro" disse Oscar subito impedendo agli amici di parlare, guardava a terra e dava a tutti le spalle. Senza aspettare una risposta se ne andò. Aria notò il tremore delle sue mani. Anche mentre l'abbracciava le sentiva tremare.

Mentre camminava lentamente, per raggiungere la collina, si sistemò spasmodicamente i capelli sulla fronte, li teneva sempre così, in avanti, perché nessuna parte fosse visibile.

"Andiamo, Aria, manca ancora tanto".

La ragazza annuì, senza chiedere ciò che avrebbe voluto, ma cos'era di preciso? Qualcosa che riguardava Oscar, ma una domanda lineare e sensata non le riusciva a venir fuori.

"Non ci pensare. Non sparerà più nessuno", anche la donna si era fatta pallida, ma era più difficile scorgerlo tra le rughe del suo viso.

Aria non capiva il perché ma sentiva di poter condividere con quella vecchietta ciò che provava, la diffidenza aveva lasciato quasi subito il posto alla curiosità e a una comprensione fatta tutta di sensazioni, di suggestioni più che di pensieri.

"Il mio più caro amico è morto, con... un colpo di pistola" dirlo ad alta voce le fece bene. Riprese fiato.

"Lo supererai" disse la donna come se non ne fosse affatto sorpresa.

"Non so cosa fare".

"Andare avanti, Aria. Come sempre".

"E se tutto fosse inutile?" perché si stava confidando? Cosa ne poteva sapere quella donna di come stavano le cose? Agatha si voltò a guardarla, quegli occhi... sembravano scrutarla a fondo, molto più a fondo di quanto riuscisse a far lei in quel momento.

La lesse in un istante e disse "Niente di quello che hai fatto può essere inutile. Niente di quello che verrà lo sarà".

"Sei un'indovina?" chiese un pizzico scocciata.

Agatha scoppiò a ridere di gusto, poi Aria la sentì soffocare la risata. Le fece una carezza, aveva le mani morbide.

"Sai quando hai già una visione del quadro che è ancora mezzo incompleto, in mente?"

Aria annuì, i paragoni pittorici erano perfetti.

"Bene, io vedo il quadro intero".

"Io invece... lo vedo coperto da un velo nero".

"Togli quel velo e avrai chiaro esattamente cosa devi fare. Anche se non c'è mai stato un dubbio su questo punto" disse la donna sospirando, avevano quasi raggiunto il castello di vetro.

Si scorgeva in lontananza. Era trasparente ma rifletteva i colori che aveva intorno, azzurro, bianco, verde, una strana struttura, notò Aria, che sembrava mutare, il pomeriggio che l'aveva vista per la prima volta non era così, ne era certa.

Comunque era così affascinante che Aria si fermò a contemplarlo. Quando riprese a camminare, percorse con gli occhi tutta la parete fino in alto, oltre l'orlo del castello, tra le quattro torri che luccicavano al sole. Già prima che arrivasse fino in fondo sapeva che l'avrebbe trovato lì, il giardino degli aranci.

Era stretto tra le quattro torri che lo controllavano come guardiani muti. Aria vedeva qualche vaga chioma puntare dritta verso il cielo.

Respirò forte e strinse il pugno, la chiave bruciava, richiamata, come lo era lei.

Aria si voltò verso Agatha che sembrava aver raggiunto l'obiettivo prefissato. La ragazza capì che la voleva portare proprio lì, semplificarle le ricerche. Agatha sapeva, perché sapeva?

Non fece in tempo a chiedere nulla perché lei avanzò fino alla porta di vetro, alta almeno sette metri. Delle maniglie dello stesso materiale sbucavano solo se allungavi la mano a cercarle.

Aria osservò con attenzione, senza che lei spiegasse.

"Se vuoi entrare, puoi", disse solo quando fu tornata sui suoi passi.

"C'è un vecchio in cima, vaga per il giardino e ogni tanto si affaccia a guardare. Credo abbia perso la testa. A volte lo si sente ridere sin dalle nostre abitazioni".

Aria camminava al rovescio, senza riuscire a staccare gli occhi dal giardino che continuava a chiamarla, disperatamente. *L'ultima chiave...* si disse Aria.

Una piccola figura si affacciò silenziosa e la guardò. Aria non aveva dubbi su chi fosse, era Eloise.

"Non guardare Aria, non guardare" disse di colpo Agatha mentre sentiva crescere nella sua compagna quel forte risentimento.

Aria notò che la donna stava stringendo le mani a pugno, poi però le aveva lasciate libere, lungo i fianchi ossuti. Non si era mai voltata, non da quando era comparsa Eloise.

C'era qualcosa di importante da afferrare anche in quella situazione, ma Aria sembrava arrivare sempre troppo tardi, finiva ogni volta per sfiorare le risposte.

"Cosa c'è dentro il castello?"

Agatha scrollò le spalle, "Una prova".

"Di che tipo?"

"Si va lì per cercare la morte" si intromise Bernie che era stato in silenzio fino a quel momento.

"Troverai le tue paure più profonde".

"E se le sconfiggi potrai…"

"No, aspettate. Spiegatemi: per… morire è questo che dovete fare?"

I due annuirono.

"E perché? Non è già abbastanza tutto questo?" disse indicando intorno, ma i due sapevano cosa stava veramente indicando, loro.

"Sono le regole".

"Però le generazioni non possono incontrarsi. Quindi alla fine il tempo qua prima o poi deve finire. E vi costringono a…"

"Sì. Quel pazzo sul castello dice che serve a morire liberi da ogni tormento".

"Ha un senso se ci pensi bene, Aria. Quando sarai pronto ad affrontare la morte, vorrà dire che ti sei messo alle spalle tutto quello che in vita ti ha terrorizzato" disse stavolta Bernie.

Aria ci rifletté un momento, "Ho capito" commentò alla fine.

"Dovrai avere una forte volontà, per superare tutto. Perché lo sai, tu lì dentro non morirai. Però... potresti rimanere prigioniera".

Aria fissò Agatha, come faceva a sapere tutte quelle cose? E che ne sapeva che poteva restare intrappolata? Per un attimo pensò fosse Eloise, magari aveva preso le sembianze di questa vecchietta, ma sin da subito aveva sentito che non c'era niente da temere da quelle tre persone. E poi Eloise era nel giardino ad aspettarla. *Devo andarci, devo andarci presto*, disse respirando al ritmo degli altri due, cercando di ignorare la paura che la spingeva a mettere tutto in discussione ogni volta. La paura di non sapere se alla fine dei giochi sarebbe davvero sopravvissuta.

I tre continuarono a camminare, senza parlare, stavolta.

Aria era sempre al centro tra i due. Non sapeva perché, ma stare tra loro la rasserenava, e in più non era saltata fuori nessuna visione, forse erano loro a proteggerla.

***

Agatha sapeva di doverla preparare a quella dura sfida, tenerla all'oscuro l'avrebbe gettata nel panico e l'avrebbe lasciata vagare per il castello a lungo, prima di trovare la strada. Fece un sospiro e le strinse la spalla, era così magra e piccola. I vestiti che le aveva lasciato le stavano bene. Veniva sempre valorizzata quando indossava abiti sportivi, strano a dirsi.

La maglietta azzurro cielo e i jeans la facevano sentire a suo agio. E a suo agio doveva iniziare quella nuova, ultima avventura. Aria la vide stringere forte il pugno, ma quando di sentiva osservata, Agatha la nascondeva sempre in tasca e interrompeva bruscamente qualsiasi tipo di domanda. Sapeva quando e come intervenire, come se avesse già un canovaccio scritto. Aria se ne sorprendeva ogni volta, ma più di quello non riusciva a fare. Quella sua risolutezza era scivolata via, forse era rimasta impigliata nell'altro mondo, o forse era la pace di quelle verdi vallate, la quiete di quella comunità di anziani che faceva tutto con estrema lentezza, godendosi ogni momento, ad averla immersa in uno stato mentale completamente diverso, rinfrancante.

A metà percorso trovarono qualcuno che li aspettava in lontananza, una pertica un po' piegata in avanti: Oscar, che era rimasto impantanato nel prato, come colpito da un malessere improvviso, e cercava di restare in piedi. Subito Bernie, seguito da Agatha, si precipitò da lui.

"Che ti prende vecchio mio? Startene qui al caldo…" lo rimproverò prendendolo per un braccio e aiutandolo a girare intorno, lì dove un tronco tagliato aveva assunto le sembianze di una panchina.

"Avevo paura che non mi vedeste" disse lui ansimando, il viso accaldato e sudato.

In effetti lungo quella parte del sentiero l'erba cresceva rigogliosa.

"Potevi aspettare direttamente al rifugio".

"Stai bene… Oscar?" Agatha iniziò a fare no con la testa, dopo essersi colpita la fronte con il palmo.

I due vecchi la guardavano a bocca socchiusa.

"Tutto bene, siediti anche tu" disse Oscar facendole posto.

Aria rimase tra l'erba a osservare ancora una volta quei tre amici, piena di un'invincibile perplessità senza sbocchi.

Si sedette a terra, con la schiena contro il tronco, e lasciò così ai tre vecchi lo spazio giusto.

La chioma dell'albero si allungo e li tenne all'ombra. Per alcuni minuti nessuno parlò. Rimasero a guardarsi intorno, le cicale gracchiavano in lontananza come fosse estate. In realtà quello era un mondo senza stagioni precise. Non era mai caduta la neve e a Agatha questo mancava. Da quando aveva compiuto vent'anni non c'era inverno che non andasse in montagna, il silenzio che la neve generava coprendo ogni cosa intorno a sé era riposante.

Poi Bernie notò una borsa accanto all'albero, "Sei venuto sin qui con quel peso? Ma sei scemo?"

Oscar già stava sospirando, toccandosi i capelli sudati sulla fronte, nonostante il caldo stava sempre attento che fossero al loro posto, se li spiaccicava con attenzione.

"Hai fatto un bel tratto," commentò Agatha, "La prossima volta aspettaci, almeno possiamo portare la borsa a turno", si vedeva che la donna ce l'aveva con l'amico per essersi preso quello stupido rischio e infatti non riuscì a trattenersi, "Avresti potuto collassare…"

"Forse" sospirò lui.

Agatha scrutò nei suoi occhi azzurri, "Che ti ha detto il cervello?"

"Che forse me ne potevo andare…"

La donna sospirò e bloccò Bernie che stava per commentare. "Tu non vai da nessuna parte. Non senza di noi".

La voce ad Aria suonò così familiare, con quell'intonazione che nascondeva paura. Oh, ne era certa. Agatha aveva paura di perderlo. Ma lui voleva andare via.

"Ma certo" disse Oscar prendendole la mano, "Ma certo".

Lei sputò fuori l'aria che aveva trattenuto. Bernie diede all'amico uno scapaccione sulla nuca, "Vecchio scemo", poi però passò il braccio dietro al collo e lo tirò verso di sé facendolo dondolare, "Se ci riprovi ti soffoco nel sonno" gli sussurrò all'orecchio.

Oscar cominciò a ridacchiare. E lo stesso fece subito Agatha, poi Bernie.

Aria si sentiva di troppo, raccolse le ginocchia al petto e restò a guardarli da quella diversa prospettiva.

Lo stomaco di Aria gracchiò e finalmente sembrarono accorgersi di lei.

"Fame la nostra Aria", disse Bernie, "Hai portato quei panini…"

"Ma certo".

"Bravo, vecchio mio" disse dandogli una pacca sulla spalla.

"Ma come, non ero scemo?"

"Oh, su. Ora fa il permaloso a scoppio ritardato. A…gatha prenderesti quella borsa?"

"Ci penso io" disse Aria balzando in piedi.

I tre la guardarono improvvisamente silenziosi.

"Ecco" disse porgendola a Agatha che la spalancò senza fare troppe cerimonie, moriva di fame anche lei.

"Uh, prosciutto" disse come tornando bambina, "Tieni tesoro, questo è tuo di sicuro" disse ad Aria, poi passò il resto agli amici, "Uova e roastbeef".

Aria guardò il panino cercando di non farsi domande.

Anche Agatha l'aveva preso col prosciutto. Mangiarono in silenzio. Solo Aria e Agatha mugolavano ogni tanto, affamate ma sempre più sazie.

La ragazza non poteva fare a meno di pensare al parco di Londra, quello dove si nascondevano lei e i suoi amici, anche lì c'era un tronco di quel tipo. Sospirò senza volere. Si immaginò sola, seduta su quel tronco a chiedersi dove fossero finiti i suoi amici, e in un attimo fu proprio così che andò.

Intorno a lei non c'era proprio nessuno, si guardò intorno sorpresa che i tre anziani non fossero più lì con lei. Ma c'era altro, l'ambiente intorno era mutato, quello era proprio il suo parco di Londra. Aveva degli strani colori, un blu che rendeva tutto più freddo, sembrava come se davanti ai suoi occhi avessero messo una lente di quel colore che non le permetteva di vedere com'era di preciso la realtà. Iniziò a rabbrividire senza volerlo.

Quando sarebbe tornata a casa, sarebbe andata proprio così. Sarebbe stata sola, sarebbe andata ogni giorno al parco a cercare quel tronco e a rivangare giorni che non ci sarebbero mai più stati, per colpa sua. Lei aveva lasciato il giardino tante volte, gettandosi alle spalle le persone più care, e non ci aveva pensato nemmeno un attimo. Perché aveva messo la mano su quel tronco senza aspettare che Will piangesse il suo amico? Perché non aveva trascinato sua madre e sua nonna in quel viaggio? Perché non aveva impedito a Henry di uccidersi? Doveva saltare al collo di quei due ragazzini e costringerli a farsi portare al giardino, doveva uccidere Eloise, piuttosto, così non avrebbe dato loro più nessun ordine.

Ecco cosa avrebbe dovuto fare. Perché nei momenti più importanti non si riescono mai a prendere le giuste decisioni?

Il tremore si trasformò rapidamente in disagio e quella lente blu divenne nera, era tutto nero. E quel silenzio si faceva assordante.

Sono sola, si ripeté.

"Aria", chiamò una voce che sembrava proprio la sua, "Tu non sei sola".

Non riusciva ad aprire gli occhi, *lasciami stare*. Era sicura che non sarebbe più riuscita ad alzarsi di lì. No, non voleva tornare nel suo mondo senza i suoi amici, come avrebbe potuto farlo? Poteva restare lì, e aspettare di invecchiare, sarebbe invecchiata? O forse poteva andare al castello e implorare quel vecchio che dominava quel mondo di ucciderla prima del tempo. Poteva?

Uno schiaffone fortissimo la riportò alla realtà. Si ritrovò davanti il volto di Agatha che visto da vicino le sembrò ancora più familiare. Gli occhi azzurri erano lucidi e vividi, accesi come due fuochi, "Tu non sei sola".

Aria sentì la guancia bruciarle, poi riprese fiato come se fosse stata in apnea, si accorse di essere ricoperta di brividi. Tornò a sentire le cicale e a vedere quelle tre persone che la fissavano serrando le labbra.

La donna si era inginocchiata di fronte a lei, ripeté ancora, "Tu non sei da sola".

Aria schizzò in piedi e fece qualche passo, fermandosi lì dove l'ombra finiva, "Voi non siete da soli. Io lo sono".

"Non devi arrenderti" urlò Bernie, mentre Oscar nascondeva il volto dietro alle mani, più per stanchezza che per altro.

"Perché non dovrei?"

"Perché tu…"

"Bernie!" urlò Agatha zittendolo.

"Parla. Cosa vorresti dirmi?" chiese Aria che aveva sentito l'urgenza dell'uomo. Era qualcosa di importante, di estremamente importante.

"Niente" rispose sospirando e voltandosi da un'altra parte.

"Non fare la ragazzina" disse Agatha.

Aria già si stava innervosendo, "Sono una ragazzina".

"Non più. Da quando hai lasciato il mondo di nebbia. Da quando hai compreso che tutto lì era sbagliato".

"E tu cosa…"

"Ragazzina", tuonò lei senza farla parlare, poi sembrò terribilmente stanca ma non voleva piegarsi, chiuse una mano a pugno, ma prima di parlare di nuovo la aprì e afferrò quella di Aria.

"Non devi sentirti in colpa perché vuoi vivere".

La chiave che fino a quel momento non si era fatta sentire, iniziò a bruciare.

"Questo è il tuo destino, non puoi fermarti. Devi proseguire. Devi farlo anche solo per tutte le persone che ti sei lasciata alle spalle. Loro non vorrebbero vederti arrendere".

I tre vecchi la fissavano con estrema decisione, quei tre sguardi scossero del tutto Aria che si sentì in imbarazzo perciò che aveva appena detto, *non sono un tipo che si arrende*.

La chiave sembrava assentire, bruciava con tutta la sua energia. Agatha la lasciò andare, senza aspettarsi che dicesse qualcosa. Si sedette e riprese a mangiare il suo panino con gusto.

Così fece Aria. La discussione era chiusa. La decisione presa.

Vedere quei tre vecchietti che si sostenevano l'un l'altro, le faceva stringere il cuore. Oscar era al centro tra i due amici, nonostante Bernie avanzasse con il bastone, era proprio lui a trascinare l'amico in avanti, era pieno di energie, o forse quella era solo cocciutaggine.

Aria si era messa la borsa sulle spalle e restava indietro, a fissare quelle schiene mentre avanzavano decise ma un po' a fatica. Agatha sapeva che quel tratto di strada era necessario per lei, per caricarsi sempre più e trovare le forze necessarie a quello che sarebbe successo il giorno dopo.

E allo stesso scopo servì la pittura, tutto quel pomeriggio la lasciarono libera di sfogarsi sulla tela. Quella sera sarebbe stata sgombra di pensieri. La miccia si sarebbe accesa.

Successe proprio questo. I tre amici fissarono quella miccia correre sempre più velocemente verso la bomba. Lo sguardo di Aria era pieno di calma.

Aveva raggiunto un equilibrio, e forse era la prima volta in assoluto che riusciva ad arrivare a quel punto esatto. Un equilibrio dentro di sé. Era più importante forse che controllare tutto ciò che la circondava. Henry e Will, sua madre e sua nonna e tutte le persone che amava erano in un angolo della sua mente, pensieri costanti ma non più aggressivi. Riusciva a distaccarsi tanta era la concentrazione, la visione di quel castello era fissa e sovrastava tutto il resto. Persino Eloise.

Quanto sarebbe durato quell'equilibrio? Era radicato come sperava fosse?

Agatha la guardò e fece un sospiro, poi restò con una guancia sul palmo a osservare il processo che stava avvenendo in lei.

Anche se Bernie e Oscar la coccolavano portandole cibo di tutti i tipi, lei sembrava già oltre. Era proprio arrivato il momento.

"Ci guarda ma non ci vede" disse Agatha all'improvviso, quando si alzò per raggiungere i due amici al tavolo carico di dessert.

"Non è meglio così?" chiese Oscar lanciando alla ragazza un'occhiata penetrante.

"Ci siamo, vero?" chiese Bernie.

Agatha annuì e basta.

Oscar se ne stava seduto a sfiorarsi la fronte, era un gesto necessario quello di controllare che i capelli fossero al loro posto.

Ogni tanto ci pensava Agatha, gli sorrideva e gli diceva "È tutto al suo posto".

Oscar si imbarazzava di questa sua fissa, ma non riusciva a fare altrimenti. Bernie cercava di immaginare come si dovesse sentire ma non ci riusciva mai bene come avrebbe voluto, così si limitava a prenderlo in giro per finta, per farlo distrarre. Come poteva non essere un pensiero fisso una cosa così tremenda? Ed essere tornato indietro da una cosa così tremenda, come poteva non lacerarlo?

Agatha e Bernie spesso ne parlavano.

"Se ne vuole andare da molto".

"Sì".

Era questo il pensiero che li preoccupava tantissimo, da anni ormai. E forse era arrivato il momento giusto per ascoltarlo.

"Quando Aria sarà entrata nel castello" disse Agatha quella sera, dopo aver salutato la ragazza.

Bernie annuì appena, ma con decisione. Quando raggiunsero Oscar per comunicarglielo lui scoppiò a piangere e crollò in ginocchio. Non ci fu modo di riuscire ad alzarlo di lì, così anche gli amici si inginocchiarono accanto a lui, e piansero tutti insieme, nascondendo il volto tra le braccia dell'altro.

***

C'era qualcosa di diverso in loro quella mattina, una sorta di decisione che si accompagnava a una pace totale. Non erano più irrequieti, come se finalmente fossero riusciti a dormire come volevano. Ma anche lei si era risvegliata diversa.

"Andrai oggi, non è vero?" chiese Agatha anche se sapeva bene la risposta. Lei annuì e la donna le carezzò il viso come a farle coraggio. Le dita erano fredde e Aria ebbe la tentazione fortissima di prenderle la mano.

Nell'immensa sala da pranzo all'aperto calò il silenzio, tutti i vecchietti seduti si voltarono appena, sembravano aver sentito le sue parole. Durò solo pochi istanti, poi un'occhiata comprensiva di Agatha li fece tornare alle loro attività. Era stata una scena strana.

Sembravano tutti in attesa che accadesse qualcosa, *che me ne vada?* Pensava Aria. *Stanno aspettando che me ne vada?*

Agatha la accompagnò dolcemente fino al tavolo, mentre Bernie e Oscar prendevano qualcosa da mangiare.

Anche i due amici erano strani. Aveva visto quella mattina presto Agatha commuoversi alla vista di Oscar, e Bernie aveva silenziosamente respirato,

"Alla fine vecchio mio, sempre meglio alla fine che mai" aveva detto. Ma la ragazza non aveva domandato nulla, anzi quella mattina quasi non riusciva a guardarli in faccia.

Era stato solo uno il sogno che aveva fatto quella notte. C'erano loro, tutti e tre, non ricordava bene, solo che non riusciva a vederli, e avevano le voci di Henry e Will, e la sua. Si era svegliata con le guance bagnate e uno strano sentimento che le cresceva dentro.

Guardò quella donna con un mezzo sorriso, aveva di nuovo voglia di prenderle la mano ma non ne ebbe il coraggio.

In quel momento, arrivarono i rinforzi con piattini gialli carichi di cibo. Li poggiarono di fronte a lei in ordine, sembravano formare una barriera che la separava dai tre. Aria guardò i piattini, poi alzò gli occhi su quelle tre persone di fronte a lei, all'improvviso con altri occhi, come se avesse finalmente indossato gli occhiali giusti.

Vide Agatha seduta, Oscar da un lato e Bernie dall'altro, entrambi con una mano poggiata sulle sue spalle mentre la sostenevano. Ora notò la tensione nei suoi occhi, l'attenzione in quello che faceva o diceva.

Li guardò ancora e ebbe un capogiro. Senza dire una parola afferrò le fette di pane tostato e iniziò a mangiare in silenzio, non alzò gli occhi dal piatto riempiendosi di una confusa e allo stesso convinta speranza.

Agatha svuotò i polmoni e sembrò rilassarsi, i due uomini le si sedettero accanto e mangiarono, ma molto poco, tutti occupati a osservare quella ragazza affamata, prima che scomparisse per sempre.

Non li posso deludere, non posso deludere nessuno di loro, si disse masticando l'ultimo boccone. Poi tornò in camera accompagnata da Agatha che le prestò altri vestiti. Aria la sentì respirare a fatica, anche se cercava di controllarsi.

Non passò molto prima che uscissero. La ragazza si era fermata solo un momento a osservare la luce del sole che invadeva il pavimento entrando da quella finestra ad arco senza finestre. Era ciò che l'aveva svegliata in quelle mattine, e aperti gli occhi si era trovata davanti a quell'enorme sprazzo di cielo, libero dalle finestre, libero da tutto.

Camminarono in silenzio. Senza pesi sulle spalle o sul cuore. Aria aveva deciso che avrebbe percorso quella strada fino al castello di vetro da sola. Perché sentiva che se l'avessero accompagnata non ce l'avrebbe fatta a lasciarli lì.

Quante cose avrebbe voluto dirle Agatha, quanti consigli, quanti errori avrebbe potuto evitarle se avesse parlato. Ma non poteva.

Nei paraggi non c'era nessuno, sembravano essersi volatilizzati come a volerli lasciare soli. C'era solo il suono distante delle cicale e un leggero alito di vento che rendeva il sole meno caldo sulla pelle.

Raggiunto l'inizio del sentiero, Aria si voltò finalmente verso di loro e forse realizzò in modo definitivo ciò che c'era da realizzare. Le domande erano così tante, ma l'intensità di quel momento era molto più importante di qualsiasi risposta. Qualcosa sarebbe accaduto. E ora non le importava.

Fece un passo verso di loro e prese le mani di Agatha, "Grazie di tutto".

Agatha ingoiò l'aria e la fissò con occhi lucidi e commossi, "Fidati sempre del tuo istinto".

"Sì, abbi fiducia in te, ragazzina" disse Bernie.

"Non guardare fuori..." mormorò invece Oscar.

"Sempre dentro" sussurrò Aria e gli sorrise. Notò che i capelli erano ora tirati indietro, la fronte scoperta. Sorrise anche per quello, sorrise vedendo quel segno, sorrise vedendo quelle tre figure strette l'una all'altra, e le salirono le lacrime, ma fece in tempo a voltarsi prima che se ne accorgessero.

"Ciao, ragazzi. Statemi bene" disse solo, poi iniziò a camminare, non si doveva voltare.

***

La donna pianse silenziosamente, alla vista di lei che si allontanava rapidamente, ma era fiera di vederla avanzare a testa alta, senza esitare. Ricordava esattamente come ci si sentiva alla sua età. Come si sentiva lei in quel preciso momento, forte e indistruttibile. Decisa, la mente focalizzata solo su un obiettivo.

"L'ha capito" disse di colpo la donna, realizzando ciò che le era forse sfuggito dalla mente molto tempo prima, ciò che forse aveva messo da parte, per necessità. "Sì" aggiunse sorridendo.

"Non importa. Abbiamo fatto del nostro meglio".

"Siamo venuti qui per questo e abbiamo fatto un ottimo lavoro. Lei è partita, sa cosa deve fare", lui era certamente il più deciso, non aveva mai smesso di credere in lei. Con l'età niente era cambiato.

"Sì. Speriamo che..."

"Vedrai che ce la farà. Noi d'altronde siamo qui", lo spilungone oscillò un po', carezzandosi con la punta delle dita la ferita cicatrizzata sulla fronte.

"Lo sai, questo è solo uno dei futuri possibili".

"Il più probabile".

"Vorrei fosse vero..." disse piegandosi su se stessa come se stesse di colpo vacillando, bastava solo pensare a tutto ciò che sarebbe accaduto dopo, una normale persona poteva affrontare tutto quel dolore? Si sentiva tremare dentro al solo pensiero. Così chiuse gli occhi e riprese fiato, cercando la calma, non aveva segni visibili da nascondere come faceva l'amico, ma dentro era tutta una cicatrice, nonostante tutto però era stata bene. Solo che… non era mai stato facile, niente. E non era detto che lei…

I due uomini se ne accorsero subito e le strinsero la piccola mano, dicendole "Abbi fiducia, Aria. Abbi fiducia".

Capitolo 17

Will non aveva mai smesso di credere in lei. Sapeva che l'avrebbe rivista. Nonostante la situazione disperata ne era talmente convinto da risultare ridicolo.

Merrick non smetteva di ridere al solo sentirlo, "Tornare? Qui?" poi sferrava un altro calcio e con una secchiata d'acqua lo costringeva a stare sveglio.

"Non ti distrarre" gli diceva di continuo.

Quella mattina Will sentì qualcosa muoversi, di colpo una fiammata di speranza, anche se ogni volta che apriva gli occhi e ritornava indietro dai suoi incubi in un incubo ancora peggiore, cadeva sempre nello sconforto. E quell'odore forte e nauseante del cadavere di Cliff che si disfaceva davanti a lui... senza che Merrick facesse nulla, lo scuoteva a ogni risveglio.

All'inizio aveva vomitato tanto, poi in qualche maniera si stava abituando, molto lentamente. Quando si svegliava quell'odore lo colpiva come una frustata, ma nel corso della giornata riusciva a dimenticarselo, la sua attenzione si focalizzava solo sul dolore che le botte di Merrick gli procuravano. Un dolore sordo e asfissiante che a volte gli toglieva la vista. Piombava in una stanza buia e disperatamente cercava di uscirne.

A volte nei suoi sogni sentiva Aria chiamarlo. E mentre prendeva sonno, quando si svegliava pensava a lei, sentiva la risata canzonatoria di Henry nelle sue orecchie, credeva con tutto se stesso di essere con loro e che quello che gli stava succedendo non fosse altro che un sogno tremendo e troppo articolato per essere reale.

Poi Merrick distruggeva l'illusione, la sua risata si insinuava nei suoi sogni, nei suoi pensieri e mandava in frantumi ogni cosa.

"Allora, di cosa parliamo oggi?" la sua domanda preferita, ormai lo torturava solo per divertirsi, come se il dolore che Will provava potesse raggiungere Aria, potesse punirla perché aveva infranto il suo sogno di avere suo figlio con sé e il potere totale.

"Va' al diavolo" gli rispose Will quella mattina. Aspettando quel momento del pomeriggio in cui Merrick era costretto ad assentarsi.

Come era sempre stato, il pomeriggio la guerra incombeva. Anche senza Red, anche senza comando. Forse qualcuno aveva preso il suo posto. La guerra in verità ormai incombeva sempre.

Stavolta però combattevano veramente per buttare giù il muro. Erano convinti che qualcuno si fosse insinuato nella loro cittadina, fuori dagli orari stabiliti, e avesse pugnalato Red a morte mentre dormiva. Da vigliacco, di spalle.

Nessuno capiva come potessero aver fatto, e iniziarono a pensare che in qualche maniera barassero, che non meritavano il rispetto che Red gli aveva concesso. Così si erano fatti più agguerriti.

La squadra misteriosa non correva a scambiare armi e cibo e la cittadina di Merrick era stata costretta a organizzarsi aprendo squarci nel cemento per coltivare. Poi era stato formato un gruppo che durante le ore di combattimento si occupava di rubare nei campi, lì dove erano rimaste perlopiù donne. Spesso avevano ucciso, quando erano stati scoperti.

Le cose si erano fatte confusionarie, ma a Merrick non interessava. Le mura erano alte e nessuno sarebbe mai riuscito a entrare, poi per il cibo non importava, anche in quel caso in qualche maniera avrebbero fatto. Dava ordini svogliati, prima che scattasse l'orario, malediceva quelle stupide donne, prima fra tutte quella con il nastro rosso, che si mettevano in prima linea, combattendo come stupidi uomini, e poi tornava da Will. Quando lui sentiva i suoi passi rimbombare, non riusciva a fare a meno di tremare. Ma non abbassava mai lo sguardo. Poi, quando i passi si fermavano di fronte a lui, alzava gli occhi e lo sfidava, ancora una volta.

Nei momenti in cui non era svenuto pensava che prima o poi sarebbe finito tutto, in una maniera o nell'altra.

Le ossa indolenzite guarivano con la lentezza di sempre, nel giardino era così che andavano le cose.

E non sapeva quanto avrebbe resistito, *abbastanza*, si ripeteva, *il tempo necessario per vedere Aria entrare da quella porta. Perché lei verrà.*

***

Il tragitto senza di loro sembrò più lungo di quanto Aria ricordasse. Non voleva credere a ciò che aveva percepito, ma alla fine era stata costretta a considerare ciò che il suo cuore le suggeriva. Era bastato guardare quella donna negli occhi, guardarla veramente.

Quella visione, nonostante l'assurdità completa della cosa, le aveva dato una nuova speranza, persino una spinta. Non poteva proprio fermarsi.

Non appena vide il castello di vetro venirle incontro, accelerò. Era diventata improvvisamente impaziente. E il desiderio di buttarsi a capofitto nell'impresa l'aveva distolta del tutto dal possibile pericolo. Prima di afferrare quelle maniglie sentiva di aver ritrovato quella se stessa battagliera di cui aveva bisogno, ma quando aveva aperto le due altissime porte... i buoni propositi si erano rimpiccioliti, non abbastanza da farla tentennare però.

Avanzò decisa e si ritrovò in un immenso ingresso buio. Immaginò fosse immenso solo perché sentiva i suoi passi rimbombare nello spazio vuoto. Si stupì subito, non si era affatto aspettata una cosa del genere, da fuori aveva visto i colori distorti dell'interno riflettersi sulle pareti, e perciò era questo che credeva di trovarsi davanti: un salone magari, un ingresso con tappeti e quadri. Ma forse era proprio così quella stanza, solo che lei dall'interno non poteva vederla.

Non aveva armi con sé, non sarebbero servite a nulla in quella situazione. Si fermò un momento e prese una grande boccata di fiato, poi iniziò a correre in avanti, disinteressandosi del buio, o del pericolo di inciampare da qualche parte e dopo molti metri percorsi di colpo il castello, o almeno quella stanza, si illuminò. Non c'erano lampadari o candele, era la luce del sole a entrare come se non ci fossero pareti o soffitti. I raggi filtravano con grande facilità, rimbalzando sugli oggetti.

Aria si coprì gli occhi: dopo tutto quel buio, una luce così intensa, e così improvvisa, l'aveva accecata.

"Non ho mai avuto paura del buio," borbottò Aria delusa. Ma che razza di test era quello?

Era già iniziato? Mentre abituava gli occhi, si continuava a sentire presa in giro, era irritata. Poi però vide una sagoma sulla soglia del secondo portone di vetro. Non fece in tempo a far caso all'ambiente circostante, perché davanti a lei quella donna, di spalle, sembrava aspettarla.

"Ehi tu" disse facendo qualche passo avanti. Che stupida a non riconoscerla.

"Magnifico. Sono stata già avvertita, perciò la cosa non mi sorprende affatto" cercò di intimorirla. "Anzi, dai, non farmi perdere tempo" come si sentiva carica, era meraviglioso, sapeva cosa aveva davanti e si sentiva potente, il controllo tra le sue mani.

"Fantasma, proiezione o qualsiasi cosa tu sia. Dai, facciamola finita" quella continuava a non girarsi e Aria osservò le sue spalle, i capelli neri lunghi come i suoi, ma un po' più radi sulla cima della testa. Era sicura che se l'avesse toccata sarebbe accaduto qualcosa, perciò manteneva quel metro di distanza, in attesa.

"Aria!" tuonò Aria stessa, e finalmente quella sagoma si voltò. Aria lanciò un urlo, mentre la donna avanzava verso di lei facendola arretrare.

"Sai," iniziò a parlare con la sua voce, ma una voce più matura e affinata, suonava così diversa alle sue orecchie, "Dovresti essere proprio così in questo momento".

Aria riprese fiato e la fissò, intimorita. Dieci *anni* si ripeté in continuazione, *quei due non mentivano.*

"Ventisette anni, già. Lo sapevi, no? Perché urli?"

"Ho capito che gioco stai facendo. Mi vuoi sbattere in faccia quello che mi sono persa? Non funziona. Io quei dieci anni li ho vissuti".

"Ci credi davvero? Se così fosse io non sarei qui, ragazzina". E svanì nel nulla.

"Ehi, aspetta! Non ho ancora finito con te!" riprese a correre sorpassando stanze tutte uguali, con mobili di vetro che si susseguivano sul lato sinistro e destro, a terra la stessa superficie faceva intravedere l'erba, le pareti, oltre a quei mobili alti e bassi, falsi e inutili, il cielo e gli alberi. I colori si mescolavano riempiendo gli oggetti vuoti.

Smise di correre solo quando si accorse che le stanze continuavano a ripetersi.

"Basta!" urlò con il fiatone mentre la chiave bruciava da impazzire. *Dove sarà il giardino?*

Si concentrò come se in qualche modo potesse sentirlo e un lieve battito si fece spazio nel silenzio, tra i rumori delle pareti che ogni tanto diffondevano nell'aria un vago suono di crepe, come se quel castello stesse per crollare da un momento all'altro. O forse era semplicemente il vento.

Sentì il battito, e ricordò la sensazione di essere trascinata nel giardino, l'ultima volta che ci era stata. Ma non aveva tempo di pensarci.

Una scalinata le comparve davanti agli occhi creando gradino dopo gradino, come se qualcuno stesse scolpendo un blocco di ghiaccio che lei non riusciva a vedere.

E in cima, in cima c'era Will.

Aria non voleva crederci, non poteva essere vero. Era solo un riflesso, come ogni cosa lì dentro.

Però non riuscì a trattenersi e corse su, urlando il suo nome. Lo vide salire delle scale, sentiva i suoi passi, lo seguì, ma i gradini continuavano a susseguirsi come se non avessero mai fine, saliva e scendeva, inciampando continuamente perché era così buio… fino a quando non si schiantò contro una parete che tremò sotto il suo peso. Aria fece qualche passo indietro e quando si voltò a sinistra sentì che i passi non salivano più gradini, camminavano. Nel buio.

Credette di averlo visto imboccare un corridoio sulla sinistra ma quello sembrò inghiottirlo, il buio tornò a coprire ogni cosa e Aria pensò scioccamente che forse dipendeva da lei.

Avanzò qualche passo, concentrandosi sui suoni. Quando sentì una porta aprirsi si precipitò. Il rumore era rimbombato rimbalzando sulle pareti, ma non era solo questo ad averla guidata, aveva visto uno spicchio di luce azzurra colpire il corridoio solo per un istante.

Spalancò la porta con il cuore in gola, zuppa di sudore, anche se la ragione continuava a dirle che non era possibile.

A volte c'era altro che prendeva il controllo.

Una lastra di vetro sembrava sospesa in mezzo alla stanza, fino a sfiorare il pavimento.

"Will?" sussurrò Aria vedendo una sagoma scura dietro a quell'unico oggetto che occupava una stanza dalle pareti celesti. Sembrava di ghiaccio e una penombra azzurrognola copriva ogni cosa.

Più si avvicinava più riusciva a distinguere i contorni di Will, quelli che ricordava con estrema precisione, fece per correre ma lui la fermò.

"Non superarla, Aria". La voce era così uguale alla sua che lei ebbe un sussulto.

"Questa?" mormorò lei fermandosi davanti la lastra che ora li separava e restituiva un'immagine sfocata come se metterlo a fuoco fosse impossibile, forse perché non era lì. Ritrovò di colpo una calma glaciale, il sudore le si asciugò subito sulla fronte e dovette scacciar via un brivido prima di parlare ancora.

"Tu non sei reale" anche se sembrava la realtà non doveva essere così sciocca da crederci, "e io non sono una stupida".

"Non sei mai stata stupida, Aria".

Ancora la sua voce che la faceva vibrare dentro, "No. Infatti. Allora, che... vuoi?"

È più semplice scontrarsi con me stessa che con lui, pensò.

"Questo cosa dovrebbe dirti, Aria?"

"Mi hai sentita? Magnifico" disse lei a disagio, "Cosa dovrebbe dirmi? Un bel niente. Solo che il vecchio di questo castello è un gran sadico", urlò lei infastidita.

"Allora? Non sai rispondermi? Di cosa hai paura, Aria? Di cosa?"

Aria guardò attraverso la sua lastra e provò ancora più forte quel disagio che la metteva in agitazione.

"Cosa ci fa qui, Will?" borbottò distogliendo lo sguardo.

"Io sono qui, Aria. Guardami".

Aria continuava a guardare da un lato, cercando di concentrarsi su una risposta.

"Se non lo dici tu, di qui non potrai mai andar via. Non vuoi salvarmi?"

"Non parlare come se fossi lui!"

"Ma io sono lui. Allora, rispondi, Aria" la incalzava lui. "Di cosa?"

"Smetti di dire il mio nome, maledizione!"

"Rispondi, Aria. Rispondi".

"Smettila ti ho detto!"

"Rispondi, Aria. Allora? Aria?"

"Di te, ok? Ho paura di te" urlò senza coscienza. Sgranò gli occhi stupita dalle sue stesse parole.

"Lo so, sai?"

Aria era imbambolata e scavava e scavava alla ricerca di una risposta che potesse avere senso.

"È quella, non cercarne un'altra. Hai paura di me, perché pensi che non riuscirai mai a costruire un rapporto normale con me. Perché sono speciale, no?"

"Piantala" sentirgli dire tutte quelle cose, e con la voce di Will oltretutto, l'aveva fatta saltare. "Non sono stupida, so bene come fare a rapportarmi con gli altri". *Sì che lo so.*

"Anche se sono giorni interi che ti ripeti di essere un'egoista insensibile?"

"Ci sono già passata".

"Oh, beh. Non abbastanza".

"Meno male che ci sei tu a ricordarmelo, eh?"

"Ironia. Bene, siamo a buon punto".

"Will. O chiunque tu sia…"

"Non cambiare discorso. Non te lo permetto" i suoi occhi verdi la trafissero e si ricordò ciò che provava quando era con lui, quando avevano litigato l'ultima volta, nel mondo del bosco.

"Mi dispiace se ti ho lasciato indietro… ma verrò a prenderti" gli parlò stavolta come se fosse davvero lui, ne aveva così bisogno.

"Non puoi venirmi a prendere se non capisci".

Aria si sedette a terra e tirò le ginocchia al petto, decisa a collaborare. Ripensò a fondo.

"Vuoi tornare nel mondo *vero*, Aria?"

Lei alzò gli occhi su di lui, aveva persino quello stupido ciuffo che gli scappava via da dietro l'orecchio, come poteva non essere lui?

Annuì. Ma fece passare sin troppi secondi.

"Cosa ti fa paura del mondo *vero*?"

"Smettila di chiamarlo il mondo *vero*".

"È ciò che è, Aria".

"Niente di ciò che ho vissuto è falso".

"Ma non è *vero*".

"D'accordo" sbuffò lei, "come ti pare".

"Pensa, Aria".

Aria masticò quelle due parole a lungo, *mondo vero. Mondo vero. Mondo vero.*

"E se… se fossi incapace di vivere nel mondo *vero*?" sputò fuori con quel disagio che si diffondeva ovunque.

"Hai paura di me, ma dietro di me nascondevi esattamente questo".

"A quanto… pare".

"È questo che ti frena?"

"Che mi frena? Sono arrivata fino a qui. E non c'era un'altra strada".

Will sospirò, "Non sei malata, Aria".

"Se..." sussurro, "Se il mondo di nebbia mi avesse sottratto più di quello che credo? Se per me non ci fosse altro che tutto questo?" disse indicando ciò che aveva intorno. Riprese fiato, si accorse che quelle domande le avevano rotto del tutto il respiro.

"Rifiutare la vita, quel giorno di tanti anni fa, non ti ha reso incapace di viverla, Aria".

"Lo so che l'ho vissuta. Ma qui, qui è facile".

"Lo sarà anche fuori se non avrai paura".

Aria rimase immobile, "Se io e te... fuori di qui non riuscissimo..."

"Questo non lo puoi sapere se continui a nasconderti".

"Dopo tutto quello che ho passato, potrei essere diventata una persona insensibile. Se dentro di me non ci fosse più niente?"

"Sai che non è così".

"... Uno stupido guscio vuoto che non sa amare, che non sa comunicare, che pensa solo a controllare tutto, e lì, la vita fuori non si può controllare, ma farei finta, farei certamente finta che sia giusto così".

"Oh, Aria. Il controllo lascialo andare. Lasciati andare. Nel mondo vero dovrai solamente vivere. Non dovrai portare sulle spalle tutto questo peso. Sarai libera. Nessuno ti chiederà di prendere in mano le loro vite, nessuna chiave ti ricorderà che hai un compito, non esisterà un compito. Dovrai solo vivere. Vivere e basta. Non avere paura".

Aria strinse le mani sulle ginocchia, "Vorrei tanto abbracciarti" sussurrò, poi cercò di alzarsi, stordita da tutto quel fiume di parole.

"L'ho imparato... che il controllo assoluto sulle cose non esiste" sospirò.

"Vuoi vivere? Sì o no?"

Lei lo guardò fisso, ben ritta e con decisione disse... "Sì".

Will divenne un'ombra che traballava davanti ai suoi occhi come una fiamma di candela, fino a svanire. La lastra divenne un semplice specchio e lei riuscì a vedere il suo viso, molto pallido ma infiammato sulle guance. Sentire tutte quelle cose le era costato una gran fatica, ma sentiva che in qualche maniera era riuscita a raccoglierle tra le sue mani finalmente, poteva stringerle e guardarle in faccia con serenità.

Si trovò a fissarsi davvero le mani, sospese davanti al petto, fino a quando nello specchio non tornò lei. Quella ventisettenne che ancora non aveva conosciuto.

"Cosa vuoi ancora?" cresceva quella rabbia dentro di lei, al solo vederla scrutarla con quegli occhi carichi di giudizio.

"Cosa vuoi? Si può sapere?"

Quella sorrise, un sorriso strano e Aria la vide invecchiare, rapidamente. Gli anni le si imprimevano sul volto e nei continui passaggi da uno stato all'altro lei non riuscì a fare a meno di sfiorarsi il viso, come se sentisse quei cambiamenti sulla pelle. Come se lo sentisse nelle ossa. Riusciva a percepire ogni cosa come se fosse reale. Non era lo specchio ma lei ad affrontare quel lungo viaggio in quei così brevi eppur sterminati secondi?

Aria si sentiva mancare, non riusciva a stare in piedi, il cuore rimbalzava nel petto e la pelle tirava, si sentiva così stanca... un panico la invase nel sentire il peso degli anni tutti insieme addosso, quando poco prima il suo corpo era così leggero.

Non voleva distogliere lo sguardo e non lo fece. Aria nello specchio da quella diciassettenne e poi ventisettenne che era, era diventata... semplicemente lei.

Aria guardò Agatha. Aria guardò Aria attraverso lo specchio e si tirò su, ripensò a lei, a come i suoi due amici la sostenevano, a come sembravano felici, e si riempì di dolcezza.

"Non ho paura di questo" disse stupendosene.

Aria sorrise attraverso lo specchio e sparì mandando in frantumi la lastra.

"Grazie ancora... Aria" sussurrò lei.

La luce azzurra che invadeva la stanza si fece brillante e fu quel bagliore a gettarla fuori dalla stanza come una grossa mano ruvida. Si ritrovò sola, di nuovo in corridoio, con la schiena poggiata sul vetro duro, si mosse appena, come se all'improvviso avesse paura di romperlo. Si alzò in piedi con grande attenzione e tornò sui suoi passi, la mano della chiave le tremava un po', ma la sua compagna di viaggio taceva e silenziosamente la spingeva a proseguire. Si accorse di camminare con la mano tesa in avanti, come se qualcuno la stesse strattonando per farla allontanare.

***

Nella stanza dalle pareti di vetro azzurrognole, Eloise raccolse un frammento di vetro e cercò di specchiarsi, vide a pezzi la sua figura sfatta. Da quando Henry era morto non aveva più voluto bere quegli intrugli, tanto sapeva che il loro effetto non sarebbe durato. Ma vedersi di nuovo in tutti quei frammenti che sembravano circondarla ricordandole ciò che era diventata, la spinse a estrarre dalla tasca un'altra delle sue fiale. Tracannò il contenuto e velocemente tornò quell'Eloise dai lunghi capelli biondi.

"Bel trucco" disse una voce.

"Grazie per il lavoro" mormorò Eloise come da programma.

Un vecchio vestito di nero comparve in un angolo e arrancò in avanti, sostenendosi alle pareti, strisciando lentamente.

"Quando ho stretto il patto non credevo mi sarei trovato ai tuoi ordini, vecchia donna".

Eloise alzò la testa di scatto, cosa poteva controbattere? "Non accadrà mai più", *anche perché tra poco sarai morto*. Pensò con un certo gusto, uscendo fuori dopo aver lanciato la boccetta contro la parete.

"Vecchia pazza" borbottò l'uomo e non la seguì se non con lo sguardo, fu colpito da un capogiro, un profondo stordimento che scacciava sempre nella stessa maniera: agitando in aria le mani, come a cercare di calmare un mostro che si stava svegliando, il mostro che lo perseguitava da tutta la vita e che gli impediva di vivere, ma anche di morire.

Eloise si fermò oltre la soglia, passandosi le dita tra i capelli biondi, separandoli, pettinandoli, e continuò così fino quasi a strapparseli.

***

Arrivò in pochi istanti lì dove la scalinata finiva, proprio nel punto in cui l'aspettava Will. Si guardò indietro e rivide solo quello stupido corridoio, non c'erano altre scale. Ma allora quali aveva salito e sceso così a lungo? Stava per lanciare una maledizione contro quel castello che le aveva fatto sudare sette camicie e che sembrava prendersi gioco di lei, quando sentì il rumore del cuore battere. La chiave aveva iniziato a bruciare e a lei non restava che seguire quella scia così familiare. Intorno a sé l'interno del castello le sembrò fatto di cristallo brillante, come se qualcuno l'avesse di colpo lucidato, solo per lei.

Più era vicina, più il suono di quel cuore le riportava la mente indietro.

Spalancò l'ultima porta del corridoio che si opponeva a quello dove Will si era nascosto, e ritrovò il profumo delle arance. Ritrovò quel momento perduto solo per poco.

Le sue braccia oscillavano, due paia di scarpe calpestavano l'erba.

"Si riprenderà?" era la voce di quello stupido di Dylan.

"Non essere sciocco" disse l'altro, con la voce profonda e inquietante di Cicatrice.

"Non dovevamo farlo".

"Dovevamo. Dovevamo e basta".

"Cosa vuole quella donna da lei?"

"Che arrivi fino in fondo".

"E perché?"

"Ti sembro un veggente? È così e basta. Bastava che sorpassasse questo giardino... da sola. Era l'unica condizione. Ora andrà tutto bene. Ehi, fratellino, non hai più niente di cui preoccuparti".

Lo sentì sospirare, sfiorarle un braccio mentre continuavano a camminare, "Forse è tutto sbagliato".

"Questo non potremo mai saperlo".

"Lasciala… lì".

"Good" sussurrò appena.

Aria sentì i passi allontanarsi sull'erba e quel dolce profumo avvolgerla, con l'orecchio poggiato contro la terra sentì chiaramente due battiti, più i due fratelli si allontanavano più li sentiva rafforzarsi, quasi a richiamarli, l'erba quasi tremava. E lei provò una gran pena, poi con il pensiero di quei poveri due cuori, crollò nel buio.

Capitolo 18

"Che succede…" disse il Secondo sacerdote voltandosi verso la scrivania, gli altri si aiutarono a vicenda a tornare in piedi, e lo fecero nello stesso istante. Tutti e cinque fissarono Marcus, un fantasma dietro al tavolo, poi quel liquido grumoso, nella stanza nascosta, ormai fermo, incrostato nel tempo, e un profondo silenzio calò.

Il mondo tremò ancora.

Lucas strinse al petto il suo incubo manipolato mentre teneva il moncone sospeso in aria, come se non riuscisse più a muoverlo.

"Sei tu, sono i dubbi. È l'equilibrio che stai perdendo. Marcus".

I cinque non si muovevano, non respiravano, dietro la scrivania non c'era più nessuno da guardare ma loro continuavano a farlo.

"Io so che vuoi tornare. Ascolta il tuo cuore".

"Non ce l'ho più!" urlarono le cinque voci, disperate. "Non ce l'ho più un cuore".

Lucas abbassò gli occhi sul petto, affranto.

"Non ti lascerò solo. Sono sicuro, io credo in mio figlio Will, in lei, loro, i ragazzi che sono andati via di qui…"

"Era tuo figlio" borbottò uno con un filo di voce, "Ti assomigliava così tanto…" disse un altro all'improvviso con la voce gravata da un peso.

"Alla fine arriveranno e ti restituiranno ciò che hai perso. E se non lo faranno loro… lo farò io!"

I Cinque abbassarono la testa con un sospiro di profonda incertezza, "Ciò che è fatto è fatto" sussurrò uno e allora la terra tremò di nuovo.

Lucas fece un rantolo di dolore, ma non si arrendeva. Vedeva quelle cinque schiene spezzate che cercavano a tentoni una direzione, come aveva fatto Marcus per tutta la vita, finendo per perdersi.

"Hai sempre guardato verso la direzione sbagliata, Marcus. È te stesso che devi guardare, ora. Guardati"

I Cinque scossero la testa stringendo i pugni nei loro guanti, mentre i vetri tremarono ancora.

"Guardati! Ho detto guardati!"

Il Secondo alzò di poco il cappuccio verso il Quarto, che guardò il Terzo che a sua volta guardò il Primo mentre il Quinto se ne stava in silenzio, ora distanziato dagli altri.

"Guarda come ti sei ridotto" continuò Lucas con voce tremante. Riusciva a vedere solo quei miseri mantelli neri, una persona spezzettata, come l'aveva sempre visto. Ma non poteva essere lui a tenerlo insieme.

"Voltati. Guardami, Marcus".

I Cinque tornarono a fissare a terra. Wade e Isaac erano stremati, seguivano con lo sguardo senza muovere un'unghia, sentendo che forse...

"Non m'importa della mano, mi importa solo di te, maledizione, voltati ragazzino".

I cappucci finalmente lo guardarono e due di loro furono colpiti da un fremito che quasi li piegò.

Un altro terremoto mosse fuori la nebbia che si era fatta così fitta da premere contro i vetri come se volesse frantumarli.

"Non ce la fai più. Lasciati andare. Torniamocene a casa" disse dolcemente allungando la mano che non c'era più verso di loro, il sudore che usciva a fiumi dalla fronte pallida.

Il Quarto e il Quinto sacerdote gli strinsero il braccio ferito tremando, mentre gli altri tre si avvicinarono a rallentatore come se avessero paura di venir respinti.

"Vieni, Marcus" disse Lucas guardando quei tre indecisi, per lui non c'era nessuna distinzione. Fu in quel momento che si gettarono tutti ai suoi piedi singhiozzando e piangendo all'unisono, mentre fuori la nebbia si ritirava un po', lasciando loro spazio. Lucas poggiò l'unica mano che gli restava su ogni testa nascosta, come a consolare un bambino disperato. Un bambino che è finalmente tornato a casa.

Rimasero lunghi minuti a singhiozzare, mentre Lucas si faceva sempre più pallido ma anche più sereno. Poi sentirono di colpo che erano vicini alla fine. Qualcosa stava per cambiare.

"Dobbiamo andare" disse il Primo sacerdote quando sentì la terra squassata da una scossa più forte della precedente.

"Dove?"

"Al giardino".

***

Anche Will, sdraiato contro l'albero, percepiva questo cambiamento. Si guardò intorno, Merrick non era lì, ma non era lui che stava cercando. Tentava di cogliere quell'istante, di comprendere quel movimento del giardino. Gli sembrava di sentire quel mondo urlare, piegarsi, schiacciato dal suo stesso peso. Ma il centro di tutto non era intorno a lui, gli bastò poggiare l'orecchio sull'albero per capire ciò che aveva solo sfiorato col pensiero in quei momenti bui e confusi. Sotto la corteccia il fluido correva più velocemente del normale e il battito di un cuore si era fatto strada nel silenzio assoluto.

***

Aria avanzava nel giardino senza staccare gli occhi dall'albero che risplendeva al centro, all'aperto, tra quelle quattro torri che aveva visto con chiarezza il giorno precedente.

Eloise non c'era, ne era sicura, perciò non fece altro che accelerare il passo, improvvisamente impaziente.

"È l'ultimo" sussurrò fermandosi davanti e guardando la chiave, la foglia restante aspettava di disegnarsi, di ingrandirsi, di portarla di nuovo avanti, *Ma dove?* Si chiese Aria di colpo indecisa. Dentro di sé immaginava dove sarebbe capitata. Non era ancora finita e non poteva abbassare la guardia. Chiuse gli occhi e prese fiato tornando in uno stato d'allerta.

Anche lì il cuore batteva, era un battito debole e affaticato che una leggera brezza confondeva.

Prima di allungare la mano verso il tronco, prese fiato e si godette quel venticello rinfrancante, si lasciò riempire dalle parole che lei e Will avevano inciso su quel tronco e che erano ancora visibili. Poi si sentì finalmente pronta per proseguire.

La mano assorbì ciò che l'albero aveva da dargli, ma stavolta le cose andarono diversamente. Nessuna porta si aprì nel terreno, nessuna caduta. Percepì sotto i suoi piedi un movimento sottile, era come se il giardino si stesse muovendo. E la corteccia a contatto con la sua pelle sembrava crescere sopra se stessa, ancora, e ancora, e ancora, e ancora.

Aria non si decideva a staccare la mano da lì, né a voltarsi. Aveva visto con i suoi occhi e percepito con tutta se stessa il giardino tornare... completo. Era l'unica parola che le veniva in mente, anche se forse non era quella più giusta da utilizzare. Ora lo sentiva palpitare come non aveva mai fatto.

Quando la terra iniziò a tremare, Aria fece qualche passo indietro. Una scalinata di terra solida scendeva verso il basso, sino a sotto l'albero che custodiva la chiave.

Sapeva di dover scendere, ma prima che lo facesse...

"Aria!" chiamò la sua voce.Sgranò gli occhi, *Will?* E cercò la sua figura intorno a sé, fino a quando non lo vide sbucare da dietro un albero, alcuni metri più avanti, poggiato faticosamente al tronco.

"Ce l'hai fatta a quanto pare" disse un'altra voce al suo fianco, e il suo sollievo svanì subito.

"Merrick".

"È meglio se resti dove sei".

"Will, stai bene?"

Lui annuì, con il respiro corto e gli occhi appannati, come se non riuscisse a crederci.

Un vecchio si sedette accanto a un altro albero, colpito da un improvviso capogiro che gli faceva agitare le mani lungo i fianchi. "Morirò, finalmente" sussurrò appena.

"Aria, ce l'hai fatta!" urlò una voce così familiare che le fece saltare il cuore in gola. Quanto tempo l'aveva cercata nei suoi ricordi...

"Papà?" si voltò e lui era lì, con il suo incubo stretto in mano, accanto a... Lucas, che se ne stava al centro dei Cinque Sacerdoti, sorreggendoli, facendosi sorreggere.

"Come siamo finiti qui... di nuovo?"

"Will! Aria!" urlò Lucas. "State bene?"

Aria non sapeva dove guardare, dove andare.

"Figlia mia" diceva Wade.

"Papà!" urlò Will provando a muoversi ma senza che Merrick glielo permettesse.

Sun cercò di raggiungerla ma senza riuscirci, di colpo venne spinto indietro e iniziò a sudare, "No, no, no" mormorava affranto, stupito di essere proprio lì, questo non l'aveva previsto.

I due fratelli invece si guardavano intorno, Aria presupponeva fossero loro. Non aveva ancora mai visto i loro veri volti. "Fratello, guarda. Siamo... noi!" disse urlando di gioia.

L'altro continuava a ripetere "È solo un sogno. È solo un sogno" e quasi piangeva, lui, quello duro.

Ai margini del giardino la donna con il neonato in braccio si era estraniata, per lei era come essere ancora in quella casa. Guardava il piccolo, canticchiando, poi oltre, senza vedere.

"Aria! Aria! Aria!" il suo nome passava di bocca in bocca. Oltre il giardino vide la landa desolata, la casa nascosta dalla nebbia. Erano tornati al punto di partenza, anche se quella era davvero la fine.

Tra la nebbia sempre più rada si alzarono in cielo mille, duemila, tremila voci che si inseguivano, che si domandavano cosa stava accadendo.

Aria vide un muro fumoso alzarsi tra il giardino e quelle voci che iniziarono ad avere un corpo. Comparivano l'uno dopo l'altro. Si sentiva in una bolla di vetro, un pesce in un enorme acquario dove lei era al centro di tutto.

Tremò quando vide in prima fila sua madre e sua nonna. Poi Cecile, e i genitori di Henry, e la madre di Loren e Mary, il vecchio consigliere di Sun... c'erano tutti, proprio tutti. Anche se avesse voluto, non avrebbe potuto raggiungerli. Persino le persone che avevano stretto il patto erano separate da lei, solo che non l'avevano capito. Potevano solo guardarsi negli occhi. Will la osservava come se avesse compreso che qualcosa ancora non tornava.

"Aria!" gridò sua madre e quasi svenne quando vide Wade, il suo marito disperso, a pochi metri da loro. La nonna scuoteva invece la testa, con le mani congiunte alzate davanti al petto, come in preghiera.

Cercò Henry tra di loro, ma non c'era. Scosse la testa più volte, era caduta in confusione e non riusciva a muovere un passo, voleva correre ad abbracciare Will che Merrick teneva per le spalle, correre da Wade che aiutava Lucas a stare in piedi. Notò che gli mancava una mano. Voleva provare a buttare giù quel muro. Ma sapeva che nessuna di quelle azioni si sarebbe compiuta con successo se non avesse fatto ciò che mancava. Per questo esitava. Non avrebbe potuto raggiungere nessuno intorno a lei, poteva vedere che qualcosa li separava ancora, non era finita.

Raggiunse uno stato di calma assoluta e si fermò come se non ci fosse nessuno intorno a lei. Era come se avesse sceso già quei gradini. Passarono minuti e le sembrò che nessuno avesse parlato. Il giardino le apparve immobile, il tempo fermo. Riusciva a sentire solo quel suono sotto al terreno.

Da quando il giardino si era riempito di voci, infatti, i cuori si erano moltiplicati. Li poteva distinguere con facilità, avrebbe potuto dire il numero preciso, d'altronde non era difficile.

"Aria" urlò di nuovo Will e lei alzò gli occhi, ora cosciente di nuovo della sua presenza, con l'improvviso e unico desiderio di prenderlo per un braccio e fuggire, ma fuggire dove?

Eloise era ora al suo fianco, guardava a terra con una tale insistenza, e con una tale insistenza si passava le dita tra i capelli, che non le disse nulla. Anche lei era una vittima, lo sapeva bene. Non smetteva di fissare quel buco nella terra, come se volesse entrarci e allo stesso tempo... allontanarsene. Ma non poteva muoversi di lì.

"Non ho bisogno di te" disse Aria, poi.

"Bambina" chiamò Wade avvicinandosi, ma Lucas lo bloccò con l'unica mano buona, così lui disse solo: "Vai avanti. Noi restiamo qui".

"Finirò ciò che ho iniziato!" urlò a un certo punto lei. "Aspettami, ce ne torneremo presto a casa" disse sicura guardando Will intensamente. Lui annuì appena mentre Merrick scoppiò a ridere, quasi piegato in due, strattonando il ragazzo con violenza.

Sun, che se ne era stato imbambolato a lung, scrutò negli occhi di Aria e di colpo si calmò. Cosa avesse capito prima di lei, tutti lo ignoravano. Incrociò le braccia e restò a guardare.

Aria si voltò verso sua madre, impietrita. Non aveva più urlato il suo nome.

"Andrà tutto bene" urlò la ragazza verso quella massa di persone e il brusio di voci spaventate sembrò calmarsi. Come poteva esserne certa? Sapeva solo che avrebbe fatto di tutto.

Sentì il cuore contratto, il giardino soffriva, ora poteva capire il motivo. Sotto le sue radici, quella stanza nascondeva quel segreto chissà da quanto. Mai come in quel momento fu chiaro cosa avrebbe dovuto fare.

Senza voltarsi indietro, iniziò a scendere i gradini.

L'ultima cosa che sentì dall'esterno fu Eloise urlare: "Ho capito cosa voglio. Lasciami morire. Non voglio assistere".

La terra era solida e piena di filamenti di radici che scricchiolavano sotto le sue scarpe, ma non se ne interessava, la chiave bruciava tanto da farle mordere un labbro a sangue, e i cuori, pulsavano con una tale energia da otturarle le orecchie, da scuoterla nel profondo, quanto soffrivano, tutti. Sarebbe riuscita a riportare l'equilibrio? Quando toccò terra, un freddo intenso le penetrò le ossa. Rabbrividì prima di riuscire ad abituarsi a quella penombra.

Sul muro di fronte, il disegno della chiave, un fluido che correva nelle radici illuminandole appena di un rosso scarlatto. I tentacoli dell'albero centrale scendevano giù dal giardino e correvano tutti intorno intrappolando... altrettanti cuori. Il giardino se ne nutriva.

Sapeva che li avrebbe trovati lì sotto. Erano sempre stati lì.

"Fallo" disse una voce che non aveva mai sentito. "Ti prego".

Era l'albero ad aver parlato? Il giardino stesso?

Aria riprese fiato e con le mani tremanti fece ciò che andava fatto. Iniziò dalla radice che aveva più vicina, liberò un cuore rinsecchito e scuro e lo lasciò cadere a terra, divenne polvere. Sentiva che quelli erano i primi, i più vecchi, "I mondi chiusi", quelli in cui l'Ombra non poteva più mettere mano, quelli che non avevano più un ruolo nei giochi, sarebbero morti comunque. Proseguì con gli altri. Pendevano a destra e sinistra della stretta stanza umida. Non era stato complicato distruggere qualcosa che era già morto. Chiuse gli occhi e riprese fiato, ora sarebbe stato più difficile. Gli ultimi sei.

Liberò il successivo con grande fatica, aveva lo stomaco rovesciato, perché il cuore continuava a battere silenzioso, era caldo e viscido, pulsava come un uccellino. Chiuse gli occhi e premette forte, affondando le dita fino a che non divenne solo un grumo di sangue.

Con le mani sporche e grondanti andò a cercare il successivo. Lo gettò a terra con rabbia e lo schiacciò. Il terzo e il quarto erano l'uno accanto all'altro e battevano all'unisono. Respirò a fondo e schiacciò anche quelli. Il quinto le diede sollievo, sapeva che nessuno avrebbe più potuto farle del male.

Si poggiò a una radice afferrandola con le mani grondanti, si sentiva improvvisamente stanca, sopraffatta. Ma non poteva fermarsi.

Il sesto era così piccolo... le fece una gran pena perché batteva spaventato, in quello non c'era odio, né voglia di sopraffazione, o ambizione, solo dolore. Sapeva di chi era. Nonostante tutto non ebbe pietà e lo premette di netto. Con le mani sporche di sangue sospese in aria cercò di smettere di piangere.

Vide i resti dei cuori poco prima sani raggrinzirsi velocemente, tornando polvere.

Il flusso sul muro interruppe il suo giro e Aria sentì il giardino tremare nel profondo, sarebbe rimasto in piedi ora?

Non aveva il tempo di chiederselo, si asciugò le mani sulla maglia e tornò rapidamente sui suoi passi, nonostante sbandasse sui gradini, sentiva l'urgenza di uscire. Quell'odore di sangue e terra la stava soffocando. Ma prima che salisse il primo gradino, una radice le afferrò la spalla. Aria si voltò, senza avere paura. Sembrava solo una richiesta d'aiuto. La radice tornò al suo posto, non poteva impedirle di salire. Guardò con pietà quella stanza che era all'origine di tutto, e che forse lo sarebbe sempre stata, e proseguì.

Corse su con un accenno di sorriso in faccia e uno strano senso di inquietudine dentro.

Vide Merrick a terra, gli occhi sgranati su di lei. I due fratelli stringersi il petto con una mano e con la restante sorreggere l'altro, prima di cadere. Sun, sdraiato sull'erba, rideva e piangeva, urlando al cielo grigio e sfocato che "Tutti verremo giudicati".

Poi Lucas che teneva tra le braccia quel ragazzino, Marcus, ripetendo che sarebbero andati a casa molto presto, insieme, mentre lui annuiva lievemente, nessuna ombra più a coprirlo. Sentiva la sua profonda felicità, nonostante tutto. Come i fratelli era tornato alla sua forma, non c'erano più mantelli a nasconderlo.

Un estremo silenzio davanti e intorno. Aria fissò la chiave che si rasserenò sul palmo. Era ciò che doveva fare. Il suo compito finale.

Chi aveva stretto il patto doveva morire, ritrovare la pace. Così finalmente tutti loro avrebbero ritrovato la strada di casa. Anche se lo sapeva non era facile accettarlo, aveva provato la sofferenza di quei cuori e ora era come se gli appartenessero, se facessero parte di lei. Li sentiva accartocciarsi, quei poveri uomini, seguendo le sorti di ciò che avevano perso e che forse erano riusciti a ritrovare negli ultimi istanti. Aria abbassò gli occhi e sperò che finisse tutto presto. Aveva la gola chiusa e le labbra che tremavano.

Eloise iniziò a singhiozzare e Aria non comprese, non fino a quando i sei non si ridussero in polvere, sparendo tra l'erba.

Le persone oltre quel muro seguirono la loro sorte e ad Aria si gelò il sangue nelle vene.

"Cosa sta succedendo?" urlò prendendo Eloise per il collo.

La donna la guardò piena di pietà, "Mi dispiace" si allontanò appena, come se avesse visto qualcosa tra l'erba.

"Cosa... cosa ti dispiace" balbettò lei.

"Aria!" urlò Wade prima di accartocciarsi su se stesso accanto a Lucas ancora inginocchiato sui resti invisibili di Marcus.

"No" disse fissando gli occhi di suo padre mentre si spegnevano pieni di paura. Poi si voltò verso Will, che aveva capito tutto, era restato calmo e immobile.

Aria iniziò a correre verso di lui che allargò le braccia e la strinse fortissimo. Fra loro non potevano esserci più barriere, ora che il giardino era tornato integro.

"Non può essere" balbettò Aria, "Non... ora. Will... Will..."

Lui continuava a stringere e a stringere come se volesse farla sparire dentro di sé, "Sei stata brava. Ora vai avanti" disse prendendola per le guance con energia e baciandola prima che potesse parlare. Quel bacio aveva il sapore delle lacrime, di entrambi. Will non era riuscito a trattenerle.

Restarono fronte contro fronte con gli sguardi allacciati in un abbraccio inestricabile, fino a quando lui non sparì. A lei non restò che quel gusto salato sulle labbra.

Ho sbagliato tutto? Si disse.

"Era l'unica strada, mia cara" disse l'Ombra sostituendosi a quel muro di persone che era svanito nel nulla portandosi via sua madre a cui non era riuscita nemmeno a dire addio. E suo padre, che non vedeva da dieci anni, nemmeno a lui aveva potuto dire quanto le fosse mancato.

Si riempì all'improvviso di rabbia, tremava stringendo i pugni, *a cosa è servito tutto questo se non posso portarli a casa?* Si disse affranta, prendendosela anche con il giardino, che le aveva sussurrato, sin da quando aveva iniziato quell'avventura, cosa doveva fare. Lo aveva realizzato solo alla fine, ma aveva sempre saputo che avrebbe dovuto uccidere quei cuori, per mettere fine a quei mondi. Perché le aveva fatto questo? Non le aveva chiesto troppo?

"Non può finire così" mormorò, "Io... nessuno di noi poteva andare via. Non c'è mai stata nessuna possibilità, non è vero? Mi hai imbrogliata..."

"Non lo chiamerei imbroglio".

"Maledetto".

"Hai iniziato tu questa fuga tra le realtà: forse perché non sei mai voluta tornare veramente nel mondo reale".

"Non mi far credere cose che non esistono" mormorò confusa.

L'Ombra scoppiò a ridere, "E va bene. Visto il bel lavoro che hai fatto, ti meriti delle spiegazioni".

Eloise rimpicciolì al suo fianco. La ragazza cercò conforto nel profumo che tanto la rilassava, ma non riuscì più a sentirlo, c'era solo quello del sangue. Era questo l'odore reale di quel luogo incantato?

"Io avevo bisogno di te, come tu hai bisogno di me. E i mondi... era ora di darci un taglio. Dare un taglio a tutto. Così il giardino potrà rimettersi al lavoro e io avrò cose nuove. E in più... te. Chi l'avrebbe mai detto che ce l'avresti davvero fatta? Tanti mondi sono stati sigillati e sono spariti dalla mia vista, con i successivi non farò più quest'errore. Ma una chiave, sì. Ci sarà sempre una chiave. Così quando in futuro vorrai andare, sarai libera".

"Quando sarai stanco di me, vorrai dire" rispose lei trovando coraggio. La chiave aveva ripreso a bruciare, l'unica cosa che poteva fare era stare con lei, e non abbandonarla. Nonostante il giardino fosse diventato tutto a un tratto debole e silenzioso, lei poteva sentire che non la lasciava sola.

L'Ombra si espandeva sempre più, era uscita da quella casa ed era entrata senza farsi troppo notare nel giardino, insinuandosi tra gli alberi che continuavano a piegarsi, anche se non smettevano di combattere. Anche lei non avrebbe smesso.

"Io ed Eloise abbiamo iniziato tutto insieme. È stato divertente, anche la tua fatica è stata divertente, alla fine non avevo fretta e la mia cara Eloise, lei non ti ha perso mai d'occhio".

Aria realizzò che lei c'era sempre stata.

"In un modo o nell'altro, sarei sempre arrivata a questo punto".

"Oh no... dominare i mondi, arrivare a quel grado di empatia non è così semplice, mia cara. Sostenere il peso delle chiavi nemmeno".

"Una chiave per ogni giardino, per lo stesso giardino" borbottò quasi a se stessa.

"Il nuovo inizio era possibile solo dopo aver raccolto tutte le chiavi".

"L'unico modo perché tutti i mondi si sovrapponessero, così i giardini, il giardino. L'unico modo per far diventare la stanza con i cuori visibile" mormorò Aria, ormai non aveva senso tenersi quelle riflessioni per lei.

C'era un cuore in ogni giardino, ma non li aveva potuti sentire tutti insieme fino a quando i giardini non erano andati a convergere, fino a quando tutti i mondi, tutti i piani non si erano finalmente incrociati. Questo era il potere delle chiavi.

"Perspicace. E in più dovevi essere consenziente per prendere il suo posto".

"Il posto..." si voltò verso Eloise, "Per questo l'hai fatto?" la spinse via fino a farla cadere e lei di colpo perse le fattezze frutto dei suoi intrugli, tornò una piccola vecchia spaventata che la fissava con due occhi enormi e distrutti, le mani chiuse a pugno strette al petto.

"Mi fai pena" le urlò ancora. Cercò di calmare il tremore, come aveva fatto a non capire quale potesse essere lo scopo dell'Ombra? Come aveva fatto a essere così stupida?

"Non essere dura con te stessa." disse l'Ombra interpretando il suo silenzio, "Non hai avuto scelta".

"Una scelta c'è sempre" rispose, nello sguardo si accese un'incomprensibile decisione.

"Amore mio ti prego, smettila di chiamarmi" sussurrò appena Eloise, sperando che Aria capisse. Quelle parole si insinuarono nella sua mente... fino a dare forma a quel sogno, all'improvviso. Guardò Eloise che annuì appena, le sottilissime labbra tese fino a sparire sopra i denti.

"Ora sei sola, non ti resta che firmare".

"No" disse. *Giocherò fino in fondo*. "Firmerò solo a una condizione. Voglio che... riporti indietro chi è morto per colpa mia".

"Solo due", lo sapeva bene che l'avrebbe chiesto. "Non possono andar via più di due persone, ecco cosa ti offro. Ora firma".

"Prima loro".

"No. Se non avrai firmato non potrai scendere laggiù".

Aria riprese fiato, per trovare il coraggio. Un foglio le comparve davanti, insieme a una penna che gocciolava lentamente inchiostro. *In fondo è giusto così*.

"Cosa aspetti?"

"Come faccio a fidarmi di te?"

"Ti do la mia parola. Se firmerai le due persone che desideri torneranno alla vita, ma tu però sarai mia per sempre".

Aria prese la penna con le dita tremanti e iniziò a firmare, *perlomeno farò qualcosa di buono nella vita* sussurrò. *Qualcosa per gli altri*. Sentì Eloise singhiozzare, un singhiozzo di felicità stavolta, e Aria la vide con la coda dell'occhio stringersi il petto e annuire appena, come a lanciarle un qualche messaggio.

Prima che la ragazza finisse di firmare, la vecchia urlò, si era conficcata un piccolo coltello nel petto, con un sorriso sereno sulle labbra.

L'Ombra oscillò e uscì rapidamente dal giardino, come risucchiato.

"Firma. Sbrigati".

Aria la osservò tremare nell'aria che la trascinava verso quella casa, mentre Eloise spingeva sempre più a fondo.

"Stupida, proprio ora..." urlò l'Ombra dissimulando il suo turbamento.

"Avrei dovuto farlo... tanto tempo fa" disse piegandosi ma restando in piedi, c'era ancora una cosa che doveva...

"Non rispetterò... il patto se non firmi ora".

Si affrettò, senza smettere di fissare Eloise ancora in piedi, "Hai guardato bene, Aria?" sussurrò prima di cadere.

L'Ombra tornò stabile, e riprese a invadere lentamente il giardino, ridendo, come se niente fosse successo. Aria sgranò invece gli occhi sulla donna anziana che si fece sempre più piccola, le sue parole nelle orecchie "Hai guardato bene, Aria?"

Era stato solo un istante. Eloise aveva ripreso ciò che aveva perduto mentre lei firmava, come tutti gli altri prima di lei, prima che il passaggio di testimone avvenisse. E l'Ombra era vacillata.

Ma certo, pensò solo lei, ciò che uscì dalle sue labbra però fu solo: "E ora lasciami passare".

Capitolo 19

"Quanta fretta... prima dimmi, ti senti diversa da prima?"

Aria ci pensò su qualche istante e scosse le spalle, non si sentiva affatto diversa.

L'Ombra rise di gusto circondandola, l'ho sempre saputo che saresti stata molto meglio di Eloise, mia cara Aria. Lei... è la prima che mi è capitata di fronte".

Era una debole, io non lo sono, pensò lei senza cambiare espressione.

"Lo so, per questo faremo grandi cose insieme," disse l'Ombra ridendo della sorpresa di Aria, "D'ora in poi saremo tutt'uno, mia cara, tutt'uno, sempre più" rise ancora pieno di soddisfazione vorticandole intorno, la ragazza sentì subito il peso opprimente che la sua presenza aveva su di lei, doveva aver provato lo stesso Eloise, e per chissà quanti anni... gocce di sudore iniziarono a sbucare sulla fronte e la maglia pregna dell'odore del sangue si mescolava nell'aria all'inquietudine, al senso di sopraffazione che l'Ombra trasmetteva e che lei aveva difficoltà a gestire. E sarebbe stato sempre peggio, capì all'istante. Forse nessuno era abbastanza forte da sopportare un tale impegno. Ma quello confermò ciò che aveva visto attraverso gli occhi di Eloise, l'Ombra era del tutto appoggiata a lei, poteva sentirla, per questo Eloise si era ridotta in quella maniera, era diventata un vecchio scheletro, ora provava una grande pena per lei. E la rivide nel mondo dei due giocatori, forte della sua giovinezza, chissà cosa aveva provato nel sentirsi di nuovo così.

Doveva sforzarsi di svuotare la mente e di non pensare, visto che a quanto pareva l'Ombra riusciva a sentire tutto.

Mentre veniva quasi sospinta da lei in avanti, la sentiva insinuarsi nei pori, farsi spazio per poterne occupare sempre di più. Prima o poi sarebbe stata del tutto sua, non avrebbe avuto più spazio per lei, era questa sensazione che la stava gettando lentamente nel panico. L'Ombra l'avrebbe costretta a rannicchiarsi in un angolo, a osservarla mentre la distruggeva lentamente, costringendola anche ad andare a cercare gente debole con la quale stringere patti. Quello sarebbe stato il suo futuro: un eterno presente in un mondo di nebbia proprio come quello che aveva abitato.

L'Ombra ridacchiava a ogni suo passo, sentendo che la sua influenza aveva già iniziato ad avere effetto su di lei. E infatti la sentiva circolare nel sangue, e il cuore che batteva sempre più velocemente era oscurato da un grumo scuro, era come se una mano l'avesse afferrato e lo tenesse stretto. Boccheggiò per alcuni lunghi istanti, prima che l'Ombra non la costringesse a fermarsi.

"Eccoci, mia cara. Prego. Ricordati che non hai tempo infinito. Se non li troverai subito ti porterò indietro".

Aria annuì, fingendosi remissiva. Stavolta l'aggressività non avrebbe pagato. Qualcosa l'aveva di certo imparata lungo il suo viaggio: la pazienza. Ora sapeva quando attaccare e quando ritirarsi.

Tra la nebbia si aprì un tunnel buio e lei non si fermò a studiarlo, doveva entrare e fare velocemente.

Quando venne risucchiata da quella fitta oscurità, provò un gran senso di sollievo, l'Ombra era rimasta fuori. Sentiva le spalle più leggere, il corpo più libero di muoversi, niente la spingeva avanti o indietro.

Si accorse che il tunnel aveva una lieve pendenza che man mano andava aumentando, li avrebbe trovati lì in fondo?

Accelerò nonostante un odore fortissimo di cenere e terra bagnata le si insinuasse nel naso, nella bocca, fino quasi a soffocarla. Si poggiò più volte alle pareti di roccia scura e si rese conto che i suoi passi rimbombavano sempre meno, il tunnel si stava stringendo sempre più, fra non molto la sua testa avrebbe sfiorato il soffitto, ne era certa, anche se non poteva vedere. Sfiorare le pareti era diventato l'unico modo per orientarsi, allargava le braccia e proseguiva aspettandosi da un momento all'altro la roccia stringerla.

A un certo punto una luce rossastra diede forma allo spazio intorno a lei, e riuscì a scorgere la fine, un piccolo cerchio scuro si apriva molto più avanti, più avanti di quanto immaginasse.

Quando lo raggiunse, la luce si dilatò e nell'enorme caverna in cui Aria entrò gettò lunghissime ombre sui muri, solo che non era visibile anima viva. L'aria era immobile e ristagnava, provò subito un forte fastidio, perché... non apparteneva a quel luogo.

Aria serrò le labbra, aveva già scelto chi salvare, "Will, Henry!" urlò con tutto il fiato che aveva in gola, come a liberarsi da quella sensazione di frustrazione che la stava rapidamente opprimendo, avvinghiandosi alla sua mente.

Cercò di non pensare ai suoi genitori, a sua nonna, a Mary, ai genitori di Henry, a Lucas... quanta gente avrebbe voluto strappar via di lì. Li sentiva bisbigliare, voci di persone che non riusciva a vedere.

Forse…

"Ascoltatemi tutti" disse girandosi di spalle velocemente, "Mi dispiace per…" riprese fiato, "cercherò di portarvi fuori. Ci metterò tutte le mie energie. Perciò abbiate fiducia, provate a seguirmi".

"Ci siamo Aria" disse la voce di Will, sottile come un filo.

"Siamo proprio qui" la voce calda di Henry le fece salire le lacrime agli occhi, non sperava di risentirla di nuovo. Ricacciò tutto giù e prese una grande boccata d'aria, che ora sapeva di sale, sale e morte.

"Molti non riescono a parlare" disse Will come a giustificare quel silenzio.

"Eloise è lì?"

"Non l'abbiamo vista".

"Maledizione…" quante domande avrebbe voluto fargli.

"E gli altri…"

"Non ti preoccupare. Vorrei… dovevi…." disse Will, non riuscì a dire altro.

"Ma lo sapevamo".

"Ma come hai…"

Sembrava difficile per loro parlare. E sapeva quante domande avrebbero voluto farle.

Aria sospirò, loro non sapevano che aveva stretto il patto con l'Ombra.

La luce rossa lampeggiò come un allarme e lei capì che doveva muoversi, e anche alla svelta.

"Andiamo".

Sentì tutti muoversi alle sue spalle, un blocco di persone che si perdeva a vista d'occhio, rimbombando in quel silenzio. Quando provò a sorpassare la soglia però fu tirata indietro e cadde a terra. E non riusciva ad alzarsi, come una tartaruga immobile sul dorso. Iniziò ad agitarsi con sempre maggiore disperazione intuendo il motivo che la bloccava lì.

"Non puoi" disse solo Will, con una voce spettrale che non sembrava appartenergli.

E di colpo riuscì ad alzarsi, barcollando e tremando si poggiò all'arco di roccia che la separava dal tunnel e sembrò indecisa.

"Vai via. Non hai fatto tanto per restare qui" disse un'altra voce, era la piccola Mary.

"Ti… seguiamo" dissero i due amici, le voci sempre più sottili come se fossero pronte a sparire. Aria ebbe paura di perdere anche loro.

"Mi dispiace" balbettò. "Will. Henry…" ripeté tremando. E fu costretta a imboccare il tunnel, solo con loro due alle spalle, mentre gli altri si lamentavano, inghiottiti dal nulla.

Aria immaginò tutta la gente che aveva amato, costretta ad aggirarsi lì sotto. Ma perché erano lì? Era stata l'Ombra? Era una sorta di Purgatorio?

Una sosta prima di raggiungere il posto che spettava loro? Non poteva saperlo, sperò solo che uscissero di lì.

Più camminava più si sentiva meglio. Avrebbe tanto voluto girarsi perché non sentiva nessun passo alle sue spalle e se provava a chiamarli con un "Ci siete?" nessuno rispondeva. Forse ora non potevano più parlare.

"Sto male... Aria" disse qualcosa che assomigliava alla voce di Will.

"Non ce la faccio, Aria..." era Henry stavolta.

Strinse i pugni, *non mi farò fregare*, disse forte delle conoscenze che aveva acquisito grazie a quel sogno di Eloise. *Non mi volterò.*

Le voci si fecero sempre più lamentose, il tunnel sempre più ampio e buio, l'odore meno pungente. La luce rossastra era rimasta alle sue spalle, e davanti vi era un inferno ben peggiore. Riprese fiato e strinse i denti mentre le voci continuavano a contorcersi facendole venire la pelle d'oca. Ma mancava poco e sarebbe stata libera.

Fuori dalla grotta c'era l'Ombra ad aspettarla, volteggiava sempre più impaziente e non appena la vide le si fiondò addosso, coprendola con la sua presenza. Si sentì mancare l'aria, ma la ritrovò subito dopo, quando vide Henry e Will, in piedi a schermarsi gli occhi con le mani, cercando di vedere attraverso la nebbia che si stava dilatando.

Ora poteva guardarli, senza nessun rimpianto. Sapeva di aver fatto la scelta giusta.

I due si sorrisero e corsero in avanti ma si ritrovarono a scontrarsi contro un muro, proprio come quello che l'aveva tenuta nel giardino, lontana da tutti.

"Aria, ma cosa..." disse Henry iniziando a capire.

Will fissò l'Ombra a labbra socchiuse, "Che cosa hai fatto... Aria?"

L'Ombra che era stata silenziosa fino a quel momento, finalmente scoppiò in una risata, divertita da quello spettacolo. Aria continuava a sforzarsi di sorridere, con le braccia allacciate dietro la schiena, le mani ben strette, fino a conficcarsi le unghie nella pelle.

"Va tutto bene".

"Perché sei venuta? Non dovevi" iniziò a gridare Will.

Henry sospirò senza sapere bene che dire, dallo sguardo si capiva che la pensava esattamente come Will, ma lei sapeva che avrebbe fatto lo stesso se fosse stato al suo posto, ognuno di loro l'avrebbe fatto per l'altro.

"Non biasimatemi".

Will iniziò a tirare pugni e calci contro quella parete invisibile mentre Henry continuava a fissarla composto, poi si piegò sulle ginocchia fino a prendersi la testa tra le mani.

"Portali via di qui" disse all'Ombra prima che la sua facciata tranquilla andasse del tutto in frantumi. Non riusciva a guardarli, separati da lei di nuovo, separati per sempre.

Aria non riuscì a evitare di avvicinarsi alla barriera, si inginocchiò, Will fece lo stesso. I tre avvicinarono la testa al vetro, lasciarono che le loro fronti si toccassero, anche se separati da quella barriera ognuno riusciva a sentire il calore dell'altro. Aria allungò le mani, una per Henry e una per Will. Si sfiorarono.

I due amici premettero con così tanto desiderio che le dita riuscirono a oltrepassare la barriera, nello stupore più completo dell'Ombra. Poi i palmi, fino ai polsi.

Aria sobbalzò, se l'avessero oltrepassata sarebbero invecchiati e morti quasi subito, ma non riusciva a evitare di cercare conforto. Strinse le dita di entrambi, quelle fine di Henry, e le pallide di Will, si agganciò alle loro mani senza volerli lasciare andare, e in qualche maniera sentì di aver lasciato un segno, i due non sentirono nulla, solo lei se ne accorse. Le mani però invecchiarono rapidamente e allora la sorpresa lasciò spazio alla paura. Li guardò per l'ultima volta.

"Prima o poi ci ritroveremo" disse lei sorridendo, mentre i due amici si scioglievano in lacrime, "Non lo fare, Aria, ti prego" balbettò Will.

"Via subito" urlò tirandosi indietro, "Fallo subito. Subito" disse perdendo il controllo tutt'insieme. Era una rabbia dirompente che scosse appena l'Ombra facendola ritirare, solo pochi secondi e poi le fu di nuovo addosso. Ma Will e Henry erano per fortuna spariti. Erano tornati a casa.

"Ora siamo solo io e te" disse l'Ombra.

Aria non riusciva a smettere di fissare il punto in cui i suoi due amici di sempre erano spariti.

E cercò di chiudere la mente, di non pensare. Di non pensare a quello che non sarebbero stati. Quel futuro che aveva intravisto non era qualcosa che le sarebbe toccato, era solo un'illusione.

Doveva agire senza pensare, così l'Ombra non sarebbe riuscita a prevenire le sue azioni.

Camminò silenziosamente verso il giardino degli aranci, con l'aria assorta. Chissà perché in tutte le volte che era andata in quella terra abbandonata non l'aveva mai visto. Si nascondeva? O era stata l'Ombra a renderlo invisibile ai suoi occhi?

"In casa" disse l'Ombra.

"Prima voglio andare lì" rispose lei forzando la mano, premette tutto il corpo in avanti e riuscì a vincere l'Ombra o perlomeno riuscì a proseguire, segno che lei lo aveva permesso.

"Solo per oggi, poi qui avrai accesso solo…"

"Per depositare i cuori" disse leggendola, ormai sentiva quella presenza ovunque, e il suo spazio si stava rimpicciolendo sempre di più, era più rapida, forse perché quel viaggio per portare fuori i suoi amici l'aveva indebolita, molto più di quanto credesse, eppure non si era sentita stanca.

Ora provò un profondo senso di sfinimento, l'Ombra risucchiava ogni sua energia, e più la divorava più la sentiva rafforzarsi e il giardino… era solo un ammasso di alberi e stanchezza.

Aria si piegò appena e chiuse gli occhi di Eloise, raccogliendo qualcosa, pensando solo alla pena che aveva per lei.

L'Ombra sorrise, senza dire niente. Aria non smise di pensare a Eloise. In mente aveva solo Eloise. Stava andando bene.

Il giardino fu scosso da un tremito e sembrò allungarsi verso di lei. Quanto lo sentiva povero e piccolo, indifeso, ora, mentre l'Ombra lo copriva tutto.

"Faremo grandi cose insieme, un nuovo inizio" ripeté l'Ombra accecata dal desiderio. "Non c'è posto migliore per te che hai paura di vivere, e paura di morire".

Aria sorrise, e il suo sguardo si fece divertito. "No, ti sbagli. Non è più così".

Il piccolo coltello luccicò nella sua mano fino a sparire nel petto.

"No!" urlò l'Ombra piena di terrore, non era riuscita a prevederlo, e gli alberi sembrarono gridare il suo nome. "Maledetta. Ferma! Ferma!" disse tremando ma avanzando verso di lei, cercò di strapparle il coltello ma Aria premette con più energia che poté, con le ultime forze rimaste, sorridendo ancora, lasciando che il profumo degli aranci l'accompagnasse. *Sarai libero*, pensò solo riempiendosi di affetto per quel posto, di una serenità piena. *Saremo entrambi liberi.*

Il giardino sembrò liberarsi, e si protese in avanti, solo per Aria. Le radici sbucarono da terra e formarono una griglia intorno a lei, si allungarono ancora fino a conficcare l'Ombra che però stava già svanendo, nel momento in cui il corpo di Aria stava ormai cadendo a terra, senza vita.

L'ultima cosa che Aria sentì fu l'interminabile e profondo lamento del giardino che la strinse in un abbraccio pieno di calore, e l'ultima cosa che vide fu un accecante bagliore che invase il suo campo visivo. Un mare bianco e silenzioso, era quella la morte?

Capitolo 20

Le strade di Londra erano già vittime del piacevole tran tran mattutino.

Nel negozio di colori, il vecchio proprietario spolverava il bancone. Nella loro caffetteria preferita, un ragazzo puliva le vetrine fischiettando, e all'angolo di Piccadilly si alzava il profumo delle ciambelle che si perdeva nello smog degli autobus in transito.

Nel parco un cane fiutava l'aria scavando con una zampa una piccola buca accanto al vecchio tronco poggiato a terra.

Nello stesso istante, non troppo lontano da lì, Will e Henry sedevano su un paio di gradini senza troppe parole da dirsi.

**

"Papà, mamma, 'giorno" salutò Aria baciandoli entrambi sulle guance.

"Ti sei di nuovo alzata presto" dissero i due stupiti.

Lei sorrise, "Non voglio perdermi nemmeno un minuto".

"Certo che sei strana in questo periodo" commentò la donna.

Aria era abituata a quei commenti, scoppiò a ridere e corse fuori senza riuscire a stare ferma un istante.

"Ehilà mattiniera" disse Henry.

"Ancora non ci riesco a credere".

"Credici" disse lei baciandolo a sorpresa e poi ridacchiando divertita. "Che espressione da scemo".

"Ha sempre quella faccia" commentò Henry più divertito di lei.

"Dovreste avere un po' più di tatto" disse lui sistemandosi il ciuffo dietro all'orecchio.

"Su, sbrighiamoci, così possiamo farci una bella colazione".

"Ben detto!"

Non avevano mai più parlato di ciò che era accaduto. Bastava uno sguardo per far capire loro che nessuno aveva mai dimenticato. A Henry era rimasta una cicatrice sulla fronte che continuava a coprire con i capelli, nonostante lo shock, era sempre lo stesso.

Will non smetteva di tenere Aria per mano, temendo di perderla di nuovo. Tutti e tre camminavano stretti l'uno all'altro, non volevano mai perdersi di vista, andò avanti così per moltissimo tempo, in realtà non smisero mai di farlo. Continuavano a credere che quello fosse un sogno. Forse era il loro paradiso personale. Ciò che avevano desiderato poteva essersi avverato, solo che temevano di non essere davvero vivi.

Will la derise quando tentò di spiegare quell'idea.

"Ha ragione, Aria. Non ha nessun senso" aveva commentato Henry.

"Ma tutti sono… qui" è questo… questo che non riusciva a capire. E lei? Soprattutto lei non poteva essere lì.

"Mio padre non ha più una mano e pensa di averla persa mentre lavorava. Non è abbastanza chiaro?" disse Will agitando la testa come se la cosa non fosse chiara nemmeno per lui.

I tre si guardarono, loro ricordavano, gli altri no. Sapeva che Lucas continuava ad andare in quel bosco a cercare Marcus, come aveva sempre fatto, non credeva di aver mai smesso di farlo. Ad Aria bastava fissare la mano per capire che tutto ciò che avevano passato non era stato un sogno. La chiave infatti era ancora lì, si era solo trasformata in una cicatrice leggera. E lo stesso aveva fatto sulle mani dei suoi amici.

Per questo non ne parlavano, perché ogni cosa gli ricordava ogni istante ciò che era accaduto. Ora avevano bisogno solo di dimenticare.

"Siamo vivi, questo basta" disse Henry.

Una seconda occasione. Questo avevano pensato tutti e tre. Non volevano sprecarla stavolta.

C'era solo un segreto che Aria custodiva e a cui gli altri non potevano accedere, non ancora. Il mondo degli anziani, come l'aveva ribattezzato, quelle tre figure strette e affiatate, le davano una fiducia verso il futuro che non aveva mai sperato di raggiungere. Anche se doveva ancora imparare a ricercarla dentro di sé, e in quel presente pieno di incognite.

Per fortuna non era sola e non lo sarebbe mai stata. Fu il primo pensiero che la raggiunse quando vide correre verso di lei Henry e Will, quel giorno di pochi mesi prima.

Si era risvegliata nel suo letto come se fosse un normale giorno, e non credendoci era corsa fuori, a cercare loro. E loro avevano fatto lo stesso, nello stesso momento.

Si erano visti in lontananza e Aria non era riuscita a trattenere le lacrime. Se quello era un sogno era molto bello, impagabile.

Non smisero di correre fino a quando non furono così vicini da scontrarsi. Aria saltò, si aggrappò a loro singhiozzando mentre i due la stringevano sollevandola da terra. Rimasero abbracciati a lungo, mentre i passanti continuavano a sfilare intorno, borbottando chissà cosa. A loro non interessava niente. Rimasero così a occhi serrati, con la paura di riaprirli.

Fino a quando, prendendo coraggio, Aria non li spalancò e disse: "È tutto vero".

Allora anche Henry e Will azzardarono a guardare il mondo. Erano davvero a casa. Tutti e tre.

Quello sarebbe stato forse il ricordo più bello della loro vita. Avevano provato una tale sensazione di felicità e di euforia, una gioia talmente intensa... Aria continuava a sentire le loro mani tremare sulla sua schiena, il respiro mozzato e le lacrime calde. I cuori che battevano come ossessi, senza darsi pace. E la sottile paura che non fosse vero.

Man mano si erano riappropriati della loro realtà. Stavano crescendo. Aria era vicina ai diciotto anni, anche se addosso ne sentiva molti di più.

C'era un'unica cosa che non erano riusciti a spiegarsi.

La mattina stessa in cui aveva ritrovato i suoi amici, aveva sentito un richiamo fortissimo, il desiderio di andare in un posto preciso. Trascinò gli altri con lei, nessuno aveva fatto domande, lei era assorta, come a seguire una traccia flebile nell'aria. Entrò nel parco che avevano sempre frequentato, senza soffermarsi, camminando e basta, con un unico obiettivo.

Quando sentì quel profumo in lontananza, il cuore fece un balzo nel petto. Guardò Will e Henry che non capirono, forse ancora non erano riusciti a vederlo. Almeno non fino a quando non spuntò di fronte a loro.

Il giardino degli aranci si ergeva in tutta la sua bellezza in un angolo del parco, mescolandosi agli altri, come se fosse stato sempre lì.

I tre si fermarono ai margini, senza riuscire a crederci. Aria si avvicinò all'albero centrale, i segni erano ancora lì, lo accarezzò, ringraziandolo silenziosamente, sapeva che era tutto merito suo se loro erano tornati. Lo sentì respirare con lei, un leggero vento profumato le scompigliò i capelli come una carezza e lei finalmente sorrise. Era come se il giardino fosse rinato per restarle vicino, accarezzando la corteccia sembrava comunicarle proprio questo. Erano come due vecchi amici profondamente legati che si rincontravano. La chiave pizzicò sul palmo, solo un leggero richiamo, il riverbero di un ricordo.

I due amici si strinsero al suo fianco. L'Ombra era sparita per sempre, quel parassita non esisteva più, come non sarebbe mai dovuto esistere. Mai avrebbe dovuto raggiungere il giardino, come era accaduto per sbaglio, molto tempo prima. Eppure, un pensiero cercava continuamente di sfuggire al loro controllo.

Tutti e tre però si impedirono sempre di domandarselo: era la realtà quella? Non potevano credere che non lo fosse.

Quando accadeva si stringevano le mani, e scacciavano via quell'inquietudine.

FINE

Ti è piaciuto questo libro?

Nativi Digitali Edizioni pubblica testi di autori italiani emergenti in formato digitale, il nostro è un mercato di nicchia, non disponiamo di budget importanti per investimenti pubblicitari e quindi facciamo affidamento anche alla buona volontà dei nostri lettori per farci conoscere. **Vuoi sostenerci?** Hai diversi modi per farlo:

- Scopri gli altri ebook dal catalogo sul **nostro sito www.natividigitaliedizioni.it** e acquistali dallo **store** che preferisci
- Lascia una recensione onesta nella store dove l'hai comprato
- Seguici sui nostri **canali social**
- Se il libro che hai appena letto ti è davvero piaciuto e ritieni che meriterebbe più diffusione, **parlane** ai tuoi amici lettori, oppure sui forum e gruppi di appassionati.

In ogni caso, ricorda: non farti prendere dal panico e, ovunque vai, porta con te un asciugamano.

Indice generale

www.ingramcontent.com/pod-product-compliance
Lightning Source LLC
Chambersburg PA
CBHW020313200626
46814CB00006BA/2230